KB206563

몬스터

1

Monster 1

몬스터

넬레 노이하우스

장편소설 ― 전은경 옮김

북로드

이 책은 소설이다. 줄거리는 온전히 허구다. 내가 묘사한 범죄는 같거나 비슷한 방식으로 일어난 일이다. 장소, 희생자와 유족과 범인의 이름은 바꾸었다.

그러나 모든 등장인물과 그들의 특성 및 행위, 거기서 벌어지는 사건과 상황은 허구이며 내가 자유롭게 창작했다. 살아 있거나 이미 사망한 사람들과의 유사성은 전적으로 우연이며, 의도한 바가 아니다.

내 자매
클라우디아와 카밀라에게
언제나 내 옆에 있어줘서 고마워.

괴물과 싸우는 사람은 싸우면서
스스로 괴물이 되지 않도록 조심해야 한다.
당신이 심연을 너무 오랫동안 들여다본다면,
심연도 당신을 들여다본다.

—프리드리히 니체, 《선악의 저편》에서

등장인물

호프하임 경찰서 강력11반(K11반)

올리버 폰 보덴슈타인: 고참 경위, 강력11반 수사반장
피아 산더: 예전 성은 키르히호프, 강력11반 소속 경위
니콜라 엥겔 박사: 호프하임 경찰서 과장
카이 오스터만: 강력11반 소속 경위
카트린 파힝거: 강력11반 소속 경장
셈 알투나이: 강력11반 소속 경위
타리크 오마리: 강력11반 소속 경장
크리스티안 크뢰거: 경위, 감식반장
메를레 그룸바흐: 호프하임 경찰서 피해자 대변인
슈테판 스미칼라: 호프하임 경찰서 언론 대변인
타냐 가츠케: 경위, 특별수사팀장

헤닝 키르히호프 박사: 교수, 프랑크푸르트 법의학연구소장
로니 뵈메: 부검 보조

율리우스 로젠탈 박사: 프랑크푸르트 검사장
외르크 하이덴펠트: 프랑크푸르트 검사

그 외 등장인물(성의 알파벳 순서대로)

필립 알트파터: 연방범죄수사국 내부 수사관
소피아 폰 보덴슈타인: 보덴슈타인의 막내딸

크벤틴 폰 보덴슈타인: 보덴슈타인의 남동생

안네 뵐레펠트: 리시의 엄마

외르크 뵐레펠트: 안네의 남편, 리시의 아버지

요나스 뵐레펠트: 외르크의 남동생

발리드 부아지즈: 프로그래머

마르쿠스 부르크하르트: 연방범죄수사국 직원

한네로레 파힝거: 카트린의 할머니

에발트 프리체: 기동수사대 반장

콘스탄틴 하벨카: 프랑크푸르트 지방 법원 판사

이름가르트 프라이탁: 피아의 어머니

투르가이 카라만: 바트 캄베르크의 정육업자

크리스티네 켈멘디: 점성술사, 영매

베르너 콜베: 뵐레펠트 가족의 이웃

사라 코르브마허: 리시 뵐레펠트와 가장 친한 친구

비올라 코르브마허: 사라의 어머니

파바드 마흐무디: 망명 신청을 거부당한 아프가니스탄 난민

폴커 마자넥: 장례업자

얀 페퍼코른 박사: 형사 사건 변호인

다니엘 라들로프: 아동 살해범

울리케 라들로프: 다니엘의 어머니

크리스토프 산더 박사: 피아의 남편, 오펠 동물원장

카림 샤리튀아르 교수: 통역자 일바의 의붓아버지

일바 샤리튀아르: 외르크 뵐레펠트의 딸

볼프 졸베르크: 타우누스의 버섯 재배업자

우도 스자마이트: 형사 사건 변호인

데니스 바이너트: 수학, 체육 담당교사

레오나 바이너트: 데니스의 아내

마르코 베제닉: 블루스카이 창고 사장

마르첼라, 린, 율리카, 파울라: 리시의 친구들

차례

Monster 1

Monster **2**

9일 뒤

남자는 마지막으로 집 안을 거닐었다. 이 집을 사들인 젊은 부부는 성탄절 전에 이사 들어올 수 있게 되어 기뻐할 터였다. 그들의 아기가 곧 태어날 예정이었다.

맨발에 닿는 복도 바닥이 거칠면서도 익숙한 느낌이었다. 바닥재를 고르던 때가 저절로 떠올랐다. 그들은 원래 고전적인 헤링본 쪽매널마루를 원했지만 우연히 어떤 가게에 들어갔다가 대안이 눈에 띄었다. 예닐곱 종류의 널빤지를 골라 방 두 개짜리 자그마한 집으로 가지고 와서 거실의 얼룩진 양탄자 바닥에 놓았다. 그러고는 널빤지 위를 수십 번 거닐며 감촉을 느끼고, 햇빛에 쪼여보고, 모양과 촉감에 대해 논의를 한 후에 이 바닥재로 결정했다. 미국산 참나무로, 솔질하고 흰색 도료 처리됐으며 세 겹으로 제작되고 사방이 경사졌다. 아주 아름답고 품질이 뛰어났으나 사실 너무 비쌌다. 남자는 계단을 천천히 올라 다락층까지 가면서, 창고를 아이방으로 꾸미던 일을 떠올렸다. 이제 그 큰 공간은 텅 빈 상태였다. 남자의 눈길이 문간을 향했다. 선이 열 개 그어져 있었다. 매년 12월 16일에 남자는 야콥의 키를 쟀다. 키 재기는 그들의 의식이 됐다. 남자는 쪼그리고 앉아, 정확히 5년 전에 자신이 그은 마지막 선을 자세히 바라봤다. 2014년 12월 16일, 야콥의 열한 번째 생일에 한 일이었다.

남자는 한숨을 내쉬며 몸을 일으키고 텅 빈 공간을 거닐다가 벽에 붙은 그림 앞에 섰다. 파란 하늘과 노란 태양을 배경으로 세 사람과 작은 점박이 개 한 마리가 있었다. 그림 아래쪽에 야콥이 "아빠와 엄마, 야콥과 벨라. 티멘도르프 해변에서"라고 써 놓았다.

남자는 손을 뻗어, 세월이 흘러 종이가 쭈글거리는 그 그림을 만졌다.

"야콥, 아빠가 너에게 갈게." 그가 속삭였다. "엄마와 벨라와 너에게."

그러고 몸을 돌려 계단을 천천히 내려갔다. 텅 빈 책장, 텅 빈 옷장, 텅 빈 사이드보드. 한때 그의 삶에서 중요했던 모든 것은 이미 사라졌다. 남자는 이제 더는 침실을 들여다보지 않았다. 거의 20년 동안 잠들고 깨어나던 곳이었다. 15년은 행복했고 5년은 악몽이었다. 욕실도 그냥 지나쳤다. 거기서 그는 방금 마지막으로 샤워를 했다. 여자를, 여자의 체취를 자기 몸에서 씻어내야 했다. 여자는 어제저녁 불현듯 피자 두 판과 적포도주 병을 겨드랑이에 낀 채 그의 집 문 앞에 서 있었다. 남자는 원래 그 여자를 집에 들이지 않을 생각이었다. 이제 더는 보기 싫었다. 구역질이 났다. 아니, 그 이상이었다. 그 여자로부터 자신을 방어할 수 없어서 여자를 증오했다. 여자는 그를 또 괴롭혔다. 늘 그랬듯이, 지금까지 그가 결코 하고 싶지 않았던 일을 억지로 강요해서 결국은 하게 했듯이 몸을 갉아먹을 것처럼 집요하게 애원했다. 여자는 타인에게는 전혀 관심이 없었으므로 오늘 무슨 일이 벌어질지 예상하지 못했다. 그녀는 타인을 이용하기만 했다.

여자는 지금 손님용 화장실 바닥에 누워 있었다. 그곳에는 창문이 없었다. 공간 활용 문제 때문에 안쪽으로 열리는 튼튼한 문만 있었다. 여자는 문을 걷어차고 나올 수 없을 터였다.

8시 32분. 남자는 마지막으로 집을 나섰다. 퍼그를 데리고 다니는, 거의 매일 보는 이웃 여자에게 고개를 끄덕여 인사하고 차고 문을 연 후에 차에 올라앉았다. 후진하여 차고를 빠져나와서 마지막으로 집을 바라봤다. 너무나 사랑했던 그의 둥지였다.

"잘 있어." 그가 집에게 나지막하게 말했다. 그런 다음 속도를 높여 고속도로로 향했다.

남자는 모든 것을 고려했다. 완벽하게 모든 것을 계획했다. 야콥의 열여섯 번째 생일인 오늘, 드디어 때가 됐다.

이제 일에 착수할 수 있다.

12월 7일 토요일

약국에 온 몇 안 되는 손님들이 오전 내내 나눈 중요한 이야 깃거리는 눈이었다. 금요일 늦은 저녁에 내리기 시작한 눈이 두 툼한 흰색 커튼처럼 낮게 드리운 구름에서 계속 쏟아졌다. 시 소속 제설차들은 도로에서 눈을 말끔하게 다 치워내지 못했 고, 이른 아침에 자기 집 앞 인도의 눈을 힘겹게 쓸어낸 사람은 30분 후에 처음부터 다시 시작해야 했다. 자동차와 집 지붕과 쓰레기통에 20센티미터가 넘게 쌓인 흰 눈을 보며 안네는 어린 시절을 떠올렸다. 그때는 매년 겨울에 눈이 아주 많이 왔고, 안 네가 기억하기에 몇 주 동안이나 그대로 있었다. 지금처럼 도로 에 내린 눈이 몇 시간 내에 질퍽한 잿빛 쓰레기더미로 변하는 일은 일어나지 않았다. 사계절이 분명하고 그 누구도 기후 변화 를 이야기하지 않던 예전처럼 눈이 내리자 안네는 왠지 마음이 놓였다.

손님들은 신발에 눈을 묻힌 채 축축한 냉기와 함께 약국에 들 어섰다. 젊은이들은 차에 쌓인 눈을 치워야 해서 불평했고, 노 인들은 넘어져서 골절상을 입을까 봐 걱정했다. 안네는 모든 것 에서 항상 부정적인 면만 본다는 점이 전형적인 독일 방식이라고 생각했다. 하지만 어제저녁에 오랜만에 무척 즐거운 시간을 보냈기 때문에 오늘 안네의 흥겨운 기분은 그 무엇으로도 망가지지 않았다. 외르크와 그녀는 친구들이 초대한 범죄 자작극 놀이에 참가했는데, 어찌나 웃었던지 오늘은 배 근육이 당겼다.

간간이 이어지던 손님들의 발길이 점심 무렵에는 완전히 그쳤다.

"눈이 이렇게 오니 손님들이 더는 안 올 거예요." 약국 대표가 말했다. "다들 퇴근하세요. 문은 내가 잠글게요."

눈은 실제로 계속 쏟아졌고 다니는 자동차도 거의 없었다. 버스가 끊어졌다고, 나무가 가공 전선로에 쓰러지는 바람에 3번 전철도 다니지 않는다고 전해준 손님도 여러 명이었다. 안네는 주머니에서 스마트폰을 꺼냈다. 리시에게서는 아직 소식이 없었다. 안네는 딸에게 얼른 문자를 보내, 눈길을 헤치고 걸어오지 않아도 되게 친구 사라 집으로 데리러 가겠다고 제안했다. 그런 다음 주문 목록을 훑어봤다.

"팔켄 거리의 크로이처 부인이 전화했어요." 안네가 말했다. "집에서 나올 엄두가 안 난다네요. 제가 집에 가면서 약을 가져다줄게요."

그러고 다시 스마트폰을 확인했지만 리시에게서 온 답장은 없었다. 이상했다. 채팅 창을 열었다. 방금 보낸 문자를 여전히 읽지 않았다. 리시는 어제저녁 7시 22분에 마지막으로 온라인에 접속했다. 안네는 숨을 꿀꺽 삼킨 후에 리시에게 전화를 걸었다. "지금 거신 전화는 일시적으로 연결되지 않습니다……." 안네의 흉곽에 텅 빈 감각이 번지고 입에서 갑자기 신맛이 느껴졌다. 일시적으로 연결되지 않는다니. 왓츠앱을 읽지 않다니. 말도 안 되는 소리였다. 딸은 스마트폰과 거의 한 몸이나 마찬가지였다. 끄는 법은 결코 없었고, 배터리가 항상 충분히 충전되도록 철저하게 신경 썼다. 안네는 '위치 찾기' 앱을 켰다. 리시는 그 앱을 장난삼아 '스토킹 앱'이라고 부르면서도 자기 현재 위치를 엄마가 언제라도 볼 수 있다는 사실에 반대하지는 않았다. 휴대폰 위치가 잠깐 니더회흐슈타트로 떠서 안네는 안도했지만, '에슈보른, 슈타인바흐 거리. 19시간 전'이라는 글이 눈에 들어왔다. 그런 다음 표시가 사라졌다. 현재 위치는 없었다.

안네는 휴게실로 가서 문을 닫은 다음 외르크에게 전화했다. 휴대폰을 잃어버렸거나 도둑 맞았다면 리시는 자기 틴에이저 인생에서 일어난 최악의 재난을 무슨 수를 써서라도 엄마에게 알렸을 것이다. 리시가 어제저녁 7시 22분 이후에 온라인에 접속하지 않은 것에 대한 그럴듯한 설명은 있을 수 없었다.

"얼른 좀 받아." 안네는 왼손으로 가슴을 누른 채 중얼거렸지만 남편은 전화를 받지 않았다.

안네는 심호흡을 했다. 충격은 불길한 예감으로 바뀌었다. 누구에게 전화해야 할까? 사라에게? 아니, 그 아이 엄마에게 하는 편이 낫겠군. 안네는 비올라 코르브마허를 학교 행사에서 다른 엄마들과 함께 그저 스쳐가듯 몇 번 만났다. 스마트폰 전화번호부 알파벳 K에서 사라 엄마의 전화번호를 찾는 동안 안네의 손가락이 떨렸다.

"제발 거기 있기를." 휴대폰이 연결되는 동안 안네가 중얼거렸다. "리시, 제발 거기 있기를, 휴대폰을 잃어버렸기를, 충전하

는 걸 잊었기를. 하느님, 아이가 제발, 제발, 제발 아직 자고 있
기를……."

"안네, 안녕하세요?" 비올라 코르브마허의 놀란 목소리가 안
네의 명치를 걷어차는 듯했다. "전화를 주시다니, 반갑군요! 어
떻게 지내세요?"

"비올라, 안녕하세요?" 안네는 놀란 것처럼 보이지 않으려고
애썼다. "아이들이 아직 자나요? 리시에게 전화를 걸었는데 휴
대폰이 꺼져 있어서요."

"어……."

안네는 숨쉬기를 멈추었다. 이 짧은 망설임은 리시를 품에 처
음 안은 순간부터 온몸의 세포에 도사린 뭔가를 건드렸다. 모든
엄마가 늘 느끼는, 자기 아이에게 뭔가 나쁜 일이 벌어질지도
모른다는 끔찍한 불안이었다.

"리시는 우리 집에 없어요." 비올라가 어리둥절한 목소리로
대답했다. "사라는 아빠랑 같이 알트 쿠어파크로 갔고요. 스포
츠클럽 노점 일을 돕는대요. 오늘 여기 바트 조덴에 크리스마스
시장이 열리거든요."

"아…… 나는…… 그러니까…… 리시가 어제 댁에서 잔다고
말해서요." 안네는 말을 더듬었다.

"아니, 미안하지만 아니에요." 비올라가 대답했다. 그녀의 목
소리는 '아이고, 어쩌나. 딸이 당신을 속인 모양이군요'처럼 들
렸다.

"고맙습니다." 안네는 이렇게 중얼거리고 전화를 끊었다. 그
러고 좁다란 침대에 주저앉아, 리시의 왓츠앱을 다시 열고는 검

은 파도처럼 자신을 집어삼키려는 공포와 싸웠다. 이런저런 생각들이 뒤섞였다. 리시가 사라 집에서 자겠다고 정말 말했던가? 아니면 혹시 마르첼라나 린, 또는 다른 친구 집으로 간다고 했나? 외르크는 왜 전화를 안 걸지? 안네는 리시가 어제저녁 7시 18분에 마지막으로 보낸 문자를 읽었다. '스케이트장에서 정말 재미있었어요. 지금 전철 타러 가는 중이에요. 내일 만나요. 사랑해요.'

안네는 입술을 꽉 깨물고 채팅창을 위쪽으로 스크롤했다. 그러고 잠시 망설이다가 딸이 3시 17분에 보낸 음성메시지를 눌렀다. "엄마, 나예요." 리시의 목소리가 울려 퍼졌다. "사라랑 같이 지금 출발해요. 부엌은 치웠어요. 내 빙은 내일 돌아가면 정리할게요. 4시에 마르첼라와 린과 또 다른 아이들과 조각 공원에서 만나 스케이트장으로 갈 거예요. 오늘 저녁에는 엄마도 알다시피 다들 사라 집에서 내일 크리스마스 시장에서 판매할 쿠키를 구울 거고요. 그래도 괜찮은지 다시 한번 답장 주시겠어요? 사랑해요!"

찌르는 듯한 통증이 안네의 심장을 스쳐갔다. 안네는 눈을 감았다.

* * *

나중에 안네는 어떻게 집에 왔는지 기억나지 않았다. 집 안으로 달려 들어가 계단을 올라가서, 딸이 침대에서 자고 있다는 말도 안 되는 희망을 품은 채 리시의 방문을 벌컥 열어젖혔다.

하지만 리시의 침대는 텅 비었고 방은 어제 딸이 나갈 때 상태 그대로 아주 어수선했다. 열린 옷장문과 서랍장, 사방에 아무렇게나 내던진 옷가지, 책상에는 학용품과 화장품, 미술 도구들이 널브러져 있었다.

온몸에서 힘이 빠진 안네는 제일 위쪽 층계에 털썩 쓰러졌다. 거기 앉아서 생각을 정리하려고 애썼다. '리시, 어디 있니?'

그러다가 휴대폰이 울리는 소리에 깜짝 놀랐다. '리시!' 순간적으로 그렇게 생각했지만, 너무나 실망스럽게도 비올라 코르브마허였다.

"리시가 돌아왔나요?" 사라의 엄마가 물었다.

"아니요." 안네는 힘겹게 목소리를 다듬으며 대답했다. "휴대폰이 꺼져 있어요. 평소라면 절대 꺼두는 일이 없는데요."

"제가 사라에게 전화했어요." 비올라가 말을 이었다. "안타깝지만 사라도 리시가 어디 있는지 모른대요. 그런데 어제저녁에 둘이 무슨 일인가로 다퉜다고 하더군요. 리시는 화가 나서 니더회흐슈타트에서 집까지 걸어간다고 했대요."

"다퉜다고요? 무슨 일로?" 안네가 중얼거리듯 물었다.

"모르겠어요."

아니, 그럴 리 없었다. 리시와 사라는 바늘과 실 같은 관계였다. 절대 다투지 않았다.

"안네, 안타까워요. 제가 뭔가 도울 수 있다면⋯⋯."

안네는 통화 종료 버튼을 눌렀다. 아래층에서 문이 열렸다가 닫히는 소리가 들렸다.

"안네?" 외르크가 기름 묻은 걸레에 손가락을 닦으며 계단 발치에 모습을 드러냈다. 오토바이를 손질하느라 휴대폰 소리를 듣지 못한 모양이었다. "정육점에서 우둔살 사왔어?"

두 사람의 눈길이 마주쳤다. 외르크는 몇 달 만에 처음으로 느긋하고 즐거워 보였다. 어제저녁은 재미있었다. 그때 어쩌면 리시는 뭔가 일을 당했는지도 모르는데, 둘은 즐겁게 웃고 잠자리를 함께했다.

"리시가 연락이 안 돼." 안네는 목소리가 제대로 나오지 않아 나지막하게 중얼거렸다. "어제저녁부터 휴대폰이 꺼져 있어. 사라 집에서 잠을 잔 것도 아니래. 외르크, 아이에게 무슨 일인가 벌어진 것 같아."

안네는 그가 웃으며 이렇게 말하기를 바랐다. 리시는 차고에서 자기를 돕는 중이라고. 하지만 그는 그러지 않았다. 그저 안네를 빤히 쳐다보기만 했다. 무슨 일이 벌어졌는지 그가 깨닫기까지는 몇 초나 걸렸다.

두 사람은 딸의 지인과 친구들에게 모두 전화했지만 소용없었다. 마르첼라와 린은 리시 소식을 몰랐다. 그러나 둘 모두 리시와 사라가 스케이트장에서 니더회흐슈타트 역까지 오는 길에 싸웠다고 이야기했다. 싸운 이유는 사라 집에서 자려고 했던 다른 두 아이도 알지 못했다. 쿠키를 굽고 좋아하는 '리버데일' 시리즈를 몇 편 보려고 했던 아이들은 사라가 리시와 다툰 후에 상당히 무례하게 초대를 취소해서 실망했다. 사라와 파울라, 율리카는 전철로 바트 조덴으로 향했고, 마르첼라와 린은 걸어서 이동했다. 리시는 그들보다 몇 걸음 앞서서 걷다가 모퉁이를 돌았다.

"경찰에 알리자." 외르크가 결정을 내렸다. "금요일 저녁부터 눈이 내리잖아. 리시에게 무슨 일이 벌어져서 다쳤는데 어딘가에 쓰러져 있다면……."

끝까지 말할 필요도 없는 문장이었다.

12월 8일 일요일

구름 없는 하늘은 흐린 파란색이었다. 지난 며칠 세차게 눈이 내린 후에 기온은 밤새 거의 10도쯤 내려갔고, 이제 눈이 내리기에는 너무 추워졌다. 갑작스러운 한파로 벌거벗은 나뭇가지와 덤불은 서리로 뒤덮였고, 흐릿한 겨울 햇살에 수십억 개의 얼음 결정들이 반짝거렸다.

　피아 산더 경위는 개와 느긋하게 눈밭에서 산책하려고 해가 뜨기 전에 집을 나섰다. 오전 늦은 시간에 오펠 동물원의 중요한 후원자들을 만나러 가는 크리스토프를 따라 쾨니히슈타인 로트실트 빌라에 가기로 했기 때문이다. 벡스는 눈을 보고 너무 기뻐서 하네스에 리드줄을 매단 채 하얀 눈 속에서 계속 뒹굴었다. 벡스를 따라 일이백 미터를 달린 피아는 땀에 흠뻑 젖고 숨이 완전히 멎을 것처럼 가빠졌다.

　"벡스, 천천히! 나는 다리가 두 개뿐이야!" 피아가 숨을 헐떡이며 말했다. "이제 곧 마음껏 달리게 해줄게!"

　벡스가 그 말을 알아들었다는 듯이 낑낑거리며 더 세게 앞으로 당기는 바람에 피아는 비틀거리다가 높이 쌓인 눈에 엎어졌다. 개는 곧장 달려와서 피아의 얼굴을 핥으려고 했다. 평소에는 이렇게 거칠지 않고 무척 훈련이 잘된 상태였지만 눈 때문에 예전의 행동 패턴으로 돌아가버렸다. 15분 후에 둘은 맘몰스하인 계곡에 도착했다. 이른 시간이라 눈에는 사람이 남긴 흔적이 전혀 없었고 조깅하는 사람을 만날 확률도 아주 적었으므로 피아는 하네스에서 리드줄을 풀고 벡스에게 마음껏 달리라는 신호를 보냈다. 개가 힘들이지 않고 가볍게 눈밭에서 달리는 모습에 피아는 따뜻한 행복감으로 충만해졌다. 벡스는 아무런 목표 지점도 없이 그저 삶의 기쁨으로 충만하여 눈 덮인 경작지와 풀밭을 넓은 원을 그리며 달렸다. 피아는 이 황홀한 풍경에 완전히 잠겨 하마터면 휴대폰 울리는 소리를 놓칠 뻔했다. 오른쪽 장갑을 벗고 재킷 가슴주머니에서 전화기를 꺼냈다.

"빌어먹을!"

본부 번호가 화면에서 반짝였다. 일요일 아침 9시에 본부에서 걸려온 전화는 결코 좋은 소식이 아니었다. 피아는 받지 말까 잠깐 고민했지만 의무감이 고민을 누르고 우위를 차지했다.

"피아, 안타깝게도 일요일을 망치게 됐군요." 당직 근무를 하는 순경이 말했다. "슈발바흐에서 시신 한 구가 발견됐어요."

"난 오늘 대기 근무가 아닌데요." 피아가 대답했다.

"근무 일정표에 따르면 맞아요. 당신과 보덴슈타인이에요. 보덴슈타인은 눈 때문에 도로까지 나올 수 없다고 해서 당신에게 전화했어요. 크뢰거와 그 팀은 이미 출발했어요. 법의학부에도 알렸고요. 아마도 어제 줄츠바흐에서 실종 신고가 된 16세 여자의 시신인지도 몰라요."

아이고! 열여섯 살짜리의 시신이라니. 피아는 한숨을 내쉬었다. 중요한 만남에 동행할 수 없다고 알리면 크리스토프는 좋아하지 않을 터였다. 하지만 반장님이 포르쉐를 끌고 숲속 농장을 떠나 국도까지 오는 데 성공한다면 나는 다시 돌아와도 되겠지.

"현장 지휘관은 누군가요?"

"니더회흐슈타트 지구대의 로트하우스예요. 오늘 아침부터 뮐하임 기동수사대 백인대가 현장에 있습니다."

"알겠습니다. 지금 개랑 바깥에 있어요. 어디로 가야 하죠?"

"슈발바흐 테니스 클럽으로요." 당직 순경이 대답했다. "지도가 필요하세요?"

"아니, 괜찮아요. 어딘지 알아요."

피아가 휘파람을 불자 벡스는 혀를 길게 늘어뜨리고 즐겁게 눈을 반짝이며 달려왔다. 피아는 리드줄을 하네스에 다시 연결한 후에 곰곰이 생각에 잠겼다. 숲을 가로질러 집까지 걸어간 후에 거기서 차를 타고 가는 것보다 여기서 걸어가는 편이 아마도 슈발바흐 테니스 클럽에 더 빨리 도착하겠지. 크리스토프는 이미 동물원에 갔으니 나를 데리러 올 수 없어. 설령 온다고 해도 자동차로 여기까지 들어올 수는 없을 거야. 어쨌든 일단 전화는 해야겠군. 피아는 그의 번호를 누르고 속으로 단단히 무장했다. 크리스토프는 금방 전화를 받았는데, 앞을 내다보기라도 했다는 듯이 물었다. "아, 어디서 시신이라도 발견됐어?"

"사실이야." 피아가 대꾸했다. "슈발바흐에서. 안타깝지만 오늘 내가 대기 근무야. 보덴슈타인은 눈 때문에 농장에서 나오지 못한대."

"당신이 왜 대기 근무야? 몇 주 전부터 브런치에 대해 알고 있었잖아! 제시간에 올 수 없다고 알리려고 전화한 거로군." 크리스토프의 목소리에서 냉소적인 음색이 묻어났다. 요즘 그는 피아를 이런 식으로 대할 때가 많았다.

"미안해. 내가 근무 일정표 바꾼다는 걸 잊었나 봐." 피아는 이렇게 대답하고는 금세 자기 자신에게 짜증이 났다. 동물원장인 크리스토프는 초과 근무를 하거나 주말 근무를 해야 할 때도 사과하는 법이 없었다. 이런 일은 피아의 경우보다 훨씬 잦았고, 동물원에 예상치 못한 일이 발생해서 자기가 없으면 그곳이 엉망진창이 될 거라고 믿어 그가 둘이 함께 짠 계획을 내던질 때도 피아는 그를 절대 비난하지 않았다.

"크리스마스에는 근무 일정표 바꾸는 거 잊지 않으면 좋겠군."

"그건 이미 오래전에 바꿨어." 12월 20일에 크리스토프의 딸 아니카가 오스트레일리아에서 가족과 함께 4주 일정으로 이곳에 올 예정이었다. 토니와 루카스의 집이 더 크니 그들은 거기서 묵을 예정이지만 함부르크에서 오는 크리스토프의 맏딸 안드레아는 피아네로 온다고 했고, 크리스토프는 크리스마스 휴가 첫날 점심식사에 세 딸과 그 가족을 모두 초대했다. "어쨌든 브런치에는 꼭 참석하도록 해볼게."

"못 믿겠어. 당신은 처음부터 갈 생각이 없었잖아." 그가 말도 안 되는 소리로 피아를 비난했다. 부당한 말이었다. 사실이 아니었으니까.

"나는 이런 추위에 열여섯 살짜리 시신을 확인하고 그 부모에게 알리는 것보다 안락한 레스토랑 브런치에 참석하는 편을 훨씬 더 좋아해." 피아가 짜증 섞인 목소리로 대꾸했다.

"아, 또 시신 카드를 꺼내는군. 그건 언제나 통하지." 크리스토프가 이렇게 비웃고 전화를 끊었다.

피아는 고개를 저으며 터벅터벅 걸었다. 브런치를 기다렸다면 과장이겠지만 남편과 동행하기로 굳게 마음먹었고, 어제저녁에 이미 옷도 준비해뒀으며 개를 산책시키려고 일부러 아주 일찍 나오지 않았던가.

피아는 45분 후에 슈발바흐 테니스 클럽에 도착했다. 대형 주차장에 순찰차 여러 대와 구급차 한 대, 기동수사대 버스들이 주차되어 있었다. 현장에는 제복 차림 경찰들 외에 사복 경찰도 아주 많았다. 이미 움직이기 시작하는 백인대를 보자 피아는 크리스토프와 후원자 브런치에 대한 생각을 모두 밀어냈다. 뇌가 경찰 모드로 돌아갔다. 시신 발견 장소로 불려오면 늘 그렇듯이 배 속이 가볍게 떨렸다. 강력11반이 다루는 사건들이 편한 적은 없지만 아동이나 청소년 관련 사건은 특히 더 힘들어서 수사에 반드시 필요한 내적 거리를 얼른 만들어내야 했다.

피아는 로트하우스를 찾으려고 주변을 살폈지만 에슈보른 지구대의 이 지휘관은 눈에 띄지 않았다. 그때 한 남자가 기동수사대 대원들에게서 벗어나 주차장을 가로질러 그녀에게 터벅터벅 다가왔다. 피아는 뮐하임 기동수사대 반장인 '전설' 에발트 프리체 경위를 금방 알아봤다. 그는 미군이 매년 주최하는 사격대회에서 20년 전 기록을 세우면서 이 별명을 얻었는데, 그의 기록은 지금까지 아무도 깨지 못했다. 서른 살짜리처럼 강인하고 잘 단련된 프리체는 1989년에 피아가 경찰 일을 시작했을 때 이미 기동수사대 교관이자 경찰대학 강사였다. 그는 조기 퇴직의 가능성을 모두 사양했다는 소문이 돌았으나, 62세가 되는 내년에는 좋든 싫든 퇴직해야 했다. 규정이 그랬으니까.

'자기가 없으면 안 된다고 생각하는 사람이 여기 또 한 명 있군.' 피아가 속으로 비꼬았다.

"어이, 피아. 잘 지내나?" 그가 히죽거렸다. "개랑 우연히 이 부근을 산책 중이었어?"

"에발트 반장님, 안녕하세요?" 피아는 그의 바보 같은 질문을 무시한 채 되물었다. "로트하우스는 어디 있죠? 당직 순경 말로는 그 사람이 현장 지휘관이라던데요."

"로트하우스는 시신 발견 장소에 있어." 프리체는 피아에게 간략하게 상황을 설명했다. 줄츠바흐 출신으로 16세인 라리사 빌레펠트가 실종됐다고 그 부모가 어제 토요일 니더회흐슈타트 지구대에 신고했다. 출동한 백인대는 일단 슈발바흐 동쪽 지역을 수색했다. 폭설 때문에 열화상 카메라가 장착된 헬리콥터가 뜨지 못해 수색이 더 힘들었다. 날이 어두워지고 게다가 어디를 수색해야 할지 도무지 알 수 없어서 수색은 중단됐다. 오늘 해가 뜬 후에 수색이 다시 시작됐지만, 산책하던 어떤 사람의 개가, 수색하던 장소와는 전혀 다른 곳에 있는 성모상 처소 뒤편에서 40센티미터 눈 아래에 놓인 여성 시신의 냄새를 맡았다.

"우리는 시신을 건들지 않고 눈만 치웠어." 프리체는 이 말로 상황 설명을 끝냈다. "부모가 언급한 옷차림과 동일했지. 그래서 우린 이 시신이 분실된 인물이라고 짐작하고 있어."

'분실된 인물'이라니. 삭막한 관청식 언어는 정말 소름끼쳤다.

"감식반과 법의학자도 현장에 와 있어." 그가 가려고 몸을 돌리며 말했다. "우린 이제 출발해. 범죄 현장 확보를 위해 다섯 명을 로트하우스에게 남겨뒀어."

"알겠어요. 고맙습니다." 피아가 고개를 끄덕였다. "아, 에발트 반장님. 시신을 발견한 산책자는 어디 있어요?"

"나도 못 봤어. 그 사람, 아마도 너무 추웠나 봐." 프리체가 경멸하듯 코웃음을 쳤다.

"누군가 그 사람의 이름과 주소를 적어뒀나요?"

기동수사대 반장이 이맛살을 찌푸렸다.

"개의 품종은 뭐예요?"

"몰라. 나는 개도 못 봤어."

"반장님 팀원들 중에 혹시 아는 사람이 있을까요?"

"그럴 수도 있지." 프리체는 피아에게서 눈을 떼지 않은 채 누군가를 불렀다. 젊은 남자가 곧장 달려왔다.

"시신을 발견한 개와 함께 있던 산책자를 조사한 사람이 누구야?"

"어, 모르겠습니다." 젊은 경찰이 불안한 목소리로 대답했다.

"이 멍청아, 왜 몰라?" 프리체가 그에게 고함을 질렀다. "알아내! 당장!"

젊은 남자는 모근까지 새빨개진 채 급하게 다시 달려갔다. 피아는 그에게 연민을 느꼈다.

"시신이 발견됐다는 걸 어떻게 아셨어요?" 피아가 질문을 이어갔다. "전혀 다른 곳에서 수색을 시작하셨잖아요. 안 그래요?"

프리체가 턱을 앞으로 내밀었다. 그의 얼굴이 붉어지고, 숱 많은 눈썹 사이에 주름이 그어졌다. 그의 급한 성질도 사격술만큼이나 전설적이었다.

"이봐, 아가씨. 무슨 말을 하고 싶어?" 그가 꽥꽥거리며 양손을 허리에 척 얹었다. "나에게 뭔가 비난하려는 건가?"

'늙은 꼰대야, 왜 이렇게 예민해?' 피아는 이렇게 생각하고는 성차별적인 언급을 무시했다. 예전에는 여성이 경찰직에 적합하지 못하다고 판단하여 여자 경찰을 무시하고 괴롭히는 상관들이 많았다. 제복 입은 공룡인 프리체는 다행스럽게도 멸종 중인 이런 마초 상관들 중 마지막 세대였다. 공격적인 그의 반응에 피아는 의심이 생겼다. 이 사람, 뭔가 실수한 게 있나?

"아뇨. 그럴 리가요." 피아는 일부러 느긋하게 대꾸했다. "그냥 질문한 거예요. 나중에 상관이 분명히 세부사항을 보고하라고 할 테니 제가 상황을 알아야 하잖아요."

둘은 마주 선 채 서로 빤히 노려봤다. 피아는 이 노인에게 주도권을 넘길 마음이 없었다. 벡스는 갑작스러운 긴장감을 눈치챘다. 몸이 뻣뻣해지더니 목구멍에서 낮게 으르렁거리는 소리를 냈고, 프리체가 피아에게 반걸음 다가서자 이빨을 갈며 앞으로 나왔다.

"물러서!" 피아의 날카로운 명령에 벡스는 순종하여 바로 물러섰지만 기동수사대 반장에게서 눈을 떼지 않았다.

"빌어먹을 개 교육 잘 시켜!" 프리체가 욕을 퍼부었다.

"산책하던 사람 이름과 주소를 알게 되면 바로 연락주세요." 피아가 말했다. "일요일 즐기시고요!"

그러고는 분노로 들끓는 프리체를 내버려둔 채 발걸음을 옮겼다.

"네가 최고야!" 피아가 개에게 속삭였다. "네가 그 멍청한 꼰대 엉덩이를 물었더라면 좋았을 텐데 말이야."

"멍멍!" 벡스가 짖으며 꼬리를 흔들었다.

둘은 크뢰거 팀이 남긴 듯한 차바퀴 흔적을 계속 따라가며 실내 테니스장과 눈 덮인 실외 테니스장을 지났다. 피아는 하얗게 회칠이 되고 창살이 있는 성모상 처소로 가는 개천 옆의 길을 알고 있었다. 가끔 여기서 개와 산책하거나 자전거를 타기 때문이다. 동물보호소까지 막 왔을 때 뒤에서 기이한 소리가 들려와 몸을 돌렸다. 올리브색 자동차 비슷한 형체가 차선을 따라 그녀에게 다가왔다. 피아는 운전석에 앉은 상관을 알아보고 깜짝 놀랐다. 옆으로 한걸음 비키려다가 하마터면 균형을 잃고 쌓인 눈에 넘어질 뻔했으나 개 줄을 단단하게 잡고 있어서 버틸 수 있었다. 보덴슈타인은 다른 쪽으로 가서 차에 올라타라고 손짓했다. 피아는 조수석 문을 세차게 흔들어 열었다. 벡스는 우아하게 차에 올라 보덴슈타인에게 반갑게 인사했다. 피아는 양쪽 부츠를 서로 부딪쳐 신발 바닥에 묻은 눈을 털어냈다.

"안전벨트는 없어." 보덴슈타인이 말했다. "그리고 조심해……. 좌석이 뒤로 넘어갈 수도 있으니까."

"참 든든한 소리군요." 피아는 두 무릎 사이에 벡스를 밀어 넣고 글러브 박스 앞에 조립된 지지대를 잡았다. 그러고 차 내부를 둘러봤다. 보덴슈타인이 클러치 페달을 밟자 기어가 삐걱거렸지만 어쨌든 차가 덜컹거리며 움직이기 시작했다. "이게 도대체 뭐예요?"

"DKW 뭉가." 보덴슈타인이 대답했다. "1961년식이지. 나랑 나이가 똑같아. 아버지가 40년 전에 연방군 재고품 중에서 샀어. 원래 숲속에서만 사용해. 그래도 44마력에 상시 사륜구동이라서 내 포르쉐와는 달리 어디든 갈 수 있어."

그는 두툼한 안감을 넣은 야전 작업복에 귀 덮개가 달린 모피 모자와 장갑 차림이었다.

"삼림 작업자 복장이 잘 어울리시네요." 피아는 상관의 머리부터 발끝까지 살피며 흥겨워했다. "왠지 모르게 튼튼해 보여요. 산에서 온 남자."

"유감스럽게도 1976년쯤부터 난방이 작동하지 않아." 보덴슈타인이 씁쓸하게 웃었다. "폐렴에 걸리기 싫어서 겨울에 뭉가를 탈 때 적합한 옷가지를 동생에게서 빌렸지."

작은 자동차는 높이 쌓인 눈을 힘들이지 않고 지나갔다.

"자네, 프리체에게 무슨 짓을 했나? 인사를 하려고 차를 세웠더니 자네가 이미 다 알고 있다고, 자기는 나에게 다시 한번 설명할 시간이 없다고 퉁명스럽게 말하더군."

"제가 그 사람의 실수를 하나 잡아냈거든요." 피아가 고소하다는 표정으로 끼룩거리며 웃었다. "시신을 발견한 개 보호자의 이름과 주소를 확보하지 않은 모양이에요."

"아, 그랬군."

"금요일에 이혼 일정은 잘 끝내셨나요?" 피아가 물었다.

"응, 끝냈지. 야단법석 없이 간단하게 말이야. 두 번째 이혼을 해결했어."

"'축하합니다'라는 말은 올바르지 않겠지만, 어쨌든 그 방향으로 인사를 드려요." 피아가 말했다.

"안타깝지만 자네 말이 맞아." 보덴슈타인이 얼굴을 찌푸렸다. "고마워."

동료들 사이에서 두 번째 이혼은 흔한 일이었다. 이혼율이 경찰만큼 높은 직업도 드물었다. 피아도 이미 한 번 이혼했고, 최근에는 두 번째 결혼생활도 긴장감이 느껴질 때가 많았다. 아마도 전남편, 더 정확하게 말하자면 그가 집필하는 범죄소설 때문일 터였다. 소설의 주인공은 프랑크푸르트 법의학자와 경위 형사인 전처로 둘 다 가상인물이었다. 하지만 헤닝이 소설의 등장인물을 다르게 바꾸는 데 그다지 노력을 기울이지 않아서 내막을 아는 사람이라면 등장인물이 실제로는 누구이며 장소가 어디인지, 헤닝이 소설에서 다루는 범죄 사건이 무엇인지 당연히 알아볼 수 있었다. 호프하임 경찰서 강력11반은 자신들이 엄청나게 성공을 거두고 언제나 베스트셀러 목록에 오르는 범죄소설의 실제 모델이라는 사실을 자랑스러워한 반면, 헤닝의 책에서 우스꽝스러운 조연 역할인 크리스토프는 짜증을 냈다. 사랑스럽기는 하지만 어수선한 그 소설 속 등장인물은 실제의 크리스토프와 전혀 닮지 않았다.

일이 주 전에 출간된 헤닝의 세 번째 범죄소설은 곧장 베스트셀러 목록 1위에 올랐고, 그사이에 영화 판권과 외국 저작권 판매에 대한 문의도 있었다. 크리스토프는 사람들이 소설 속 등장인물의 이름으로 말을 걸어오는 데 질린 상태였다. 하지만 피아는 자신이 헤닝과 여전히 직업적으로 연결되어 있다는 사실이 크리스토프가 느끼는 진짜 문제라고 생각했다. 게다가 그는 피

아가 강력11반에서 살인과 폭행치사를 지속적으로 다루는 것
도 좋아하지 않았다. 지난 12년 동안 내키지는 않지만 크리스토
프를 생각해서 다른 부서로 옮길까 몇 번 생각해본 적도 있지
만, 그녀는 살인사건에 열정을 쏟는 형사였다. 거기에 더해 동
료들도 좋아했다. 카이와 셈, 카트린과 타리크, 크리스티안, 특
히 보덴슈타인과 니콜라 엥겔은 세월이 흐르면서 피아의 '직장
가족'이 됐다. 서로를 알고 존중했으며, 중요한 순간에는 서로
백 프로 믿고 의지할 수 있었다.

"지금까지 알려진 상황은?" 보덴슈타인이 물었다.

피아는 크리스토프와 헤닝 생각을 떨쳐버리고 프리체가 알려
준 사실을 전달했다.

갈림길에 서 있던 제복 차림의 순경이 귀 덮개가 달린 모피
모자에도 불구하고 보덴슈타인을 알아보고서 경찰 저지선을 열
어줬다. 개천 상류 언덕에 구경꾼들이 이미 모여 있었다. 그중
몇몇은 눈 덮인 풀밭을 지나 언덕 아래로 터벅터벅 내려왔다.
선정적인 것에 대한 쾌감과 무시무시한 세부사항을 알려는 탐
욕은 눈과 얼음, 무엇보다도 경찰 저지선 따위는 아랑곳하지 않
았다. 이제 얼마 지나지 않아 틀림없이 드론이 시신 발견 장소
상공을 선회할 터였다.

"어디선가 무슨 일이 벌어지면 사람들이 어떻게 이다지도 빨
리 알아채는지 늘 이상해요." 피아가 의아해했다.

"페이스북, 인스타그램." 보덴슈타인이 어깨를 으쓱하며 대답
했다. "그리고 어딘가에 백인대가 수색견을 데리고 나타나면 사
람들 눈에 띄기 마련이지."

"네, 그건 저도 알아요. 제가 시대에 그렇게 뒤처진 것도 아니고요." 피아가 대꾸했다. "하지만 사람들이 왜 이렇게 바로 달려들어 구경하려는지 도무지 이해할 수 없어요."

"그냥 사는 게 심심해서 그럴 테지." 보덴슈타인이 추측했다. "그에 비해 이런 일은 톡 쏘는 맛이 있잖아."

눈 덮인 아래쪽은 슈발바흐를 따라 줄츠바흐로 이어지는 아스팔트길이었다. 소풍객들이 즐겨 찾는 음식점 폰데로사의 작은 정원 아래쪽을 지나면 길은 조센하임과 수목원, 에슈보른으로 이어졌다. 높이 자란 나무들이 여름에는 그늘진 초록빛 터널을 이루어서 산책이나 조깅을 하는 사람들, 자전거를 타는 사람들이 모두 좋아하는 길이었다. 서리가 이제 이곳을 아름다운 겨울 풍경으로 바꿔놓았다.

움푹한 분지 커브 뒤편에 감식반의 파란색 폭스바겐 미니버스 두 대와 순찰차 두 대, 슈발바흐 의용소방대 차량 한 대와 프랑크푸르트 번호판을 단 검은색 SUV 한 대가 주차되어 있었다.

"어, 이것 봐라. 키르히호프 박사가 몸소 왔네." 보덴슈타인이 말했다. 몇 년 전에 프랑크푸르트 법의학연구소장이 된 피아의 전남편은 시신 발견 장소로 직접 오는 경우가 드물고 직원에게 이 일을 맡기곤 했다.

"아마도 새 범죄소설 소재가 필요한 모양이네요." 피아가 툴툴거렸다.

보덴슈타인은 헤닝의 자동차 뒤에 주차했다. 기동수사대의 몇몇 대원이 구경꾼들이 다가오지 못하게 시신 발견 장소를 지키는 중이었다. 호프하임 경찰서 감식반장인 크리스티안 크뢰거의 지휘 아래 소방대원 여러 명이 성모상 처소 뒤편까지 눈길에 널빤지를 놓느라 바빴다. 보덴슈타인이 차에서 내렸다. 벡스는 계기판에 앞발을 딛고 서서 호기심에 찬 눈길로 앞 유리창 너머를 내다봤다.

"피아, 개를 차에 그대로 둬!" 크뢰거가 소리쳤다. "개가 여기서 뛰어다니면 끝장이야. 열정에 넘치는 기동수사대가 이미 발견 장소 전체를 오염시켰단 말이야!"

"너, 들었지." 피아가 개에게 말했다. "여기 얌전히 있어."

"기동수사대가 눈을 긁어내고 시신 얼굴을 덮었던 재킷도 치웠더라고." 크뢰거가 투덜거렸다. 모든 것을 사진 찍고 정확하게 기록하기 전에 발견 장소 또는 범행 장소의 흔적을 바꾸는 행위는 그가 보기에 신성 모독이었다.

"우리 중에서는 아무도 그러지 않았어요." 기동수사대 대원 한 명이 끼어들었다.

"그러면 틀림없이 '전설' 짓이겠군." 크뢰거가 짜증스러운 목소리로 으르렁거렸다. "프리체는 늘 자기가 다른 모든 사람보다 낫다고 생각한단 말이야."

젊은 경찰관은 당황해서 그저 싱긋 웃기만 했다.

피아는 니더회흐슈타트 경찰 지구대장 마르틴 로트하우스와 이야기 중인 보덴슈타인에게 다가갔다. 로트하우스는 강력반이 사건을 넘겨받는다는 사실에 안도하고 최신 상황을 보고했다. 어제 부모가 실종 신고를 한 직후에 로트하우스와 동료 한 명이 실종된 라리사 빌레펠트의 친구들과 이야기를 나눠봤지만 라리사가 어디에 있을 만한지 아는 아이는 한 명도 없었다고 했다.

로트하우스는 백인대와 수색견, 헬리콥터를 요청했다. 그는 모든 것을 올바르게 처리했지만 살아 있는 라리사를 발견할 기회는 없었다. 피아는 니더회흐슈타트 동료들이 이런 사건에 치안경찰보다 훨씬 경험이 많은 강력반을 왜 바로 투입하지 않았는지 의아하게 생각했다. 이런 의문은 이번이 처음이 아니었다.

* * *

지난 24시간 동안 안네 뵐레펠트는 악몽과 지옥 사이에 있는 상황을 겪었고, 지금은 내면이 완전히 마비되어 있었다. 주위에서 일어나는 일들이 현실로 느껴지지 않았다. 그녀는 자신의 둥지인 집으로 쳐들어온 모든 사람과 대화하는 일을 외르크에게 넘겼다. 경찰관들이 리시의 방에 들어갔다. 리시의 물건을 모두 만지고 사진 찍고 메모하고, 서랍을 모두 열어서 뒤지고, 옷장을 들여다보고, 딸을 찾는 데 도움이 되는 정보가 그 안에 숨어 있기라도 하다는 듯이 박스스프링 침대 매트리스도 뒤집었다. 안네는 문간에 서서 손톱이 팔 살갗을 파고들 만큼 팔짱을 꽉 낀 채 그들을 지켜봤다. 그러지 않으면 몸이 부서지고 그들에게 고함을 지를 것만 같았다. 그 방은 리시의 제국이었다. 리시는 부모에게조차 그곳에 들어오는 데 제한을 두었고, 부모는 그 점을 받아들였다. 리시는 어린아이가 아니라 물러나서 쉴 장소가 필요하고 소소한 비밀이 있는 젊은 여성이었기 때문이다. 지금 이 방에서 벌어지는 일이 성폭행처럼 느껴졌지만 안네는 어쩔 도리가 없었다. 이 사람들은 그저 리시를 찾도록 도울 뿐이

45

니 수색을 말릴 수 없었다.

안네의 리시, 안네의 아이, 안네의 딸은 48시간 전부터 실종 상태였다.

딸을 마지막으로 본 게 언제입니까? 소식을 마지막으로 들은 건요? 마지막으로 말을 한 때는? 마지막으로 문자나 음성메시지를 보낸 건 언제죠? 라리사는 금요일 저녁에 뭘 하려고 했나요? 혹시 가출한 건 아닌가요? 라리사가 갈 만한 집이 있습니까? 부모님이 모르는 남자친구가 있을까요? 연인 문제로 고민한 건 아닌가요? 혹시 따돌림을 당했습니까?

경찰관들이 외르크와 안네에게 질문을 던질 때마다 리시는 그들에게서 조금씩 더 멀어졌고, 안네는 충격적이게도 대부분의 질문에 대답하지 못한다는 사실을 깨닫고 너무나 부끄러웠다. 외르크와 안네는 당황하여 몇 번이나 서로를 바라보며 어깨를 으쓱했다. 리시가 따돌림을 당했나? 누군가를 사랑하게 됐을까? 정말로 니더회흐슈타트 조각 공원에서 친구들과 만나 스케이트장에 가려던 게 맞나? 아니면 전혀 다른 곳에 가려고 했을까? 리시가 담배를 피우나? 마약을 할까? 누군가에게서 협박을 당했나? 어떤 사람 또는 무언가를 두려워했을까? 리시가 최근에 달라졌던가?

안네는 리시와 서로 믿는 좋은 관계를 맺고 있다고, 딸을 잘 안다고 생각했지만 착각이었다. 아는 거라고는 전혀 없었다. 열여섯 살짜리 딸에게서 안네가 아는 거라고는 딸이 그녀에게 보여주려고 했던 것밖에 없다는 고통스러운 사실이 이제 명백해졌다. 경찰들은 이들을 얼마나 이상한 부모로 볼 것인가?

'리시, 어디 있니?' 안네는 속으로 몇 번이나 물었다. '왜 집에 돌아오지 않아?'

딸은 순진하고 어린아이 같았고, 삶이 가져다줄지도 모르는 잔혹함에 전혀 준비되지 않은 상태였다. 열여섯 살인데도 아직 어려서 매일 저녁 몇 분 정도는 엄마에게 안기기를 원할 때가 있었고, 크리스마스에 원하는 선물 목록에는 유니콘 플리스 담요와 영국 해리 포터 스튜디오 여행도 포함되어 있었다.

안네는 리시가 가장 아끼는 봉제 인형, 찌부러진 작은 양을 안고는 걱정해주는 사람들을 피해 계단 제일 높은 층계에 앉았다. 그들 중에는 안네의 엄마도 있었다. 언니도 어제저녁 폭설에도 불구하고 코블렌츠에서 여기까지 왔다. 외르크의 동생인 요나스와 그의 아내 수지도 왔다. 왼쪽 이웃인 베르너와 카린, 맞은편 이웃인 레즈비언 커플 자비네와 프레야, 오른쪽 이웃인 티모와 타냐도 있었다. 낯선 사람들, 커피와 무선 랜 비밀번호와 화장지 등 계속 뭔가 요구하는 경찰관들도 있었다.

외르크는 말을 하면 상태가 나아졌다. 언제나 그랬다. 두 사람 중에 말이 많은 쪽은 외르크였고 안네는 말수가 적었다. 외르크의 말소리가 들려왔다. 그는 텔레비전이 음소거 된 채 켜져 있는 거실에 있었다.

"뷜레펠트 부인? 뭔가 부탁하실 일 없나요?" 사복 차림인 여자 경찰이 계단 아래쪽에 나타났다. '피해자 대변인'이었다. 얼마나 끔찍한 직업 명칭인가. "뭐 좀 드시겠어요?"

"아뇨. 그냥 여기 앉아 있고 싶어요." 안네는 의도했던 것보다 더 무뚝뚝하게 대답했다. 이 모든 사람을 더는 견딜 수 없었다.

소곤거리는 소리, 연민을 드러내는 당황스러운 눈빛은 안네가 정신줄을 놓은 채 울음을 터뜨리거나 하나뿐인 자식에 대한 불안으로 눈물을 흘리고 비명을 지르지 못하게 억눌렀다. 그들은 안네를 끊임없이 방해했다. 차 드시겠어요? 좀 누우실래요? 뭔가 해드릴 일이 없을까요?

아니, 아니, **아니요.**

경찰은 부엌으로 갔다. 피해자 대변인으로서 당연히 익숙한 상황일 터였다.

안네는 벽에 머리를 기댔다. 아무 변화도 없다는 걸 알고 있었지만 자신도 모르게 몇 번이고 리시의 왓츠앱과 위치 찾기 앱을 다시 열었다. 기적이 없다는 사실이야 이미 알고 있었다. 여기 있는 모든 사람이 알았다. 안네는 아동과 청소년이 흔적도 없이 사라지는 사건을 언론을 통해 알고 있었고 통계도 알았다. 실종 청소년의 99퍼센트는 건강한 모습으로, 그것도 대부분은 24시간 이내에 다시 나타났다. 하지만 안 좋은 결과로 끝나는 1퍼센트도 존재했다. 16세 레베카 로이쉬의 경우와 같은 사건을 신문에서 읽거나 텔레비전에서 볼 때면 속으로 항상 이렇게 생각하곤 했다. '내 아이가 아니라서 다행이야!' 이런 이기적인 생각 때문에 지금 벌을 받는 걸까?

현관 초인종이 또 울렸다. 누군가 문을 열었다. 흥분한 목소리가 들려왔다. 어수선했다. 누군가 계단을 올라왔다. 외르크였다. 그가 안네의 손을 잡았다. 외르크는 울고 있었다. 안네는 남편이 우는 모습을 한 번도 본 적이 없었다.

"안 돼." 안네가 남편에게 말했다. "안 돼, 안 돼. 말하지 마. 하지 마!"

"아이를 발견했대." 외르크가 눈물에 잠긴 목소리로 나지막하게 말했다. "안네, 사람들이 아이를 발견했대. 우리 리시가 죽었어."

* * *

크뢰거와 그의 팀은 시신 사진을 찍고 채취 가능한 흔적들을 확보했다.

"우리가 봐도 될까?" 보덴슈타인이 물었다.

"네." 크뢰거가 대답했다. "하지만 널빤지를 벗어나지 마세요. 어차피 이미 너무 많은 사람들이 여길 짓밟긴 했지만요."

"그래, 물론이야." 보덴슈타인이 감식반장을 안심시켰다. 그러고 마리아 제단이 들어 있는 작은 처소 주변에서 균형을 잡으며 조심조심 움직였고, 피아도 그 뒤를 따랐다. 처소 뒤편은 나무와 덤불이 많은 언덕으로 이어졌다. 감식반은 덤불을 베어내고 시신에서 조심스럽게 눈을 쓸어냈다. 젊은 여성의 시신은 언덕과 벽 사이의 움푹 파인 곳에 누워 있었다. 마치 자는 것처럼 옆으로 누운 채 무릎을 끌어당기고 왼팔로 머리를 베고 있었다.

"눈이 내리기 전에 여기 놓인 겁니다. 시신 아래에는 눈이 없거든요." 크뢰거가 말했다. "머리와 상체에 재킷이 있었어요. 누군가 덮어준 것처럼."

그는 모자와 인조 모피 깃이 달린 크림색 다운재킷을 가리켰다. 조금 떨어진 곳 바닥에 놓인 그 다운재킷 옆의 눈 속에 2번이라고 적힌 작은 번호판이 꽂혀 있었다.

"외부인이 개입한 흔적이 있나?" 보덴슈타인이 물었다. 그가 모피 모자의 끈을 턱 밑에서 풀자 귀 덮개가 찻잔 손잡이처럼 옆으로 삐죽 나와 세워졌다.

"첫눈에 보기에는 없습니다." 크뢰거가 대답했다.

"그렇다면 이 여성이 여기 누워서 재킷을 스스로 덮었다는 뜻일 수도 있겠군?" 수사 초반에는 모든 가능성을 열어놓고 시작해야 한다. 청소년들은 기이한 행동을 할 때가 잦았는데, 특히 마약 또는 알코올 영향을 받으면 더욱 그랬다.

"이론상으로는 그렇죠." 크뢰거는 생각에 잠긴 채 입술을 옴찔거렸다. "하지만 그랬더라면 뒤편보다는 처소 내부에 눕지 않았을까요?"

피아는 쪼그리고 앉아, 죽은 소녀를 가까이에서 살폈다. 푸르스름한 입술은 이제 더는 미소를 지을 수 없을 터였다. 손가락으로는 이제 아무것도 쥘 수 없었다. 하나로 땋은 짙은 갈색 머리카락도 이제 더는 바람에 흩날리지 않을 것이다. 살아 있을 때는 어떤 모습이었을까? 외모에 신경을 썼다는 사실은 확실해 보였다. 속눈썹에 마스카라를 칠했고, 감긴 눈두덩에는 청동색 아이섀도 흔적이 남아 있었다. 그것과 어울리는 부드러운 갈색 스웨터, 그리고 작은 꽃잎 모양인 귀걸이 색깔도 아이섀도나 스웨터와 어울렸다. 목에 두른 청색 머플러만 다른 것들과 명확한 대조를 이루었다.

피아는 마음이 무거워졌다. 이 젊은 여성은 자기가 죽는다는 사실도 모른 채 화장을 하고 머리카락을 땋고 옷을 챙겨 입었을 것이다. 뭘 하려고 했을까? 누굴 만났을까? 누군가에게 실망해서 이곳으로 남몰래 왔나? 죽을 생각이었을까? 동사는 특히 알코올이나 마약에 취한 상태라면 비교적 편안한 죽음이었다.

강력11반에서 일한 20년 이상의 세월 동안 피아는 이미 많은 일을 겪었지만 어린이나 청소년의 죽음에는 여전히 큰 충격을 받았다. 살지도 못한 채 파괴된 어린 삶을 목격하는 것은 이 직업에서 가장 끔찍한 일이었다.

"실종인물이 맞아?" 보덴슈타인이 묻는 소리가 들렸다.

"아마 거의 확실할 겁니다." 크뢰거가 대답했다. "귀걸이와 옷이 부모가 실종 신고 때 말한 내용과 일치해요."

"휴대폰은 발견됐나? 신분증은? 가방은?"

"아뇨, 아무것도 못 찾았어요. 어쩌면 모두 눈에 파묻혀 있을지도 모릅니다. 그리고 단서가 발견됐냐고 묻지 마세요. 눈 때문에 증거 확보가 대재난 상태니까요. 지금은 발견 장소가 범행 현장인지조차 말할 수 없어요."

피아는 도로로 돌아갔다. 얼어붙은 찬 공기를 폐 깊숙하게 들이마시고 다운재킷에 달린 모자를 썼다. 헤닝 키르히호프는 처소 지붕 아래 서 있었다. 그의 옆에 장비가 든 알루미늄 가방이 놓여 있었다. 이미 하얀색 작업복 차림이었는데, 성모상에 완전히 푹 빠진 것처럼 보였다.

"어이, 헤닝." 피아가 전남편에게 인사했다. "또 소설 소재를 찾는 거야? 아니면 일요일 아침에 여긴 무슨 일로?"

"피아, 잘 있었어?" 헤닝은 피아에게 몸을 돌렸지만 그녀의 가시 돋친 말은 못 들은 척했다. "이 상이 이른바 '일치의 십자가'를 표현한 것이라는 사실, 알고 있었어? 원본 뒷면에는 라틴어로 세 문장이 쓰여 있지. 그중 한 문장이 '클라리피카 테(Clarifica te)'야." 헤닝은 성모상 아래의 문장을 가리켰다. "하지만 여긴 '클라리피카 메(Clarifica me) 요한복음 17장'이라고 쓰여 있어. 보이지? 이건 오류야."

"왜? 무슨 말이야?" 피아는 기물 파손을 막기 위해 창살로 막은 안쪽에 들어 있는 성모상을 훑어봤다. 그림 아래쪽 선반과 바닥에는 수많은 봉헌 초와 불 꺼진 초와 꽁꽁 언 꽃이 담긴 꽃병이 놓여 있었다. 피아는 개와 함께 이 제단 옆을 이미 여러 번 지나갔지만 이런 세부사항까지 자세히 본 적은 없었다. 소녀의 시신이 하필이면 이곳에 놓인 데에는 특별한 이유가 있는데 내가 그 의미를 알지 못하는 건가?

"맞게 하려면 '클라리피카 테'라야 해." 헤닝이 말을 이었다. "문자 그대로는 '당신을 영광되게 하라'라고 해석할 수 있어. '당신 자신을 뚜렷하게 밝히고, 하느님의 나라에서 당신이 어떤 권한을 가지고 있는지 드러내라.' 정도의 의미인데, 예수의 어머니 마리아에게 해당하는 말이야. 그래서 마리아 제단에 자주 등장하는 문장이지. 그런데 여기는 '클라리피카 메 요한복음 17장'이라고 쓰여 있잖아."

"그래서 뭐? '메'든 '테'든 누가 거기에 관심이나 있어?" 피아는 완전히 다른 일에 신경을 쏟는 중이었다. 이런 사소한 일을 또 꼬치꼬치 캐다니, 전형적인 헤닝의 모습이야.

"에트 눙크 클라리피카 메 투 파터 아푸드 테메트 입숨 클라리타템 크밤 하부이 프리우스크밤 문두스 에세트 아푸드 테Et

nunc clarifica me tu Pater apud temet ipsum claritatem quam
habui priusquam mundus esset apud te. (아버지, 창세 전에 내가
아버지와 함께 누리던 그 영광으로, 나를 아버지 앞에서 영광되게 하여
주십시오—요한복음 17장 5절)." 헤닝이 유창하게 라틴어를 인용했
다. "요한복음 17장에 나오는 문장인데, 명확하게 아버지인 하
느님에게 말을 거는 거야. 마리아 제단에는 어울리지 않아. 무
슨 말인지 알겠어?"

"잘 모르겠군." 피아는 눈을 흘겼다. 전남편은 그녀가 지금까
지 만난 사람들 중에 가장 교양 수준이 높은 편에 속했다. 16년
의 결혼생활 동안 자기가 계속 부족하다고 느낀 데에는 다 이유
가 있었다. 지적인 면에서 헤닝과 그의 친구들 수준에는 도무지
미치지 못했기 때문이다.

"당신도 알다시피 나는 라틴어를 하지 못해. 하지만 당신이
성서에서 히브리어를 인용한다면 정말 감탄할 텐데." 피아가 비
웃었다.

"신약성서는 원래 그리스어로 쓰였어. 부분적으로 아람어도
있지만 히브리어는 아니야." 헤닝이 부드럽게 배려하는 말투로
대답했다. 이런 행동에 피아는 예전에 곧장 울화가 치밀었지만
이제 더는 아니었다.

"여기 와서 꽃을 내려놓고 촛불을 켜는 사람들은 도대체 어떤
사람들일까?" 피아가 의아해하며 물었다.

"위로받기 원하는 사람들이지." 헤닝은 뭔가 알아내려는 듯한
눈길로 피아를 살폈다. "어떻게 지내?"

"잘 지내. 당신은?"

크리스토프와 다퉜다는 말을 하필이면 전남편에게 할 일이야 전혀 없었다.

"나도 잘 지내. 별일 없어?"

"이 처소 뒤에 사망한 열여섯 살짜리가 누워 있고, 우리가 그 부모에게 알려야 한다는 사실만 빼고는 별일 없어." 피아는 의도한 것보다 더 거칠게 대답했다. 헤닝이 그 말에 반응을 보이기 전에 크뢰거가 나타나서 말했다.

"박사님, 우리 팀은 끝났습니다. 이제 시신을 보러 가셔도 돼요. 여기가 더 편하시다면 시신을 이곳으로 옮기겠습니다."

"고맙습니다." 헤닝이 대답했다. "눈밭에서 일하는 것보다 사실 여기가 더 낫겠어요."

"네, 그럼 옮기죠."

두 남자 사이에서 오랜 기간 지속된 깊은 적대감과 범죄 현장에서 다른 사람들이 모두 꾹 참고 견뎌야 했던 두 사람의 유치한 싸움질은 이제 모두 과거의 일이었다. 보덴슈타인의 가설에 따르면 키르히호프가 드디어 자신을 적절하게 대우해준다고 크뢰거가 느끼기 때문이라고 한다. 그는 헤닝의 범죄소설에서 상당히 긍정적으로 그려지는 허구적 인물인 감식반장 크리스 크뢰거가 본인이라고 생각했다. 하지만 둘이 싸움을 그만둔 이유가 뭔지 정말로 아는 사람은 아무도 없었다.

헤닝은 피아를 만지려는 듯이 손을 뻗었다가 생각을 바꾸고 팔을 그냥 내렸다. 보덴슈타인을 본 그가 한쪽 눈썹을 치켜세웠다. "반장님, 안녕하세요? 극지방 탐험 중이신가요?"

"해가 갈수록 추위를 견디기 힘든 것 같습니다." 보덴슈타인이 대꾸했다. 휴대폰이 울리자 그는 전화를 받으려고 옆으로 옮겨갔다. 피아는 양손을 재킷 주머니에 넣은 채 크리스티안 크뢰거와 그의 팀원 두 명이 젊은 여성의 시신을 성모상 앞쪽 바닥에 내려놓는 모습을 지켜봤다. 사후 강직과 기온 때문에 뻣뻣해진 시신은 발견된 모습 그대로여서 기괴하게 보였다.

키르히호프가 검시를 시작했다.

눈을 밟는 보덴슈타인의 발소리가 들려왔다. 화가 난 듯했다.

"메를레 그룹바흐가 전화했어." 그가 입을 뗐다. "어제 오후부터 라리사 빌레펠트의 부모 집에 있는데, 조금 전에 누군가 현관 초인종을 울리고 부모에게 딸의 시신이 발견됐다고 알렸다는군."

"뭐라고요?" 피아가 몸을 돌렸다. "그 사람은 어디서 들었죠?"

"아, 빌어먹을!" 보덴슈타인은 짜증을 내며 혀를 찼다. "크리스티안, 시신이 실종된 여자라는 게 어느 정도나 확실한 거야?"

"아주 확실해요." 크뢰거가 스마트폰을 꺼내, 부모가 실종 신고 때 준 사진을 찾았다. 보덴슈타인과 피아는 사진을 보며 시신의 얼굴과 비교했다.

"그래, 이 아이네." 피아도 확신했다.

"좋아, 그럼 부모가 여기 오기 전에 우리가 가야겠군." 보덴슈타인이 결정을 내렸다.

"잠깐만 기다리세요." 헤닝이 그들을 불러 세웠다. 그는 조금 전에 시신의 목에서 머플러를 풀었다. "이쪽으로 와보시죠."

보덴슈타인과 크뢰거와 피아는 시신에 더 가까이 다가섰다.

"이거 보이나요? 명백한 교살 흔적입니다. 머플러로 목을 조르는 과정에서 생긴 게 틀림없어요." 헤닝은 시신의 목 주위에 돌아간 푸른 줄을, 그다음에 얼굴 오른쪽을 가리켰다. "안면 두 개골에 가한 폭력 흔적이 있지요. 시반이 분홍색인데, 이상하게 생각하지 마세요. 추위, 그리고 헤모글로빈의 재 산소화와 연관이 있으니까요. 따뜻한 곳에 가면 시반은 바로 어두운색으로 바뀝니다. 후두부 모자챙 라인 아래에도 둔탁한 상흔이 있지만, 그건 별로 높지 않은 곳에서 떨어질 때 생긴 것 같습니다. 더 자세한 내용은 부검 후에야 말할 수 있겠지만 어쨌든 이 젊은 여성이 외적인 폭력 때문에 사망하고 그 후에 여기로 옮겨졌다는 것은 거의 확실합니다."

보덴슈타인이 일어나면서 한숨을 내쉬었다. 지금까지는 실종 사건이었지만 이제는 범죄였고, 어쩌면 살인일 수도 있었다.

"금요일 저녁에 눈이 내리기 시작한 시각을 알아낼 수 있을까?"

"이미 확인했어요." 크뢰거가 대답했다. "기상 데이터에 따르면 이곳에는 금요일 저녁 21시 30분 무렵에 시작됐다고 합니다. 물론 정확한 시각은 기상청의 확인을 받아야지요."

* * *

"제가 팀원들에게 모두 알렸어요." 피아가 말했다. "셈은 베를린에서 열린 누군가의 결혼식에서 돌아오는 중이지만 카이와 카트린, 타리크는 사무실로 곧장 출발했답니다."

"카이더러 엥겔 박사와 언론 팀에게 알리라고 해." 보덴슈타인은 뭉가 운전석에 앉아 몸을 앞으로 내밀고 주차할 곳을 찾았지만, 라리사 뷜레펠트의 부모 집이 있는 줄츠바흐 근교 신시가지 길에는 주차된 차들이 넘쳐났고 그 사이에는 눈이 잔뜩 쌓여 있었다. 벡스는 만족스러운 표정으로 뒷좌석에 누워 있었다. 개는 자기도 사건에 함께할 때면 늘 기뻐했다.

"그 두 명에게도 제가 당연히 문자를 보냈어요." 피아가 대답했다. "여긴 주차할 곳이 없네요. 그냥 버스 정류장에 세우세요."

"그건 금지 사항이야." 보덴슈타인은 변속 레버와 씨름 중이었다. 몇 번 실패한 후에 후진에 성공해서 간선도로로 나갔다.

"버스 정류장에 세우거나 눈길을 뚫고 걸어가야죠." 피아가 휴대폰에서 눈을 떼지 않은 채 대꾸했다.

"나더러 불법 행위를 하라고 유혹하는군." 보덴슈타인은 버스 정류장의 정차 자리에 뭉가를 세우고 내려, 귀 덮개 달린 모피 모자와 안감을 넣은 야전 작업복을 벗었다가 바로 후회했다. 얼음 같은 냉기가 콤비 재킷과 얇은 천 바지를 파고들었다.

"다운재킷은 없어요?" 피아가 물었다.

"흐음." 보덴슈타인은 그저 신음소리만 흘렸다. "자, 얼른 일을 끝내자고."

가족의 죽음을 전하는 임무는 그들의 직업에서 아주 힘든 일 가운데 하나였다. 눈앞에서 온 가족의 삶이 파괴되는 모습은 끔찍했다. 보덴슈타인은 그저 소식을 전하는 사람에 불과하지만 항상 양심의 가책을 느꼈다.

인도는 세심하게 눈을 치운 상태였는데, 뷜레펠트 집 앞도 누군가 치우고 제설제를 뿌려두었다. 메를레 그룸바흐 경위가 앞

마당에서 기다리고 있었다.

"자네, 여기서 뭐 하나?" 보덴슈타인이 물었다.

"에슈보른의 동료 로트하우스가 어제 이 일을 요청했어요. 하지만 이제 위기 개입 업무로 이드슈타인에 가야 해요. 사망자가 두 명 발생한 교통사고예요." 메를레가 대답했다. "어차피 여기는 이제 더 이상 할 일이 별로 없어요. 부모는 마음을 완전히 닫았어요. 시신은 라리사가 확실한가요?"

"응, 안타깝게도." 피아가 대답했다. "범죄에 희생된 것 같아."

"그럴까 봐 걱정했지." 메를레 그룹바흐는 희생자의 가족 관계를 요약하여 재빨리 설명했다. "아버지인 외르크 뷜레펠트는 자동차업계의 엔지니어인데 출장을 자주 갑니다. 감정이 풍부하고 행동이 과하죠. 어머니인 안네 뷜레펠트는 약사이고 슈발바흐 타우누스 약국에서 일합니다. 남편보다 열 살쯤 젊어요. 속을 알기 어렵고요. 자기감정을 지금까지 철저하게 통제하고 있어요. 부부는 예전에 슈발바흐에 살았고 2년 전에 이 집으로 이사 왔답니다. 라리사는 두 사람의 유일한 자녀예요. 이제는 자녀였다고 하는 게 맞겠네요. 남편은 예전의 관계에서 낳은 큰딸이 있어요. 20대 중반입니다. 그 딸도 지금 여기 있어요."

"집에 또 누가 있어?" 피아가 물었다.

"안네 뷜레펠트의 어머니와 언니, 외르크 뷜레펠트의 동생과 그 아내, 친구와 이웃 여러 명, 라리사 아버지의 큰딸." 메를레가 손가락을 꼽았다. "안네 뷜레펠트의 언니만 빼고는 모두 이 근처에 살아. 대부분은 줄츠바흐에 산대. 다시 말해서 라리사의 부모는 음식 등 보살핌을 잘 받고 있어. 전문적인 도움은 거절했어. 어제는……."

집 안에서 시끄러운 목소리가 들렸다. 현관문이 벌컥 열리더니 드잡이가 벌어졌다. 남자 여러 명이 땅딸막한 대머리 남자가 집에서 나가지 못하게 잡고 있었다.

"대머리 남자가 아버지인 외르크 뵐레펠트야." 메를레가 목소리를 낮추어 말했다.

"놓으라고, 놔!" 뵐레펠트가 소리치며 거칠게 저항했지만 두 남자가 팔을 꽉 움켜쥐고 있었다. "리시에게 가야 해. 어린 내 딸에게. 이거 놔!"

남자는 완전히 제정신이 아니었다. 붉어진 얼굴에 눈물이 흘러내렸다.

"뵐레펠트 씨." 메를레 그룸바흐가 날뛰는 남자에게 말을 걸었다. "이쪽은 제 동료인 호프하임 경찰서 강력11반 보덴슈타인 경위와 산더 경위입니다. 수사를 담당하고 있어요."

뵐레펠트는 말을 멈추고 숨을 헐떡였다. 추위는 신경도 쓰지 않는 듯 청바지와 검은 티셔츠 차림이었는데, 감탄할 만큼 근육질인 팔이 눈에 띄었다. 메를레가 직업을 미리 알려주지 않았더라면 보덴슈타인은 그가 건설 노동자나 조경 정원사 또는 그 분야에서 일하는 사람이라고 짐작했을 것이다.

"내 딸 어디 있어요?" 그가 쉰 목소리로 거칠게 물었다. "무슨 일을 당한 겁니까? 무슨 일이 벌어졌는지 왜 아무도 말해주지 않아요?"

"뵐레펠트 씨, 그래서 우리가 지금 왔습니다." 보덴슈타인이 차분하게 대답했다. "들어가도 될까요? 당신 부부와 이야기하고 싶습니다."

뷜레펠트가 가쁜 숨을 쉬었다. 당황한 눈길로 이리저리 살피다가 충혈된 눈으로 몇 초 동안 보덴슈타인을 노려봤다. 그러다가 드디어 보덴슈타인이 한 말이 그의 뇌에 다다른 모양이었다. 긴장했던 몸이 갑자기 풀어졌다. 두 남자는 그에게서 손을 뗐지만 언제든 다시 붙잡으려고 옆에 서 있었다.

"필요하다면 우리가 옆에 있을 거야." 둘 중 머리카락 색깔이 짙은 40대 중반의 남자가 말했다.

뷜레펠트는 그저 고개만 끄덕였다. 그러더니 피아와 보덴슈타인에게 집으로 들어오라고 슬쩍 고갯짓을 했다.

"여기서 기다리십시오. 아내를 데려올 테니." 남자가 쥐어짜듯 말하고 계단을 올라갔다. 상대방을 정중히 대할 힘이 없었다.

보덴슈타인은 집 안을 둘러봤다. 어두운 목재로 만든 탁자 위쪽에 금테 거울이 걸려 있었다. 나무를 깎아 만든 성모상 옆에는 미소를 띤 여자아이 사진 액자가 있고 그 옆에 촛불이 켜져 있었다.

뷜레펠트가 두 사람을 남겨둔, 탁자와 옷걸이가 있는 넓은 전실 오른쪽은 거실과 연결된 탁 트인 부엌이었다. 적포도주색으로 반짝이는 전면, 온갖 최신 기기가 가득한 넓고 환한 부엌은 보덴슈타인이 카롤리네의 집에서 익히 보던 모습이었다. 여성 여러 명이 전실에 있는 경찰들에게 관심을 두지 않으려고 애쓰며 그 안에서 이리저리 움직이는 중이었다. 막 내린 커피 향기에 마늘과 샐비어, 구운 고기 냄새가 섞였다. 몇몇이 거실 식탁에 앉거나 모여 서서 나지막하게 이야기를 나누고 있었다.

"누구신지 여쭤봐도 될까요?" 피아는 뵐레펠트를 잡고 있던 두 남자에게 물으며 수첩과 볼펜을 꺼냈다.

"요나스 뵐레펠트입니다." 머리카락 색깔이 짙은 남자가 대답했다. "외르크 형의 동생이에요. 이곳 줄츠바흐에 삽니다."

"저는 베르너 콜베입니다." 집주인 남자와 비슷한 체형이라서 보덴슈타인이 그와 형제라고 간주했던 다른 남자가 말했다. "아내와 저는 옆집에 살아요. 외르크, 안네와 친합니다."

뵐레펠트가 아내와 함께 계단을 내려오자 두 사람은 정중하게 물러섰다. 안네 뵐레펠트는 몸을 꼿꼿하게 세우고 있었지만 아무와도 눈길을 마주하지 않았다. 봉제 인형을 든 손을 가슴에 세게 누르고, 다른 손에는 스마트폰을 움켜쥐고 있었다.

외르크 뵐레펠트는 보덴슈타인과 피아에게 따라오라고 말하고, 성모상이 있는 탁자를 지나 복도 끝에 있는 서재로 향했다. 바닥까지 닿는 유리창 너머로 슈발바흐에서 알트쾨니히에 이르는 눈 덮인 들판의 아름다운 경관이 드넓게 펼쳐졌다. 뵐레펠트는 책상에서 슈발바흐 개천을 따라 늘어선 나무들을 볼 수 있었다. 라리사의 시신이 발견된 장소는 집에서 직선거리로 500미터도 되지 않는 곳이었다. 부모가 그 소식을 듣는다면 이제 이 유리창을 내다볼 때마다 다른 것은 전혀 생각하지 못할 터였다.

뵐레펠트는 앉을 기미가 없었다.

"이런 소식을 전하게 되어 정말…… 안타깝습니다. 따님인 라리사를 발견했어요." 보덴슈타인이 말을 꺼냈다. "사망했습니다."

외르크 뵐레펠트가 흐느꼈다. 떨리는 흉곽이 오르락내리락했다. 그는 잠시 눈을 감고 양 주먹을 꽉 쥐었다.

"살해됐군요. 그렇죠?" 안네 뷜레펠트가 처음으로 보덴슈타인을 쳐다봤다. 목소리가 차분하고 얼굴은 무표정했다. 이 상황을 남편보다 잘 견딘다는 인상을 주었지만, 어쩌면 충격에 마비됐거나 신경안정제의 영향 때문일 수도 있었다.

"따님이 강력 범죄에 희생됐다는 증거가 있습니다." 보덴슈타인이 시인했다.

외르크 뷜레펠트가 인상을 찌푸리며 나지막하게 물었다.

"아이가…… 성폭행을 당했나요?"

"거기에 대해서는 아직 알려진 바가 없습니다." 보덴슈타인이 대답했다. "하지만 옷을 모두 입은 상태였어요."

뷜레펠트는 아내에게 손을 뻗었지만 그녀는 접촉이 싫다는 듯이 몇 센티미터 옆으로 옮겨갔다. 그러자 그는 당황하여 도망치듯 방에서 나갔다.

"앉으세요." 안네 뷜레펠트는 스마트폰을 움켜쥔 손으로 서류와 카탈로그들이 쌓여 있는 탁자를 가리켰다. 안네는 무척 말랐고 매력적이라기보다는 독특했으며, 천연 금발을 픽시 컷으로 잘라서 또렷한 얼굴 윤곽이 중성적으로 보였다. 창백한 피부색에 눈동자는 회청색이었다. 오른손에 낀 간결한 모양의 결혼반지가 유일한 보석이었다.

"뭐라도 드시겠어요? 커피? 아니면 차?"

"커피 부탁드립니다." 보덴슈타인이 싹싹하게 대답했다. "우유랑 설탕 없이 블랙으로요."

"저도 주세요." 피아가 말했다. "제가 도와드리겠습니다."

안네 뷜레펠트는 사양하려 했지만 피아를 떼어내지 못했다.

보덴슈타인은 방을 둘러봤다. 문 옆쪽 벽에 포토 콜라주가 붙어 있었다. 그 사진들은 흥겹고 모험심에 가득한 한 가족이 세월의 흐름과 더불어 만들어낸 역사를 이야기했다. 신생아일 때의 라리사, 입학 선물과 치열 교정 장치를 한 어린 라리사, 개와 고양이, 그리고 이복자매인 듯한 젊은 여성과 함께 있는 라리사의 사진들이 보였다. 야자나무, 바다와 산 또는 눈을 배경으로 한 휴가지 사진도 있었다. 머리숱이 많고 지금보다 40킬로그램쯤 덜 나가는 외르크 뷜레펠트가 패러글라이딩을 하거나 스키를 타거나 모터보트나 경주용 자동차를 운전하는 모습도 보였다. 안네 뷜레펠트도 라리사와 남편과 함께 산을 오르거나 스키를 탔다. 16년이 느린 영화의 한 장면처럼 흘러갔다. 통통한 아기는 매력적인 젊은 여성으로 자랐다.

보덴슈타인의 눈길이 책장 전문도서들의 책등과 자동차 미니어처와 세상 곳곳의 스노볼로 가득한 책장 선반을 훑었다.

"제가 리시에게 준 첫 번째 스노볼은 핀란드에서 가져온 겁니다." 외르크 뷜레펠트가 말했다. 그가 들어오는 소리를 듣지 못한 보덴슈타인은 소스라치게 놀라며 몸을 돌렸다. 뷜레펠트가 그의 옆으로 오더니 핀란드 국기와 아주 작은 고라니가 들어 있는 스노볼을 책장에서 꺼내들고 꿈꾸는 듯한 눈길로 들여다봤다. 어느 정도 제정신이 돌아온 듯했지만 눈물과 번뇌로 얼굴이 황폐했다. "그러다가 언젠가는 전통이 됐어요. 여행에서 돌아올 때마다 저는 리시에게 스노볼을 사다줬습니다. 나중에……나중에는 리시가 직접 샀고, 어딘가에 다녀올 때면 저에게 사다주기도 했지요. 마지막 스노볼은…… 베를린에서 사온 겁니다. 10월에 수학여행을 다녀왔거든요. 스노볼은…… 리시와 제가 무척 좋아하던 물건이었어요." 그의 목소리가 갈라졌다. 그가 스노볼을 조심스럽게 다시 내려놓았다. "저는 큰딸이 한 명 있어요. 스물여섯 살입니다. 잔인하게 들리겠지만 일바는…… 사고였어요. 제 말이 무슨 뜻인지 이해하시겠어요? 그 아이 엄마와 제 사이는 그저 원 나이트 스탠드였습니다. 일바도 사랑하지만 리시…… 리시는 우리가 애타게 기다리던 아이였습니다. 안네가 드디어 임신한 때는 저랑 10년이나 함께 지낸 후였답니다. 리시는 인공수정을 통해 태어났습니다. 다른 방법이 없었으니까요. 아내는 싫어했지요. 사랑의 하느님이 자기가 아이 갖는 것을 원하지 않는다면 인정할 수밖에 없다고 말하더군요." 외르크는 한숨을 내쉬었다. "하지만 제가 졸랐답니다. 저는…… 아내와 아이를 꼭 낳고 싶었어요. 네 번의 시도 후에 드디어 성공했습니다. 우린 행복했지요. 16년 동안. 이제…… 이제 우리 리시는 죽었습니다. 아내는 우리가 자연을 거역했기 때문에 신이 내리는 벌이라고 말합니다." 그가 보덴슈타인을 향해 몸을 돌렸다. 눈물이 뺨으로 흘러내렸다. "우리 잘못 때문에 리시가 죽은 거라면 어떻게 해야 하죠?"

보덴슈타인은 25년 동안 살인사건을 수사하면서 심리적으로 강해졌지만 온 세상이 무너진 이 남자의 바닥 모를 절망은 심장에 바로 와서 꽂혔다.

"지금 이런 말이 위로가 되지 않는다는 걸 압니다." 그가 빌레펠트에게 말했다. "하지만 따님을 살해한 사람을 우리가 꼭 찾을 겁니다. 약속드려요."

피아는 스마트폰 받아쓰기 기능을 켜고 안네와 외르크 뵐레 펠트 사이에 놓이도록 탁자에 내려놓았다.

"저희 질문에 대답해주시겠다니 고맙습니다." 피아가 대화를 시작했다. "이 일로 귀찮게 해드려서 정말 죄송합니다. 하지만 어제와 상황이 달라져서, 두 분이 어쩌면 저희 동료들에게 이미 대답했던 질문을 다시 한번 드리게 될지도 모릅니다. 너무 힘들 거나 휴식이 필요하면 말씀해주세요."

"시작하시죠." 안네 뵐레펠트가 어깨를 으쓱했다. 봉제 인형을 여전히 품에 꼭 안고 있었다. 스마트폰은 아까 탁자에 내려 놓았다. 하지만 중요한 소식을 기다린다는 듯이 몇 초에 한 번 씩 액정을 눌렀다. "해야 할 질문을 하세요."

외르크 뵐레펠트는 아내 옆에 앉아 있었다. 두 사람은 부모로 서 겪는 일 중에 가장 끔찍한 상황을 겪는 중이었지만, 둘 사이 에서 거리가 느껴졌다.

"제가 딸을 마지막으로 본 게 언제인지 알고 싶으신가요?" 안 네 뵐레펠트가 물었다. "마지막으로 소식을 듣거나 말을 한 때 가 언제인지? 아이에게서 문자나 음성메시지를 마지막으로 받 은 게 언제인지? 아니면 우리 딸이 담배를 피우거나 마약을 하 는지, 우리가 모르는 남자친구는 없는지 관심이 있으신가요? 우 리가 딸에게 관심도 없는 나쁜 부모라서 알지 못하는 남자친구 말이에요. 혹시 우리가 딸과 싸웠는지, 아이가 가출했는지, 사랑 때문에 고민을 했는지, 학교에서 따돌림을 당했는지!"

피아가 흘낏 곁눈질을 하자마자 보덴슈타인이 대화를 넘겨받 았다. 그는 연민과 객관성이 완벽하게 조화를 이룬 올바른 음색으로 말을 걸었고, 거의 모든 사람이 그렇듯이 안네 뷜레펠트도 그의 차분한 안정감에 살짝 긴장을 푸는 반응을 보였다. 스마트 폰을 건드리지 않았고, 텅 빈 눈길이 살아났다.

대화가 입력되는 중이었지만 피아는 안네 뷜레펠트가 언급하는 모든 이름과 시간과 가족 간의 세부사항을 메모했다. 부부는 수사에 협조하기 위해 놀라울 만큼 솔직하게 모든 정보를 알려줬다. 보통 사람들은 형사가 사생활을 캐면 부당하다고 느꼈다.

15분 후에 두 사람은 라리사 뷜레펠트, 즉 리시의 휴대폰이 금요일 저녁에 꺼질 때까지의 사건 경과를 대략 알게 됐다. 다음은 리시가 금요일 오후에 니더회흐슈타트 조각 공원의 임시 스케이트장에서 만난 친구와 급우들을 조사해야 했다.

"질문에 답해주셔서 고맙습니다." 보덴슈타인이 말했다. "괜찮으시다면 이제 리시의 방을 보고 싶습니다."

"리시가 집에서 문제가 있었는지 왜 안 물으시죠?" 안네 뷜레펠트가 질문했다. "어제 당신 동료들은 그걸 아주 중요하게 여기던데요."

"어제까지는 중요했지." 외르크 뷜레펠트가 처음으로 입을 열었다. "어제 경찰은 리시가 가출했을지도 모른다고 생각했으니까. 하지만 이제는 죽었다는 걸 알잖아. 집에서 문제가 있었든 없었든 상관없어."

안네 뷜레펠트의 턱이 뻣뻣해졌다.

"아, 그렇구나. 알았어." 그녀는 의자를 벌컥 뒤로 밀고 일어섰다. "따라오세요. 리시 방을 보여드리죠."

* * *

　세 아이의 아버지인 보덴슈타인은 2층 방문 손잡이를 밀고 방에 들어서기 전에 잠깐 망설였다. 모든 십대의 인생에서 부모를 자기 공간에 들여놓지 않으려는 시점은 이르든 늦든 반드시 온다. 그전까지 늘 활짝 열려 있던 방문이 갑자기 닫히고, 출입 엄금이라고 손으로 쓴 경고문이 문에 붙는다. 로렌츠와 로잘리도 그랬고, 이제 소피아도 마찬가지였다. 보덴슈타인의 눈길과 그의 망설임을 눈치챈 안네 뷜레펠트의 눈길이 마주쳤다.

　"방은…… 리시가 나간 때와 똑같은 모습이에요." 그녀가 다시 팔짱을 끼고 말했다. "경찰은 어제 봉제 인형과 좋아하는 쿠션만 가지고 갔어요. 수색견……에게 필요하다고요."

　라리사 뷜레펠트의 방은 무질서라는 관점에서 보덴슈타인 자녀들의 방과 비슷했다. 바닥과 안락의자와 책상 의자 등 사방에 옷가지와 신발이 널브러져 있고, 옷장과 서랍장은 열린 상태라서 바닥에 깔린 연회색 양탄자가 거의 보이지 않았다. 박스스프링 침대 위에는 헬로 키티 담요가, 침대 머리 쪽에는 봉제 인형과 쿠션들이 산더미처럼 쌓여 있었다. 여기까지는 평범한 십대의 방이었다. 여자아이 방에 아인트라흐트 프랑크푸르트 팬 굿즈가 있다는 점은 낯설었다. 침대 머리맡에는 검은색과 흰색이 함께 들어간 팬 머플러가, 책상 위 벽에는 필립 코스티치의 유니폼이, 책장에는 케빈 트랍의 사인 카드가 기대어 있었다.

　"아인트라흐트를 향한 리시의 열정은 아빠에게서 받은 건가요?" 보덴슈타인이 물었다.

"남편은 늘 아인트라흐트 프랑크푸르트 팬이었지만 리시가 관심을 보인 적은 없어요. 그런데 여름 언제인가 사라와 리시가 갑자기 팬이 되더군요. 남편은 아이들을 데리고 경기장에 간 적도 있어요." 안네 뵐레펠트는 그 추억을 떠올리고 잠깐 미소를 지었으나 미소는 금방 스러졌다.

"따님이 혹시 일기를 썼나요?" 피아가 물었다.

"아뇨, 제가 알기로는 안 썼어요. 어쨌든 저는 일기장을 본 적이 없어요."

침대 옆 바닥에 빨간색 펠트로 만든 니콜라우스 장화가, 그 옆에는 구겨진 포장지가 놓여 있었다. 전나무 가지와 귤, 초코볼도 보였다.

"리시는 성 니콜라우스 데이에 장갑을 받았어요. 휴대폰 터치스크린을 조작할 수 있는 장갑 말이에요." 안네 뵐레펠트가 용기를 내어 말했다. 보덴슈타인은 리시가 실종된 날이 성 니콜라우스 데이인 12월 6일임을 깨달았다. "그리고 블루투스 키 파인더도 받았고요. 리시는 열쇠꾸러미를 어디에 뒀는지 잊어버려서 몇 시간씩 찾을 때가 많았어요."

그 말에 뭐라고 대응할지 보덴슈타인도, 피아도 알지 못했다. 이런 괴로움을 목격하고서도 연민을 보여서는 안 된다는 사실이 한없이 힘들었다. 하지만 이런 상황에 처한 유족에게 경찰은 객관적이고 전문적인 태도를 유지해야 한다. 성직자나 응급의사도 마찬가지다. 포옹과 이해심, 눈물은 친척이나 친구들의 일이지 경찰의 일이 아니다. 이들은 감정을 보여서는 안 된다.

"리시의 학습용 아이패드를 가지고 가세요. 입구 탁자에 있어요." 안네 뵐레펠트가 말했다. "리시의 인스타그램과 틱톡, 스냅 챗, 클라우드 등등의 비밀번호를 적어뒀어요. 휴대폰 번호와 휴대폰 핀도요."

"뵐레펠트 부인, 고맙습니다. 정말 도움이 많이 될 거예요." 보덴슈타인이 대답했다.

"이제 가주시겠어요? 부탁입니다." 리시의 엄마가 나지막하게 중얼거렸다.

"네, 그럼요." 유감스럽게도 아직 질문이 많이 남아 있으니 경찰이 다시 와야 할 터였다. 하지만 오늘은 이걸로도 충분했다.

둘은 말없이 계단을 내려왔다. 보덴슈타인은 아이패드와 비밀번호들이 적힌 쪽지를 집어 들었다.

"보덴슈타인 형사님, 기다리세요!" 안네 뵐레펠트가 헬로 키티 담요를 들고 계단을 내려왔다. 마른 얼굴에서 눈이 아주 커 보였다. 그녀가 보덴슈타인에게 담요를 내밀며 나지막한 소리로 중얼거렸다.

"이걸 가져가세요. 리시는 담요가 필요해요. 늘 추위를 많이 타거든요."

* * *

강력11반 회의실에서 카이 오스터만과 카트린 파힝거, 타리크 오마리는 시신과 관련된 새로운 수사에 필요한 모든 준비를 마쳤다. 카이는 아직 텅 빈 화이트보드 왼쪽 제일 끝에 '라리사 뵐레펠트'라고 쓰고, 인스타그램 프로필에서 복사하여 출력한 사진을 그 옆에 붙여놓았다. 피아는 이미 뷜레펠트의 집에서 강력11반 채팅방에 데이터를 보냈고, 카트린과 카이와 타리크가 이제 첫 세부사항들을 화이트보드에 적기 시작했다. 보덴슈타인과 피아와 함께 셈 알투나이도 경찰서에 도착했다. 늘 그렇듯이 셈은 양복에 새하얀 셔츠 차림이었고, 주말임을 알려주는 것이라고는 사흘쯤 면도하지 않은 수염뿐이었다.

팀원들이 회의실 탁자 주변에 둘러앉았다. 카트린은 케이크와 직접 구운 크리스마스 쿠키를 탁자에 두고, 2주 전에 가져온 강림절 리스의 두 번째 초에 불을 붙였다.

"도대체 쿠키를 구울 시간이 어떻게 생기는 거야?" 피아는 잼 샌드 쿠키를 들고 감탄하며 바라보다가 입안에 넣고 맛있게 먹었다. "게다가 종류도 이렇게 많고 말이야! 굉장하다!"

"다른 사람들이 부모님과 자녀, 반려동물과 파트너랑 보내는 시간이에요." 카트린은 피아의 칭찬에 기뻐했다. "싱글 생활이 단점만 있는 건 아니에요. 원하신다면 요리법을 보내드릴게요."

"싱글 생활이 무척 멋질 거라는 생각을 나도 가끔 하긴 해." 피아가 코코넛 마카롱을 집으며 말했다. 그러면서 오늘 점심때 이후로 삶이 더는 예전 같지 않고 앞으로도 그러할 라리사 뷜레펠트의 부모를 생각했다. 크리스토프와 가끔 벌이는 말다툼은 이런 비극과 비교하면 얼마나 사소한가!

김이 오르는 커피 잔을 든 보덴슈타인이 언론 대변인 슈테판 스미칼라와 크리스티안 크뢰거, 니콜라 엥겔 과장과 함께 회의실에 들어섰다. 과장은 청바지에 캐시미어 스웨터 차림에 거의 화장을 하지 않은 민낯이었다. 크리스토프가 동물원으로 데려가지 못할 때면 피아가 언제나 사무실로 데려오는 개에게 모두 인사를 건넸다. 그러고는 다들 감탄하며 쿠키와 치즈케이크를 먹었지만, 니콜라 엥겔만 이 고칼로리의 유혹을 무시했다.

"자." 엥겔 과장이 팀원들을 잠깐 둘러보고 입을 열었다. "지금까지의 상황은 어떤가요?"

피아가 수첩을 펴고 아까 적어둔 메모를 찾았다.

"어제 15시 15분에 줄츠바흐에 사는 16세 라리사 뷜레펠트의 부모가 에슈보른 지구대에 아이 실종 신고를 했습니다. 금요일에서 토요일로 넘어가는 날 밤에 친구 집에서 자겠다고 엄마에게 말한 것과는 달리, 거기 없었습니다." 피아가 보고를 시작했다. "부모는 친구들에게 모두 전화를 걸어본 후에 경찰에 신고했습니다. 폭설과 어둠 때문에 수색은 토요일에 중단됐고요. 라리사는 금요일 오후에 가장 친한 친구인 사라…… 음……." 피아는 메모를 슬쩍 들여다봤다. "……사라 코르브마허와 친구와 급우들을 조각 공원 스케이트장에서 만나려고 전철로 줄츠바흐에서 니더회흐슈타트로 갔습니다. 라리사와 사라, 마르첼라와 린은 슈발바흐 소재 알렉산더 폰 훔볼트 학교 10학년에 재학 중인데, 이 중에는 유치원 때부터 아는 사이도 있습니다. 원래는 라리사가 금요일에서 토요일로 넘어가는 밤에 바트 조덴의 사라 집에서 자기로 했는데 스케이트장에서 전철역으로 오는 길에 둘이 다퉜고, 그래서 라리사는 걸어서 집에 가기로 즉흥적으로 결정했습니다."

"니더회흐슈타트 전철역에서 줄츠바흐 뷜레펠트의 집까지는 대략 2.5킬로미터입니다." 카이가 보충 설명했다. 그는 노트북을 펼쳐놓고 앉아, 치즈케이크를 두 개째 먹는 중이었다. "걸어서 족히 45분쯤 걸리는 거리예요."

"라리사는 19시 18분에 엄마에게 문자를 보내, 스케이트장에서 즐거웠고 이제 역으로 가는 중이라고 알립니다. 하지만 19시 반이 되기 조금 전에 니더회흐슈타트 전철역에서 헤어진 후에 라리사의 휴대폰이 꺼졌습니다." 피아가 보고를 이어갔다. "그 후에 라리사에게서 소식을 들은 친구는 아무도 없고요."

"하지만 그렇다면 정말 심하게 즉흥적인 결정이네요." 카트린이 의심스럽다는 듯이 반박했다. "세워둔 저녁 계획을 몇 분 만에 내던진 거잖아요."

"응, 그렇지." 피아가 바로 대답했다. "나도 좀 이상하다고 생각했어."

"그게 뭐 어때서?" 셈이 끼어들었다. "십대들은 계속 계획을 바꿔."

"내일 친구들에게 그 문제에 대해 물어볼 거야." 논쟁이 싹트기 전에 보덴슈타인이 나섰다. "라리사가 죽은 지금에 와서는 그 아이들이 어제와 다른 대답을 할 수도 있어."

"시신은 누가 발견했죠?" 니콜라 엥겔이 물었다.

"산책하던 어떤 사람의 개가 찾았습니다." 크리스티안 크뢰거가 대답했다. "오늘 아침 9시 50분경에요. 뮐하임 기동수사대 백인대와 수색견 팀이 오늘 아침 7시에 출동했지만 전혀 다른 장소, 그러니까 3005번 국도와 슈발바흐 북동쪽 외곽 사이에서 수색했답니다."

"왜 거기서 했대?" 셈이 물었다.

"금요일 저녁에 3005번 국도 아래쪽 지하도에서 나온 두 친구가 그쪽 방향으로 가는 라리사를 목격했다더군." 크뢰거가 대답했다.

그는 성모상 처소 뒤쪽에서 시신이 발견된 상황과 헤닝 키르히호프의 짐작을 보고했다.

"시신 목에는 면 머플러가 감겨 있고 명확한 교살 흔적이 보였습니다. 또 키르히호프는 뒷머리와 얼굴에서 둔탁한 폭력 흔적을 확인했고요. 더 자세한 내용은 내일 부검이 끝난 후에야 말할 수 있답니다."

"그건 그렇고, 라리사 뷜레펠트의 시신은 성모상 처소 뒤편 덤불에 그냥 버려진 게 아닙니다." 피아가 말했다. "누군가 처소 뒷벽과 그 뒤편 언덕 사이의 움푹 파인 곳에 조심스럽게 내려놓았어요. 자는 듯이 옆으로 누워 다리를 구부리고, 한 팔로 머리를 베고 있었습니다."

"머리와 상체는 재킷으로 덮었고요." 크뢰거가 보충했다. "발견 장소가 범행 장소인지는 아직 모릅니다. 눈을 치우거나 녹을 때까지 기다려야 해요. 라리사의 백팩이나 핸드폰은 아직 발견하지 못했습니다. 금요일 늦은 저녁, 눈이 내리기 전에 시신이 거기 놓인 것은 확실합니다. 시신 아래에 눈이 없었거든요."

"그러니 범행 가능 시간대는 확실히 좁혀지지." 보덴슈타인이 끼어들었다. "라리사 뷜레펠트는 금요일 저녁 19시 30분에서 늦어도 23시 사이에 사망했어."

"기상청에서 정확한 기상 데이터를 받을 예정입니다." 크뢰거가 말했다. "어쨌든 20시 45분 무렵에는 눈발이 심해졌어요."

"라리사가 테니스장과 동물보호소를 스스로 지나갔을까요, 아니면 범인이 그곳으로 데려갔을까요?" 피아가 이마를 찌푸리며 물었다. "방과 후에 몇 시간씩 일해서 라리사가 잘 알던 동물보호소 뒤편은 가로등이 없어요. 게다가 에움길이고요. 집으로 돌아가는 최단 경로는 슈발바흐와 줄츠바흐 사이 도로와 평행한, 조명이 잘 되어 있는 인도예요."

"어쩌면 집으로 갈 생각이 아니었을지도 몰라요." 카트린이 끼어들었다.

"그럴 수도 있지." 보덴슈타인이 고개를 끄덕였다.

"범행 후의 행동 양식으로 볼 때 범인과 희생자는 분명히 서로 아는 사이일 겁니다." 카이 오스터만이 말했다. "시신을 그런 자세로 내려놓고 조심스럽게 재킷을 덮은 행위는 그가 자기 범죄를 후회한다는 의미일 수도 있거든요. 감정적인 화해를 원했다는 거죠."

"'그'라고?" 셈이 물었다. "여자가 그랬을 수도 있지?"

"'그'는 여기서 범인을 말하는 거야. 인간 일반을 나타내는 남성형이라고." 카이는 이마를 찌푸렸다. "나에게 젠더 문제를 묻지 마."

"무슨 소리! 내 말은 그게 아니야." 셈이 대꾸했다. "내 말은 라리사가 남자가 아니라 여자에게 죽임을 당했을 수도 있을까, 질문하는 거야."

"지금으로서는 모든 게 가능하지." 보덴슈타인이 대답하고 헛기침을 했다. "내일 아침 일찍 시행되는 부검에 피아와 내가 참석할 예정이야. 그 후에 더 많은 걸 알게 될 테지. 그때까지 아무도 범행을 자백하지 않으면—아마도 그렇겠지만—가족과 이웃, 친구와 지인 전체를 수사해야 해. 친구, 급우, 동물보호소 사람들, 스포츠클럽 사람들 등등 라리사 뷜레펠트가 활동한 곳의 모든 사람을 말이야. 그때까지는 현재 아는 사항만 평가해보자고."

피아의 눈길이 문 위쪽에 걸린 시계로 향했다. 벌써 4시 15분이었다! 유리창 너머는 이미 어두웠다. 오펠 동물원 큰손 후원자들과의 브런치는 오래전에 끝났겠구나. 크리스토프가 이제 나랑 한마디도 안 하겠네.

"그런데 언론이 이미 눈치를 챘고, 소셜 미디어에서는 무슨 일이 벌어졌는지 격렬하게 추측 중입니다 아직 이름이 거론되지는 않지만 그것도 이제 금방 나올 겁니다. 기자와 텔레비전 팀이 오늘 오후에 이미 시신 발견 장소에 나타났고, 현재 통신사 언론 담당자들이 라리사 뷜레펠트 집 앞에 있다고 합니다." 언론 대변인 스미칼라가 걱정스러운 얼굴로 말했다. "우리가 기자회견을 하는 편이 낫지 않을까요?"

"아니, 일단 기자회견은 안 돼." 보덴슈타인이 대답했다.

피아가 일어섰다. 벡스가 곧장 뛰어올랐다.

"저는 가봐야 해요." 피아가 재킷을 입고 백팩을 찾았지만, 생각해보니 오늘 가지고 오지 않았다. "내일 아침에 봬요. 좋은 저녁 보내시고요!"

복도를 달려 계단을 내려가는 피아 옆에서 벡스도 빠른 걸음으로 움직였다. 휴대폰을 보니 크리스토프에게서 온 연락은 없었다. 출입구의 젊은 동료에게 인사하고 계단을 더 내려갔다.

차를 어디에 세웠더라? 피아는 벡스를 리드줄에 묶은 채 주차장에서 5분이나 미니를 찾은 후에야 오늘 아침에 걸어서 테니스장에 갔다는 사실을 깨달았다. 빌어먹을!

그래서 다시 건물로 들어가 경비를 지나 보안 게이트를 통과해서 계단 쪽으로 걸어가다가 계단실에서 마주 오던 카트린을 만났다.

"어, 뭐 잊으셨어요?"

"응." 피아가 인상을 찌푸리며 대답했다. "차를 가져오지 않았어. 오늘 아침에 슈발바흐로 걸어갔어."

"문제없어요. 제가 지금 집에 가는 길이니까 바트 조덴에 들렀다가 갈게요." 카트린이 제안했다. 둘은 바깥 주차장으로 나가서 카트린의 개인 차량으로 갔다. 벡스가 조수석 발치로 뛰어올랐다.

"내가 치매 초기 증상을 겪는 걸까?" 10분 후, 고속도로로 향하면서 피아가 카트린에게 물었다. "요즘 계속 뭔가를 잊어버려."

"아뇨. 아닐 거예요." 카트린이 대답했다. "선배는 그저 신경이 가끔 다른 데에 가 있어요. 남편이랑 괜찮으세요?"

"그건 왜 물어?" 피아가 깜짝 놀라 되물었다.

"아까 하신 말 때문에요."

"무슨 말?"

"싱글 생활에 대해서."

"아, 그거!" 피아는 고개를 저었다. "그냥 한 말이야. 시신이 발견되는 바람에 오늘 크리스토프와 함께 가려던 행사에 참석하지 못했어. 그래서 그가 지금 화가 났는데, 곧 가라앉을 거야."

사용하지 않은 재떨이에 끼워둔 카트린의 휴대폰이 울렸다. 카트린은 액정을 흘낏 보고는 이맛살을 찌푸렸다. "죄송해요. 전화를 받아야겠네요."

"그럼, 어서 받아."

"응." 카트린이 전화를 받았다. "나 지금 차 안에 있어. 내가 다시 전화할게. 어…… 알았어. 으음…… 음…… 알았어."

카트린은 전화기를 귀에 댄 채 한 손으로 핸들을 잡고 마인-타우누스 센터를 지나 바트 조덴 쪽으로 향했다. 슈발바흐 교차로에서 왼쪽 차선으로 접어들면서 통화를 끝내고는 스마트폰을 허벅지 아래에 집어넣었다.

"운전 중에 휴대폰 사용이라니. 벌금과 벌점 1점." 피아가 카트린을 놀렸다.

"알아요." 카트린은 이렇게만 대꾸했다. 갑자기 긴장한 것 같았다.

"안 좋은 소식이야?" 피아가 물었다.

"아니, 아니. 아무것도 아니에요."

"저 앞 병원에서 내려줘. 벡스가 조금 걸어야 해."

카트린은 진입로로 들어가서 구급차 주차 구역에 정차했다.

"데려다줘서 고마워." 피아가 인사했다.

"별말씀을요. 내일 봐요!"

"응, 내일 봐!"

피아는 병원 부지를 가로지르는 지름길을 선택하고 어린이집 뒤에서 숲을 지나는 도로와 나란히 뻗어 있는, 가로등이 환한 인도로 길을 꺾어 걸었다. 아직 늦은 시간이 아닌데도 사람이 전혀 보이지 않았다. 벡스는 두어 번 다리를 들고 길가에 높이 쌓인 눈에 용변을 봤다. 어떤 남자가 갑자기 맞은편에서 다가왔다. 그가 몇 미터 떨어진 가로등 아래에서 멈춰 서더니 재킷 주머니를 뒤졌다. 그가 지금 나를 건너다보나? 주머니에서 뭘 뒤지는 거야? 벡스가 옆에 없었더라면 피아는 지금 약간 불안했을 것이다. 남자가 다시 걸음을 옮겼는데, 뚜렷한 목적지가 있는 걸음걸이는 아니었다. 피아는 개가 자기 바로 옆에 오도록 리드줄을 바짝 잡아당겼다. 남자는 무표정한 얼굴로 피아를 쏘아보다가 아무 말도 없이 지나쳤다. 피아는 안도의 한숨을 내쉬는 자신을 깨달았다.

금요일 저녁에 라리사 뷜레펠트도 비슷한 상황이었을까? 살인범을 우연히 만났나? 가로등이 환한 도로 옆 인도 대신 불빛이 없는 개천 옆길을 선택했다가 범인의 손아귀에 들어갔을까? 테니스 클럽이나 동물보호소에서 알게 된 사람이었나? 아니면 살인범을 우연히 만난 게 아닐 수도 있을까? 발견 상황으로 볼 때 라리사와 범인 사이에는 일종의 연관이 있었다.

피아는 생각에 잠긴 채 길을 건너 숲 가장자리로 올라갔다. 그곳은 눈이 다 치워지고 제설제도 뿌려져 있었다. 피아는 크리스토프가 집에 없을 거라고 생각했지만, 커브 길을 돌자 차고 앞에 세워진 오펠 동물원의 픽업이 눈에 들어왔다.

12월 9일 월요일

헤닝은 라리사 빌레펠트의 부검을 아침 8시로 잡았다. 강력 11반이 다급하게 결과를 기다리고 수사가 자신이 발견해내는 것에 달려 있음을 알았기 때문이다. 법의학연구소 다락층 관리인 숙소에서 지내는 그가 미처 생각하지 못한 것은 시내로 향하는 출근 시간대의 교통 혼잡이었다. 피아는 지극히 현명하게 6시 45분에 호프하임으로 출발했다. 다행스럽게도 오늘은 크리스토프가 개를 데리고 출근할 수 있었다. 어제저녁에 걱정했던 것과는 달리, 피아가 집에 왔을 때 그의 안 좋은 기분은 누그러진 상태였다. 행사가 성공적이어서 하마 우리 신축을 지원할 큰손 후원자들이 다행히도 많았다.

피아가 호프하임 경찰서 주차장으로 막 들어가는데 보덴슈타인이 전화를 걸어, 여러 가지 복합적인 문제가 발생하여 안타깝게도 법의학부에 동행할 수 없다고 알렸다. 뭉가는 시동이 안 걸리고, 포르쉐가 들어 있는 차고 문은 얼어붙었다고 했다. 피아는 혼자서도 해결할 수 있다고 그를 안심시킨 후에 공무용 차량을 타고 갈까 잠시 망설였지만, 그사이에 따뜻하게 데워진 개인 차량을 그냥 타기로 결정했다. 크리프텔 방향, 이른바 '딸기

마일'이라고 불리는 곳부터 이미 정체가 시작되고 거북이걸음
으로 운전하여 20분 후에 드디어 고속도로에 도착하여 다리에
서 보니, 4차선을 가득 메우며 1킬로미터나 이어지는 붉은 미등
의 행렬이 눈에 들어왔다.

"빌어먹을!" 피아가 욕설을 내뱉었다.

겨울마다 늘 똑같았다. 기온이 영하로 떨어지면 도로가 미끄
러울까 봐 운전자들 대부분은 시속 60킬로미터로 고속도로를
달렸다. 엄청난 양의 제설제 덕분에 도로가 바짝 마른 빵 같은
데도 그랬다.

"……이제 66번 고속도로, 프랑크푸르트 방향 비스바덴 상황
입니다." 라디오 진행자의 활기찬 목소리가 확성기에서 울려 퍼
졌다. "사고 후에 크리프텔 삼각지에서 에슈보른 진출로 사이에
11킬로미터 교통 정체가 발생했습니다. 한 차선만 사용할 수 있
습니다. 맞은편은……."

피아는 라디오 볼륨을 줄이고, 다른 길로 프랑크푸르트로 가
기로 결정했다. 비스바덴 방향으로 가는 고속도로를 타다가 다
음 진출로에서 66번 고속도로를 떠났다. 40번 연방도로를 타
고 진틀링엔과 슈반하임을 지나 니더라트로 곧장 향했고, 7시
45분에는 케네디 길의 아름답고 오래된 유겐트 양식 건물에 있
는 법의학연구소 주차장에 딱 하나 남은 빈자리에 차를 세울 수
있었다.

연구소 직원들이 시신이 들어오는 '고객용 출입구'라고 부르
는 뒷문 앞에 영구차 두 대가 서 있었다. 피아는 그 차 안에 시
신이 있을 거라고 짐작했다. 그녀는 건물 정문에 여기저기 모여

서 있는 학생들을 헤치고 지나갔다. 헤닝의 사무실 앞에서 전차를 타고 온 율리우스 로젠탈 검사장을 만났다.

"세 번 갈아타고, 40분 걸렸어요! 이른 아침에 겪는 끔찍한 사회적 스트레스입니다!" 그가 투덜거렸다. "하지만 자동차로는 시내를 전혀 빠져나오지 못하지요. 정말 절망적이에요!"

"시 외곽도 자동차로는 못 다녀요." 피아도 동의했다. "경찰 경광등을 달면 모를까."

"피아, 안녕! 로젠탈 검사님, 안녕하세요?" 헤닝 키르히호프가 벽에 목재 패널을 덧댄 복도를 걸어왔다. 흰 가운을 입은 키 큰 그를 보고 복도 끝 강의실의 열린 문 앞에서 수업을 기다리던 학생들이 존경심을 가득 담아 뒤로 물러섰다. "이제 시작할까요?"

"네, 얼른 하죠." 검사장이 툴툴거렸다. "오늘 제 일정이 꽉 차 있어서요."

두 사람은 그를 따라 복도를 벗어나, 부검실 두 개가 있는 지하실 계단을 내려갔다.

"피아, 안녕하세요?" 연구소의 부검 선임 조수가 다가왔다.

"로니, 안녕하세요? 난 잘 지내요. 고마워요." 피아가 대답했다. "당신은 어때요?"

"교수 양반네들이 시도 때도 없이 저를 악용해서 이제 곧 쓰러질 지경인데도 신경 써주는 사람이 없다는 사실만 빼고는 잘 지내죠." 뵈메가 비난하는 눈길로 상관을 흘겨봤다.

"아, 그래요? 그러면 여성 교수님들은 어떤가요? 이 연구소에도 몇몇 계신데." 헤닝이 그를 놀렸다. "그분들께도 악용당한다고 느끼나요? 예를 들어 비델만 박사는……."

"흥!" 뵈메는 짜증을 냈지만 정말로 얼굴이 붉어졌다. "저를 늘 놀리기만 하고. 그래요, 그래. 상관은 정말 그런 짓을 잘하죠."

피아는 업무가 시작되기 전에 간이 주방에서 커피를 마시고 있는 헤닝의 직원과 동료들에게 인사하고, 헤닝을 따라 1번 부검실로 들어갔다.

벌거벗고 창백한 라리사의 시신이 번쩍이는 조명에 그대로 노출된 채 부검대에 누워 있었다. 아마도 장례업자들이 발견 장소에서 시신을 아연 관에 넣어 운송하려면 사후경직을 일부러 풀어야 했을 테지만, 사후 48시간이 더 지난 지금은 강직이 완전히 해제된 상태였다. 시신은 이미 머리부터 발끝까지 엑스레이와 컴퓨터 단층 촬영을 마쳤고, 피부에 센티미터 단위로 모두 랩을 붙여 섬유와 타인의 DNA 흔적을 확보했다. 또 머리카락과 손톱 밑, 모든 체구에서도 단서를 찾았다.

피아는 죽은 소녀의 매끈한 얼굴을 바라보며, 아이 엄마가 보덴슈타인에게 애착 담요를 건네며 했던 말을 떠올렸다. '리시는 담요가 필요해요. 늘 추위를 많이 타거든요.' 순간 피아는 등줄기에 소름이 끼쳤다. 침을 꿀꺽 삼켰다. 리시는 이제 추위를 타지 않을 것이다. 피아는 죽은 소녀의 차가운 뺨을 부드럽게 어루만졌다.

"누가 너에게 이런 짓을 했는지 우리가 찾아낼 거야." 그녀가 나지막하게 말했다. "리시, 약속할게."

* * *

 9시 정각에 프랑크푸르트 지방 법원 6번 소년형사부 재판장 콘스탄틴 하벨카 박사는 외메르 펙칸과 메틴 예를리카야에 대한 공판을 소집하고, 소송에 관련된 모든 사람이 참석했다는 사실을 확인했다. 다섯 번째 공판일인 오늘, 마지막 증인으로 범죄 당일 피해자가 입원했던 외상 센터의 신경외과 의사이자 사고 재해 외과의사인 자히데 라푸드 박사의 증언만 들으면 증거 청취는 끝이었다.

 하벨카는 변호인들 옆에 단정치 못한 자세로 앉아 히죽거리는 두 피고를 앞선 형사 재판을 통해 익히 알고 있었다. 18세와 19세라는 어린 나이임에도 전과 기록이 길었기 때문이다. 더 어릴 때는 상점 절도와 무임승차, 기물 파손과 난동, 상해와 마취제 규정 위반처럼 비교적 악의 없는 행동으로 시작했지만 지금은 미필적 고의와 심각한 신체적 상해를 동반한 살인 미수, 거기에 더해 심각한 강도 혐의로 그의 앞에 앉아 있었다. 지금까지 둘은 언제나 집행유예로 풀려났다. 게다가 메틴 예를리카야는 해외 집중 교육 프로그램의 일환으로 세금으로 언젠가 한 번 4개월 동안 범선을 타고 지중해를 건넜는데도 도움이 되지 않은 모양이었다. 청소년 범죄자들의 경우에는 처벌이 아니라 교육이 중요하다는 사상이 지배적이지만, 이번에 둘은 교도소로 갈 터였다. 영악한 변호인들도 어쩔 수 없었다.

 두 피고인은 4월 7일 이른 저녁에 그냥 심심하고 짜증이 나서 화학 관련 전문 노동자인 46세 베르너 슈나이더를 프랑크푸르트-회호스트 역에서 얼굴과 머리와 등을 때리고 발로 차서 심한 부상을 입혀, 피해자는 여러 번 수술을 받고 인공 혼수상태에 놓여 있었다. 다발성 외상을 입어 아래턱만 제외하고는 얼굴의 뼈가 모두 부서졌다. 피나 위 속 내용물 때문에 질식사할 수도 있었는데, 가해자들이 그를 그냥 내버려둔 채 지갑에서 돈을 꺼내 마약을 사고 나머지는 도박장에서 탕진했기 때문이다. 베르너 슈나이더는 오로지 운이 좋아서 살아남았다. 치료를 담당했던 의사와 사실을 들은 감정인들 모두 이 점에 동의했다.

증인이 불려왔다. 외상 센터에서 오래전부터 신경외과 의사로 근무하는, 짙은 색 머리에 가냘픈 체구의 40대 여성인 라푸드 박사가 법정으로 들어와 인사하고 증인석에 앉았다. 하벨카는 의사에게 진실을 말할 의무를 알렸고, 의사는 자신의 신상에 대해 차분하게 진술했다. 그리고 자신이 확인한 희생자의 상처를 자세하게 묘사했고, 하벨카는 의사에게 물어보려던 단 한 가지 질문을 했다.

"의학적 관점에서 피해자의 예후는 어떻습니까?"

"피해자는 심각한 신체적 피해 외에도 심한 트라우마를 겪었습니다." 라푸드 박사가 대답했다. "부상 후유증으로 공황 발작과 불안장애가 일어날 가능성이 매우 큽니다."

두 피고가 심술궂게 히죽거렸다. 지금 여기서 다루어지는 일이 자기들과는 아무 상관도 없다는 듯이 행동했다. 하벨카는 경고를 줄까 고민하다가 그러지 않기로 결정했다. 어차피 아무 소용도 없을 터였다.

"뇌 부상 때문에 신경학적 손상이 앞으로도 계속 일어날지 모릅니다." 의사는 흔들림 없이 진술을 이어갔다. "제 관점으로는 피해자가 언젠가 다시 독립적인 생활을 영위하고 화학 관련 전문 노동자로 일할 수 있을지 무척 의문이 듭니다."

변호인 페퍼코른이 의사에게 몇 가지 질문을 던졌다. 그가 자기 의뢰인의 잔인한 습격이 일으킨 신경학적 후유증을 희생자의 기존 만성질환 탓으로 돌리려고 시도하는 모습은 혐오스러웠지만, 라푸드 박사는 흔들리지 않고 자신의 판단을 고수했다.

"증인 프로그램은 끝났습니다." 라푸드 박사가 법정에서 나간 후에 하벨카가 말했다. "이의 신청이 없다면 증거 수집은 이것으로 마치겠습니다."

상황이 간단해 보여서 하벨카는 9월에 공판 날짜를 닷새로 정했지만, 피고인의 국선 변호인으로 선임된 사람들을 보자마자 시간이 최소한 두 배는 더 걸리겠다고 예상했다. 형사 사건 변호인인 얀 페퍼코른 박사와 그의 동료 우도 스자마이트는 밀물 같은 이의 신청으로 공판을 길게 끄는 것으로 악명이 높았고, 그래서 하벨카는 그 둘이 공판 첫날에 검사가 혐의 사실을 읽기도 전에 여러 가지 이의 신청을 했을 때도 놀라지 않았다. 그들이 예의 없이 검사와 판사, 감정인들의 발언을 가로채는 상황은 일상다반사였고, 그래서 형사부와 검찰에서 전혀 인기가 없었다.

"재판장님, 이의 신청을 하고 싶습니다." 국선 변호인 스자마이트가 이번에도 곧장 발언하자 하벨카는 그러지 않아도 예민한 위가 딱딱하게 뭉치는 게 느껴졌다.

"네, 변호인. 말씀하시지요." 하벨카가 대답했다.

피고인들의 죄는 명백했다. 그들은 그저 심심해서 한 사람을 거의 죽을 만큼 때렸고 지금까지 한 점 후회도 보이지 않았다. 스자마이트와 페퍼코른은 법적 가능성을 모두 써봤지만 메틴 예를리카야와 외메르 펙칸이 장기간 교도소에 수감되는 것을 이제 더는 막을 수 없었다. 그러니 다른 내용으로 마술을 부려야 했는데, 실제로 뭔가를 발견한 모양이었다.

"참심원 베르트람 글뢱크너의 편견 때문에 이의 신청합니다." 스자마이트는 속기사를 향해 직접 구술하며 만족스러운 미소를 겨우 참았다. "글뢱크너 씨가 페이스북에서 그리스 난민 수용소 상황과 관련하여 명백한 외국인 혐오 발언에 동의하는 반응을 보였다는 사실을 방금 알아냈습니다. 다시 말해서 엄지를 올리는 이모티콘을 달았습니다. 몇 년 전에 한 게 아니라 공판이 시작되기 한 주 전에 그랬습니다. 따라서 이주민의 후손이자 신실한 무슬림인 제 의뢰인은 참심원의 공정성을 의심합니다."

이 비난이 사실이라면 스자마이트 측은 마지막 순간에 실제로 상황에 따라 공판을 무효로 만들 뭔가를 찾아낸 거였다. 참심원을 교체해야 한다면 모든 소송 절차를 중단하고 새로 시작해야 할 터였다. 모든 증인과 감정인과 피해자 변호인의 진술을 다시 한번 들어야 한다. 엄청난 시간 낭비지만 두 피고인은 그래도 결국 교도소에 수감될 것이다.

"재판부는 이 의혹을 즉시 조사하겠습니다." 하벨카가 결정했다. "공판을 중단하고, 일주일 후인 12월 16일 월요일에 재개합니다."

그는 희생자 변호인의 얼굴에서 실망감을, 검사의 표정에서 절망을 봤다. 거의 눈물을 보이며 이 비난을 부인하는 참심원의 목소리에서 분노를 들었다. 스자마이트의 입술에서 만족스러운 미소를, 양손을 비비는 페퍼코른의 얼굴에서 히죽거림을, 피고들이 경멸스러운 승리감에 주먹을 서로 맞부딪치는 모습을 지켜봤다. 그들 중 누구도 희생자와 그 가족을, 피고들이 그들에게 가한 고통을 생각하지 않았다. 희생자가 남은 평생 잔혹한 폭력의 후유증 때문에 겪어야 하는 고통에는 전혀 관심이 없었다. 보란 듯이 드러낸 이 느긋함은 최후의 결정타였다. 14년 전부터 프랑크푸르트 지방 법원 6번 소년형사부 재판장인 콘스탄틴 하벨카 박사는 몇 달 내내 미뤄둔 어떤 결정을 내렸다. 이 사실을 깨닫자 마음이 가벼워졌다. 생각보다 훨씬 간단했다. 아마 이 결정의 결과가 그를 더는 놀라게 하지 않았기 때문이었을 것이다.

* * *

라리사 뷜레펠트의 부검은 정각 8시에 검시로 시작됐다. 율리우스 로젠탈 검사장과 피아는 뒤쪽에서 말없이 눈으로 검시를 좇았다. 두 사람은 부검에서 엄격하게 정해진 규정을 따르는 참관인에 불과했다. 이 연구소 지하는 변화라고는 전혀 없는 듯했다. 로니 뵈메는 늘 그렇듯이 툴툴거렸고, 박사 과정 학생 한 명은 열심히 돕고, 헤닝은 집중하여 헌신적으로 일하며 찾아내는 소견을 목에 걸고 있는 마이크에 모두 구술했다. 흉곽이 열린 채 눈부신 조명을 받으며 부검대에 누워 있는 시신을 포함하여 이런 부검 분위기는 헤닝과 결혼 생활을 하면서 이곳에서 수많은 시간을 보낸 피아에게 익숙했다. 처음에는 헤닝이 시신을 부검하며 해골을 열고, 장기를 검사하고, 불에 타 죽거나 익사한 시신의 손톱 밑에서 DNA나 섬유를 찾아내고, 아주 작은 뼛조각에서 그 주인의 신원을 확인하는 모습을 그저 지켜보기만 했지만 나중에는 그를 도와줄 수 있었다.

조수 한 명이 부검실로 들어오더니 작업대에 놓인 노트북에서 뭔가를 찾았다.

"두개골 CT 사진들입니다." 조수는 이렇게 말하고 나갔다.

"아, 아주 잘됐네." 헤닝은 바퀴 달린 스툴에 앉아 라리사 뷜레펠트 두개골 컴퓨터 단층 촬영 사진을 살피다가 피아와 로젠탈 검사장에게 가까이 오라고 손짓했다. "여기 두 가지 골절 시스템이 있습니다. 연거푸 이어진 폭력의 전형적인 결과지요. 처음에 타격이 가해지고 그 후에 뒤통수 쪽으로 쓰러집니다. 그리고 여기 두개골 기저부에 세로 방향 골절이 보이는데, 코와 입, 외이도의 출혈로 이미 추정했던 사항입니다." 그가 이렇게 말하고, 박사 과정 조수에게 계속 이야기해보라는 듯이 고개를 끄덕였다.

"이런 골절은 뒤통수를 바닥에 부딪치며 쓰러질 때 생깁니다. 이른바 이마-뒤통수 축이 짧아지고 두개골 가장자리가 바깥으로 밀릴 정도로 뼈의 형태가 변형됩니다." 박사 과정 학생의 지식은 탁월했다. "그 결과 두개골 기저부에는 끌어당기는 힘에 의한 세로 방향 골절이 일어납니다. 또 영상에 골질 안와벽의 골절도 보입니다. 이는 두개골이 딱딱한 바닥에 부딪치면서 갑자기 멈추지만, 안구는 찰나의 시간이 지난 후에 안와의 골질 경계, 눈확에 부딪치기 때문에 생깁니다."

"맞아." 헤닝이 고개를 끄덕였다.

"두개골 부상 때문에 사망한 거야?" 이 모든 말을 자주 들어 온 피아가 물었다. 스마트폰을 슬그머니 두드리고 있던 로젠탈 검사장도 다시 귀를 기울였다. 살인이 아니라, 사망으로 이어진 사고였나?

"아니. 사인은 목이 졸려서 뇌에 산소가 급격하게 부족해졌기 때문이야." 헤닝이 그의 희망을 깨뜨렸다. "이미 언급했듯이 시신에는 목이 졸린 흔적 외에 안면과 결막, 구강 점막의 점상 출혈처럼 뚜렷한 울혈 징후도 있어."

"알았어. 고마워." 피아가 고개를 끄덕였다.

"교살 도구는 아마 목에 감았던 파란 머플러였을 거야." 헤닝이 말을 이었다. "우린 시신의 머플러와 옷가지, 피부와 머리카락에서 많은 유전 물질을 확보했어. 이 증거 자료들을 모두 오늘 우리 실험실에서 분석할 수 있어. 그러는 편이 비스바덴으로 보내는 것보다 아마 더 빠를 거야."

"응, 그래도 돼." 피아가 동의했다. "방어흔은 있어?"

"아니. 피해자는 장갑과 두툼한 재킷을 입고 있었잖아. 설령 저항했다고 해도 몸에 흔적을 남기지는 않았을 거야."

"성폭행당했어?"

"아니, 처녀야."

"언제 사망했죠?" 로젠탈이 물었다.

"금요일 밤 어느 때입니다." 헤닝이 대답했다. "정확한 사망

시각은 법의학적 관점에서 알 수 없어요."

"뒤통수로 넘어진 게 더 이른 시각일 수도 있을까?" 피아가 물었다. "라리사는 오후 늦게 친구들이랑 스케이트장에 갔었거든."

"흐음." 헤닝이 생각에 잠긴 채 고개를 비스듬하게 기울였다. "이건 그냥 추측이긴 하지만, 이렇게 뇌와 관련된 심각한 외상성 뇌손상을 입으면 중한 정도에 따라 한 시간까지도 지속되는 현기증이나 의식 불명으로 이어질 때가 흔해. 내 생각에는 이런 상처를 입고 여기저기 돌아다니거나 말을 할 수 있었을 것 같지는 않아."

"그럴 것 같진 않지만 불가능한 건 아니야?" 피아가 캐물었다.

"가능성이 아주 희박해." 헤닝이 대답했다. "넘어지자마자 코와 귀에서 피와 뇌수액이 흘러나왔을 거야. 그리고 이런 뇌 손상의 2차적 결과로 아주 짧은 시간 내에 뇌부종이 발생해. 이번 경우에는 언급할 만한 부종이 아직 발생하지 않은 것으로 보아 넘어진 후에 오래 살지 않았으리라고 추측할 수 있어. 길어야 10분에서 20분 정도였을 거야."

"알았어." 피아에게는 이 정도의 정보면 충분했다.

"아, 한 가지 더 있다." 헤닝이 피아를 멈춰 세웠다. "시신 얼굴에서 다양한 단백질과 면역 글로불린과 식염의 혼합물을 발견했어."

"아, 그게 무슨 뜻이야?"

"눈물이지. 라리사가 죽기 직전에 울었다는 뜻이야."

* * *

슈발바흐 소재의 알렉산더 폰 훔볼트 학교에는 한 학생의 죽음에 관한 소문이 이미 다 돌았다. 그들이 학교 본관으로 가는 길에 만난 학생들의 분위기는 침울했다.

길게 쉬는 시간이었다. 넓은 로비에는 학생들이 몇 명씩 모여서서 낮은 목소리로 이야기를 나누었는데, 어떤 여학생들은 서로 안고 울기도 했다.

교장과 교감, 라리사 뷜레펠트가 소속된 10학년 B반 담임과 학교 소속 심리상담사, 사회복지사 두 명이 사무실에서 심각한 표정으로 그들을 기다렸다. 덩치가 크고 잿빛 머리카락에 얼굴이 온통 수염으로 뒤덮였으며, 위기를 여러 번 잘 넘겼을 법한 50대 중반의 교장은 아마도 15년쯤 전에 마지막으로 입었을 것 같은 검정 양복에 몸을 구겨 넣은 모습이었다.

"안타깝게도 우린 학생들의 죽음을 이미 몇 번 겪었습니다." 그가 우울한 표정으로 말했다. "질병과 자살, 사고로 말입니다. 리시…… 라리사 뷜레펠트가 왜 사망했는지 아시나요?"

"네." 보덴슈타인이 대답했다. "지금까지 조사한 바에 따르면 범죄에 희생됐다고 봅니다."

"범죄에 희생됐다고요?" 교장이 충격을 받아 그의 말을 되풀이했다. "아, 세상에! 가련한 부모님들은 어쩌나!"

"라리사의 친구들과 이야기를 나누고 싶습니다." 피아가 그에게 해야 할 일을 깨우쳤다.

"네, 그럼요. 아이들이 이미 기다리고 있습니다. 아이들 부모님과도 이미 전화를 했어요. 학교 담당자가 옆에 있다는 조건으로 다들 조사에 동의했습니다. 율리카의 부모님만 빼고요."

담임과 사회복지사와 심리상담사가 뒤를 따르는 가운데 교장은 학교 운영진이 조사를 위해 준비해둔 1층의 한 교실로 경찰을 안내했다. 교실에 들어서기 전에 담임이 말했다.

"우리는 라리사를 늘 리시라고 불렀어요." 이렇게 말하고서 나오려는 눈물을 꾹 참았다. "마르첼라와 린, 파울라와 율리카, 리시는 입학한 날부터 견고한 그룹이었어요. 그중에는 이미 오래전부터 알던 아이들도 있었고요. 리시와 가장 친했던 친구 사라는 8학년이 시작되던 2년 전에 이 그룹에 새로 들어왔어요. 그냥 설명이 필요할 것 같아 말씀드려요."

담임이 문손잡이에 손을 올리고 잠시 망설였다. 그러다가 교장을 바라봤다.

"우리 중에 누가 같이 들어가죠?"

"담임선생님, 그리고 학생들과 친한 다른 분이 한 명 더 들어가시는 게 좋겠군요." 피아가 대답했다.

그들은 학교 심리상담사가 그 사람이라는 데 의견 일치를 봤다. 교장과 사회복지사 두 명은 복도에 남았다.

여학생 네 명은 교실의 마지막 줄 책상 뒤편에 모여 겁먹은 동물들처럼 서로 딱 붙어 있었다.

"안녕?" 보덴슈타인이 아이들에게 인사하고 형사 신분증을 내보였다. "나는 호프하임 경찰서 강력반 보덴슈타인 경위이고 이쪽은 산더 경위, 그리고 오마리 경장이야. 우리는 너희 친구 리시 때문에 왔어. 너희도 이미 들었겠지만, 리시는 어제 시신으로 발견됐지. 너희에게 안타까운 마음을 전한다."

"고맙습니다." 머리카락 색깔이 검은 아이가 나지막하게 중얼거렸고, 다른 아이들은 그저 고개만 끄덕하며 당황한 눈길을 주고받았다. 아이들은 용감한 태도를 보이려고 했지만 차분해 보이는 가면 뒤에 숨어 있는 불안감이 또렷하게 드러났다. 담임이 형사들의 수사에 부모님들이 동의했다고 말하자 아이들은 쭈뼛거리며 자기 이름과 주소, 전화번호와 부모님 이름을 타리크에게 말했다.

그러다가 드디어 마르첼라가 용기를 내어 질문했다.

"리시에게 무슨 일이 벌어졌어요?" 이 아이가 그룹의 대변인 같았다. 진한 화장에 통통한 몸, 세심하게 빗질한 반짝이는 검은 머리카락, 형광색 젤 매니큐어 때문에 친구들보다 나이 들고 성숙해 보였다.

"우린 리시가 금요일 저녁, 범죄에 희생됐다고 짐작하고 있어." 보덴슈타인이 대답했다.

"세상에!" 마르첼라가 놀라서 양손으로 입을 막았다. 파울라와 린은 눈이 휘둥그레지더니 울음을 터뜨렸다. 아이들은 흐느끼며 손을 꽉 맞잡았다. 사라는 돌처럼 굳은 얼굴로 보덴슈타인을 빤히 쳐다보다가 눈길을 내리더니 백팩을 가슴으로 당기고 팔짱을 꼈다.

피아는 아이들에게 연민을 느꼈다. 아이들은 지금 일어난 일을 더는 잊지 못할 터였다. 살인은 자기와 닿은 사람이면 누구든 오염시킨다. 그것도 영원히.

"'범죄'라고요?" 마르첼라가 충격에서 가장 먼저 벗어났다.

"리시가 '살해됐다'는 뜻인가요?"

"그런 것 같다." 보덴슈타인이 대답했다. "우리는 무슨 일이 벌어졌는지 알고 싶고, 그래서 너희 도움이 필요해. 리시 엄마 말로, 너희가 금요일 오후에 니더회흐슈타트 스케이트장에 함께 갔다고 하더구나."

아이들은 처음에 쭈뼛거렸지만 점점 더 빠른 속도로 금요일에 학교에서 즉흥적으로 조각 공원 스케이트장에 가기로 약속한 이야기를 했다. 그룹 아이들뿐 아니라 다른 급우들도 함께였다. 니더회흐슈타트에 있는 조각 공원은 청소년들이 즐겨 만나는 장소였고, 강림절 시기에는 임시 스케이트장이라는 부수적인 매력이 더해졌다. 어린이와 청소년을 둔 가족이 많이 방문하고 여러 행사가 열리며, 당연히 술도 마셨다. 이날 아이들은 스케이트를 빌려 용감하게 얼음판에 나섰고 글뤼바인도 마시며 무척 즐거운 시간을 보냈다. 리시가 사라 집에서 잔다는 말을 린이 우연히 듣게 되자 다른 네 명도 모두 예전에 정기적으로 서로 집을 번갈아가며 파자마 파티를 하던 때처럼 함께하기를 원했다. 사라는 달갑지 않아도 동의했지만, 전철역으로 가는 길에 리시와 다퉈 분위기가 깨졌다. 리시는 그냥 가버리고 휴대폰도 비행 모드로 바꿔버렸고, 그래서 사라는 다른 아이들의 초대도 취소했다. 바트 조덴에 사는 율리카와 사라와 파울라는 전철에 올랐고, 마르첼라와 린은 슈발바흐 방향 지하도로 가는 리시를 몇 걸음 뒤에서 따라갔다.

그 순간에 친구 리시를 마지막으로 봤다는 사실을 깨닫자 린과 파울라는 다시 울음을 터뜨렸다. 흐느끼느라 말을 중단하면서도 아이들은 리시가 어떤 아이였는지 설명을 이어갔다. 리시는 낯선 사람들 앞에서는 낯을 가렸지만 그룹에서는 쾌활했고, 마음이 넓고 재미있었다. 체육과 영어는 잘했지만 수학과 물리 성적은 좋지 않았고, 동물보호소에서 하는 일을 즐겼으며 배구와 테니스를 했고, 교회에서도 뭔가를 했다.

"남자친구가 있었니?" 피아가 물었다.

아이들은 서로 마주보다가 어깨를 으쓱하고서 고개를 저었다. 아니라고, 남자친구 이야기는 못 들었다고 했다. 리시는 남자아이들에게 상당히 수줍음이 많았다. 다들 이구동성으로 리시는 마약을 하지 않는다고, 술을 마시는 일도 아주 드물고 담배도 피우지 않는다고 했다.

처음의 충격이 가시자 집중력도 떨어졌다.

린은 파울라의 손을 놓고 귓가에 뭔가를 속삭였다. 마르첼라는 버릇없이 휴대폰을 꺼내 액정을 두드렸다.

"최근 뭔가 문제나 갈등이 있었니?"

아이들이 다시 시선을 교환했다.

"아뇨." 마르첼라가 대답했다.

"문제가 있긴 했어요." 파울라가 불안한 목소리로 말했다.

"하지만 큰일은 아니었어요." 린이 다짐하듯 말했다. "그런 거야 그냥 평범하죠."

사라는 내내 한마디도 하지 않았다. 흐린 눈빛으로 그저 앞만 노려봤고, 친구들과 붙어 앉아 있으면서도 그 그룹에 속하지 않은 것 같았다. 개성 면에서도 다른 아이들과 시각적인 차이가 있었다. 어깨까지 내려오는 반듯한 머리카락이 아닌 턱까지 오는 짙은 색 고수머리, 젤 매니큐어를 바른 게 아니라 마구 씹은 손톱, 똑같은 모양의 폴리에스테르 블라우스와 천 바지가 아닌 청바지에 품 넓은 재색 스웨터 차림이었다.

"리시가 변했니? 뭔가 평소와 달랐어?"

아이들은 다시 망설였고, 사라를 빼고 서로 시선을 주고받았다. 그러다가 입을 연 아이는 이번에도 마르첼라였다. 반대는 허락하지 않겠다는 단호한 말투였다.

"아뇨. 리시는 늘 똑같았어요."

5분 쉬는 시간 종이 울렸다. 아이들이 산만해졌다. 파울라와 린도 더는 참지 못하겠는지 스마트폰을 꺼냈다. 이 노모포비아 세대에게는 휴대폰 없이 견디는 시간이 최장 15분이었다.

"질문이 아직 남았나요? 아니면 이제 가도 될까요?" 마르첼라가 물었다.

"이제 정치 과목이에요." 린도 설명을 덧붙였다. "시험지를 돌려받거든요."

"이제 없어. 가도 된다. 고마워." 보덴슈타인이 대답했다. "사라, 잠깐만 남겠니?"

마르첼라와 린과 파울라는 재빨리 소지품을 챙기고 스마트폰을 움켜쥐고는 인사도 없이 도망치듯 교실을 빠져나갔다. 문이 채 제대로 닫히기도 전에 복도에서 아이들의 웃음소리가 들려왔다.

사라 코르브마허는 백팩을 가슴에 꼭 붙인 채 의자에 그대로 앉아 있었다.

"이제 쟤들은 리시가 살해당했다고 사방에 곧장 소문을 낼 거예요. 멍청한 것들." 사라의 목소리에서 혐오감이 확연하게 묻어났다. "틀림없이 바로 포스팅하겠죠. 자기들이 리시와 가장 친했던 것처럼 굴 테고요. 우린 저 아이들이랑 더 이상 친하지 않았는데 말이에요. 그룹은 지난여름부터 더는 존재하지 않았어요."

"네가 리시랑 가장 친했지. 안 그러니?" 피아는 끝에서 두 번째 줄에 자리를 잡았다.

"네." 사라가 대답했다.

"금요일 저녁에 무슨 일이 있었어? 왜 싸웠지?"

"사실 별일 아니었어요." 사라는 왼손을 입에 넣고 엄지손톱을 물어뜯었다. "리시 기분이 갑자기 안 좋아졌어요. 머리가 아프다며 집에 가겠다고 했죠. 저는 리시가 우리 집에서 함께 자는 걸 무척 기뻐했기 때문에 화가 났어요. 다른 아이들은 떼어내지도 못한 채 그대로 남고 말이죠."

사라는 입을 다물었다. 피아는 아이가 다시 입을 열기를 끈기 있게 기다렸다. 침묵이 누군가의 입을 열게 하는 최고의 도구일 때가 많았다. 침묵을 견딜 수 있는 사람은 몇 안 되기 때문이다. 사라 코르브마허도 예외가 아니었다.

"어쩌면 리시는 제가 다른 아이들에게 우리 집에서 자도 된다고 해서 화가 났을지도 몰라요. 하지만 마르첼라의 고집은 어떻게 해볼 수가 없어요."

"그래, 알겠어." 피아가 이해심 가득한 목소리로 대답했다. "넌 머리가 아프다는 리시의 말을 믿었니?"

"네, 그럼요. 안 믿을 이유가 있나요?" 사라는 아주 짧긴 해도 처음으로 피아와 시선을 마주했다. 하지만 이 말이 거짓이고, 그래서 아이가 불편해한다는 사실을 피아가 느끼는 데는 이 짧은 2초면 충분했다.

"그래도 리시는 너희랑 같이 전철을 타고 갈 수도 있었을 텐데. 니더회흐슈타트에서 줄츠바흐까지 걷기는 상당히 멀잖아. 게다가 금요일 저녁은 날씨도 안 좋았고 말이야. 춥고 눈도 내리기 시작했어." 피아가 말했다. "점심에는 너희가 함께 전철로 스케이트장에 갔잖아. 그렇지?"

"네."

"혹시 리시에게 뭔가 다른 계획이 있었을까? 너에게 이야기하지 않은 일?" 피아는 그냥 한번 미끼를 던져봤다. 이 생각은 지금 떠올랐다. 부모님 모르게 뭔가를 하려고 이 아이들이 예전에도 서로 친구 집에서 잔다며 알리바이를 만들어준 건 아닐까?

"네? 아뇨. 무슨 계획이 있었겠어요? 그랬더라면 백 프로 저에게 말했을 거예요." 사라가 눈썹을 치켜세웠다. 그러고 고개를 저으며 피아의 시선을 피했다. "저도 이제 가야 해요. 정치 과목 시험지 때문에요."

사라가 일어나 백팩을 어깨에 메고 나갔다.

피아와 보덴슈타인은 담임과 심리상담사에게 감사를 전했다.

"사라 코르브마허가 거짓말을 하네요." 타리크가 말했다. "뭔가 알고 있는데 우리에게 말하지 않아요."

"내 생각도 그래." 보덴슈타인도 그에게 동의했다.

"그 아이와 제일 친한 친구가 살해당했어요! 너무 심하게 부담을 주면 안 돼요." 피아가 말했다. "사라에게 시간을 좀 주자고요."

* * *

리시가 죽었다. 말도 안 돼! 도대체 무슨 일이 벌어졌을까? 짭새들이 리시가 "범죄에 희생됐다"고 짭새의 용어로 말했다. 무슨 일이 벌어졌는지 왜 그냥 말하지 않았을까? 빌어먹을 마르첼라는 왜 짭새에게 리시가 살해됐냐고 물었지?

사라는 자기 방 침대에 누워 있었다. 창턱에 있는 초에 모두 불을 붙이고 크리스마스 전구 조명도 켰다. 음악을 듣고 싶었지만 그럴 수 없었다. 이제 더는 플레이리스트를 들을 수 없다는 사실을 알고 있었다. 플레이리스트에서 〈인 마이 마인드〉나 〈좋아하는 사람〉 또는 그 외에 어떤 곡을 리시 없이 듣는다면 울음이 터져 나와 멈추지 않을 테니까. 금요일 저녁에 리시가 뒤도 돌아보지 않고 지하도로 들어간 이후에 무슨 일이 벌어졌는지 알아낸 후에야 울어야 해. 그러기 전에는 엄마가 토요일에 전화해서 리시가 어디 있는지 아느냐고 물었을 때부터 내 앞에 모습을 드러낸 검은 심연으로 결코 추락해서는 안 돼. 금요일 저녁에 사라는 그 귀찮은 잡것들을 떼어낸 후에 약속대로 리시가 연락하기를 초조한 마음으로 기다렸지만 연락이 없었다. 10시가 되자 사라는 리시에게 조금 화가 났다. 문자에 리시가 답장을 하지 않자 자정부터는 걱정이 됐고, 그래서 전화를 했지만 휴대폰이 꺼진 상태였다. 사라는 그때 이미 뭔가 일이 잘못됐음을 어느 정도 예상했다.

금발 짭새 아줌마는 교활한 질문으로 사실에 상당히 근접했다. 그랬다. 금요일 저녁에 리시는 '그'와 만날 예정이었다. 그래서 둘은 그 계획을 짰다. 리시는 부모님에게 사라 집에서 자겠다고 했고, 부모님은 그 말을 당연히 믿었다. 리시가 사라 집에서 잔다는 말을 재수 없게도 율리카가 들었고, 그러자 네 명이 자기들도 온다고 하는 바람에 하마터면 리시의 계획이 틀어질 뻔했다. 그래서 리시와 사라는 싸운 척할 수밖에 없었다.

약속한 대로 리시는 휴대폰을 비행 모드로 돌렸다. 뭔가에 화가 나면 늘 그런다는 것을 다들 알고 있었다. 원래는 휴대폰을 다시 켜고 사라가 언제라도 자기가 있는 곳을 알 수 있게 왓츠앱을 통해 현재 위치를 알려주겠다고 했었다.

전철 유리창으로 사라는 리시를 얼핏 봤다. 그때 리시는 전철역 맞은편 지하도에서 나와, 후드가 달린 투톤 재킷을 입은 남자와 한창 이야기를 나누는 중이었다. 누구였을까? 어쨌든 '그'는 아니었다. 사라는 '그'가 누군지 알고 있었다. 리시는 그를 자기가 좋아하는 드라마 〈뱀파이어 다이어리〉의 주인공 가운데 한 명인 '데이먼'이라고 불렀다. 그 배우와 비슷하다는 이유에서였지만 사라가 보기에는 말도 안 되는 소리였다. 사라는 그때 친구를 마지막으로 봤다. 리시의 계획이 이렇게 끔찍한 결과로 끝났다는 사실에 사라는 미칠 것만 같았다. 이 일에 대해 이 세상 그 누구에게도 말할 수 없었다. 그랬다가는 리시의 비밀을 까발리고 자기 자신도 엄청난 위험에 처하게 될 터였다.

12월 10일 화요일

피아는 독서용 안경을 쓰고 커피 잔을 옆에 둔 채 책상 앞에 앉아, 메모와 녹음을 참고하여 보안관리 시스템의 사건 파일에 수사 보고를 입력하는 중이었다. 이른 아침에 작업 능률이 가장 높았다. 집중을 방해한 사람이 2층에 아무도 없었다.

보고서를 모두 작성한 후에야 프리체가 약속과 달리 연락하지 않았다는 사실이 기억났다. 어쩌면 기분이 상해서, 서기 업무를 맡아 어제 이미 사건 및 증거 서류를 작성한 카트린에게 부족한 정보를 바로 전달했는지도 모른다. 크뢰거도 어제 늦은 저녁에 전자 사건 파일에 보고서를 업로드했다. 하지만 피아는 그 어디서도 이름을 찾을 수 없었다.

"전설께서 사고를 아주 제대로 치셨군." 피아는 슬쩍 쌤통이라는 기분을 느끼며 중얼거렸다.

동료들이 하나둘 어슬렁거리며 들어왔다. 정각 7시에 보덴슈타인과 크리스티안 크뢰거, 셈 알투나이와 카이 오스터만, 타리크 오마리와 카트린 파힝거와 피아가 아침 회의를 하러 회의실 큰 탁자에 둘러앉았다.

피아가 어제 부검 결과를 짤막하게 요약했다.

"음, 마약 스크리닝은 음성이에요. 그리고 라리사는 죽을 때 혈중 알코올도 없었고요."

"타리크와 제가 어제 라리사의 아이클라우드와 소셜 미디어 활동을 조사했는데요." 카이가 보고를 넘겨받았다. "아이클라우드에는 사진 12,456장과 동영상 1,672개가 있습니다. 다 보려면 시간이 좀 걸릴 거예요. 인스타그램과 핀터레스트, 스냅챗과 틱톡 계정이 있는데, 특히 인스타그램과 틱톡에서 많이 활동했습니다. 인스타그램 폴로어는 148명, 폴로잉은 471명입니다. 게시물은 거의 없고, 24시간 후에는 사라지는 '스토리'에 자주 포스팅했습니다. '하이라이트'에 내용물이 많았는데 대부분은 동물 보호소 동물들과 자신이 참가한 코스플레이 대회에 관한 것이었어요."

"그게 뭐야?" 피아가 물었다.

"코스플레이어들은 망가나 비디오 게임의 캐릭터로 변장해요." 타리크가 설명했다. "코스튬 '플레이', 그러니까 코스튬 놀이는 원래 일본에서 왔어요. 코스플레이어들은 본인 코스튬을 직접 만들어 입고요. 누가 가장 멋진 옷을 입었는지, 누가 자기 역할을 가장 잘 수행했는지 평가하는 대회도 있어요. 결승전은 매년 프랑크푸르트 도서전에서 열리지요."

그 말을 듣자 피아는 10월에 헤닝의 초대로 간 도서전에서 판타지 가득한 현란한 코스튬 차림의 젊은이들이 전시장으로 몰려 들어오고 바깥에도 진을 치고 있던 광경을 생각해냈다.

"여름부터 라리사 뷜레펠트는 아인트라호트 프랑크푸르트 팬이 됐는데, 특히 골키퍼 케빈 트랍과 윙 포워드인 필립 코스티치를 좋아했습니다." 카이가 보고를 이어갔다. "지금까지 라리 사의 소셜 미디어 활동을 조사한 결과, 특별한 점은 없고 십대에게 전형적인 내용들입니다."

"남자아이들과 연결되는 것은?" 보덴슈타인이 물었다.

"없습니다. 활동 내용에 남자아이들도 가끔 등장하긴 하지만 대부분 같은 반 학우로 보입니다. 특정한 인물은 눈에 띄지 않았어요."

"우린 어제 어두워질 때까지 눈을 몇 톤이나 치우면서 백팩과 전화기를 찾아 헤맸습니다." 이제 크뢰거가 보고할 차례였다. "그런데 없더군요. 오늘 계속 수색할 테지만, 기온이 상승하고 눈이 녹을 때까지 기다려야 할지두 모르겠습니다. 하지만 제 생각에 성모상 처소 뒤에 내려놓을 때 이미 아이는 사망한 것 같아요."

"프리체가 혹시 여러분 중 누군가에게 개를 데리고 산책하다가 리시의 시신을 발견한 사람 이름을 알려줬나요?" 피아의 질문에 다들 고개를 저었다.

"피아와 나는 리시 뷜레펠트 급우들과 다시 한번 얘기해보겠어." 보덴슈타인이 업무를 나눠줬다. "리시가 왜 걸어갔는지 밝혀내야 해. 셈, 자네는 니더회흐슈타트 전철역과 대중교통 환승 주차장에 CCTV가 있는지 알아봐줘. 타리크와 카이는 리시의 클라우드와 학습용 태블릿을 계속 살펴봐. 카트린, 자네는 리시 뷜레펠트의 휴대폰 공급자와 연락을 취해. 최대한 빨리 동선을 받아야 해."

"알겠습니다, 반장님." 카트린이 고개를 끄덕였다. "그리고 프리체에게도 전화해서 압력을 가할게요."

회의용 탁자 한가운데에 놓인 전화기가 울렸다. 카이가 전화를 받아 귀를 기울이다가 수화기를 내려놓았다.

"법의학연구소 실험실이었어요. 결과를 보냈답니다." 그가 노트북을 열고 방금 들어온 메일을 클릭했다. 일반적으로 유전자 지문을 확인하는 데는 며칠씩 걸리지만 살인사건, 특히 희생자가 어린이거나 청소년인 경우에 실험실 직원들은 늘 서둘러서 일했다.

"교살에 쓰인 것이 분명한 파란색 머플러, 라리사 뵐레펠트의 오른손과 오른쪽 뺨, 스웨터와 청바지, 재킷 안쪽에서 피해자의 것 외에 한 남성의 DNA가 발견됨." 카이가 메일을 읽었다. "재킷 앞면, 시신의 입과 오른손 손가락에서 또 다른 남성의 DNA가 발견됨. 이외에도 많은 여성과 남성의 분자 유전학적 흔적이 발견됐으나 대부분은 아주 미세한 범위임."

아마도 부모나 친구들, 또는 예를 들어 스케이트를 타면서 의도하지 않게 우연히 라리사에게 남은 지극히 평범한 생물학적 흔적들일 것이다. 하지만 이 아이 살인범의 DNA일 수도 있으니 확보된 모든 유전학적 흔적을 연방범죄수사국의 DNA 분석 데이터와 비교해야 했다. 운이 좋다면 거기서 맞는 유전자를 찾을지도 모른다.

* * *

보덴슈타인과 피아가 교장과 함께 난방이 엄청나게 작동하는 2층 10학년 B반 교실에 들어섰을 때, 그곳은 독일어 수업 중이었다. 땀과 헤어스프레이, 달착지근한 청소년용 향수와 발 냄새가 뒤섞인, 30명의 청소년이 내뿜는 체취에 피아는 오펠 동물원 코끼리 우리를 떠올렸다. 셋째 줄에 의자 하나가 비어 있었다. 누군가 리시 뷜레펠트의 사진 액자를 책상에 놓고 빈 의자에 검은 리본을 둘러놓았다.

지난 금요일 19시 30분 이후에 슈발바흐나 줄츠바흐에서 리시를 본 사람이 있느냐는 보덴슈타인의 질문에 텅 빈 눈빛과 고개를 젓거나 어깨를 으쓱하는 행동만 대답으로 돌아왔다. 피아는 사라 코르브마허가 손을 들 거라고 기대했지만 아이는 시위하듯 창밖만 내다보고 있었다.

"린이랑 제가 금요일 저녁에 뭔가 본 것 같아요." 어제 이미 대변인으로 두각을 나타낸, 반짝이는 검정 머리카락에 현란한 젤 매니큐어를 바른 통통한 아이가 손을 들었다. "여기, 모든 사람 앞에서 이야기해요?"

"아니, 잠깐 밖으로 나오렴." 보덴슈타인이 그 아이에게 말하고, 교장에게 같이 나오라고 손짓했다. 마르첼라 섀퍼는 자리에서 벌떡 일어나, 옆에 앉아 있는 아이의 손목을 잡아끌었다. "린, 어서 일어나!"

활기차고 에너지 넘치는 마르첼라 옆에 있으니 가냘픈 린은 창백하고 생동감이 없어 보였다. 불편한 기색이 역력했다.

"그으으러니까 말이죠." 마르첼라가 열정적으로 입을 떼자 피아는 속으로 한숨을 내쉬었다. 이 아이는 중심에 설 수 있는 기회가 생기면 뭐든 이용하는 부류였다. "우린 모두 함께 스케이트장에서 출발했어요. 사라가 자기 집에서 자라고 우릴 초대했죠. 우린 교대로 돌아가면서 자주 그렇게 해요."

마르첼라가 스케이트장에서 전철역까지 오면서 벌어진 일을 장황하게 설명하면서 중요하지 않은 세부사항으로 문장을 꾸미자, 보덴슈타인은 상냥한 목소리로 이제 본론으로 들어가달라고 부탁했다.

"우리가 뭘 봤는지 듣고 싶으신 거 아니에요?" 마르첼라가 눈을 번뜩이며 쏘아보니 보덴슈타인은 포기하고 고개를 끄덕였다. "음, 리시와 사라는 조각 공원을 지나오는 내내 무진장 싸웠어요. 그러다가 갑자기 리시가 달려갔고요. 사라는 엄청 화가 나서 우리에게 다 집으로 가라고 했어요. 자기 집에서 우리가 자는 게 싫다면서요. 그리고 프랑크푸르트에서 오는 전철이 막 들어와서 사라와 파울라, 율리카는 그걸 타려고 달려갔어요. 모두 바트 조덴으로 가야 하니까요. 슈발바흐에 사는 린과 저는 지하도를 지났는데, 길 건너편에 리시가 보였어요. 그 애는 혼자가 아니었답니다." 마르첼라는 극적인 효과를 노려 말을 멈추고, 청중이 모두 자기 말에 귀를 잘 기울이는지 확인했다. "어떤 남자랑 수다를 떠는 중이었어요."

아이가 다시 한번 말을 멈추었다. 보덴슈타인과 피아는 아이의 능변을 질문으로 중단하지 않도록 조심했다.

"제 생각에 그 남자는 전철에서 내린 것 같아요. 우린 그 전에 그가 지하도로 들어서는 걸 못 봤거든요." 마르첼라가 드디어 다시 말을 이어갔다. "머리에 후드를 썼고, 투톤 다운재킷 차림이었어요."

그러고는 창백한 린을 흘낏 보며 발언권을 넘겼다.

"위쪽은 은색 또는 흰색이었고 아래는 어두운색이었어요." 린이 작게 대답했다.

"그 두 사람은 두 번째 지하도에서 우리보다 겨우 몇 미터 앞에서 걸었어요." 마르첼라가 다시 이야기를 넘겨받았다. "우린 앞쪽 로제르트 거리에 있는 피자 가게에서 피자를 하나 포장할까 하다가, 왠지 되너 케밥이 더 당기더라고요. 그래서 리메스 거리로 내려갔죠. 리시와 그 남자는 건너편에서 우리보다 20미터쯤 앞에서 걸었어요. 그러다가 둘은 다음 거리에서 왼쪽으로 꺾어졌고, 우리는 소방서 옆의 되너 가게로 가려고 계속 직진했어요."

"리시가 그 남자를 아는 것 같은 인상을 받았어?" 보덴슈타인이 물었다.

"네, 그건 확실해요." 마르첼라가 단호하게 고개를 끄덕이고 팔꿈치로 린을 찌르자, 린도 순순히 고개를 끄덕이며 말했다. "둘은 아주 열심히 수다를 떨었어요."

보덴슈타인과 피아는 두 아이에게 고맙다고 인사했고, 아이들은 교실로 돌아갔다. 한 명은 안도하고 다른 한 명은 자신이 중요하다고 느끼는 순간이 너무 금방 지나가서 조금 실망한 눈치였다.

"저 말을 어제는 왜 우리에게 하지 않았을까요?" 피아가 수첩을 백팩에 넣으며 물었다.

"청소년들이잖아. 우린 형사고." 보덴슈타인이 대답했다. "일단 용기를 내야 했겠지."

둘은 가려고 돌아섰다.

"리시는 남자아이랑 약속이 있었고, 친구 집에서 잔다는 말은 그저 알리바이로 이용했을 거예요. 사라는 이 계획에 동참했고요." 계단을 내려가면서 피아가 말했다. "제가 예상한 대로예요. 예전에 우리 모두 그렇게 했으니까요."

"우리가 예전에 뭘 했는데?" 보덴슈타인이 이해하지 못하겠다는 표정으로 물었다.

"첫 경험을 하려고 가장 친한 친구를 알리바이로 삼는 거 말이죠. 아니면 부모님이 알아서는 안 되는 뭔가 다른 일을 할 때도."

"정말?" 보덴슈타인이 삐딱하게 미소를 지었다. "내가 예전에 놓친 게 많은 것 같군."

"흠, 반장님 같은 귀족의 경우에는 아마 다를 테죠." 피아가 히죽거렸다. "특히 영지로 에워싸인 성에 살면 말이에요. 수많은 여자들이 가장 친한 친구를 알리바이로 삼으려던 이유가 어쩌면 반장님이었을 수도 있고요. 하지만 반장님은 태어나면서 이미 명문 귀족 가문의 따님과 약혼했을지도 모르지요."

"자네, 늘 그렇듯이 또 과장하는군." 보덴슈타인이 빙긋 웃었다. "그리고 나는 늘 그렇듯이, 인간적인 모든 상황에 낯설지 않은 동료가 있어서 다행이야. 리시 뵐레펠트와 관련해서 자네 말이 옳은 것 같거든."

피아는 보덴슈타인이 지금 한 말을 칭찬으로 받아들여야 할지 확신이 없었지만, 뭐라고 채 대답하기 전에 휴대폰이 울렸다. 카트린이었다.

"선배, 잘 들어요." 카트린이 목소리를 낮추어 말했다. "지역범죄수사국에서 방금 전화가 왔어요. 라리사 뷜레펠트의 옷과 몸에서 확보한 남성 DNA와 일치하는 결과가 데이터뱅크에 있대요. 그런데 내용이 엄청나요! 최대한 빨리 여기로 오세요."

* * *

지금 학교에는 리시의 살인이라는 한 가지 이야깃거리밖에 없었다. 말도 안 되는 소문과 추측이 난무했다. 아무도 사라에게 솔직하게 말하지는 못했지만, 자기 등 뒤에서 리시에 대해 무슨 말들이 오가는지 사라는 당연히 알았다. 5분짜리 쉬는 시간에 사라는 가까스로 화장실에 갔다. 독일어 시간에 등장한 짭새들 때문에 너무 당황해서 토하기까지 했다. 금요일 저녁에 리시의 계획이 무엇이었는지는 말할 수 없지 않은가! 불가능하다! 게다가 아무 증거도 없이 짭새들에게 자기 의심을 이야기할 수도 없다.

사방에서 화장실 문 여닫는 소리와 변기 물 내리는 소리, 토막토막 들리는 수다와 웃음소리가 들려왔다. 사라는 이마에 식은땀을 흘리며 변기 옆 바닥에 쪼그리고 앉아 있었다. 다리가 고무처럼 흐물흐물하게 느껴졌다.

종이 울렸다. 쉬는 시간이 끝났다. 사라는 이 모든 일에 대해 누군가에게 이야기하고 싶었지만 그 정도로 믿을 만한 사람은 아무도 없었다.

다음 시간은 물리 수업이었다. 물리 실험실은 건너편 B동 건물인데 백팩이 아직 교실에 있었다. 이제 리시가 없으니 틀림없이 계속 뭔가를 잊어버리겠구나. 항상 엄청나게 조직적이고 뭐든 생각했던 리시. 내가 무슨 이야기든 할 수 있었던 리시. 내가 지금까지 만난 최고의 친구 리시.

사라는 화장실 벽을 짚고 힘겹게 일어나, 문을 열고 휘청거리며 세면대로 걸어갔다. 거울에 뺨이 푹 꺼지고 눈이 부은 창백한 자신의 모습이 비쳤다. 마르첼라와 린은 짭새들에게 무슨 이야기를 했을까? 그 둘은 내가 모르는 어떤 일을 알고 있나? 금요일 저녁에 갑자기 초대를 취소하자 아이들은 무척 기분이 안 좋았는데. 마르첼라는 아무 말도 안 해주겠지만 린이 혼자 있을 때 만난다면 형사들에게 무슨 말을 했는지 알려줄지도 몰라. 사라는 여자 화장실에서 나와 학생들의 물결에 휩싸여 복도를 따라 천천히 걸었다. 그러다가 2층으로 올라가는 계단에서 '그'를 봤다. 데이먼이었다. 짙은 색 머리카락, 쑥 들어간 파란색 눈동자, 각진 턱. 그가 곧장 다가왔다. 사라는 걸음을 멈추고 그에게 말을 걸려고 했지만 용기가 나지 않았고, 그는 사라를 못 보고 옆을 스쳐갔다. 그에게 사라는 그저 대중 속의 한 얼굴에 불과했다. 누군가 부딪치는 바람에 사라는 다시 발걸음을 옮겼다. 데이먼이 평소와 똑같은 모습이어서 사라는 혼란스러웠다. 리시가 죽었는데, 심한 충격을 받아야 하지 않나? 아니면 적어도 좀 슬퍼해야 하지 않을까? 리시의 사망 소식은 학교에서 누구나 다 아는데, 그도 들었을 게 아닌가! 사라는 예전에도 리시의 이야기가 너무 얼토당토않을 때면 몇 번이나 그랬듯이 갑자기 의심이 들었다. 가장 친한 친구가 자기 자신과 데이먼에 대해서 했던 모든 이야기가 사실은 모두 정신 나간 소리고 그저 원하는 소망을 담은 꿈이었다면 어떻게 하지? 그럴 가능성이 있을까? 하지만 늘 현실적으로 들리기는 했는데. 그리고 내가 리시에게 비밀이 없었는데, 리시가 나를 속일 이유가 있을까?

사라는 텅 빈 교실에 들어가 자기 자리로 가서 백팩을 집으려고 몸을 숙였다. 그러다가 리시와 시선이 마주쳤다. 파트릭과 율리카가 고른 사진은 몇 주 전에 베를린으로 수학여행 갔을 때 찍은 것이었다. 사진에서 리시는 엄청나게 매력적이었다. 평소에도 그랬지만 훨씬 더 강한 매력을 풍겼다. 눈이 반짝이고 뺨이 붉었으며 행복하게 웃고 있었다. 사라의 내면에서 뭔가 수천 조각으로 부서졌다. 파트릭이 휴대폰으로 이 사진을 찍기 불과 몇 초 전에 리시는 사라에게 데이먼이 저녁에 클럽 기둥 뒤에서 자기에게 처음으로 키스했다고 말했었다.

불현듯 사라는 학교를 단 1초도 견딜 수 없었다. 리시를 몰랐으면서도 흐느끼며 서로 끌어안고, 꾸며낸 당혹감을 보이며 봉제 인형과 꽃을 학교 건물 입구에 내려놓고, 몇 초 후에는 눈물을 닦고서 꽃과 곰 인형 사진을 찍어 '리시 애도'라는 해시태그와 함께 인스타그램과 틱톡에 포스팅하고, 리시가 성폭행을 당했는지 아닌지 궁금해하는 사람들이 싫었다. 구역질이 났다! 이들에게는 리시가 아니라, 어쩌면 자기들이 우연히 학교에서 마주쳤을지도 모르는 어떤 여자아이가 살해됐다는 섬뜩한 화젯거리가 중요했다. 학교 경영진과 교사들은 아무것도 이해하지 못했다. 건물 입구 옆에 마련된 리시 추모 공간 앞에서 추위에 떨며 서서, 혼란스러워하는 학생들이 자신들의 상담 제의를 받아들이기를 기다리는 학교 사회복지사들도 모르기는 마찬가지였다. 리시 뷜레펠트의 죽음에는 관심이 없으니 아무도 이야기하려고 하지 않았다. 있다면 그저 안 좋은 소문을 들으려는 것뿐이었다.

사라는 백팩을 어깨에 걸치고 복도를 따라 걷다가, 계단을 내려와 시선을 내리깐 채 텅 빈 현관 로비를 가로질렀다. 물리야 어찌 되거나 말거나! 어차피 성적은 이미 정해졌잖아. 여기서 나가야 해. 어디든 차분하게 생각할 수 있는 곳으로. 건물 출입문을 활짝 열어젖힌 사라는 산처럼 쌓여 있는 꽃과 봉제 인형과 리시의 사진을 무시하고 계단을 달려 내려갔다.

"사라?" 하필이면 물리 담당인 푸트만-뵘 선생님이 체육관과 주차장 사이에서 체육 선생님과 함께 다가왔다. "어디 안 좋니?"

얼마나 멍청한 질문인가! 사라는 처음에 그냥 가려다가 그 자리에 멈춰 서서, 여름부터 10학년 B반 수업을 맡았지만 그때 이후로 거의 지속적으로 병가를 냈던 사람을 쏘아봤다.

"그래요, 안 좋아요." 사라는 냉소적으로 대꾸했다. "선생님은 혹시 아직 못 들으셨는지 몰라도, 저랑 가장 친했던 친구가 살해당했어요. 아, 선생님은 리시를 전혀 모르시겠군요. 늘 편찮으셨잖아요. 하지만 저는, 저는 잘 알았어요. 리시가 죽어서, 그 아이가 보고 싶어서 슬퍼요."

누군가에게 충격을 주니 왠지 모르게 기분이 나아졌다. 선생

님의 얼굴에 드러난 놀란 표정이 사라 내면의 고통을 잠깐 덜어
줬다.

"아…… 그래……. 당연하지. 정말 안타깝다." 푸트만-뵘 선생
님이 당황해서 더듬더듬 말했다. 체육 선생님은 아무 말도 하지
않았지만, 이 상황이 불편한 것 같았다.

"집에 가야겠어요." 사라가 대답했다. "엄마가 저를 데리러 올
거예요."

그리고 발걸음을 옮겼다. 엄마가 데리러 온다는 건 물론 거짓
말이었다. 하지만 수업을 땡땡이쳤다고 나중에 문제가 생기든
말든 신경도 쓰지 않았다. 제일 친한 친구가 죽었다. 그리고 끔
찍하게 의심이 가는 일이 있었다.

* * *

"파바드 마흐무디는 불법으로 오스트리아 국경을 넘어 독일
로 입국하여, 2016년 11월 23일에 프랑크푸르트 제5관할 경찰
서에 개인 서류를 제시하지 않은 채 망명 신청을 했습니다." 카
이 오스터만이 보고했다. "자신이 미성년자라고 진술했으므로
청소년 복지국의 보호 아래 줄츠바흐에 있는 아프가니스탄-독
일 위탁 가정에서 살게 됐습니다. 뢰델하임의 한 학교 통합 과
정 수업에 참가하여 빠른 속도로 독일어를 배웠고, 2018년 4월
에 학우를 성폭행하기 전까지는 모범적으로 통합됐다는 평가를
받았습니다. 여학생은 도망치긴 했지만 그 과정에서 부상을 입
었습니다. 마흐무디는 성폭행 사건 후에 자전거를 타고 줄츠바

호의 위탁 가정으로 돌아갔는데, 위탁 부모의 진술에 따르면 지극히 평범하게 행동했었다고 합니다."

사람들이 흥분하여 수군거렸다. 좀 전에 니콜라 엥겔 과장이 호프하임 경찰서의 모든 직원을 대형 휴게실로 불러 모으고 로젠탈 검사장도 데리고 왔다. 분위기가 얼어붙었다. 열여섯 살짜리 여자아이에 대한 살인 자체도 이미 끔찍한 일이었다. 이 아이의 몸과 옷에서 성폭행 때문에 유죄 판결을 받은 아프가니스탄 난민의 유전자 흔적이 발견됐다는 사실은 이 사건에 파괴력을 더했다.

4년 전에 난민 위기가 정점일 때 많은 사람들이 난민을 환영했지만, 초반의 낙관은 가족과 함께 오는 시리아 내전 난민뿐 아니라 무엇보다도 북아프리카와 아프가니스탄, 에리트레아, 사하라 이남 국가들에서 수십만 명의 젊은 남자들이 온다는 사실을 깨닫자 금세 사라졌다. 난민들로 넘치는 임시 숙소에서 좁은 공간에 갇힌 젊은 남자들 사이에 폭력적인 갈등이 잦아졌고, 주민들의 불안과 거부감이 커갔다. 이민자들이 저지른 범죄는 자동적으로 대중의 관심을 더 많이 끌게 되고, 난민을 위한 사회적 용인과 헌신이 감소하는 결과를 가져왔다.

"파바드 마흐무디는 12월 4일에 미결 구금에서 석방됐습니다." 카이 오스터만이 보고를 이어갔다. "이유는······."

"그 남자는 성폭행 때문에 갇혔을 텐데요." 누군가 소리쳤다. "그놈을 왜 놓아준 거죠?"

모인 사람들은 누구나 2016년 10월에 아프가니스탄 난민에게 성폭행을 당하고 살해된 프라이부르크 의대생을 곧장 떠올렸다. 지금 비슷한 일이 벌어진 건가?

"변호인이 항소하여 판결이 확정되지 않아서, 형이 집행되는 대신 그는 구치소로 돌아갔습니다." 오스터만이 소리친 사람에게 대답했다. "그것 외에도 변호인은 고등 법원에 구금 부당 항소를 했습니다. 재판이 너무 지연되는 바람에 마흐무디가 이미 18개월 동안 미결수로 구금되어 미결 구금 기간이 금고형을 넘어섰다는 이유에서입니다. 그래서 마흐무디는 항소 절차가 진행되기 전에 석방됐습니다."

"재판이 오래 걸린 이유는 우리가 연령 감정서를 의뢰했기 때문입니다." 로젠탈 검사장이 보충 설명했다. "우리는 마흐무디가 망명 신청서에 진술한 연령을 처음부터 많이 의심했습니다. 감정서 결과, 그가 입국할 당시 16세가 아니라 최소한 23세였다는 사실이 확실해졌습니다. 따라서 그는 현재 26세이므로 청소년 형법에 따른 판결을 받지 않았습니다."

"풀려나자마자 또 한 여자아이를 건드리는 것 말고는 할 일이 없었군." 누군가 으르렁거렸다. 다른 사람들도 그의 말에 동의했다. 보덴슈타인은 이제 얼른 개입해야 할 때라는 걸 알아채고 앞쪽에 있는 카이에게로 향했다.

"여러분, 진정하십시오." 낭랑한 그의 목소리가 울려 퍼졌다. "이 남자가 라리사 뷜레펠트의 죽음과 관련이 있는지 지금까지 밝혀진 것은 전혀 없습니다. 그의 DNA는 희생자의 옷과 머리카락, 몸에서 확보된 여러 유전자 흔적 중 하나일 뿐이에요. 그러나 이 사건이 큰 사회적 관심을 불러일으킬 염려가 있으니 특별수사팀을 설치하겠습니다. 저는 이 사건을 최대한 빨리, 되도록 크리스마스 전에 해결하고 싶습니다. 일이 악화되지 않게 여기 계신 모든 분이 객관적이고, 최대한 세심하고, 조화롭게 행동하기를 기대합니다. 외국인 혐오 발언은 절대 용납하지 않겠습니다. 다들 이해하셨기 바랍니다."

그는 동료들의 얼굴을 바라봤다. 그들 중 일부와는 이미 오래전부터 함께 일했다. 그는 많은 이들의 저항과 분노와 절망을 알아채고 그들이 무슨 생각을 하는지 짐작했다. 보덴슈타인은 경찰관들이 거의 매일 직면하는 현실, 그리고 이주 관련 범죄에 관한 연방범죄수사국과 유럽위원회의 최신 통계도 알고 있었다. 초기 수용 숙소와 망명 신청자 숙소에서 칼부림 없이 일주일이 지나가는 경우는 거의 없었는데, 치명적인 결과로 끝나는 경우도 드물지 않았다. 치안경찰이 업무 수행 중에 공격당하고 부상 입는 일이 잦아져서 경험이 아주 많은 경찰관들조차 충격받고 분노했다. 강력 범죄를 저지르고 난민 자격 신청이 거부된 신청자들도 유럽연합 법에 따르면 바로 추방되지 않고 그대로 머물 수 있었다. 파바드 마흐무디가 바로 이런 경우였다.

보덴슈타인은 마흐무디가 리시 뷜레펠트의 살인자라면 공개 토론만 벌어지는 데 그치지 않을 테니 그가 범인이 아니기를 간절히 바랐다.

"그가 지금 어디 있는지 아시나요?" 사기범죄 담당 부서의 동료가 물었다.

"네." 카트린 파힝거가 보덴슈타인 대신 대답했다. "사회 복지국은 그를 석방한 후에 예전에는 호텔이었지만 마인-타우구스 지역이 난민들을 위해 임차한 에슈보른의 한 숙소에 거주 중입니다. 순찰차 한 대가 그를 여기로 데려오려고 이미 출발했고 요."

니콜라 엥겔 과장이 보덴슈타인에게 지금 당장 둘이 대화하 자고 고갯짓으로 살짝 신호를 보냈다.

"자, 일단 여기서 보고를 마치겠습니다." 보덴슈타인이 사람들에게 말했다. "질문이 있는 분은 오스터만이나 파힝거에게 문의하십시오."

카이가 노트북 앞에 앉아 특별수사팀을 편성하기 시작했다.

"반장님이 특별수사팀을 지휘하시겠지요?" 그가 말했다. 질문이 아니라 당연하다는 듯이 덧붙인 말이었다.

"아니, 자네가 해." 보덴슈타인이 대답했다.

"어…… 뭐라고요? 제가요?" 카이는 당황하여 노트북에서 고개를 들었다. "왜요?"

카트린과 타리크와 셈도 놀랐다. 평소에 카이는 수사 및 증거서류를 담당해서 사건의 모든 세부사항과 전모를 아는 사람이었다.

"나를 제외하면 자네가 제일 선배잖아." 보덴슈타인이 자신의 결정을 이렇게 설명했다. "카트린이 서기 업무를 맡았으니, 이번에는 자네가 특별수사팀을 이끄는 게 당연하지."

"어, 반장님. 이건 정말이지…… 아주 멋진데요." 카이가 기쁜 표정으로 말을 더듬으며 얼굴까지 살짝 붉혔다. 보덴슈타인은 그의 어깨를 두드렸고, 셈과 피아와 타리크도 카이에게 축하 인사를 건넸다.

"자, 일들 시작하지." 보덴슈타인이 말했다. "셈과 타리크는 라리사 뷜레펠트의 이웃과 지인 및 친척을 조사해. 필요한 사람들을 모두 조사해봐. 라리사의 마지막 시간을 분 단위로 정확하게 알아야 하니까. 피아, 내가 과장님과 이야기한 후에 우리 둘은 피해자의 부모님에게 가자고."

"그냥 들어가세요." 보덴슈타인이 비서실로 들어서자 니콜라 엥겔의 비서가 말했다. "문이 열려 있어요."

니콜라는 창가에 서서 바깥을 내다보고 있었다.

"나랑 얘기하자고?"

"응." 니콜라가 몸을 돌렸다. "문 닫아줘."

보덴슈타인이 문을 닫았다. 니콜라가 앉으라는 말을 하지 않았으므로 그는 그대로 서 있었다.

"이제 바로 경찰청장과 전화 통화를 해야 해." 그녀가 말했다. "이 사건은 대중의 큰 관심을 불러일으킬 거야. 나는 당신 팀이 사건을 최대한 빨리 해결하기 위해 최선을 다하길 바라."

"당연하지." 보덴슈타인은 고개를 끄덕였지만, 상관들이 늘 쉽게 말하는 이 멍청하고 진부한 상투어에 짜증이 났다. 나와 내 동료들이 사건을 최대한 빨리 해결하기 위해 언제 최선을 다하지 않은 적이 있던가?

니콜라 엥겔이 그를 주의 깊게 살폈다.

"왜 그래?" 보덴슈타인이 물었다.

"왜 하필이면 지금 오스터만에게 특별수사팀 지휘를 넘기지?"

"내가 한 말을 당신도 들었잖아." 그가 대답했다. "오스터만이 이제 차례가 된 것뿐이야. 나는 그를 전적으로 믿어."

"그래, 당신이 무슨 말을 하는지 나도 들었어." 니콜라 엥겔이 대답했다. "하지만 오스터만 때문이라는 당신의 말을 완전히 믿지는 않아."

"그가 지난 가을 평가 면접에서 나에게 이제 더 많은 책임을 맡고 싶다고, 12년 근무한 후에는 승진을 바란다고 말했어."

"그래서 하필이면 이 까다로운 사건의 특별수사팀 지휘를 그에게 넘긴단 말이야?"

"특별수사팀 사건은 뭐든 까다로워." 평소에 니콜라 엥겔은 그의 개인적인 결정에 참견하지 않았고, 뭔가 속내가 없이 끼어드는 일도 드물었다. "오스터만이 맡는 것에 동의하지 않는다면 말해줘. 그러면 셈이나 피아에게 업무를 맡길 테니까."

"왜 평소와 달리 당신이 직접 맡지 않아?"

"니콜라, 왜 그래?" 보덴슈타인이 이마를 찌푸렸다. "무슨 말을 하고 싶은 거야?"

니콜라는 한숨을 내쉬고 책상 앞에 앉았다.

"우리가 뭔가 실수하면 언론이 우릴 찢어발길 거야." 그녀가 대답했다. "경찰총장과 내무부장관은 호프하임 경찰서에서 가장 경험 많은 수사관이 하필이면 이런 사건에서 왜 뒷줄로 물러서 있는지 나에게 물을 테고 말이야."

"당신이 그 어르신들을 안심시켜. 내가 뒷줄로 물러서 있는 게 아니라고." 보덴슈타인이 반박했다. "내가 수사를 지휘해. 당신도 알다시피 특별수사팀 팀장은 기술이나 조직과 관련된 잡일들을 많이 처리해야 해. 오스터만은 다른 그 누구보다도 그

분야에 뛰어나. 그는 나와 우리 팀이 일상 잡무에서 벗어날 수 있게 지원한다고."

"흐음. 경찰청장은 어쩌면 당신이 안식년으로 쉬기 전에 그와 나눈 대화를 기억할지도 몰라. 그리고 그는 당신이 코지마에게 간 이식을 해준 사실도 당연히 알고 있어. 그러니 그가 어쩌면 당신이 이중 업무에…… 뭐랄까…… 부담을 느낀다고 생각할지도 모르지."

니콜라가 입을 다물었지만, 보덴슈타인은 뭔가 더 있다는 걸 알아챘다.

"계속해." 그가 상관에게 요구했다.

"당신은 57세야." 니콜라가 말을 이었다. "사이에 1년만 쉬었을 뿐, 15년 동안 강력11반 수사반장이고……."

"……검거율은 백 프로야." 보덴슈타인이 덧붙였다.

"그래, 맞아. 하지만 당신 자리를 탐내는 동료들이 있어. 이곳 사람은 아니야." 니콜라가 얼른 덧붙여 말했다. "현재 노조를 통해 일자리 교환 요청이 한 건 들어왔어. 바덴뷔르템베르크 출신으로 능력이 탁월한 동료……."

"……나보다 열 살은 젊겠지." 보덴슈타인이 그녀의 문장을 보완했다.

"열네 살 젊어." 니콜라가 그의 말을 확인시켜줬다. "올리버, 다시 생각해봐. 당신이 특별수사팀 팀장직을 맡는 편이 나아 보여."

책상에 놓인 전화기가 울리기 시작했다.

"나 전화 받아야 해." 니콜라가 말했다. "경과를 계속 보고해줘. 빈틈없이."

"물론이지."보덴슈타인은 고개를 끄덕이고 사무실을 나왔다.

그러고는 잠깐 마비된 기분으로 복도에 멈춰 서 있었다. 니콜라는 그의 자리가 위태롭다고 공정하게 경고했다. 5년 전에 그가 휴식이 다급하게 필요해서 강력11반 수사반장 자리를 내려놓았을 때 니콜라는 처음에 1년 안식년 후에 완전히 은퇴한다는 그의 결정을 이해하지 못했다. 연금 수급 자격을 상실할 상황까지도 각오하려고 했다. 하지만 정확하게 말하자면 니콜라는 당시에 그의 자리를 내부 직원으로 채움으로써 그를 도왔다. 외부에서 온 동료였다면 1년 후에 그가 다시 일하게 됐을 때 피아와는 달리 쉽사리 이선으로 물러나지 않았을 것이다. 그는 단순한 팀원으로서 풀타임이 아니라 80퍼센트만 일하려고 했지만, 피아가 그에게 원래 자리를 제안했고 그도 결국은 그 제안을 받아들였다. 그래서 4년 전부터 그는 다시 강력11반 수사반장이었고, 카롤리네와의 힘든 결혼생활을 견딜 수 있게 도운 것도 그의 일과 동료들이었다.

그는 수사관 말고는 다른 그 무엇도 되려고 하지 않았다. 니콜라는 그가 경력의 사다리를 올라가려고 하지 않는 것을 유감스러워했다. 언젠가 강력11반의 성과가 사라지고 그가 실수라도 한다면 사람들은 그를 밀어내거나 경찰서 내근을 권할 터였다. 하지만 자기 자리가 더 젊은 사람으로 간단하게 대체된다는 생각은 미처 하지 못했다. 그와 또래인 많은 동료들은 속으로 은퇴할 날짜를 계산했지만 그는 그러지 않았다. 그만둔다는 생각은 아직 하지 않았다. 자기 자리를 쉽게 내줄 사람은 분명히 아니었다. 언젠가 피아나 셈에게라면 몰라도, 바덴뷔르템베르크에서 온다는 43세 동료에게는 절대 아니었다.

그는 1층으로 돌아갔다. 카이의 지휘하에 이미 특별수사본부로 변한 휴게실 문 앞에 셈과 카트린, 피아와 로젠탈 검사장, 크리스티안 크뢰거와 언론 대변인 슈테판 스미칼라가 서 있었다. 그가 특별수사팀 지휘권을 다시 요구해도 카이는 이해할 터였다. 하지만 빌어먹을, 나는 그럴 생각이 없어! 정확하지도 않은 상부의 경고가 내 결정에 영향을 주어서는 안 되지.

"판사가 마흐무디 구속영장을 발부했습니다." 로젠탈 검사장이 알려줬다.

"알겠습니다." 보덴슈타인이 고개를 끄덕이고 감식반장에게 물었다. "크리스티안, 그쪽 일은 어때?"

"슈발바흐와 니더회흐슈타트 지역 쓰레기통을 모두 뒤졌지만 발견한 게 없습니다. 슈발바흐와 줄츠바흐 사이의 텃밭 지대와 개천 상류에도 휴대폰이나 백팩 흔적이 없었어요." 크뢰거가 대답했다. "시신 발견 장소 주변을 계속 수색하는 건 눈이 녹은 다음에나 의미가 있을 겁니다."

"셈은?"

"니더회흐슈타트 전철역 감시 카메라에 녹화된 내용을 감정한 결과, 금요일 저녁 19시 22분에 열두 명이 프랑크푸르트에서 오는 전철에서 내렸습니다. 6번 차량에서 투톤 다운재킷에 후드 차림의 남자가 내렸는데, 그가 마흐무디일 수도 있습니다. 여자 청소년 세 명이 3번 차량에 오르는 모습도 보였습니다."

"희생자의 친구들이 우리에게 진술한 내용이 맞는 것 같군요." 피아가 말했다. 그녀의 휴대폰이 울렸다. 피아는 양해를 구하고서 복도를 조금 내려가 음료수 자동판매기 옆에 섰다. 보덴슈타인은 달라지는 피아의 표정을 지켜봤다.

카이가 그들에게 합류했다.

"방금 외국인청과 통화했는데요." 그가 말했다. "당시 마흐무디의 망명 신청은 그가 허위 사실로 자기에게 해당하지 않는 혜택을 받았기 때문에 거부당했답니다. 그는 16세라고 주장했는데 사실은 20세가 넘었어요. 하지만 박해받을 수도 있는 아프가니스탄 지역 출신이므로 임시 보호 대상 지위를 인정받았습니다. 지난주에 미결 구금에서 석방된 후에는 보조금 문제로 변호인과 함께 외국인청에 출석했습니다. 망명 신청자 숙소에 들어갈 수 없어서 에슈보른에 거주지를 배정받았습니다. 그런데 거주지 의무가 부과됐어요. 배정된 숙소 외에 다른 곳에 머물 수 없다는 뜻입니다. 그랬다가는 보조금 받을 자격을 상실합니다."

그 순간 경비 초소 문이 열리더니 담당 경찰이 나왔다.

"아, 보덴슈타인 반장님. 동료들이 지정된 주소에서 용의자를 만나지 못했답니다. 현관문이 열려 있어서 살펴봤다는데요. 옷가지와 개인물품은 그대로 있더랍니다. 같은 건물에 사는 사람이 오늘 아침 9시쯤에 마흐무디를 봤다는군요."

"아이고, 대단하네." 셈이 눈을 흘겼다. "거주 의무가 있는데도 그놈이 도망쳤군. 이제 어떻게 하죠?"

"순찰차는 마흐무디 집 앞에 그대로 있어야지." 보덴슈타인이 결정했다. "어쩌면 잠깐 나간 거고 다시 돌아올지도 몰라. 타리크, 자네가 가서 동료들을 지원해줘."

"수배할까요?" 셈이 물었다.

"좀 더 기다리자고." 보덴슈타인이 대답했다.

"유감스럽게도 이름이 이미 새어나갔어요." 언론 대변인이 말했다. "소셜 미디어가 북새통입니다. 제 전화기가 뜨거워질 정도로 엄청나게 전화가 오고요."

"어떻게 그런 일이 가능하지?" 보덴슈타인은 깜짝 놀라 사람들을 둘러봤다. 아니, 그의 팀원들은 분명히 그러지 않았을 테지만, 조금 전에 흥분한 반응을 보였던 동료들 중 몇몇은 그럴 수도 있었다. 이제 정보 흐름에 대한 통제를 잃으면 절대 안 되었다.

"흠, 그렇다면 할 수 없지. 수배해." 그가 말했다. "하지만 우린 목격자를 찾고 있다는 사실을 잊어서는 안 돼. 카이, 자네가 신경써줘. 핫라인 설치됐나?"

"네, 전화들이 대기 중입니다."

피아가 돌아왔다.

"반장님, 저 가봐야겠어요." 그녀는 걱정스러운 표정이었다. "비어슈타트 지구대 동료가 전화했는데요. 순찰차가 국도에서 저희 엄마를 찾아냈는데 실내화와 카디건 차림에, 꽁꽁 얼고 방향 감각을 완전히 잃은 상태였대요. 다행히 지갑에 신분증과 제 전화번호가 적힌 쪽지가 있었다네요."

"아이고, 그래. 얼른 가봐." 보덴슈타인이 곧장 대답했다. "카트린이 나랑 뷜레펠트 집으로 가면 되니까."

* * *

보덴슈타인은 줄츠바흐로 가는 짧은 주행 시간을 이용해 카트린에게 뷜레펠트 집의 가족 관계를 설명했다.

"자네, 내 말 듣고 있나?" 휴대폰에 정신을 집중하고 뭔가 두드리는 젊은 동료에게 그가 물었다.

"저는 멀티태스킹이 가능해요." 카트린은 이렇게 우기고 스마트폰을 치웠다. "반장님이 말씀하시는 걸 모두 들었다고요. 저더러 눈과 귀를 활짝 열어두라고, 대화는 반장님이 하시겠다고 했잖아요."

"내 말을 '모두' 듣지는 않았군." 보덴슈타인이 대꾸하고 예전에 드라이브인 극장이 있던 곳에서 줄츠바흐 방향으로 차를 꺾었다. "자네가 희생자의 엄마 가까이에 있으면 좋겠어. 엄마들은 보통 아버지보다 딸에 대해서 잘 알잖아. 자네가 혹시 엄마에게서 부수적인 정보를 캐낼 수 있다면 좋겠어."

보덴슈타인은 간선도로 옆에서 주차할 곳을 발견했다. 지난 며칠에 비해 그다지 춥지 않아 눈이 서서히 녹고 있었다. 뷜레펠트의 집 앞에 많은 사람들이 경악과 연민의 표시로 봉헌 초를 눈 속에 세우고 꽃과 봉제 인형, 리시에게 쓴 손 편지와 사진들도 갖다 놓았다.

보덴슈타인이 초인종을 울리자 검은 머리카락의 젊은 여성이 문을 조금 열더니 잠긴 안전 고리 너머를 미심쩍은 눈길로 내다봤다.

"무슨 일이에요?" 여자가 쌀쌀맞게 물었다.

"안녕하세요! 호프하임에서 온 형사들입니다." 보덴슈타인이 형사 신분증을 들어 올렸다. "리시 일로 외르크와 안네 뷜레펠트를 만나러 왔어요."

"아, 그렇군요. 잠깐만요!"

문이 닫혔다가 바로 활짝 열렸다.

"안녕하세요?" 보덴슈타인이 예의 바르게 카트린과 자신을 소개했다.

"저는 일바 샤리튀아르예요." 젊은 여성이 말했다. "리시의 이복언니지요. 들어오세요. 아버지와 안네는 거실에 있어요."

그러니까 이 사람이 외르크 뷜레펠트가 저번 대화에서 무뚝뚝하게 '사고'라고 표현했던 바로 그 큰딸이군. 연한 금발에 가냘픈 편인 리시와 달리 이복언니 일바는 크게 휘어진 눈썹 아래의 크고 검은 눈동자와 매력적인 코, 도톰한 입술 때문에 젊은 날의 안젤리나 졸리처럼 보였지만 땅딸막한 아버지의 체구를 물려받았다.

두 사람은 젊은 여자를 따라 복도와 부엌을 지나 거실로 갔는데, 보덴슈타인은 탁자에 놓인 목제 성모상 옆에 있던 미소 짓는 리시의 사진 액자와 어제 방문 때 켜 있던 초가 사라진 사실을 깨달았다. 어제는 여전히 희망을 갖고 성모 마리아에게 도움을 청했다. 그러나 소용이 없었다. 리시의 시신이 하필이면 마리아 제단 뒤에 있었으니 운명이란 얼마나 아이러니한가.

전기 레인지 위에서 향기로운 냄새를 풍기는 요리가 끓고 있었다. 나이 많은 여성과 중년 여성 한 명이 설거지를 하고, 또 한 명은 채소를 잘게 써는 중이었다. 그들은 보덴슈타인을 호기심 어린 시선으로 바라보며 그의 인사에 답했다. 친구와 친척들이 리시 부모를 돌봤다. 다행이었다. 거실과 식당에 몇 명이 모여 있었다. 소파에 앉은 뵐레펠트 옆에 남동생과 그의 아내, 그리고 어제 뵐레펠트를 잡고 있던 근육질 이웃도 보였다. 식탁에는 안네 뵐레펠트와 잿빛 머리카락의 마른 남자, 어제도 여기 있던 두 여성이 앉아 있었다. 그들이 들어서자 대화가 멎었다. 모두 두 사람을 빤히 쳐다봤다.

"아빠, 안네. 형사들이 이야기 나누고 싶대요." 일바가 알렸다. "둘만 남기고 우리 모두 나갈까요?"

"아니, 안 그래도 돼." 외르크 뵐레펠트가 소파에서 힘겹게 몸을 일으켰다. 어제와 똑같은 옷차림에, 뺨에는 꺼칠하고 검은 수염이 나 있었고 머리가 부스스했다. 안네 뵐레펠트도 의자를 뒤로 밀며 일어났다. 어제와 마찬가지로 뭔가 중요한 전화를 놓칠까 봐 불안하다는 듯이 스마트폰을 손으로 움켜쥐고 있었다. 그녀도 위생에 신경 쓸 정신이 없었다. 머리카락이 헝클어지고 얼굴은 창백했으며, 가냘픈 얼굴에서 눈만 아주 크게 보였다. 부부 사이의 거리감이 확실하게 보였다. 두 사람은 지금 서로 위로할 수 있는 처지가 아니었다. 위로하기에는 아직 너무 이른지도 모른다.

보덴슈타인은 그들에게 딸을 살해한 범인을 이미 체포했다고 말해주고 싶었다. 살인 희생자 유족이 듣기를 원하는 유일한 소식이 이것임을 알기 때문이다. 하지만 지금까지 아는 것이라고는 리시와 연결될지도 모를 한 사람의 이름뿐이었고, 게다가 그 사람의 행방도 알지 못했다.

"법의학과 범죄연구소 실험실에서 얻은 결과를 전하고 싶습니다." 보덴슈타인이 말했다. "뷜레펠트 씨, 잠깐 서재로 가실까요?"

"우리 친척과 친구들은 두 분이 우리에게 전하는 말을 어차피 알게 될 겁니다." 뷜레펠트가 대답했다. "그러니 지금 바로 함께 들어도 돼요."

"하지만 우리는 두 분과 이야기하고 싶습니다." 보덴슈타인이 고집스럽게 말했다. 그는 앞에 있는 사람들이 이 말을 알아듣고 분별 있게 자리를 떠나리라고 예상했다. 하지만 아무도 움직이지 않았다. 트인 부엌에서 일하던 여성들은 설거지와 칼질을 멈추었다. 모두 기대에 찬 얼굴로 보덴슈타인을 빤히 봤지만, 그는 이 모든 사람들 앞에서 부검 결과를 이야기할 마음이 전혀 없었다. 리시가 어떻게 사망했는지, 어디서 어떤 모습으로 발견됐는지, 죽을 때 아직 처녀였다는 이 모든 말을 하고 싶지 않았다. 이런 세부사항에는 범인만 알 수 있는 내용이 포함되어 있는데, 그는 어쩌면 소문을 낼 수도 있는 이 낯선 사람들 앞에서 그 내용을 말하지 않을 작정이었다.

"리시 휴대폰은 찾았습니까?" 외르크 뷜레펠트가 물었다. "아이폰 11프로 로즈골드예요. 10월에 조부모님에게서 열여섯 살 생일 선물로 받은 겁니다."

"아니요. 안타깝게도 아직 찾지 못했습니다." 보덴슈타인이 대답했다.

정적이 감돌았다.

"할 말이 없는데 왜 오신 겁니까?" 외르크 뷜레펠트가 무뚝뚝하게 물었다.

"할 말이 있어요. 그런데 민감한 정보라서 두 분과만 이야기하고 싶습니다."

이제 드디어 말뜻을 알아들은 뷜레펠트가 두 사람을 자기 서재로 안내했다. 그의 아내가 그 뒤를 따라왔다.

"파바드 마흐무디라는 이름을 들으신 적이 있습니까?" 보덴슈타인이 물었다.

외르크 뷜레펠트는 주먹을 쥐었고, 안네 뷜레펠트는 힘겹게 한숨을 내쉬더니 서재를 나갔다. 카트린은 보덴슈타인을 흘낏 바라본 다음 그녀를 따라갔다.

"그가 리시를 죽였어요?" 뷜레펠트가 쥐어짜듯 물었다.

복도에서 흥분한 안네 뷜레펠트의 목소리와 어디선가 문이 쾅 닫히는 소리가 들려왔다.

"증거는 없습니다. 하지만 실험실에서 리시의 옷과 몸에 남은 여러 개의 유전자 흔적을 발견했는데, 그중 하나가 마흐무디의 것입니다." 보덴슈타인은 최대한 조심스럽게 설명했다. "유전자 흔적이 저절로 범행 증거가 되지는 않습니다."

외르크 뷜레펠트는 대답하지 않았다. 바닥까지 내려오는 유리창 너머로 어둠이 내린 눈 덮인 정원만 노려보며 양쪽 주먹을 쥐었다 폈다 반복했다.

"리시가 마흐무디를 알았나요?" 보덴슈타인이 물었다. "학우 두 명이 금요일 저녁에 따님이 어떤 남자와 대화를 나누며 슈발바흐 방향으로 가는 걸 목격했답니다. 그가 어쩌면……."

"듣고 싶지 않습니다!" 뷜레펠트가 나지막하게 말했다. "견딜 수 없어요. 우리를 계속 이런 질문으로 괴롭히지 마십시오."

더 캐묻는 게 의미가 없었다. 보덴슈타인은 서재를 나오면서 카트린도 얼른 돌아오기를 기다렸다.

현관 포치 아래에서 일바가 기다리고 있다가 창백한 얼굴에 불안과 절망이 뒤섞인 눈빛으로 그를 쳐다봤다.

"안네 말로, 파바드가 뭔가…… 리시의 죽음과 관련이 있다고 했어요." 일바가 목소리를 낮춰서 말했다.

"그 남자를 아세요?" 보덴슈타인이 물었다.

"네. 그것도 꽤 잘 알죠. 1년 반 동안 우리 집에 살았거든요."

"그가 동반자 없이 미성년자로 입국해서 아프가니스탄 가정에 위탁됐다던데요." 보덴슈타인이 말했다.

"네, 맞아요. 청소년 복지국이 우리 집에 위탁했어요. 제 의붓아버지는 아프가니스탄 출신이에요. 40년 전부터 여기 독일에 살고, 프랑크푸르트 대학교 교수예요. 우리 엄마가 결혼할 때 의붓아버지가 저를 입양했기 때문에 제 성이 샤리튀아르예요." 일바가 설명했다. "우리는 개신교 난민 지원소에서 자원봉사를 해요. 아버지는 난민 초기 숙소나 어딘가에 문제가 발생하면 통역자로 일할 때가 많고요."

일바는 아랫입술을 깨물었다. 눈에 차오른 눈물 한 방울이 뺨을 타고 흘러내리고, 두 번째 눈물방울도 떨어졌다. 일바가 손등으로 눈물을 훔치고 말을 이었다. "리시는 우리 집에 자주 왔어요. 얼마 떨어지지 않은 곳에 살거든요. 리시는 우리 집이 두 번째 가족 같다고 늘 말했어요. 파바드는…… 저에게 남동생과 다름없었어요. 하지만…… 그는 우리에게 솔직하지 않았죠. 나이를 속였어요. 또 학교 친구를 성폭행했죠. 만약 그 아이가 제때 도망치지 않았더라면 살해했을지도 몰라요."

일바의 검은 눈이 눈물로 가득했다. 보덴슈타인은 외투 주머니에서 구겨진 휴지 한 팩을 꺼내 건넸다.

"고맙습니다." 일바는 코를 풀고 뺨의 눈물을 툭툭 쳐서 닦아 냈다.

"파바드가 미결 구금에서 석방된 후에 그와 연락한 적이 있나요?" 보덴슈타인이 물었다.

"아니요!" 일바가 격렬하게 고개를 저었다. "저는 파바드와 더는 엮이기 싫어요! 아버지는 구치소로 면회 가고 편지도 썼지만, 저는   저는 파바드가 우리 부모님을 그렇게 실망시킨 걸 용서하지 못해요. 부모님은 파바드를 믿었고, 그가 친척이라도 되는 것처럼 우리 집에 받아들였어요. 하지만 그는 그저 거짓말만 하고 좋은 것은 뭐든 다 파괴했죠."

"일바……." 보덴슈타인이 부드러운 목소리로 물었다. "무척 아름답고 희귀한 이름이군요. 어원이 뭔가요?"

"고대 북구어예요." 여자의 입가에 미소가 살짝 스쳤다. "'암컷 늑대'라는 뜻이지요. 저도 좋아해요. 흔하지 않은 이름이잖아요."

관심을 돌리는 데 성공했다. 일바는 조금 긴장을 풀었다.

"리시가 금요일 저녁에 파바드와 만났을 수도 있다고 생각하세요?" 보덴슈타인이 조심스럽게 물었다.

일바는 잠시 곰곰이 생각하다가 대답했다.

"만약 그랬다면 몰래 만났을 거예요. 성폭행 사건 후에 리시 엄마는 리시가 난민 카페에서 저랑 엄마를 더 이상 돕지 못하게 했어요. 하지만 제 생각에 리시는 어차피 그 일에 흥미를 잃은 것 같아요. 안 좋은 다른 일들이 몇 번 일어나서 교회가 난민 카페를 닫아야 했지요. 리시는 그 후에 동물보호소에서 일하기 시작했어요."

* * *

엄마가 피자 빵을 굽고 일부러 닭 수프도 끓였지만 사라는 거의 아무것도 먹지 못했다. 침대에 누워 팔베개를 하고 천장만 노려보고 있었다. 일상생활의 모든 것이 리시를 떠오르게 했다. 2년 전에 이 학급에 처음 왔을 때 선생님은 사라를 리시 옆자리에 앉게 했고, 그 이후로 둘은 삼쌍둥이처럼 붙어 다녔다. 처음 본 순간부터 소울메이트였고, "우리는 의자매(You're my sister from another mister)"가 두 사람의 좌우명이었다. 둘은 같은 음악과 같은 영화를 좋아하고 같은 영화배우의 팬이었으며 코스플레이를 사랑했다. 다락에서 몇 시간이나 함께 코스튬을 만들고 입어봤다. 코스플레이 대회가 있으면 함께 독일 전역을 돌아다녔고 한 번은 네덜란드까지 갔다. 화젯거리가 잠시도 그치지 않아서 늘 같이 이야기하고 함께 웃을 일이 생겼다. 같이 학교 공부를 하고 요리하고 케이크도 구웠다. 2년 반 동안 단 한 번도 싸우지 않았다. 서로 신뢰했다는 점이 무엇보다 좋았다. 둘은 계속 같이 있을 필요도 없었다. 둘 사이에는 질투도, 시기도 없었다.

사라는 훌쩍이며 태아처럼 몸을 둥글게 말았다. 가장 끔찍한 것은 고통이 아니었다. 이제 리시에게 전화하거나 문자를 보내 뭔가 설명할 수 없다는 사실을 깨달을 때마다 밀려오는 외로움이 훨씬 더 소름끼쳤다. 이제 다시는 리시의 목소리를 들을 수도, 바보 같은 그룹 아이들이나 멍청한 학우들에 대한 험담을 같이할 수도 없었다. 함께 겪은 모험의 추억을 나눌 사람도 더 이상 없었다.

사라는 사랑하는 할머니가 봄에 돌아가셨을 때 너무나 슬펐다. 하지만 지금 이 상황과는 비교가 되지 않았다. 할머니는 90세가 넘었다. 리시는 그 나이면 평생을 살았으니 죽음이 오게 허락해줘도 된다고 말했었다. 그랬다, 90세에 사망하는 건 어딘지 모르게 괜찮았다. 하지만 열여섯 살은 그렇지 않았다. 그건…… 비정상이었다. 옳지 않았다. 부당했다. 왜 사랑의 하느님은 리시가 살해당하게 내버려뒀을까?

사라는 그사이에 마르첼라나 린이 답장을 보냈는지 확인하려고 휴대폰을 흘낏 봤다. 계속 소식이 들어와서 아까 휴대폰을 무음으로 해두었다. 틱톡과 인스타그램, 왓츠앱의 학급 채팅방이 모두 야단법석이었다. 사라는 태블릿으로 학교 포털에 로그인했다. 수요일에 체육관에서 리시의 추도식이 열린다고 한다! 사라는 그 생각만 해도 속이 메슥거렸다. 데이먼도 분명히 그곳에 오겠지. 그는 리시가 나에게 전부 다 이야기했다는 걸 모를 텐데. 안다면 무슨 짓을 할까? 분명히 불리하다고 생각할 게 아닌가…….

사라는 왼손으로 휴대폰 문자를 훑어 내렸다.

아, 드디어 마르첼라가 답장을 보냈어! 4분 30초짜리 음성메시지네! 사라는 몸을 일으키고 앉아 마르첼라의 목소리에 귀를 기울였다. 마르첼라와 린은 금요일 저녁에 리시가 승강장 계단을 내려온 어떤 남자와 전철역에서 멀어지는 모습을 목격했다고 짭새들에게 말했다. 남자는 투톤 다운재킷에 머리에 후드를 쓴 차림이었다. 두 사람은 서로 잘 아는 사이처럼 보였고, 린과 마르첼라 앞쪽에서 두 번째 지하도를 지나 슈발바흐 첫 번째 거리로 꺾어 들었다.

투톤 다운재킷과 후드. 사라도 그 남자를 봤다. 누군지 전혀 알 수 없었다. 어쨌든 데이먼은 아니었다.

방문을 노크하는 소리가 들려서 사라는 음성메시지를 일단 정지했다.

"사라?" 엄마였다. "들어가도 되니?"

"네, 그럼요."

문이 열리더니 엄마가 고개를 들이밀었다.

"방금 헤센 지역 뉴스에서 금요일 저녁에 리시와 함께 있던 남자를 찾는다고 했어." 엄마가 흥분한 목소리로 말했다. "사진도 보여주더라. 형사들이 아마 그가 범인이라고 생각하는 모양이야."

"알겠어요." 사라는 엄마가 다시 문을 닫을 때까지 기다렸다가 태블릿에서 검색했다. 헤센 경찰 웹사이트로 들어가서 '살해된 라리사 J 사건 관련 긴급 수배'를 클릭했다. 사라는 데이먼의 사진을 보게 되리라고 생각했지만…… '어머, 아니야!' 말도 안 되잖아!

"파바드!" 사라는 경악하여 중얼거렸다. 내가 전철에서 내다봤을 때 리시와 함께 있던 남자가 파바드였나? 마르첼라와 린도 봤다는 그 사람이? 파바드는 지난주에 석방됐는데, 리시와 사라는 에브렌과 그의 문제를 상의하기 위해 그를 만나려고 했었다. 물론 남몰래! 파바드와 리시는 금요일 저녁에 우연히 만난 걸까? 아니면 나에게 말하지 않고 둘이 약속했나? 하지만 리시가 나에게 그걸 감출 이유가 없잖아. 아니, 있었을까? 리시는 사실 데이먼이 아니라 파바드를 만나려고 했던 건가? 아니, 아니, 아니야! 그럴 리가 없어! 데이먼과의 만남은 수학여행에서의 키스 사건 이후로 몇 주 동안 핵심 주제였어. 파바드와의 만남은 우연이었겠지. 죽음으로 끝난 우연.

* * *

이제 22시인데, 파바드 마흐무디는 여전히 숙소로 돌아오지 않았다. 보덴슈타인은 니콜라 엥겔과 치안경찰대장, 거기에 경찰총장과 내무부 국장 한 명이 화상으로 참여한 회의를 마친 후에 차분하게 생각을 정리하기 위해 자기 사무실로 돌아갔다. 공개 수배를 하면 언제나 그렇듯이 특별수사본부에 정보가 쏟아지고 전화 핫라인이 몇 초에 한 번씩 울려댔다. 정보 대부분은 가치가 없는 것으로 드러났지만, 하나하나 모두 기록하고 확인해야 했다. 그중 하나가 범인을 추적하는 단서가 될 수 있었기 때문이다.

호프하임으로 돌아오면서 카트린은 안네 뷜레펠트에게서 받은 인상을 그에게 묘사했다. 보덴슈타인은 카트린이 손에 잡힐

듯이 확연한 뷜레펠트 집안의 긴장감을 전혀 눈치채지 못한 것 같아 이상했다. 아이를 잃은 부부가 함께 슬퍼하지 못하는 모습이 전혀 눈에 들어오지 않았나? 서로의 옆을 찾는 게 아니라 오히려 피하는 모습이?

보덴슈타인은 피아와 함께 그 자리에 가지 못한 게 안타까웠다. 카트린은 의심할 여지 없이 훌륭한 경찰이었다. 목표 지향적이고, 책임을 감당할 수 있고, 예리하고, 자신이 맡은 사건과 건강한 거리를 유지할 수 있었지만 피아와는 달리 공감 능력, 그리고 겉으로 보이는 모습 뒤에 숨은 인간관계의 미묘한 긴장감을 인식하는 감성 지능이 부족한 듯했다.

그는 자기 앞 책상에 놓인, 아직은 얇은 서류철을 넘기며 크뢰거의 팀원들이 시신 발견 장소에서 찍은 사진들을 들여다봤다. 그리고 리시 부모의 태도에 대해 곰곰이 생각했다. 피아에게 전화할까 하다가 그만뒀다. 지금 어머니 때문에 틀림없이 바쁠 테니까. 바로 그 순간 휴대폰이 울렸다. 피아였다.

"방금 자네에게 전화하려고 했어." 그가 말했다. "어머니는 어떠셔?"

"아마 저보다 나으실 거예요." 피아가 피곤한 목소리로 대답했다. "지금 주무세요."

"도대체 무슨 일이 벌어졌던 거야?"

"묘지에 혼자서 가려고 했는데 갑자기 본인이 어디에 있는지 모르겠더래요." 피아가 대답했다. "다행히도 아무 일도 벌어지지 않았어요! 동료들이 차와 쿠키를 가져다드렸더니 엄마가 이름과 주소를 곧 다시 기억해냈대요. 제가 보기에는 엄마가 물을 너무 조금 마시고 식사도 제대로 안 하시고 약도 제때 드시지 않는 것 같아요. 예전에는 아버지가 항상 엄마 약을 챙기셨거든요."

"아이고, 피아. 참 안타깝다. 내가 자네를 위해 할 일이 있을까?"

"지금은 없어요. 하지만 말씀 고맙습니다." 피아가 하품을 했다. "홈 케어에 어떤 종류가 있는지 알아봐야겠어요. 예를 들어 식사 배달 같은 거요. 그리고 지인에게서 들었는데, 카리타스 재단이 약을 챙겨주는 사람을 보낸다고 하더라고요. 그런데 비용이 얼마인지, 그중 의료보험이 얼마나 부담하는지 모르겠어요."

"어머니를 혼자 둘 수 있어?"

"네, 네. 여기 집에서는 문제없어요. 잘 아시는 장소니까요." 피아가 대답했다. "지금 사방에 쪽지를 붙이는 중이에요. 하이케 베르시가 치매인 아버지를 위해 했던 것처럼 말이에요. 기억하시죠? '신발 신고 재킷 입기!' '냉장고 문 닫기!' '전기 레인지 끄기!' '변기 물 내리기!' 그런 거요."

"좋은 생각이야." 보덴슈타인이 싱긋 웃었다. "자네 어머니를 어딘가에 사슬로 묶어두지만 않는다면 말이지."

"지금은 웃을 힘도 없어요." 피아가 대답하고 다시 하품했다. "엄마에게 최대한 많은 자율권을 드리고 싶은데, 엄마는 제가 조언하는 것마다 참견이라고 생각하고 고집을 부려요. 우린 사이가 좋았던 적이 없거든요."

둘은 피아 어머니에 대해 잠시 더 이야기를 나눴다. 피아는 그사이에 마흐무디가 잡혔는지, 뵐레펠트 집은 분위기가 어땠는지 물었다. 보덴슈타인은 지난 몇 시간 동안 일어난 일들을 알려줬다.

"흠, 마무드가 자기 변호인 집에 숨었을 수도 있을까요?" 피아가 물었다.

"페퍼코른 박사가 마흐무디 같은 사람을 세련된 작센하우젠의 고택에 숨겨줬을 것 같지는 않아. 그 사람에게는 자기 의뢰인이 아니라 법정에서의 승리가 중요하니까."

"반장님 말이 맞아요." 피아도 동의했다. "예전의 위탁 가정은 어떤가요? 거기 은신할 수도 있나요?"

"아니, 그것도 아닐 거야." 보덴슈타인은 외르크 뵐레펠트의 '사고로 낳은 딸'인 일바 샤리튀아르에게서 들은 말을 전했다. "거긴 나타나지 못할걸."

그는 한숨을 내쉬고 손으로 머리카락을 훑었다. "도망쳤거나 잠수한 것 같아."

"그러면서 자기 물건을 모두 남겨뒀다고요?" 피아가 물었다. "제 생각은 그렇지 않아요. 내일 아침까지 다시 나타나지 않으면 그에게 뭔가 일이 생겼을 가능성도 염두에 둬야 할 거예요. 어쩌면 갑자기 사고를 당했는지도 몰라요. 아니면 싸움에 말려들었거나."

"내무부장관은 우리가 내일 기자회견을 하길 원하지만 경찰청장은 너무 이르다고 생각해. 내 생각도 마찬가지고." 보덴슈타인이 말했다. "사회적 관심은 엄청나지만 우리가 아는 게 너무 적어."

"저 같아도 뭔가 내보일 게 있을 때까지 기다리겠어요. 우익단체들이 마흐무디의 이름을 외국인 혐오 폭동의 기회로 삼지 못하게 말이에요."

"우리 생각도 그래. 내일 아침에 출근하나?"

"그럼요. 오늘 밤은 여기 엄마 옆에 있고, 내일 아침 7시까지 사무실에 갈 거예요." 피아가 약속했다.

보덴슈타인은 피아에게 잘 자라고 인사하고, 서류철을 가지고 다시 아래로 내려갔다. 어제까지만 해도 이 사건을 금방 해결하리라고 낙관했다. 하지만 이제는 확실하지 않았다. 파바드 마흐무디는 리시 뷜레펠트를 잘 알고 있었다. 그가 리시를 죽일 이유가 있을까? 있다고 하더라도, 목을 조르고 때린 후에 시신을 어둠과 폭설 속에서 성모상 제단까지 끌고 가서 마치 잠든 것처럼 살며시 내려놓았을까? 아니, 뭔가 제대로 맞아떨어지지 않았다.

특별수사본부에 막 들어섰을 때 그의 휴대폰이 울렸다. 그가 아까 명함을 주고 온 일바 샤리튀아르였다. 일바는 늦은 시간에 방해한 것을 사과하고서 말을 마구 쏟아냈다. 아버지는, 물론 보덴슈타인의 당부를 듣지 않고 모인 친척과 이웃과 친구들에게 파바드에 대해 즉각 알렸으며, 경찰이 그를 리시의 살인범으로 수배 중이라고 주장했다는 말이었다.

"정말 너무 끔찍해요." 일바는 완전히 탈진하여 울음을 터뜨릴 것만 같았다. "제가 이미 갔다고 생각하고 아주 무시무시한 말들을 하더라고요."

"무슨 말을 했는데요?" 보덴슈타인이 물었다.

"망명 신청자들은 범죄를 저지르는 건달이고 최악의 쓰레기라고, 그들을 통제하지 못하고 다 들여보냈으니 이런 일이 벌어지는 게 조금도 놀랍지도 않다고 했어요." 일바가 흐느끼며 대답했다.

보덴슈타인은 한동안 듣고 있다가 흥분한 이 젊은 여성을 달랬지만, 이제 상황이 어떻게 될지 잘 알고 있었다. 내일 기자회견이 열린다면 언론사 기자들 외에 다른 사람들도 나타날 위험이 있었다. 정부의 난민 정책에 반대하여 시위하려는 사람들인데, 이거야 그들의 권리지만 라리사 뷜레펠트 살인과는 전혀 관계가 없지 않은가. 평화로운 의사 표시로 끝나지 않을 가능성이 있었다.

12월 11일 수요일

부모님 집의 문이 닫히자 피아는 안도감을 느꼈다가 이런 마음이 곧장 부끄러워졌다. 피아뿐 아니라 어머니에게도 둘이서 이렇게 긴 시간을 함께하는 건 오랜만의 일이었다. 둘은 사이가 가까웠던 적이 없었다. 피아는 대학입학 자격시험이 끝난 후에 프랑크푸르트에서 법학을 공부하려고 바로 집에서 나왔다. 여름에 친구와 휴가를 보내기 위해 프랑스로 갔다가 그곳에서 한 남자를 만났고 그것을 휴가지에서의 가벼운 연애 정도로만 생각했다. 하지만 남자는 독일에서 피아를 찾아내 몇 달이나 스토킹하다가 학생 기숙사에 침입하여 잔혹하게 성폭행했다. 이 끔찍한 사건이 피아가 학업을 중단하고 경찰에 지원한 이유가 됐다. 부모님은 이 사건에 대해 딸과 이야기한 적이 없지만, 남자들과 어울린 본인의 잘못이라고 비난했다는 말을 동생인 킴을 통해 전해 듣고서 마음 깊이 상처를 받았다. 아버지는 회흐스트 주식회사에서 40년 동안 교대 근무를 했다. 부모님은 매년 남부 티롤의 똑같은 펜션을 방문했고, 부활절과 오순절에는 교회 사람들이나 볼링 클럽 사람들과 버스 여행을 함께했다. 형사라는 피아의 직업을 전혀 이해하지 못했다. 법정신의학자인 킴의 직업도 마찬가지였다. 두 분은 교회와 정원 일과 볼링 클럽으로 한정된 자신들의 삶에 만족했다. 피아가 가끔 전화하거나 방문하지 않았다면 부모님의 소식을 듣는 일은 몇 년이나 없었을 것이다. 아버지가 두 달 전에 사망했을 때 놀란 사람은 어머니뿐이었다. 아버지는 반평생 심장 문제를 지니고 살았으면서도 고집스럽게 무시했으므로 다른 사람들은 모두 심근경색이 일어날 것을 이미 예상했다. 그러니 그가 82세까지 산 것도 거의 기적에 가까웠다. 다행스럽게도 어머니는 꽤 괜찮은 인간관계를 맺고 있었다. 피아가 좋은 해결책을 찾을 때까지 여러 이웃과 친구들이 어머니를 돌볼 터였다.

7시 5분 전, 계획보다 시간이 지체되어 피아는 여전히 고속도로에 있었다. 뉴스가 들려서 볼륨을 올렸다.

"……화요일에서 수요일로 넘어가는 밤, 마인-타우누스 지역 슈발바흐에서 소요 사태가 발생했습니다." 스피커에서 뉴스 앵커의 목소리가 울렸다. "공동 숙소 한 채가 돌과 페인트 봉지로 공격당했습니다. 다친 사람은 없지만 거주자들이 충격을 받았습니다. 경찰은 이 행동이 줄츠바흐의 16세 여학생 살해와 연관이 있다고 짐작하고 있습니다. 이와 관련하여 경찰은 에슈보른의 26세……."

"빌어먹을!" 속도를 낸 피아는 20분 후에 호프하임 경찰서 주차장에 도착했다.

피아가 2층에 있는 강력11반 회의실에 들어섰을 때는 니콜라 엥겔을 포함하여 팀원들이 모두 모여 있었다. 내무부 국장은 화상으로 참여했다.

"이 상황에서 공개 수배는 전혀 세심하지 못한 행동이었습니다!" 그가 벽에 걸린 화면에서 고함치는 중이었다. "어떻게 그 남자의 본명을 밝힐 수 있죠?"

"공개 수배에서는 본명을 밝히는 게 일반적입니다." 니콜라 엥겔의 말은 듣지도 않고 국장은 계속 자기 말만 이어갔다. "밝히지 않으면 사람들이 우리가 누굴 찾는지 어떻게 알겠어요?"

"특정 우익 단체들이 어젯밤과 같은 행동을 벌이려고 기회만 엿보고 있다는 사실을 우리 모두 알지 않습니까! 보덴슈타인 경위님, 전혀 세심하지 않게 수사하셨어요! 과장님도 마찬가지입니다!"

"죄송하지만 국장님." 니콜라 엥겔이 뭐라고 대답하기 전에 보덴슈타인이 말했다. "제 판단에 따르면 공개 수배는 선택의 여지가 없었고, 지금도 없습니다. 정확하게 말해서 파바드 마흐무디는 살인 용의자가 아니라 목격자로 찾는 거고……."

"그런 작은 차이에는 사람들이 귀를 기울이지 않습니다." 국장이 씩씩거렸다. "문제가 생겼잖아요! 아마 곧 숙소들이 방화될지도 모르지요! 이제 기자회견을 해야 합니다. 구렁이 담 넘어가듯 할 수 없어요. 통제할 수 없는 일이 벌어질 겁니다! 지난 밤에 사상자가 없던 게 행운이에요!"

그는 점점 더 흥분했다. 보덴슈타인은 그가 무슨 생각을 하는지 알 수 없었다. 그의 표정이 돌처럼 굳었다.

"보덴슈타인 경위님, 이제 곧 기자회견장에서 너무 이르고 불필요했던 공개 수배가 외국인 혐오와 인종차별이었다는 욕을 듣게 될 겁니다!"

"국장님이 정치인이 아니라 수사관이라면 제가 달리 방법이 없었다는 걸 아실 텐데요." 국장이 잠시 숨을 돌리는 틈을 타서 보덴슈타인이 대꾸했다. "우린 16세 여학생이 살해된 사건을 수사해야 합니다. 마흐무디의 유전자 지문은 시신에 남아 있던 여러 개 가운데 한 개에 불과합니다. 하지만 다른 사람들과 달리 하필 마흐무디는 희생자와 함께 있는 모습이 두 사람에게 목격됐습니다. 그 이유에서 우린 그를 조사하려는 겁니다. 그의 이름이 마흐무디가 아니라 마이어나 슈미트라고 하더라도 저는 똑같은 수사 방법을 사용했을 겁니다. 민족이나 전과 여부와 관계없이, 오로지 살인사건을 해결하는 데 도움을 줄지도 모르는 중요한 목격자를 찾으려는 겁니다."

"아하, 이제 기자회견장에서 그렇게 말씀하시지요!" 국장이 짜증을 내며 으르렁거렸다.

"객관적으로 생각해보죠." 니콜라 엥겔이 끼어들었지만 벽의 화면이 어두워졌다. 내무부 국장은 인사도 없이 화상 회의를 떠났다. 몇 초 후에 니콜라 엥겔의 휴대폰이 울렸다. 과장은 눈을 흘기며 회의장을 나섰다.

피아는 아주 열띤 토론에서도 차분함을 유지하는 상관의 능력에 감탄했다. 보덴슈타인의 억양은 시종일관 느긋했는데, 이는 평정심을 잃고 고함을 지르기 시작한 상대방에 비해 명확한 강점이었다.

"국장님이 하는 말을 자네들도 잘 들었겠지." 그가 말했다. "지금까지와 마찬가지로 파바드 마흐무디를 찾는 일이 최우선 과제야. 하지만 리시 뷜레펠트의 몸과 옷에서 발견된 다른 유전자 흔적들도 모두 조사해야 해. 피아와 카트린은 다시 한번 학교로 가서, 금요일에 스케이트장에 함께 갔거나 어떤 식으로든 리시와 접촉한 급우와 친구들의 타액 샘플을 받아와. 범인 대상에서 제외하기 위해 필요하니까.”

“그러려면 부모의 허락이 필요한데요.” 카트린이 말했다. “모두 미성년자라서요.”

“자네들이 받아와.” 보덴슈타인이 대답했다. “타리크, 마흐무디의 예전 위탁 가정 아버지랑은 연락했나?”

“네, 샤리튀아르 교수는 제 전화를 기다리고 있어요.” 타리크 오마리가 고개를 끄덕였다. “그건 그렇고, 누군가 저에게 그 사람을 통역자로도 추천했습니다.”

“좋아. 그에게 마흐무디가 사는 집에 같이 가자고 부탁해. 그곳 거주자들과 다시 한번 이야기도 해보고. 그런 다음 마인-타우누스 지역의 공동 숙소를 모두 찾아가서 마흐무디를 아는 사람이 있는지 물어봐. 거주자와 난민 도우미, 사회복지사 모두에게 물어.”

“알겠습니다.” 타리크가 또 끄덕였다.

“셈, 자네는 탐문 수사를 계속해. 필요한 동료가 몇 명이든 모두 데리고 가.”

“네.”

“카이, 리시 뵐레펠트의 휴대폰 동선은 어때?”

“어제저녁에 공급자에게서 동선을 받았습니다.” 카이가 대답했다. “휴대폰은 금요일 저녁 19시 22분까지 켜져 있었습니다. 니더회흐슈타트 전철역이 있는 기지국에 접속했고요. 그 후에 꺼지거나 비행 모드로 바뀌었고, 더는 위치 추적이 되지 않습니다."

"아이폰 11프로 로즈골드와 리시의 백팩도 사진을 넣어서 찾아. 피아와 카트린은 급우들에게 리시의 휴대폰 케이스가 뭔지 물어보고, 백팩 색깔과 브랜드도 알아봐. 급우들이 모르면 안네 뵐레펠트에게 물어보고."

회의실 탁자의 전화기가 울렸다. 카이가 전화를 받았다. 그와 동시에 보덴슈타인도 니콜라 엥겔에게서 문자를 받았다.

"페퍼코른 박사가 아래에 와 있답니다." 카이가 말했다. "마흐무디의 변호인이에요. 반장님을 만나고 싶대요."

"기다리라고 해." 보덴슈타인이 자리에서 일어났다. "나는 엥겔 과장에게 가야 해."

* * *

지방 법원 건물에 들어선 콘스탄틴 하벨카는 보안 검색대 앞에 늘어선 줄 끝에 가서 섰다. 스마트폰을 귀에 대고 통화하는 척했다. 통화에 열중인 척하면 다른 사람들이 방해하지 않으니까. 그는 그저 누군가 말을 걸어 방해하지 않는 상태로 자기 사무실까지 가기만 원했다. 매일 반복되는 정중한 미사여구와 일상은 그를 지치게 했다.

오늘 공판에는 감정인들이 참석할 차례였다. 법의학자와 법정 정신과 의사였는데, 의사는 2월에 오락실에서 마체테로 손님 여러 명과 직원들에게 심각한 부상을 입힌 마약 중독 중범죄자가 심신미약이 아니라 완벽한 책임 능력을 갖추고 있다고 감정했다. 하벨카는 지금 21세인 예브게니 A가 14세 때 처음으로 법정에 섰을 때부터 그를 알고 있었다. 예브게니는 영리한 변호인과 관대한 판사 덕분에 언제나 구속을 피했다. 하지만 이제 더는 관대함을 누리지 못할 터였다. 항상 위협만 하고 사용하지 않으면 처벌은 가치가 없다. 아이를 길러본 사람이라면 누구나 아는 사실이다. 언젠가 조치를 취하지 않으면 신뢰를 잃는다. 빠를수록 좋다. 하벨카는 이미 오래전부터 항소심에서 판결이 뒤집히는 것을 더는 두려워하지 않았다. 자기 자신과 자기 양심에만 책임을 지면 됐다. 다른 판사들이 뭘 하든 관심 없었다. 그는 예브게니처럼 충동 조절이라고는 전혀 하지 못하는 위험하고 폭력적인 놈은 교도소에 가야 한다고 생각했다. 그것도 아주, 아주 오랫동안 갇혀 있는 장기수로.

보안 검색대를 통과한 하벨카는 귀에 휴대폰을 댄다는 걸 잠깐 잊었다. 누군가 바로 말을 걸었다.

"콘스탄틴, 잘 있었나? 그 소식 들었어?"

"어, 율리우스." 하벨카가 멈춰 섰다. "뭘 말이야?"

율리우스 로젠탈 검사장은 하벨카가 아직 견딜 수 있는 몇 안 되는 사람 중 한 명이었다. 그는 어려운 사건을 다루었고, 위협에 굴복하지 않는 줏대와 명확한 도덕적 기준을 지닌 사려 깊은 법률가였다. 야망에 넘치는 몇몇 젊은 검사들과는 달리 하벨카와 비슷한 나이였다.

"파바드 마흐무디." 검사장이 말했다. "자네가 지난주에 성폭행으로 판결을 내렸는데 변호인의 구금 부당 신청으로 석방된 젊은이 말이야. 그가 16세 살인과 연관되어 수배 중이라고."

"그래, 들었어. 모든 언론에서 그 이야기를 하니까." 하벨카가 한숨을 내쉬었다. "어제 내 사무실은 밀려드는 인터뷰 요청을 떨쳐내야 했지."

언론과 대중이 보기에 범죄자를 풀어준 그는 당연히 희생양이었다. 하지만 전체적인 상황은 특히 타블로이드 언론이 묘사한 것보다 훨씬 복잡했다. 피고의 변호인은 공판을 몇 달씩 끌기 위해 온갖 일을 벌였다. 계속 증거 신청을 하고, 수정 사항을 핑계로 공판에 참석하지 않고, 몇 주씩이나 병가를 내기도 했다. 검찰도 파바드 마흐무디의 연령 감정을 의뢰했으므로 어느 정도 이런 상황에 기여했다. 끝날 때까지 무려 8개월이나 걸렸다. 나중에는 재판이 왜 이렇게 한없이 지체됐는지 중요하지 않았다. 마흐무디는 너무 오래 미결 구금 상태였으므로 고등 법원은 마흐무디 변호인의 구금 부당 신청을 받아들여 그를 미결 구금에서 석방했다.

"얼마나 노력하든, 어떤 판결을 내리든 어차피 마찬가지야." 하벨카가 로젠탈을 바라봤다. "언제나 어느 한쪽은 항소하니까. 판결이 너무 관대하면 자네들 검찰 쪽에서, 너무 엄하면 변호인이 하지."

"그래, 그저 이기는 것만 중요한 게임이 된 것 같아." 검사장도 동의했다.

"그리고 우리 판사들은 변호인들에게 놀아나는 어릿광대고." 하벨카가 씁쓸하게 말했다.

"우리 검사들도 나을 게 없어." 로젠탈이 대답했다. "정말 법을 중요시하던 변호인들이 그리워."

"나도 그래." 콘스탄틴 하벨카가 검사장의 말에 동의했다. "내 앞에 앉는 범죄자들은 점점 더 폭력적으로 변하고 있어. 많은 수가 교정이 안 되는 재범이라 얼마 안 지나서 내가 다시 만나게 된다고. 요즘은 거의 이민자 집안 출신 또는 망명신청자인 젊은 남자들 사건만 다루게 돼. 통역자가 필요하니 공판이 점점 더 길어지지."

"나도 알아." 로젠탈이 고개를 끄덕였다. "그게 독일 법정에서의 새로운 현실이지."

"이제 더는 경찰도, 사법부도 존중하지 않는 사람들이 많아." 하벨카가 불평했다. "우리 판사들은 우리 사회의 법과 규칙을 지키지 않는 이 범죄자들에 대해 실질적인 개입 가능성이 없어."

"나도 매일 같은 경험을 해." 로젠탈이 툴툴거렸다. "자네는 여전히 법의 강력함을 펼치는 용기를 지닌, 이 지방 법원에서 몇 안 되는 판사 중 한 명이야."

"그래서 내가 얻는 게 뭐지?" 하벨카가 인상을 찌푸렸다. "나는 상급 법원에서 판결이 가장 많이 뒤집히는 최고 기록을 가진 판사라고. 하지만 사실 상관없어. 난 그저 법과 내 양심에만 책임을 지니까."

"좋은 사람." 로젠탈 검사장이 미소를 지으며 그의 팔을 슬쩍 두드렸다. "콘스탄틴, 우린 자네 같은 판사가 더 많이 필요한데 말이야. 용기 있는 판사가."

하벨카는 3층으로 올라가는 계단으로, 로젠탈은 법원 거리

위쪽을 지나 C동으로 이어지는 통로로 향했다.

"나 같은 판사가 더 많아야 한다고." 하벨카가 중얼거리다가 미소를 지었다. "그래, 더 많아야지."

* * *

보덴슈타인은 내무부 직원이 우겨 시청에서 열게 된 기자회견에 참석하기 위해 경비 초소와 특별수사본부 문 사이의 작은 로비에서 니콜라 엥겔과 경찰서의 언론 대변인, 치안경찰대장을 기다렸다. 그는 경비가 버튼을 눌러야 열리는 보안 게이트 앞에서 초조하게 오가는 국선 변호인 얀 페퍼코른 박사를 지켜보면서 기다리는 시간을 흘려보냈다. 변호인은 몇 초에 한 번씩 손목시계를 들여다봤다. 경비 초소 유리에 비친 자기 모습을 보면서 손으로 붉은 가닥이 섞인 금발을 훑고, 배를 집어넣고, 옷깃을 다듬었다. 허영심 가득한 공작 같으니라고.

형사 사건 변호인은 수사기관에서 그다지 사랑받지 못하는 종족이었고, 거꾸로 경찰과 검찰은 변호인과 그들의 의뢰인에게 가장 심하게 미움받는 대상이었다. 하지만 대부분의 변호인들은 형사 재판이 요구하는 규칙을 따르는 것을 직업윤리로 인식했다. 페퍼코른 박사는 아니었다. 예의범절을 모르는 이 건방진 놈은 공격적인 태도로 악명이 높았다. 법정에서 그는 기본적으로 싸움을 걸었고, 편견에 치우치거나 무의미한 증거를 신청했고, 고의로 지각할 때가 잦았고, 증인과 감정인과 공소 참여 변호인을 지독하게 모욕했다. 보덴슈타인도 공판에서 증인으로 진술해야 했을 때 그에게 부당한 공격을 받았다. 하지만 보덴슈타인은, 디자이너 청바지와 굿이어 웰트 공법으로 만든 이탈리아 수제 구두 차림으로 보덴슈타인의 귀족 칭호를 도발적으로 계속 강조하는 이 반질반질한 남자에게 주눅 들지 않았고, 이 변호인의 의뢰인은 결국 자기가 한 행위 때문에 교도소에 갔다.

엥겔 과장이 치안경찰대장을 뒤에 달고 복도를 걸어왔다.

"저 사람 페퍼코른 박사네." 과장이 말했다. "여기서 뭐 하는 거지?"

"마흐무디의 변호인이야. 내가 두어 번 연락했지만 연결되지 않았어." 보덴슈타인이 대답했다. "그런데 지금 와서 갑자기 나를 만나겠다고 하네. 조금 기다리게 둬야지."

"우리 얼른 출발해야 해." 과장이 말했다. "당신, 5분밖에 시간이 없어."

"그거면 충분해." 보덴슈타인이 그녀를 안심시키고 보안 게이트를 열었다.

"안녕하세요, 페퍼코른 박사님." 그는 정중한 미사여구와 악수를 모두 생략하고 상관을 그에게 소개해주지도 않았다. "우리가 연락했는데, 사무실 말에 의하면 당신이 바쁘다고 하더군요."

니콜라 엥겔과 치안경찰대장은 페퍼코른을 지나쳐, 차가 이미 대기 중인 바깥으로 나갔다.

"경찰이 내 의뢰인 파바드 마흐무디를 대하는 방식에 분노를 표합니다." 페퍼코른 변호인은 자신과 보덴슈타인 사이의 거리가 100미터쯤 된다는 듯 고함을 질렀다. "본명과 사진으로 공개 수배하다니, 내 의뢰인의 정당한 이익에 대한 명백한 위반이란 말입니다! 지금 독일 전역의 술집에서 속단이 내려지고, 대중 매체의 객관적인 보도도 거의 없어요."

"열정은 변론을 위해 아껴두시지요. 그렇게 소리 지를 필요 없습니다. 난 당신 바로 앞에 있고, 귀가 잘 들리니까요." 보덴슈타인이 대꾸했다. "당신 의뢰인 마흐무디 씨가 있어야 할 장소에 있었더라면 많은 비용이 드는 공개 수배를 할 필요가 없었겠지요. 거주지 의무에도 불구하고 그는 월요일부터 그곳에 없습니다. 지금 어디 있는지 아시나요?"

"아니, 모릅니다." 페퍼코른이 목소리를 약간 낮추어 대답했다. "하지만 나는 다시 한번……."

"마흐무디는 금요일 저녁에 희생자와 함께 있는 모습이 목격됐습니다." 보덴슈타인이 변호인의 말을 가로챘다. "그래서 그를 조사하려고 합니다. 그것도 최대한 빨리 말입니다. 자, 당신 의뢰인이 갈 만한 친구나 친척이 독일에 있습니까?"

"그건 내가 모르죠." 대화 진행 방향이 변호인의 마음에 들지 않는 듯했다.

"페퍼코른 씨, 그를 마지막으로 본 게 언제입니까?"

"지난주입니다. 그때 구치소에서 데리고 나와 호프하임 외국인청에 같이 갔어요. 그런 다음 그에게 배당된 숙소로 데려다줬고요. 그게 끝입니다. 그 후에는 연락이 없었어요."

"그와 어떻게 연락하죠? 그에게 휴대폰이 있습니까?"

"외국인청에서 안 줬습니다." 페퍼코른이 이번에는 적절한 음량으로 대답했다. "그리고 나도 마련해주지 않았고요."

"당신 의뢰인을 최대한 빨리 찾을 수 있게 우리를 도와주십시오." 보덴슈타인은 이렇게 말하고 외투 깃을 세웠다. "그가 흥분한 군중의 손아귀에 들어가기 전에 말입니다."

"폰 보덴슈타인 씨, 그런 일이 벌어진다면 당신 책임입니다." 페퍼코른이 우겼다.

"그럴 리가요." 보덴슈타인은 문을 열어 붙잡고 섰다. 변호인은 그 행동이 무슨 뜻인지 알아챘다.

"난 어차피 가려고 했습니다." 그가 짜증스럽다는 듯 툴툴거리며 말했다.

* * *

피아와 카트린은 알렉산더 폰 훔볼트 학교 사무실에서 지금 라리사 뷜레펠트 추도식이 체육관에서 열리고 있다는 소식을 들었다. 비서 중 한 명이 그곳으로 안내하겠다고 말했지만, 피아는 길만 알려주면 된다고 했다.

천 명이 넘는 학생과 교사들이 모여 있었다. 체육관 머리 쪽에 연단이 설치되고, 그 뒤편 등반 벽에는 검은 애도 리본을 두른 리시의 커다란 흑백사진이 걸려 있었다. 피아와 카트린이 체육관 출입문에 들어섰을 때는 10학년 B반 담임이 마이크 앞에서 리시에 대해 이야기하는 중이었다. 그다음에는 마르첼라와 린이 연단에 올랐다. 두 사람의 감동적인 작별 인사에 많은 여학생들이 눈물을 흘리며 서로 손을 잡거나 포옹했다. 그리고 피아가 라디오에서 자주 듣던 노래가 울려 퍼졌는데, 학생들을 포함하여 그곳에 참석한 많은 사람들이 눈물을 흘렸다. 감상적인 노래의 마지막 화음이 잦아들자 모인 사람들이 흩어지기 시작했다. 학생과 교사들이 두 사람을 지나 바깥으로 나가서 눈물을 닦고 휴대폰을 꺼냈다. 삶은 계속된다.

"가장 친했던 친구가 정말이지 뭔가 말을 할 거라고 생각했는데요." 카트린이 말했다. "선배, 그 아이가 혹시 보이나요?"

"아니." 피아가 대답했다. "내 생각에, 그 아이는 이 모든 걸 견디기 힘들어하는 것 같아."

리시 뷜레펠트의 친구와 급우들은 체육관에 남았다. 남자아이 두 명이 등반 벽의 사진을 떼었다.

"또 오셨네요." 피아와 카트린을 본 교장이 달갑지 않다는 듯이 말했다.

"네, 죄송합니다." 피아가 대답했다. "사건이 이미 해결됐다면 저희도 좋겠지만 안타깝게도 그렇지 못해서요. 10학년 B반 학생들과 다시 한번 이야기해야겠습니다."

"혹시 모르시나 본데, 경찰이 아이들을 조사할 때마다 제가 부모님들에게 알려야 합니다. 이번에는 무슨 일이죠?"

피아는 교장을 적으로 만들기 싫었다. 그도 결국은 자기 일을 할 뿐이니까.

"금요일 저녁에 라리사 뷜레펠트와 접촉했던 모든 학생에게 자발적으로 타액 샘플을 제출하라고 부탁하고 싶습니다. 리시의 옷과 몸에서 발견된 유전자 흔적과 비교 분석하고 용의자 대상에서 제외하려고 그럽니다."

"그럴 수 없습니다." 교장이 반박했다. "그런 일에는 법원의 명령이 필요해요."

"아니, 할 수 있습니다. 우린 경찰이고, 지금 중범죄를 수사 중입니다." 피아가 대답했다. "형사소송법 81조 e와 f항에서 확인하실 수 있어요. 하지만 물론 양육권자가 동의할 때만 타액 샘플을 받을 겁니다."

그 순간 리시의 급우들이 체육관에서 나왔다. 여자아이들은 울어서 눈이 충혈됐고, 남자아이들은 말이 없었다.

피아는 마르첼라에게 말을 걸어 사라 코르브마허에 대해 물었다.

"사라는 오늘 결석했어요." 아이가 대답을 하고 멈춰 섰다. "걔 상태가 무지장 안 좋아요. 이 모든 상황을 우리보다 훨씬 견디기 힘들어하죠."

"그렇겠지." 피아가 이해심 가득한 목소리로 대답했다. "린과 네가 한 작별 인사, 정말 감동적이었어."

"고맙습니다." 마르첼라가 살짝 미소 지었다.

"어, 사라 휴대폰 번호 알려줄 수 있니?"

"보통은 안 알려주지만 형사님이니까 괜찮을 것 같아요." 마르첼라가 스마트폰을 꺼냈다. 피아는 아이가 엄지만으로 아주 능숙하게 터치스크린을 쓸어 넘기는 모습에 감탄했다. "아이폰 가지고 계세요?"

"으음, 그래. 왜?"

"그러면 제가 연락처를 에어드롭할 수 있으니까요." 마르첼라의 말에 피아가 물었다.

"어…… 어떻게 하는데?"

마르첼라는 정성스럽게 다듬은 눈썹을 치켜세우더니, 믿을 수 없지만 재미있다는 눈길로 피아를 바라봤다.

"오케이이이. 형사님은 '종이와 펜' 타입이군요. 우리 할머니처럼요. 하지만 제가 할머니에게도 얼마 전에 가르쳐드렸어요." 아이의 말에 피아는 불현듯 자신이 엄청나게 늙은 것처럼 여겨졌다. "휴대폰 꺼내보세요. 알려드릴게요."

"아니, 그냥 전화번호를 알려줘." 피아는 수첩과 펜을 꺼냈다.

"음…… 제가 외우지 못해서요."

"오케이이이, 너는 '내 뇌는 휴대폰에 저장 중' 타입이구나." 피아가 반격을 가했다. "네가 찾을 때까지 기다릴게."

"어쨌든 형사님은 우리 할머니보다 멋지네요." 마르첼라가 이렇게 말하고 사라 코르브마허의 전화번호를 불러줬다.

"고마워." 피아가 미소를 지었다. "아, 질문이 하나 더 있어. 리시의 휴대폰 케이스가 뭐였는지 기억나니?"

"네, 그럼요. 우리 모두 똑같은 걸 가지고 있어요. 애플 짝퉁 실리콘 케이스예요." 이제 마르첼라도 미소를 지었다. "제가 어디서 주문했는지 링크를 보내드릴게요. 그러려면 형사님 전화번호가 필요해요."

"그냥 네 휴대폰 케이스 사진을 찍을게." 피아가 대답했다.

"그러세요!" 피아는 마르첼라가 들어 올린 스마트폰을 사진 찍었다. "리시 것은 걔 태블릿에 맞춰서 아쿠아마린 색깔이었어요. 리시가 제일 좋아하던 색이죠."

* * *

보덴슈타인은 시청으로 가는 차 안에서 언론 대변인이 모아 둔 최신 언론 리뷰를 훑어봤다. 모든 주요 일간지와 온라인 포털 1면에 라리사 빌레펠트 살인사건이 올라왔다. 16세 여자아이가 망명 신청이 거부되고 성폭행으로 유죄 판결을 받은 망명 신청자에 의해 살해됐다는 추측은 대중의 감정을 들끓게 만들었다. 품위 정도나 정치 성향에 따라 보도의 어조는 조금씩 달랐지만, 폭행 전과가 있는 망명 신청자가 임시 보호 대상이 될 수 있는가라는 질문을 다들 던졌다.

보덴슈타인은 페퍼코른 박사의 말이 옳다는 걸 깨닫고 걱정스러웠다. 젊은 남자에 대한 속단이 들끓는 중이었다. 지금까지 마흐무디가 범행을 저질렀다는 증거는 전혀 없다는 사실에는 아무도 신경 쓰지 않는 듯했다.

얼마 안 되는 이동 시간이 지나고 그들은 시청 앞에서 내렸다. 보덴슈타인은 주차장에 서 있는 전국의 텔레비전과 라디오 방송국 중계차들을 불편한 마음으로 바라봤다. 구경꾼들이 히논 쇼핑센터 계단에 몰려들었고, 언론 관계자들은 시청 로비의 출입증 교부처 앞에 줄을 섰다. 보덴슈타인은 이렇게 밀려드는 군중을 7년 전 타우누스 스나이퍼 사건 기자회견 때 마지막으로 봤다.

비스바덴 번호판을 단 짙은 색 리무진이 주차장으로 쏜살같이 들어왔다. 운전사가 얼른 뛰어내리더니 자동차를 빙 돌아가 오른쪽 뒷문을 열었다.

"당신의 특별한 친구인 국장이군." 니콜라 엥겔이 말했다.

보덴슈타인은 누가 리시 뷜레펠트를 살해했는지 아직 모른다는 말밖에 할 수 없는 기자회견이 두려웠다.

쇼핑센터 계단에 있는 군중이 동요했다. 시끄러운 고함소리가 산발적으로 들려왔다.

"국장님, 그냥 계속 가세요." 니콜라 엥겔이 말했지만 국장은 듣지 않았다. 그가 군중에게 다가갔다. "어휴, 저 사람 지금 뭐하는 거야?"

몇몇 기자들이 시청 내부보다 외부에 더 많은 일이 있다는 걸 눈치채고 마이크와 카메라로 무장한 채 국장과 점점 더 흥분한 군중 사이에 논쟁이 벌어지고 있는 바깥으로 달려 나왔다.

"이제 그만하세요! 갑시다!" 니콜라 엥겔이 쇳소리를 냈지만 국장은 그 말을 무시했다.

"난민 대부분은 우리나라에서 예의 바르게 행동합니다." 그가 말했다. "훌륭한 손님들처럼 말이지요."

그는 더 이상 말을 이어가지 못했다. 지금까지 평화롭게 행동하던 구경꾼들이 침묵을 깨고 휘파람과 욕설을 퍼부었기 때문이다.

"어이, 이보세요!" 한 여성이 쇼핑센터 계단에서 내려다보며 소리쳤다. "당신, 아이가 있어요?"

"아이들을 집에 혼자 두기가 무섭다고요!" 다른 여자도 흥분해서 외쳤다. "우리 아이들이 왜 우리 땅에서 더는 안전하지 못하고 버스와 전철에서, 등굣길에 외국인과 난민들에게 떠밀리며 위협을 당해야 하죠?"

그 말에 다른 사람들이 요란하게 찬성했다.

"경찰이 찾는 그놈은 어떻게 된 거요?" 한 남자가 소리쳤다. "그놈은 여자아이를 성폭행했어요! 그런데 왜 교도소에 수감되지 않았죠? 우리나라가 잘못 돌아가고 있어요!"

"존경하는 시민 여러분, 진정하시고 우리 경찰 업무를 신뢰하시기 바랍니다." 국장이 양손을 들고 놀랄 만큼 용감하게 말한 후에 기자들에게로 돌아섰다. "기사에서 외국인 혐오를 일으킬 속단을 모두 피하십시오."

"우리가 뭘 써야 할지 정하시려는 겁니까?" 한 기자가 소리쳤다. "검열 냄새가 나는군요!"

기자들이 흥분한 군중에게 열광적으로 달려가 마이크를 내밀어 현장의 소리를 녹음했다.

보덴슈타인은 국장을 앞으로 밀어 시청 출입구로 들어가면서, 이런저런 물건이나 과일이 날아오지 않은 걸 다행이라고 여겼다.

"제정신입니까?" 엥겔 과장이 국장에게 호통을 쳤다. "조금 전에 전화로 여기서 어떻게 행동할지 서로 말을 맞췄잖아요. 어떻게 군중에게 말을 거실 수 있죠?"

"이 소동은 당신 책임입니다! 쓸데없는 공개 수배를 벌인 탓에 사람들이 아주 불안해하고 있어요." 내무부 국장이 자기방어를 했다.

"뭐가 중요한지 모르시는 것 같군요." 니콜라 엥겔이 비난을 퍼부었다. "살인사건을 해결해야 한다고요!"

2층 기자회견장에 이미 입장해 있던 경찰청장과 로젠탈 검사장은 아래층 시청 앞에서 무슨 일이 벌어졌는지 이미 알고 있었다. 두 사람은 엥겔 과장만큼이나 화가 난 상태였다. 호프하임 경찰서 언론 대변인이 할 수 있는 일이라고는 이런 사건에서 범인의 출신지를 주제로 삼을지 여부를 놓고 트위터에서 논쟁이 벌어졌다고 걱정스러운 표정으로 알려주는 것밖에 없었다.

"어떤 사람은 16세 여학생에 대한 살인을 정치적으로 이용하는 것이 끔찍하다고 썼습니다. 용의자가 어느 나라 출신인지 밝힘으로써 난민들이 전반적으로 의심받게 될 거라고요. 난민 수용소가 이제 곧 방화될 거라고 주장했습니다."

"아이고!" 보덴슈타인이 말했다. "마흐무디는 아직 용의자도 아니야. 단 하나의 증거도 없다고. 우린 그저 그에게 물어보려는 것뿐이야."

"이 시점에 기자회견을 하는 건 어차피 실수입니다." 치안경찰대장이 툴툴거렸다. "우리가 언론에 할 말이 뭐 있긴 한가요?"

"우리가 지금까지 알게 된 것만 말하는 거죠." 니콜라 엥겔이 어두운 표정으로 대답했다. "팩트만 말하고, 목격자가 있다면 신고하라고 부탁해야 해요. 보덴슈타인과 저만 발언하고 다른 사람들은 하지 마세요. 할 말을 마친 후에는 일어나서 나옵니다. 국장님, 알아들으셨어요?"

정각 11시에 기자회견이 시작됐다. 니콜라 엥겔과 보덴슈타인은 지금까지 알게 된 사실을 교대로 설명했다. 팩트에만 집중했고, 파바드 M은 유전자 흔적을 남긴 여러 명 가운데 한 명이므로 의심스러울 수는 있지만 수사상 현시점에서 그를 '용의자'라고 표현하는 것은 오류이며 비생산적이라고 강조했다. 그를 찾는 일이 중요한 이유는 물어보기 위해서라고 했다.

언론인이 준비한 지도가 빔 프로젝트로 연단 뒤편의 스크린에 투사됐다.

"12월 6일 저녁에 니더회흐슈타트 전철역과 슈발바흐 사이에서 그를 본 목격자는 신고해주시기 바랍니다." 보덴슈타인이 자리에서 일어나 지도에서 해당 지역을 가리켰다. "수사상의 이유로 지금 이 시점에 라리사 뷜레펠트의 발견 당시 상황이나 사인을 말할 수는 없습니다. 필요한 모든 자료는 보도 자료에 있습니다. 관심 가져주셔서 고맙습니다."

참석한 기자들과 청중은 질서 있게 전문적으로 행동했고, 니콜라 엥겔이 몇몇 질문에 더 대답하고 맺음말까지 마치자 보덴슈타인은 모든 일이 순조롭게 진행된 것에 안도했다.

그사이에 미니버스가 시청을 돌아 들어왔다. 경찰청장과 치안경찰대장, 로젠탈 검사장, 니콜라 엥겔과 보덴슈타인이 차에 올랐다.

"제 대원들 중에서도 많은 사람이 저 밖에 있는 군중과 비슷한 생각을 합니다." 치안경찰대장이 말했다. "특히 경찰이 이민자들로부터 점점 더 많이 공격을 당하면서부터요. 과밀 상태인 초기 수용 숙소에 밀려들어가 망명 신청이나 노동 시장 진입 또는 통합 기회가 없는 사람들 중에 범죄자도 있다는 건 그리 놀랄 일도 아닙니다." 경찰청장도 동조했다. "그들은 전쟁 중인 국가, 또는 여성에 대한 가부장제가 일상다반사인 국가에서 왔어요."

"정치적 논쟁과 대중의 흥분 때문에 우리 업무가 더 힘듭니다."보덴슈타인이 끼어들었다. "라리사 뷜레펠트가 마흐무디와 아는 사이였다는 사실, 그것도 상당히 잘 아는 사이였다는 건 우리도 압니다. 아마 그날 우연히 그를 만났을지도 모르지요."

"국장 말이 옳고, 공개 수배가 잘못이었을까요?" 니콜라 엥겔이 평소와 달리 자기비판적인 어조로 고민했다.

"아니요." 보덴슈타인이 반박했다. "우린 그 남자를 반드시 찾아내야 합니다! 현재 가장 중요한 목격자니까요. 아니, 유일한 목격자죠."

"그것 외에 또 어떤 증거를 추적 중입니까?" 경찰청장이 보덴슈타인에게 물었다.

"금요일 저녁에 마흐무디와 라리사 뷜레펠트를 본 목격자가 신고하기를 바라고 있습니다." 보덴슈타인이 대답했다. "실험실에서 마흐무디의 DNA 외에 미지의 남녀 유전자 흔적을 많이 찾아냈으니까요. 우리가 이 유전자 흔적 주인의 나이, 눈동자와 머리카락 색깔, 생물지리학적 기원을 분석할 수 있게 허락받으면 좋겠습니다."

잠시 침묵이 흘렀다.

"안 됩니다." 경찰청장이 고개를 저었다. "허용되지 않아요."

"그 취지에서 얼마 전에 81조 e항이 바뀌었잖습니까." 보덴슈타인이 반박했다.

"생물지리학적 기원과 관련해서는 아닙니다. 최소한 우리 헤센주는 아니에요." 로젠탈 검사장이 대답했다. "눈동자와 머리카락과 피부 색깔, 나이와 성별은 분석할 수 있습니다. 그 외의 모든 것은 불법이에요."

"리시 뵐레펠트 주변 사람들로부터 채취한 모든 타액 샘플을 이런 식으로 분석하려면 비용이 너무 많이 들어요. 게다가 결과가 나오려면 몇 주나 걸립니다." 니콜라 엥겔이 손짓으로 논란을 끝냈다. "다른 방법으로 해결해야죠. 81조 e항은 이빨 없는 호랑이예요."

* * *

기자회견에 대한 언론의 반응은 대재난이었다. 국장의 어설픈 발언 때문에 라리사 뵐레펠트 살인사건은 정치적 쟁점이 됐고, 인터넷과 소셜 미디어에서는 분노가 들끓었다. 신중한 발언은 고함에 묻혔고, 불안해하는 사람들은 나치라는 욕을 들었다. 보덴슈타인은 파바드 마흐무디가 경찰이 아니라 흥분한 폭도들의 손아귀에 들어가 끔찍한 결과가 생길까 봐 심각하게 걱정했다. 경찰청장은 난민 수용 시설 거주자들의 안전 보장을 위해 최소한 순찰차 한 대가 24시간 그곳을 지키라고 지시했다.

"샤리튀아르 교수와 저는 이 지역의 모든 공동 숙소에 다녀왔습니다." 타리크 오마리가 강력11반 오후 회의에서 보고했다. "거주자들은 충격을 받은 상태였고, 마흐무디를 모른다고 주장했습니다. 그가 있던 건물에서는 아무도 만나지 못했어요. 집들이 모두 비었습니다."

"아니, 왜?" 카트린이 놀라서 물었다.

"사람들이 도망갔어요. 무서워서." 타리크가 대답했다. "슈발바흐와 줄츠바흐의 공동 숙소 거주자들 중에 거주지 의무가 없는 사람들은 거의 모두 하룻밤 사이에 독일 어딘가에 사는 지인과 친척들에게 갔어요. 외국인 혐오 공격을 당할까 두려워서요."

"하지만 대부분의 난민들에 대해서는 아무도 반대하지 않아." 카트린이 말했다. "범죄자가 되는 사람에게만 반대하는 거야."

"인생의 전망이 더는 보이지 않는다면 당신도 범죄자가 될 걸." 셈이 끼어들었다.

카트린이 뭔가 대꾸하려고 입을 열었지만, 피아가 두 사람 사이의 말다툼을 싹부터 자르려고 먼저 물었다.

"교수가 마흐무디에 대해 뭔가 이야기한 거 있어?"

"네." 타리크가 고개를 끄덕였다. "마흐무디가 지적이고 자부심이 강하다고 하더군요. 금방 독일어를 잘 배웠고 통합에 힘썼답니다. 교수는 그가 폭행을 하리라고 생각하지 못했대요. 구치소에 있을 때 여러 번 면회를 가고 편지도 썼답니다. 마흐무디는 자기 행동을 반성하고, 희생자와 그 가족에게 사과했다고 해요. 교수는 그가 리시를 살해했다고 믿지 못하겠답니다."

당연하다. 잘 아는 사람이 다른 누군가를 죽일 수 있다고는 아무도 생각하지 않는다.

"오늘 학교에서는 어땠어?" 보덴슈타인이 물었다.

"자발적인 DNA 샘플 채취가 열세 건이었어요." 카트린이 대답했다. "부모의 동의서를 기다려야 했기 때문에 시간이 좀 걸렸지만, 지금 샘플들이 모두 실험실로 향하는 중이에요."

"저희는 체육관에서 열린 추도식 중간에 들어갔어요." 피아가 보충 설명했다. "거기 없는 사람은 사라 코르브마허뿐이더군요.

그 아이 휴대폰 번호를 받아서 전화를 걸었는데, 받지 않네요."

"그 아이와 반드시 얘기해봐야 해." 보덴슈타인이 말했다. "하지만 일단 하루 더 시간을 주자고."

문이 열리더니 카이가 들어왔다.

"늦어서 죄송합니다." 그가 말했다. "금요일 저녁 21시 조금 전에 헤센 거리의 망명 신청자 숙소 옆을 지나갔다는 여성과 방금 통화했습니다. 62세인 우줄라 마이닝거는 니더회흐슈타트 리들 상점에서 장을 보고 슈발바흐에 있는 집으로 돌아가는 길이었습니다. 밝은색 재킷에 모피 후드 차림으로 건물 앞에 서서 어떤 남자와 대화를 나누는 젊은 여성이 눈에 띄었답니다. 두 사람은 담배를 피웠는데, 얼굴은 못 봤다고 해요. 남자는 머리에 후드를 쓰고 있었고요."

"그 목격자 말에는 어느 정도나 신빙성이 있나?" 보덴슈타인이 물었다.

"제 생각에는 꽤 믿을 만합니다." 카이가 대답했다. "장을 보러 갈 때나 전철역에 가느라 그 숙소 옆을 자주 지나간답니다. 젊은 여성이 눈에 띈 이유는 그런 재킷을 입고 담배를 피우는 여성은 그곳에 드물기 때문이라고 했고요."

피아는 자리에서 일어나, 화이트보드 한 곳에 걸려 있는 인근 지역 지도를 살펴봤다. 목격자가 지나갔다는 길을 검지로 훑으며 따라가다가 거리 이름을 읽으려고 고개를 옆으로 기울였다.

"친구들 말에 의하면 리시는 담배를 피우지 않는데." 보덴슈타인이 말했다.

"하지만 마르첼라와 린이 목격한 것과 일치해요." 피아가 말했다. "그 둘의 진술에 따르면 리시와 미지의 남자는 지하도를 나가서 왼쪽 첫 번째 길로 꺾어졌어요. 하우젠 길이에요. 그 길은 헤센 거리의 망명 신청자 숙소로 바로 이어지고요."

"그런데 그 둘이 거기에 갈 이유가 있을까요?" 카트린이 물었다. "마흐무디는 그곳에 살지도 않는데요."

"거기 사는 누군가와 약속했을 수도 있지." 보덴슈타인이 추측했다. "전철을 타고 왔고, 오래 못 본 리시를 지하도에서 우연히 만났어. 리시는 걸어서 줄츠바흐로 가려고 했으니 잠깐 그와 동행했고 말이야."

이제 퍼즐 조각이 하나 더 발견된 건가? 이게 무슨 뜻일까? 마흐무디가 리시 뷜레펠트와 거리낌 없이 공공장소에 모습을 드러내는 상황은 그를 더 의심스럽게 만들까, 아니면 덜 의심스럽게 만들까? 그런데 이 젊은 남자는 지금 도대체 어디 있지?

* * *

남자는 바닥이 벽돌인 작은 방의 좁은 목제 침상에 말짱한 정신으로 누워 있었다. 바닥까지 닿은 쇠파이프들은 녹과 녹청이 끼었지만 튼튼했다. 이미 확인해본 사실이었다. 온 힘을 다해 당기거나 달려가서 부딪쳐도 전혀 움직이지 않았다. 그 결과 얻은 것이라고는 멍과 부은 어깨와 찰과상뿐이었다.

이 지하 감옥의 공기는 곰팡내 나고 축축했지만 많이 춥지는 않았다. 아치형 벽돌 천장에 달린 철제 격자 속의 전구에서 흐릿한 불빛이 번졌다.

남자는 여기가 어딘지, 곰팡내 나는 이 기이한 장소에 자기가 어떻게 왔는지 전혀 알지 못했다. 아침에 엄마 집에서 나와, 일하러 가느라 버스 정류장으로 가던 기억이 끝이었다. 그 후에 필름이 끊어졌다. 아무리 생각해도 머릿속에는 납치에 관한 기억이 남아 있지 않았다. 그게 언제인지도 판단할 수 없었다. 이곳에는 낮과 밤 구별이 없어서 시간 감각은 이미 오래전에 사라졌다. 복면을 쓴 어떤 형체가 불규칙한 간격으로 와서 말없이 음식을 내밀었다. 언제나 감자샐러드와 차가운 소시지였는데 대량 생산된 공산품이라서 너무 기름지고 너무 짰다. 하지만 남자는 입맛이 까다롭지 않았다. 예전에 교도소 음식도 그저 그랬다. 복면한 사람은 1.5리터짜리 플라스틱 물병도 가져다줬다. 남자가 한 번도 들어본 적이 없는 싸구려 제품이었다. 식사 도구라고는 지나치게 얄팍한 플라스틱 숟가락 하나뿐이었고, 그걸로는 감자샐러드를 먹는 것 말고 다른 뭔가를 할 수 없었다. 배설물용 양동이는 그가 이곳에 온 이후로 비워진 적이 없어서, 뚜껑이 있었음에도 끔찍한 악취를 풍겼다. 질문을 해도 대답은 없었다. 남자는 고함을 지르며 소란을 피우거나 애원도 해봤다. 다 소용없었다. 반응이 없었다. 이따금 그는 침상에서 눈물을 흘렸다. 또 건강을 유지하려고 가끔 팔굽혀펴기와 윗몸 일으키기도 했다. 이곳은 교도소보다 천 배는 끔찍했다. 그가 아는 교도소들은 환하고 비교적 깨끗했다. 텔레비전과 햇빛을 누렸고 운동장 산책도 할 수 있었다. 10년 동안 독방에 수감됐지만 사람들과 대화할 기회도 있었다. 무엇보다도 그때는 자신이 수감된 이유를 알았다. 지금이 몇 시이고 오늘이 며칠인지 알았고,

석방까지 남은 날을 셀 수 있었다. 여기서는 아무것도 알지 못했다. 전혀 몰랐다. 아무도 그와 이야기하지 않았다. 읽을 것도 없고 할 일도 없었다. 방향 감각 상실 때문에 미칠 것 같았다.

이 지하 감옥에 그 혼자 있는 건 아니었다. 두 남자가 더 있었다. 그 둘은 그가 이곳에 온 후에 끌려왔다. 그는 복면을 한 사람들이 의식이 없고 눈이 가려진 그 둘을 끌고 오는 모습을 지켜봤다. 그들은 50센티미터도 떨어지지 않은 곳에 있지만 그 후로는 본 적이 없었다. 감방 사이의 두툼한 벽 때문에 그들에게 손을 댈 수 없었고 대화를 나눌 수도 없었다. 그가 이곳에 온 이후로 보이지 않는 확성기에서 내내 음악 소리가 들렸기 때문이다. 천둥처럼 시끄럽고 끔찍한 그 음악은 한 번도 그치지 않았다. 귀를 막아도 들렸다. 완전히 고문이었다.

남자는 불현듯 달라진 기압을 느꼈다. 누군가 올 때마다 그랬다. 처음에는 몰랐지만 이제 그의 감각은 아주 작은 변화에도 예민하게 반응했다. 잠시 후에 남자들이 감방 앞쪽 공간으로 들어섰다. 검은 옷과 복면, 장갑 차림의 남자 세 명이었다. 그는 침상에 미동도 없이 누워 있었다. 심장이 갈비뼈를 쿵쿵 때리며 망치질하듯 뛰었다. 두려워서 구역질이 났다. 하지만 남자들은 그에게 오는 게 아니었다. 누군가 비명을 질렀다. 음악 소리가 너무 커서 무슨 말인지 이해할 수 없었다. 그러다가 어떤 남자가 보였다. 옆 감방에 갇혀 있던 사람이 분명했다. 그보다 별로 나이가 많지 않았다. 헝클어진 금발, 원래는 흰색이었을 지저분한 셔츠, 그리고 맨발이었다. 크게 뜬 눈이 그의 시선과 잠깐 만났다. 남자는 그들이 그 남자에게 무슨 짓을 하는지 안 보기 위해 눈을 감으려 했다. 기적이 일어나지 않는 한 자신도 같은 일을 당하리라고 예감했기 때문이다. 그러나 감지 못했다. 무슨 일이 벌어지는지 그저 보고 있을 수밖에 없었다. 검은 옷을 입은 사람들이 금발 남자를 바닥으로 쓰러뜨렸다. 남자가 격렬하게 저항했지만 그들은 그에게 수갑을 채우고 입에 테이프를 붙인 후에 끌고 나갔다. 기압이 다시 바뀌었다. 그는 남자가 돌아오기를 기다리는 게 의미 없음을 깨달았다.

* * *

휴대폰 울리는 소리에 깊은 잠에서 깼을 때, 피아는 방금 잠이 든 것 같은 느낌이었다. 소스라치게 놀라서 일어나 협탁을 더듬다가 실수로 바닥에 휴대폰을 떨어뜨렸다. 협탁 전등을 켜고 바닥을 기어 다니며 휴대폰을 찾았다. 자정이 조금 안 된 시각이었다. 엄마에게 별일 없어야 할 텐데! 이 밤에 바깥을 돌아다니시면 안 되는데! 그러면 정말 발목에 쇠사슬을 채울까 고민해야 할 테지.

"피아 산더입니다." 피아는 아주 안 좋은 상황을 마주할 마음의 준비를 하고 전화를 받았다.

"깨워서 죄송해요." 당직 경찰이 말했다. "발트엠스와 바트 캄베르크 사이 3031번 국도에서 한 남자가 차에 치여 사망했답니다."

피아는 오늘 대기 근무였다. 운이 나빴다. 하지만 엄마 일이 아니어서 다행이었다.

"갈게요." 피아가 말했다. "오마리에게 연락했나요? 그 사람도 대기 근무예요."

"네, 벌써 현장에 가는 중이에요."

피아는 손에 휴대폰을 든 채 일어나, 자기에게 이렇게 속삭이는 내면의 게으름뱅이와 싸웠다. '타리크가 혼자서도 해낼 거야. 다시 누워서 조금 더 자.' 전화를 무시하고 보드랍고 따뜻한 이불 번데기에 그냥 다시 들어가 몸을 둥글게 말고 자고픈 유혹이 마구 일어났다. 하지만 책임감이 유혹을 물리쳤다. 피아를 주의 깊게 바라보던 벡스가 주인이 그저 화장실에 다녀오려는 게 아님을 알아채고서 바구니에서 몸을 일으켰다. 그러고 기지개를 켜고 하품을 하더니 바로 출발 준비를 다 갖췄다.

"어쩔 수 없이 너를 데려가야겠구나." 피아가 벡스에게 말했다. 크리스토프는 어제부터 바젤에서 열리는 회의에 갔고, 피아는 사망 사고 수사가 어떻게 될지 알 수 없었다. 휴대폰 날씨 앱을 보니 눈은 오지 않지만 영하 9도라는 아주 추운 밤이 예보되어 있었다. 동지가 시작되기 전의 이 극단적인 추위는 여름의 가뭄과 폭염만큼이나 이례적이었다. 피아는 추위에 대비하느라 옷장에 있는 모든 옷을 절반쯤 걸친 후에 재킷도 챙겼고, 깊은 숲속에 커피도 없을 테니 커피머신에서 카페 크레마를 세 잔 내려 보온병에 담았다. 벡스는 벌써 차고로 이어지는 문 앞에 서서 열심히 꼬리를 치고 있었다. 피아는 벡스가 좋아하지 않는 플리스 스웨터를 입히고 하네스를 채운 후에 케이지에 들어가게 했다.

전화를 받은 지 15분 후에 차고에서 후진하여 나와, 잠든 동

네를 지나 쾨니히슈타인 쪽으로 향했다. 도로는 텅 비었고 신호
등은 모두 노란색이어서 쭉쭉 나갈 수 있었다.

아흐레 후에는 크리스토프의 가족이 오스트레일리아에서 도
착할 텐데, 피아는 지금까지 크리스마스 선물을 하나도 준비하
지 못했다. 또 언제 준비할 수 있을지도 모른다. 어제는 그 문제
로, 그리고 손님들 숙박을 조직하는 문제로 크리스토프와 다퉜
다. 예전에 아이들이 살던 방에는 여전히 이사 박스와 가구들이
쌓여 있는데 그걸 어찌해야 할지 여전히 몰랐기 때문이다. 크리
스토프는 아직 시간이 충분하다고 여겼고, 피아는 그가 상황을
너무 쉽게 생각한다며 비난했다.

피아는 쾨니히슈타인 회전 교차로를 통과하고 온천을 지나
8번 연방도로를 이용해 글라스휘텐 방향으로 가면서 휘몰아치
는 잡다한 생각을 멈추려고 애썼다.

글라스휘텐을 지나고 오버엠스로 차를 꺾어 뷔스트엠스를 지
나 라이헨바흐로 향했다. 지나치게 빨리 달렸지만 차도가 마른
상태였고, 깊은 타우누스 숲을 구불구불 지나는 좁은 국도에서
다른 차를 만날 일은 드물었다. 텐네 주차장에서 275번 국도를
떠나 3031번 국도로 차를 꺾어 바트 캄베르크 쪽으로 향했다.
순찰차 한 대가 경광등을 깜박이며 차도를 막고 있었다. 피아는
형사 신분증을 내보이고 통과할 수 있었다. 2킬로미터쯤 더 가
자 잎사귀가 다 떨어진 나무들 사이로 불빛이 보였다. 도로는
소방차와 경찰차, 소방대원과 경찰들로 가득 차 있었다. 구급차
도 두 대 보였다. 탐조등이 사고 장소를 대낮처럼 환하게 비췄
다. 피아는 약간 떨어진 곳에 차를 세우고 차에서 내렸다. 재킷

과 장갑을 착용하고 보온병도 챙긴 다음 그곳으로 걸어갔다. 금색 보온 포일로 몸을 감은 젊은 여성이 구급차 발판에 앉아 있었는데, 쇼크 상태인 듯했다. 구급대원 두 명이 여자를 돌보는 중이었다. 다른 구급차에서도 누군가 치료받고 있었다.

자동차 한 대가 뒤집힌 채 길가 배수로와 나무 사이에 끼어 있었다. 소방대원들은 흘러나온 석유와 가솔린에 가루를 뿌리느라 바빴다.

아스팔트에 누워 있는 죽은 형체 옆에 한 남자가 쪼그리고 앉아, 손전등 불빛을 비추며 시신을 살펴보는 중이었다. 피아 눈에 익은 실루엣이었다.

"오셨어요?" 타리크가 다가왔다.

"저기 시신 옆에 있는 사람이 내 전남편이야?"

"네, 맞아요." 타리크가 대답했다. "우연히 근처에 계셨대요."

"아하, 우연이라." 피아가 눈썹을 치켜세웠다. "무슨 일이 벌어진 거야? 차에 누가 타고 있었지?"

"젊은 한 쌍이었어요. 림부르크에 있는 남자 회사의 크리스마스 파티에 다녀오던 길이었대요. 빨간색 니산, 차주는 본인이고요." 타리크가 망가진 차를 가리켰다. "둘 다 마울로프에 살고, 운전은 여성이 했고 남자는 조수석에 있었어요. 시속 약 80킬로미터로 달렸고요. 죽은 사람이 숲에서 갑자기 차도로 뛰어들었다고 하네요. 그가 자동차 앞으로 비틀거리며 왔는데, 운전자는 피할 수 없었고 정면충돌했대요. 남자는 앞 유리창에 부딪치고 차 위로 굴렀답니다."

"알코올은?"

"미미해요. 운전자의 혈중 알코올 농도는 0.01이에요."

둘은 도로 한복판에 웅크리고 있는 시신에 다가갔다. 시신 주변 아스팔트가 피로 검게 물들어 있었다.

"헤닝, 안녕! 이 시간에 힌터타우누스 깊은 숲속에서 뭐하는 거야?" 피아가 전남편에게 인사했다.

"피아, 안녕." 헤닝 키르히호프 박사가 손전등을 끄고 쪼그렸던 자세에서 일어났다. "어제저녁에 몬타바우어에서 열린 낭독회에 참석했다가 집에 가는 길이었는데, 여기 사상자가 발생한 교통사고가 있다는 전화를 받았어."

"누가 전화했어?" 피아가 놀라서 물었다.

"그건 중요하지 않아." 헤닝이 슬며시 당황하며 답했다.

"당신, 아직도 경찰 무선을 도청하는군!" 피아가 재미있다는 듯 히죽거렸다. 타리크는 호기심 어린 표정으로 두 사람의 대화를 들었다.

"이봐, 당신도 알다시피 나는 그럴 권리가 있어." 헤닝이 엄숙하게 말했다.

"다른 사람들은 차에서 라디오를 들어." 피아가 웃음을 참느라 끅끅거렸다. "아니면 오디오북을 듣거나."

"내가 '다른 사람들'이야?" 헤닝이 뾰로통하게 물었다.

"아니, 당연히 아니지. 우리에게 알려줄 내용은?"

"20대 중반에서 30대 초반의 남성. 신체조건 좋음." 헤닝이 화젯거리가 바뀐 데 안도하며 대답했다. "물론 지금 죽었다는 사실을 제외하고 말이야."

"당신, 예전에는 더 재미있었는데." 피아는 그다지 보기 좋은 모습이 아닌 시신을 살펴봤다. 얼굴을 거의 알아볼 수 없었다.

"맨발이었나? 이런 날씨에?"

"응, 그랬나 봐." 헤닝이 다시 쪼그리고 앉아 시신의 목에 손전등 불빛을 비췄다. "여기 목과 팔의 상처는 자동차와 충돌할 때나 아스팔트에 부딪치면서 생긴 건 분명히 아니야."

"그러면 어디서?" 피아는 헤닝 옆에, 타리크는 맞은편에 쪼그리고 앉았다.

"저도 봐도 될까요?" 바트 캄베르크 의용소방대장이 와서 묻자, 타리크는 자리를 약간 옮겨 앉았다. 그들은 손전등의 환한 불빛 속에서 섬뜩한 상처를 살펴봤다.

"내 생각에는 짐승에게 물린 상처야." 헤닝이 말했다. "그것도 상당히 큰 짐승에게."

"혹시 늑대일까?" 피아가 고개를 들었다. "이 지역에 늑대가 사나요?"

"아닙니다." 소방대장이 대답했다. "지금은 없어요. 혹시 있다고 해도 늑대는 낮을 가리기 때문에 사람을 공격하지 않아요."

헤닝은 너덜너덜한 남자의 목덜미를 가리켰다.

"후두와 식도가 바깥으로 드러나 있어." 그가 손전등 불빛으로 시신의 몸을 훑었다. "여기, 손과 아래팔을 봐. 물린 상처가 가득해. 남자는 자동차와 충돌하기 전에 이미 중상을 입었어. 목의 상처들 때문에 이르든 늦든 사망했을 거야. 자동차 사고는 그저 죽음을 앞당겼을 뿐이지. 부검을 해야 정확하게 알겠지만 내 생각에는 차도와 부딪치면서 경동맥이 찢어진 것 같아. 어쨌든 다량의 출혈은 그걸로 설명되지."

“한밤중에 숲에 왜 왔을까?”피아가 다시 일어섰다. “맨발에 재킷도 없이. 신원 확인이 될 만한 걸 몸에 지니고 있었어?”

“아니요, 전혀.”타리크가 고개를 저었다. “뭔가로부터 도망친 것 같아요.”

피아는 주위를 둘러봤다. 사방에 나무뿐이었다.

“여기 인근에 뭐가 있죠?”피아가 소방대장에게 물었다.

“음, 가까운 곳에는 아무것도 없습니다.”그는 피아가 온 쪽을 대충 가리키며 대답했다. “저 아래 계곡은 발트엠스의 한 구역인 슈타인피시바흐입니다.”

“숲 뒤쪽에는 뭐가 있어요?”피아가 물었다. “제가 제대로 이해했다면 사고 희생자가 저기 위쪽 숲에서 차도로 나왔다는데요.”

“흐음.”소방대장은 생각에 잠긴 채 헬멧 아래로 손을 넣어 머리를 긁었다. “숲 뒤편 리델바흐 쪽에는 버섯 벙커가 있어요.”

“아하, 그게 뭔가요?”

“제2차 세계대전 때 사용하던 벙커 시설입니다. 전쟁 후에는 미군이 점령했고, 그 후에는 연방군이 넘겨받았지요.”소방대장이 대답했다. “1980년대부터 텅 비어 썩어갔는데, 몇 년 전에 한 남자가 그곳을 모두 임차하고 벙커에서 버섯을 대량으로 재배합니다.”

“어떤 버섯 말인가요?”타리크가 의심스러운 표정으로 물었다. “식용버섯인가요? 아니면 ‘환각버섯’인가요?”

“저는 평범한 버섯밖에 모릅니다.”순박한 남자가 대답했다. “양송이, 느타리, 표고처럼 그냥 그런 것들 말입니다. 독일 전역의 슈퍼마켓에서 유통되지요. 레베 슈퍼마켓에서 사는 표고버섯이 일본에서 온다고 생각하지 마세요. 여기 타우누스에서 재배됩니다."

"어쨌든 먼 동북아에서 비행기를 타고 오는 것보다는 환경 친화적이군요." 타리크가 말했다.

"여기서 그 버섯 재배 장소로 어떻게 가죠?" 피아가 물었다.

소방대장이 가는 길을 설명해줬다.

"20킬로미터쯤 됩니다. 숲 전체를 빙 돌아야 해요."

"선배, 지금 정말 거기 가시게요?" 타리크가 물었다.

"아니." 피아가 장갑 낀 손을 비비며 대답했다. 코가 아주 차가웠고, 따뜻하게 옷을 입었는데도 몸이 얼었다. "내일 가보려고."

바트 캄베르크에서 견인차가 오고, 영구차 한 대와 감식반의 파란 미니버스가 그 뒤를 따라왔다. 헤닝은 가방을 닫고 장갑을 벗으며 말했다.

"여기 일은 끝났어. 시신을 연구소로 보내줄래?"

"그럼요, 물론이죠. 제가 처리하겠습니다." 타리크가 고개를 끄덕이고 피아를 봤다. "원하신다면 선배는 집에 가셔도 돼요. 여기는 저 혼자 해결할 수 있어요."

"알아. 그 제안을 고맙게 받아들일게." 피아가 젊은 동료에게 미소를 지었다. 그의 진지한 열정은 가끔 벡스와 비슷했다. "주변에 세워진 차가 있는지 찾아봐. 사고 희생자가 어떤 식으로든 여기로 왔을 테니까."

"그럼요, 그럴게요." 타리크가 대답했다. 피아는 그의 팔을 가볍게 치고, 크리스티안 크뢰거와 시신 옆에 서 있는 헤닝에게 다가갔다.

"두 사람, 제2차 세계대전 때 사용하다가 지금 버섯 재배를 하는 타우누스의 벙커 시설에 대해 들어봤어?" 피아가 물었다.

"아니." 크뢰거가 대답했다. "하지만 베를린 주변과 폴란드에는 예전 벙커에서 버섯을 많이 기르지. 그곳 내부는 온도가 늘 일정하고 습도도 이상적이니까."

"알았어. 내일 찾아봐야겠다."

크뢰거가 작업복을 입고 장비를 가지러 갔다.

"고속도로 휴게소에 가서 커피 한 잔 마실까?" 헤닝이 놀랍게도 피아에게 이렇게 물었다.

"안타깝지만 나는 오버엠스를 지나서 왔어." 피아가 대답했다. "내 차는 차단된 곳 반대편에 있지. 그런데 카페인 때문에 그러는 거라면 내가 가지고 온 커피가 있어."

그리고 보온병을 내밀었다.

"사실 커피는 중요하지 않아." 헤닝이 고백했다. "당신 어머니 건강이 어떤지 듣고 싶어서 그래."

"우리 엄마?" 피아는 깜짝 놀랐다. "새벽 1시 반에 숲 한복판에서?"

"그래서 휴게소로 가려던 거지. 우리가 대화할 시간이 전혀 없잖아. 당신 어머니 건강이 안 좋다는 말을 들었거든."

피아는 헤닝이 또 어디서 그 말을 들었는지 궁금했다. 헤닝이 자기에 대해 얼마나 잘 아는지 이따금 소름이 끼칠 지경이었다.

"그래, 맞아. 얼마 전에 방향 감각을 완전히 잃고 실내화 바람으로 국도를 걷고 계셨어."

"아이고, 불쌍한 이르미! 정말 안타깝다." 헤닝이 말했다.

피아는 헤닝이 자기 엄마를 '이르미'라고 불러서 감동했다. 두 사람의 관계가 얼마나 좋았는지 이따금 잊을 때가 있었다. 피아의 엄마는 처음에 그의 직업 때문에 회의적이었지만—헤닝은 결혼 얼마 후인 1990년 6월에 베를린 샤리테 병원에서 법의학 전문의 교육을 받기 시작했다—그 후로는 사위를 무척 아꼈고, 갈 때마다 그가 좋아하는, 으깬 감자와 사과 조림과 소시지 등이 들어가는 '하늘과 땅' 요리를 해주었다.

"다행스럽게도 교회와 볼링 클럽 사람들이 엄마 주변에 있어. 엄마는 용감하고 불평이 없지만 당연히 슬퍼하시지. 엄마가 언제까지 그 큰 집에서 혼자 지낼 수 있을지 모르겠어. 일주일에 최소한 세 번은 내가 가서 함께 장을 보고 말동무가 되어드려. 벡스를 데려가면 늘 좋아하시지. 형제자매 중에 하필이면 내가 엄마를 돌본다는 게 어딘지 모르게 기이한 운명의 섭리 같아. 우린 사이가 그다지 좋지 않았는데 말이야."

"당신 오빠도 어머니를 좀 돌봐? 아니면 모두 당신에게 맡길 거?" 헤닝이 물었다. "큄이 어떤지는 물어볼 필요도 없을 것 같고."

"큄은 아빠 장례식에도 오지 않았어." 피아가 대답했다. "그리고 라르스 오빠는 오늘이라도 당장 엄마를 양로원에 밀어 넣고 싶을 거야. 하지만 엄마가 아직 그 정도는 아니야."

"당신은 어때?"

"흠, 뭐 괜찮아." 당황스럽게도 피아는 갑자기 눈물이 날 것 같았다. 어쩌다가 전남편과 한밤중에 힌터타우누스 도로에서 엄마 이야기를 하게 됐을까? 하지만 헤닝은 정말 관심이 있는 것 같았고, 크리스토프는 현재 전혀 그렇지 않았다.

"나 이제 가야 해." 피아가 잠긴 목소리로 말했다. "차에 개를 혼자 뒀어. 그리고 여기 더 오래 서 있다가는 얼어 죽을 것 같아."

"아, 그래. 그럼 다음에. 잘 가."

"잘 가." 피아는 이제 가게 되어 다행이라고 생각했다. 가려고 이미 몸을 돌렸던 헤닝이 다시 한번 멈춰 섰다.

"피아, 몸조심해." 그가 진지하게 말했다. "당신이 좀 걱정스러워."

소방차 전조등 불빛에 전남편의 모습이 잘 드러났다. 그의 시선에 담긴 친근한 강렬함이 피아의 깊은 내면을 건드렸다. 갑자기 눈물이 차오르는 바람에 피아는 경악해서 얼른 고개를 돌렸다. 울기 직전이라는 걸 헤닝이 보아서는 절대 안 되니까.

"걱정할 필요 없어. 나는 잘 지내니까." 피아가 대답하며, 자기 목소리가 단단하게 울리기를 바랐다. "잘 가!"

그러고는 혼란스럽고 부끄러운 마음으로 어둠을 뚫고 서둘러 자동차로 달려갔다. 친절한 말 몇 마디에 눈물이 솟구치다니 이 얼마나 창피한가! 그것도 하필이면 전남편 헤닝 앞에서. 예전에는 한 번도 그렇게 걱정스럽게…… 그래, 빌어먹을. 그렇게 '사랑을 가득 담은' 표정으로 본 적이 없는데.

차에 오른 피아는 자제력을 잃어버렸다. 눈물이 쏟아졌다. 도대체 왜 이러지? 난 평소에 이렇게 예민하지 않은데. 하지만 피아는 엄마와 관련하여 어딘지 모르게 형제자매에게서 버림받은 느낌이 들었다. 게다가 크리스토프는 크리스마스에 열다섯 명을 초대했으면서 전혀 신경도 쓰지 않았다! 지금 피아가 할 일이 정말 너무 많은데도 그는 개 돌보는 일을 그녀에게 맡기고 며칠 동안 바젤로 그냥 가버렸다. 피아는 흐느끼며 좁은 국도에서 차를 돌렸고, 어두운 밤을 뚫고 지나가면서 평생 이만큼 외로운 적이 없다고 느꼈다.

12월 12일 목요일

"당신, 정말로 오늘 벌써 일하러 갈 거야?" 외르크가 욕실 문간에 서서 아내가 화장하는 모습을 지켜보며 물었다.

"당신도 어제 사무실에 갔잖아." 안네 빌레펠트는 거울에서 눈을 돌리지 않은 채 대답했다. "여기 더 오래 앉아 있다가는 정신이 돌겠어."

'······그리고 당신 딸, 동생과 그의 아내, 이웃과 우리 엄마를 견뎌야 한다면. 울어서 부은 일바의 눈. 남자들의 수다. 우리 엄마가 요리하는 기름진 가정식. 내가 들어서면 다들 입을 다무는 그 모습.' 안네는 이 문장을 소리 내어 크게 말하지는 않았다. 다들 그저 도와주려고, 위로하려고 하는데 이런 말은 배은망덕하니까. 경찰이 리시가 죽었다는 소식을 전한 일요일부터 안네는 밤만 제외하고 단 한 순간도 혼자 있지 못했다. 밤에는 잔 게 아니라 살해당한 아이의 엄마로서 어떻게 행동해야 하는지 인터넷을 검색했다. 남편을 잃고서 다음 날 다시 장을 보러 가는 여자들을 어딘지 모르게 천박하다고 느낀 기억이 있기 때문이었다. 사망자의 유족이 너무 일찍 공공장소에 모습을 드러내는 행위는 부적절할까? 죽음이라는 주제는 터부였다. 특히 청소년이 살해당했을 때는. 사람들이 나에게서 뭘 기대할까? 내가 어떻게 행동해야 하지? 슈퍼마켓에 그냥 가도 되나? 다른 사람들이 냉장 칸이나 치즈 판매대에서 나를 보고 조의를 표해야 한다고 생각해서 부담을 느낄까?

안네는 자기 상황을 이성적으로 다루기 위해 노력했다. 자식을 잃은 부모들이 정보를 교환하는 포럼을 찾아보고 아이를 잃은 엄마들이 운영하는 블로그를 읽은 결과, 누구에게나 통하는 만능 처방전은 없다는 사실을 깨달았다. 자기가 겪은 방식대로 다들 다르게 각자의 상실을 견뎌내고 있었다. 외르크와 그녀에게도 맞고 틀린 것은 없었다. 둘은 서로 다르게 애도했는데, 이것을 서로 인정하기 어려웠다. 외르크에게는 사람들이 필요했다. 그는 리시에 대해, 그리고 일어난 사건에 대해 이야기해야 했다. 그에게는 관심을 다른 데로 돌리고, 먹고, 마시고, 눈물을 흘리는 일이 중요했다. 안네는 반대였다. 혼자 있으려 했다. 세상을 피해 침대에 파고들어 숨으려 했다. 외르크는 아내가 원하는 것을 보지 못했다. 예전에도 늘 그랬다. 그는 리시 때문에 겪는 고통이 아내의 것임을, 그 고통을 아무와도 나누지 않으려는 것을 이해하지 못했다. 안네는 다른 사람들이 이 고통을 진부한 말로 망가뜨리고 산더미 같은 음식으로 질식시키는 것을 원하지 않았다.

아이라이너가 벌써 세 번째 미끄러졌다. 안네는 면봉으로 선을 닦아냈다.

"날 왜 그렇게 보는 거야?" 그녀가 남편에게 고함을 질렀다.

"당신이 그리워." 그가 대답했다. "당신은 너무 멀리 있어."

"여기 있잖아." 안네가 짜증을 내며 대답했다. "나는 내내 여기 있어."

"하지만 나를 피하지." 그가 아내를 비난했다. "쳐다보지도 않아. 왜? 내가 뭘 잘못했지? 나도 딸을 잃었어."

이를 아주 세게 악물자 안네는 턱이 쪼개질 것 같았다. 지난밤에 확실하게 깨달은 사실이 있었다. 둘의 부부관계는 리시의 상실을 견디지 못할 터였다. 남자인 외르크를 향한 사랑은 세월이 흐르면서 리시의 아버지를 향한 사랑으로 바뀌었다. 이제 리시가 없으니 지금 문간에 서 있는 저 남자를 사랑할 이유도 사라졌다. 리시는 둘의 공동 프로젝트였고, 모든 것이 리시를 중심으로 움직였다. 아이의 안녕, 아이의 취미, 아이의 성적, 아이의 친구들, 아이의 소망, 아이의 미래 계획. 리시가 없으니 두 사람 사이의 연결고리도 없었다.

"나와는 달리 당신은 아직 아이가 한 명 더 있지." 안네는 이렇게 말하고 아이라이너를 서랍에 던져 넣었다. 민낯으로 세상에 나설 생각이었다. "무슨 말인지 알아들어? 당신에게는 아직 일바가 있다고! 나는, 나는 '다' 잃었어. 하나이자 모든 것이었던 내 아기를! 이제 또 하나 얻기에는 너무 늦었지."

외르크는 아무 말이 없었다.

"당신은 리시가 일바와 그 멍청하게 순해빠진 그 애 엄마와 함께 난민 숙소로 가게 그냥 내버려뒀어. 내가 그렇게 반대했는데도!" 안네가 그에게 비난을 퍼부었다. "리시는 거기서 그놈을 만났어! 그놈이 리시를 죽였다는 사실이 밝혀지면…… 그러면……."

안네는 말을 멈췄다. 비난은 소용이 없었다. 위협도 마찬가지였다. 그 무엇도 리시를 다시 데려오지 않을 터였다.

"경찰이 만일 우리와 다시 말하려고 왔는데 우리 둘 다 없으면 어떻게 해?" 외르크가 안네의 말에 대답하지 않고 물었다. 갈등을 피하는 그의 전형적인 태도였다. 그래서 그는 리시에게 언제나 모든 것을 허락했다. 딸이 자기에게 화내는 것을 견디지 못했다.

"뭔가 물어볼 게 있다면 우릴 찾아내겠지." 안네가 대꾸했다. "이제 좀 지나가도 돼?"

하지만 옆으로 비키는 대신 그는 한 걸음 다가와 아내를 안으려고 양팔을 내밀었다. 안네의 몸이 뻣뻣해지고, 그를 피해 뒤로 물러섰다. 외르크는 팔을 내리며 상처받고 실망했다.

"그러지 마." 안네가 나지막하게 말했다. "난 지금 그런 걸 견딜 수 없어."

* * *

"저희는 라리사 빌레펠트와 가까운 주변 사람들을 50명 넘게 조사했습니다." 셈 알투나이가 말했다. "조금씩 차이는 있지만 다들 비슷한 진술을 했습니다. 라리사는 남을 돕기 좋아하고, 관대하고, 예의 바르고, 소심한 성격이었다고 합니다. 모두 최근에 그녀에게서 아무런 변화도 눈치채지 못했다고 하고요."

강력11반은 아침 회의를 하느라 모였다. 이번에도 카트린이 직접 구워 가져온 크리스마스 쿠키 두 캔을 함께 먹었다. 타리크와 피아는 피곤해 보였다. 사망자가 발생한 힌터타우누스 교통사고 때문에 밤을 새웠으니 놀랄 일도 아니었다. 보덴슈타인은 이제야 그 사건에 대해 듣고, 어머니 때문에 걱정 많은 피아가 계속 대기 근무에 투입됐다는 걸 몰랐던 스스로를 질책했다. 피아 상태가 안 좋다는 걸 더 일찍 알았어야 하지 않았나? 물론 피아는 불평하지 않았다. 한 번도 불평한 적이 없었다.

"동물보호소장 및 자원봉사자 몇 명과 이야기를 나누었습니다."셈이 보고를 이어갔다. "라리사의 시신이 동물보호소에서 겨우 몇백 미터 떨어진 곳에서 발견됐다는 말을 듣고 다들 충격을 받더군요. 라리사를 안 지 1년이 넘었는데, 협조를 잘하고 동물을 사랑하고 부지런하고 믿을 만한 성격이었다고 진술했습니다. 최근에 변화를 보인 건 없었답니다. 사망하기 전에 마지막으로 동물보호소에 온 때는 목요일이었고 친구인 사라와 함께 왔다고 해요. 두 사람은 오후 사료 배급과 개들의 야외 공간 청소를 도왔고, 리시가 특별히 좋아하던 개와 산책을 갔답니다."

배구 트레이너와 스포츠클럽 팀원들도 리시의 성격을 아주 비슷하게 묘사했다. 도처에서 경악과 깊은 애도를 표시했지만 도움이 될 만한 단서를 제공한 사람은 아무도 없었다.

"뷜레펠트 집의 이웃 중에 금요일 저녁 이후로 리시를 본 사람은 없습니다." 셈이 보고를 마쳤다. "급우들과 난민 숙소 앞에서 리시를 봤다는 슈발바흐 주민이 마지막 목격자 같습니다."

파바드 마흐무디는 여전히 자기 집에 나타나지 않았다. 경찰이 에슈보른의 그 건물을 계속 감시했다.

"언론은 우리 업무에 대해 아직은 비난하지 않습니다."언론 대변인 스미칼라가 보고했다. "하지만 내무부 국장은 톡톡히 혼이 나고 있어요. 초지역적 언론에서도 마찬가지입니다. 군중이 그에게서 이른바 진지한 대접을 받지 못했다고 느꼈기 때문이랍니다."

니콜라 엥겔 과장은 그 말에 별다른 언급을 하지 않은 채 지나갔다.

"우린 라리사 사건에서 한 걸음도 앞으로 나아가지 못했군요. 아니면 내가 잘못 이해한 건가요?"

"아니, 유감스럽게도 사실입니다." 카이가 대답했다. "어제도 전화와 메일을 잔뜩 받았지만 새롭다거나 도움 될 만한 건 지금까지 없었습니다."

"이제 어떻게 할 거죠?" 과장의 이 질문은 보덴슈타인을 향한 것이었다.

"단서를 계속 파헤쳐야지요." 그가 대답했다. "또 라리사 뷜레펠트와 가장 친했던 사라 코르브마허와 다시 한번 이야기하려고 합니다. 어제 학교에 결석했고 전화도 받지 않았어요. 그리고 파바드 마흐무디에 대한 수배도 물론 계속됩니다."

리시 뷜레펠트 사건에 대한 이야기는 일단 마쳤으니 보덴슈타인은 어젯밤에 힌터타우누스에서 맨발로 차 앞으로 달려와 사망한 사람 사건으로 넘어갔다.

"신원 확인이 여전히 되지 않습니다." 타리크가 사고 현장과 시신 상태에 대해 보고한 후에 말했다. "인근 20킬로미터 그 어디에도 주차된 차가 없었습니다. 그가 어디서 왔는지, 이 추위에 왜 맨발로 다녔는지 몰라요. 키르히호프 교수가 오늘 10시에 부검을 실시하면 아마 사망 이유를 알 수 있을 겁니다."

"실종자와 신원미상 시신 데이터뱅크를 뒤졌습니다." 카이 오스터만이 보충 설명했다. "하지만 그 시신에 해당하는 실종 신고는 없어요."

"법의학연구소에는 누가 가지?" 보덴슈타인이 팀원들을 둘러보며 물었다. "피아, 갈 수 있어?"

"저는 그 버섯 농장을 알아보고 주변도 살피고 탐문하려고요." 피아가 대답했다. "그 남자가 분명히 인근 어디선가 왔을 테니까요."

"부검에는 제가 가겠습니다." 타리크가 나섰다. "기꺼이 가죠."

"아, 그러지." 보덴슈타인이 고개를 끄덕였다.

"제가 그 버섯 농장에 대해 조금 알아봤습니다." 카이가 다시 보고했다. "2003년에 연방군이 헤센주에 그 부지를 팔았습니다. 그러고 몇 년 전에는 볼프 졸베르크라는 사람이 임차해서 '타우누스 버섯 주식회사'라는 이름의 회사를 세웠고요."

"우와! 진짜 판타지 가득한 사람이군." 셈이 놀랐다. "타우누스 버섯 주식회사라니! 그런 이름을 생각해내느라 얼마나 힘들었을까!"

다들 싱긋 웃었지만 피아만 예외였다. 피아는 남들이 안 본다고 생각할 때면 자주 그러듯이 시선을 여기저기 돌리고 있었다.

"졸베르크는 예전 벙커에 다양한 종류의 버섯을 재배하고 독일 전역의 도매상에게 판매합니다." 카이가 설명을 이어갔다. "웹사이트에 따르면 한 해에 500톤까지 생산합니다."

"거기 가서 뭘 얻을 거라고 기대하는데?" 니콜라 엥겔이 피아에게 물었다.

"그 남자가 어딘가에서는 왔을 테니까. 뭔가로부터 쫓긴 것 같아. 어쩌면 큰 짐승이었을 수도 있고."

"혹시 늑대였을까?" 보덴슈타인이 물었다. "타우누스에 가끔 늑대가 나타날 때가 있지."

"소방대장 말로는 현재 이 지역에 늑대가 없대요." 피아가 대답했다. "그 사람이 어떻게 아는지는 모르지만요. 어쩌면 사망자는 지나가던 늑대 무리를 만났을지도 몰라요. 하지만 그것만으로는 그가 왜 맨발에 재킷도 없었는지 설명되지 않죠. 저도 '타우누스 버섯 웹사이트'를 찾아봤어요. 거기서 버섯 외에 튀르키예 상점에 공급하는 양고기도 생산하더군요. 양 떼를 소유하고 있어요. 웹사이트에 사진과 홍보 영상도 있고요. 목양견들이 양과 어린 양을 지키는 사진이에요. 이 개들은 물어서 심한 상처를 남길 만큼 커요. 남자의 목덜미는 너덜너덜했어요. 팔과 손은 다진 고기 같았고요. 타리크, 안 그래?"

"정말 그랬죠." 타리크가 인상을 찌푸렸다. "더 잘 표현할 말이 없네요."

니콜라 엥겔은 잠시 생각하다가 결정했다.

"좋아. 올리버, 더 급한 일이 생기지 않는다면 당신과 피아가 버섯 농장을 둘러봐. 부검에서 그 남자가 범죄 희생자라는 게 밝혀지면 사건을 지역범죄수사국으로 넘기자고."

"왜요?" 타리크가 반발했다. "이건 '제' 사건입니다!"

"그건 중요하지 않습니다." 과장은 고집을 굽히지 않았다. "우린 리시 빌레펠트 살인사건 수사만으로도 할 일이 아주 많아요."

* * *

"아빠랑 나는 이제 출발할 거야." 사라 엄마가 문 안으로 머리를 넣고 말했다. "무슨 일이 생기면 언제든 전화해. 응?"

"알겠어요."

"냉장고에 비르허 뮤슬리를 준비해뒀어. 점심에 배고프면 어제 끓인 닭 수프도 있고."

"네, 엄마. 고맙습니다." 사라는 억지로 살짝 미소를 지었다. "좋아요. 저녁 때 봬요!"

"그래, 아가. 저녁에 만나!"

아버지도 인사를 건넸다. 둘은 너무나 이해심이 많고 배려를 잘해서 사라는 오늘도 학교에 결석하는 진짜 이유를 말하지 못하는 데 양심의 가책을 느꼈다. 데이먼을 만날 생각을 하면 소름이 끼쳤다. 그를 영원히 피할 수 없다는 거야 스스로도 알았지만 지금은 그를 만날 만큼 강하지 못했다.

사라는 인터넷에서 리시가 '교살'당했다는 내용을 읽었다. 그게 뭔지 정확하게 몰라서 찾아봐야 했다. 위키피디아에서 정의를 발견했다. '교살이란 올가미를 당겨 어떤 생명체를 목졸라 죽이는 것을 말한다. 사망은 대부분 질식으로 발생한다.' 그걸 읽은 뒤로 가장 친했던 친구가 의식을 잃기 전, 생의 마지막 순간에 무얼 느끼고 생각했을까 계속 떠올라 사라의 상태는 더욱 끔찍해졌다.

리시의 죽음에 자기도 잘못이 있다는 죄책감이 매순간 사라를 괴롭혔다. 좋은 친구라면 리시 혼자 데이먼과 만나는 걸 절대 내버려둬서는 안 됐는데!

경찰 웹사이트에 '라리사 뷜레펠트 사건'과 관련해서 '주민들의 도움'을 요청하는 글이 있었다. '주민'이라고 했으니 사라에게도 해당하는 글이었다. 그러니까 경찰이 나에게 직접 도움을 청하는 거야! 하지만 내가 착각을 하는 거고 이 의심이 잘못됐다면 어떡하지? 의심이 사실이 아니라서 부당하게 데이먼을 짭새에게 고자질하는 것이 된다면? 그렇다면 나는 평생 다시는 즐거워하지 못할 거야. 그리고 앞으로 데이먼 앞에서 어떻게 행동해야 하나? 데이먼을 계속 피한다면 그는 리시가 나에게 뭔가 말했다는 걸 눈치채겠지. 내가 안다는 걸 그가 깨달으면……아, 빌어먹을! 사라는 더 이상 생각할 수 없었다. 필요한 것은 증거였다.

사라는 침대에 등을 대고 누워 뒹굴다가 머리 밑에 베개를 하나 더 괴고 휴대폰을 잠금 해제했다. 어제 발신 번호 표시 제한으로 전화가 다섯 통 걸려왔다. 마르첼라가 금발 짭새 아줌마에게 내 번호를 줬으니 아마도 거기서 걸려온 전화겠지. 사라는 리시와의 왓츠앱 채팅방을 열었다. 며칠째 몇 번이나 채팅방을 스크롤했고, 리시의 인스타그램과 틱톡과 스냅챗 프로필을 살폈다. 지난 반년 동안 서로에게 보낸 모든 소식을 뒤졌지만 리시는 뭔가 증거로 사용할 만한 것을 한 번도 쓴 적이 없었다. 리시는 늘 모호하게 표현했고, 사라만 이해할 수 있는 복잡한 용어와 별명을 사용했다.

"증거는 없어!" 리시는 늘 이렇게 속삭이며 공범자처럼 싱긋 웃었다. 언젠가 증거가 중요해지고 도움이 될 거라고는 예감하지 못했다.

리시와 함께 계획했던 것과—'일본 아니메'에 참석하러 도쿄에 가기, 운전면허증 신청하기, 저학년 첫 학기는 캐나다 고등학교에서 보내기—이제 더는 리시와 함께하지 못할 것들에 대해 생각하는 동안 사라의 무의식 속에 어떤 연상 작용이 일어났다. 리시는 어떤 일 때문에 무척 화가 났는데, 사라에게 그 이유를 한 번도 말하지 않았다. 그게 뭐였을까 고민하면 할수록 사라는 점점 더 이해할 수 없었다. 초대권 두 장을 실제로 손에 넣었던 일본 아니메와 관련 있었나? 아니면 밴쿠버섬에서 보내려던 학기? 아니면 데이먼 때문에? 아니면 전혀 다른 일 때문이었을까?

* * *

약국에 다시 오니 기분이 나아졌다. 상사와 동료들은 안네를 따뜻하게 맞아줬다. 그녀를 포옹하고 눈물을 흘리며 조의를 표했다. 리시를 잘 알았던 그들의 충격과 슬픔은 진심이었다. 안네는 리시가 게슈비스터-숄 초등학교에 입학하던 해에 타우누스 약국에서 일하기 시작했다. 당연히 약국 손님과 주변 병원 직원들 사이에도 무슨 일이 벌어졌는지 이미 소문이 났다. 자기 때문에 손님들이 느낄 불편함을 피하려고 안네는 당분간 판매대가 아니라 조제실이나 실험실 또는 재고 정리실에서 일하겠다고 제안했다. 그녀는 사람들이 느낄 불편함을 이해할 수 있었다. 자기가 그들이었어도 어떻게 행동해야 할지 몰랐을 것이다.

지난 며칠은 어둠과 고통과 이해하기 어려운 심정이 뒤섞인 안개처럼 흐릿했다. 그래서 안네의 하루에 구조를 부여하는 약국에서의 일상이—밤에 들어온 약들을 기록하여 정리하고, 계산할 때 문제가 생기지 않게 처방전을 확인하고, 슈발바흐 양로원을 위해 주문한 약을 검사했다—더욱 위로가 됐다. 가끔 몇 분 정도는 자신에게 일어난 사건을 잊고 마치 예전과 똑같다는 듯이 행동할 수도 있었다. 하지만 그와 동시에 자신의 삶이 그동안 얼마나 많이 리시에게 매달려 있었는지, 딸이 살해되어 이제 그 삶에 어떤 구멍이 뚫렸는지 절실하게 느끼기도 했다. 자기가 죽는 날까지 삶은 언제나 '그 전'과 '그 후'로 나뉠 터였다. 안네는 리시와 함께 16년을 보냈다. 딸이 좋아하는 것과 싫어하는 것을 모두 알았고, 딸이 아프면 함께 견디며 딸의 침대에 앉아 있었다. 외르크와 리시와 안네는 행복한 가족이었다. 셋이서 함께 여행을 떠났고, 리시의 댄스 공연과 배구 경기에서 손뼉을 치며 응원했고, 코스플레이 코스튬과 도안에 감탄했고, 학교와 클럽 축제를 위해 산더미 같은 샐러드와 케이크를 만들었고, 생일 파티를 준비했고, 눈물을 닦아주고 함께 눈물이 날 정도로 웃었다. 외르크와 그녀는 리시를 믿었고, 아이가 이성적이고 경솔하지 않았으므로 규칙을 거의 정하지 않았다. 그들은 16년 동안 이 모든 것을 당연하다고 생각했지만 처음부터 그런 것은 아니었다. 리시는 시험관 임신 마지막 시도의 결과였다. 자연적인 방법으로는 임신이 되지 않았다. 그래서 안네에게 딸은 언제나 놀라운 기적이었다. 안네는 이 기적을 세상 그 무엇보다도 사랑했다. 16년 동안 일어나서부터 자러 갈 때까지 리시가 그녀 생활의 중심이었지만 불편하지 않았다. 부족한 게 없었다. 완벽했다.

배달 온 약을 약국 재고 정리 시스템에 입력하면서 안네는 이제야 자신이 낮에 딸과 얼마나 자주 연락을 주고받았는지 깨달았다. 리시가 보낸 메시지가 있는지 확인하기 위해 스마트폰을 몇 번이나 두드리려고 했다. 그렇게 사소한 일로 문자를 보내지 말라고, 휴대폰을 그렇게 계속 붙잡고 있다가는 반평생을 잃어버릴 거라고, 저녁에 한꺼번에 말하는 것으로 충분하다고 딸에게 얼마나 자주 말했던가. 지금은 딸이 문자를 보낼 수만 있다면 그 어떤 대가라도 치를 것 같았다.

안네는 고통을 더는 억누를 수 없었다. 고통은 굶주린 맹수처럼 그녀의 몸을 기어다니며 심장을 먹어 치웠다. 리시기 죽었는데 어떻게 계속 살아갈 수 있을까? 내가 계속 살고 싶은가? 선반에 놓인 병과 팅크제들을 훑어보던 안네는 자신이 약사이니 빠르고 고통 없는 죽음을 가능하게 해주는 약품을 손에 넣을 수 있다는 사실을 떠올렸다. 내면의 고통과 끔찍한 공허감을 끝낸다는 상상은 유혹적이었다. 아니, 오늘은 아니야. 하지만 삶을 정말 더는 견디지 못할 때 어쩌면…….

* * *

보덴슈타인은 힌터타우누스로 차를 타고 이동하는 기회를 이용해 피아에게 도움을 제안하기로 마음먹었다. 도움 제안은 민감한 문제였다. 둘은 14년 동안 함께 일했고 여러 가지 면에서 노부부 같긴 했지만, 되도록 넘지 않는 경계 또한 분명히 존재했기 때문이다. 1년 전까지는 상대방의 건강과 사생활도 이런 터부에 포함됐다. 그때 보덴슈타인의 삶은 길을 잃었다. 두 번째 결혼이 깨졌고, 전처인 코지마가 간세포암에 걸려서 자기 간의 일부를 이식해줬다. 피아는 이 어려운 시기에 진짜 친구임이 증명됐다. 피아는 그를 진심으로 걱정한 유일한—아마도 보덴슈타인의 어머니를 제외하면—사람이었다. 그 전에도 그녀는 보덴슈타인이 삶의 위기를 겪을 때마다 든든한 닻이 되어 조용히 그를 지원했다. 그가 안식년을 끝내고 돌아왔을 때 굳이 그럴 필요가 없는데도 강력11반 수사반장의 지위까지 돌려줬다. 피아가 하는 모든 행동에는 평가나 계산이 없었다. 그저 친구라면 하는 방식대로였다. 이제 안 좋은 상황에 처한 사람은 피아였다. 이 상황을 그냥 무시한다면 그는 정말 형편없는 친구가 될 터였다. 하지만 어떻게 말을 꺼내야 하지? 왜 나는 바로 물어보지 못하고 늘 이렇게 생각이 많은 걸까?

"피아." 그가 입을 뗐다.

"네?" 피아가 흘낏 곁눈질을 했다.

"내가…… 자네를 도울 수 있을까?" 말하자마자 그는 이 말이 얼마나 서툴게 들리는지 깨달았다.

"뭘 도와주신다고요?" 피아가 되물었다.

"자네가 요즘 잘 지내지 못한다는 인상을 받아서 말이야."

"고맙습니다." 피아는 도로에 시선을 고정한 채 대답했다. "하지만 반장님이 저를 어떻게 도와주실 수 있을지 모르겠어요. 다음 토요일에 당첨될 로또 숫자를 저한테 알려주신다면 또 모르겠지만요."

"안타깝지만 그거야 못 하지." 대화는 그가 예상했던 것보다 더 안 좋게 흘러갔다. "하지만 자네가 당분간 밤이나 주말에 대기 근무를 하지 않는다면 혹시 도움이 될지도 모르잖아. '할 수 있어요!'라고 말하지는 마. 자네가 할 수 있다는 거야 나도 알아! 그게 문제가 아니지! 자네가 어머니를 위한 해결책을 찾아낼 때까지 타리크와 셈, 카트린과 나, 이렇게 우리끼리 일을 나눌 수 있다고."

"할 수 있다고 말하려던 생각은 전혀 없었어요." 피아의 입가에 미소가 살짝 떠올랐다. "밤에 통잠을 자고 크리스마스에 휴가를 낼 수 있다면 정말 마음이 가벼울 것 같아요."

"좋아, 지금부터 당장 그렇게 하자고. 크리스마스 때도 마찬가지야." 보덴슈타인도 미소를 지었다. 그는 피아가 좀 더 설명하기를 바랐지만 그녀는 그러지 않고 그저 "고맙습니다"라고만 말했다. 그 후에 둘은 입을 다물었다.

국도에는 차들이 별로 없고, 얼어붙은 눈이 도로 좌우에서 숲 가장자리까지 펼쳐져 흐릿하게 빛나고 있었다. 차가 니더엠스와 리델바흐와 같은 작은 마을을 여러 곳 통과하고 바트 캄베르크 방향 분기점을 지나 숲에 도착할 때까지 피아는 여전히 말이 없었다.

"여기 어디선가 왼쪽으로 꺾어야 할 텐데요." 그러고서 속도를 줄이고 뭔가 표시가 없는지 살폈지만, 거대한 냉동 트럭이 그때 막 숲에서 나와 국도로 접어들지 않았더라면 단순화한 버섯 모양과 '타우누스 버섯 주식회사'라고 쓰인 소박한 안내판을 못 보고 지나쳤을 것이다.

"홍보는 필요 없는 모양이네요." 피아가 투덜거렸다.

여기저기 움푹 파인 좁은 길은 어두컴컴한 가문비나무 숲을 구불구불 내려가다가 갑자기 멈췄다. 그들 앞에 계곡이 펼쳐졌는데, 계곡 앞쪽은 나무가 우거진 산비탈 사이에 끼어 있었다. 카이는 아까 이 지역 전체를 보여주는 위성사진을 출력해줬다. 최소한 150개는 되고 정확한 간격으로 세 줄로 놓인 좌우대칭의 초록 언덕들이 계곡 뒤편까지 뻗어 있었다. 이 언덕들이 흙을 쌓은 벙커일 터였다. 채석장에서 멀지 않은 앞쪽에 정사각형 건물이 있고 거기 대형 홀들이 이어졌다. 울퉁불퉁하게 달리던 운전은 1킬로미터 후에 높은 격자문 앞에서 끝났다.

"베른트 프리슐러의 요새가 떠오르네요." 피아가 말했다. "울타리 위에 철조망만 없을 뿐이지."

"그렇군. 내 기억이 옳다면 거기도 예전 군사 시설이었어."

피아는 시동을 끄지 않은 채 내렸다. 보덴슈타인은 문에서 초인종을 발견하고 눌렀지만 아무 반응이 없었다. 격자들 사이로 검정 타우누스 규암으로 지어진 1층짜리 정사각형 건물이 보였다. 그 뒤편 급경사 암벽이 있는 곳에 위성사진에서 봤던 대형 홀들이 있었다. 그물망 박스들 옆에 적재용 받침대가 쌓여 있고, 아마도 좀 전에 냉동 트럭에 짐을 실었을 노란 지게차가 탈탈거리며 홀로 공회전 중이었다. 보덴슈타인이 검은 석제 건물의 초인종을 다시 한번 누르자 어떤 노인이 나왔다. 이런 추위에도 스웨터에 올리브색 카고 바지, 발은 크록스 차림이었다. 눈처럼 하얀 머리카락을 뒤에 하나로 묶었고, 길고 하얀 수염은 산타클로스를 연상시켰다.

"안녕하세요?" 그가 인사를 건네고 문에서 몇 미터쯤 떨어진 곳에 멈춰 섰다. "무슨 일이신가요?"

"안녕하십니까? 볼프 졸베르크를 만나고 싶습니다." 가까이에서 보니 흰 머리카락과 수염 때문에 나이를 잘못 본 것이었다. 보덴슈타인의 예상과 달리 남자는 70대가 아니라 기껏해야 40대 중반이었다.

"접니다." 그는 미심쩍은 눈빛으로 두 사람을 번갈아봤다. "두 분은 누구시죠?"

피아가 형사 신분증을 꺼내 그에게 들어 보이며 대답했다.

"강력반에서 나왔습니다. 어젯밤에 숲 건너편에서 사망자를 낸 교통사고가 발생했어요. 희생자에게 짐승에 물린 상처가 있어서 지금 그 상처를 낸 짐승을 찾는 중입니다."

"제 개들은 분명히 아닙니다." 볼프 졸베르크가 대답했다. "언제나 양들 옆에 있고, 부지를 절대 떠나지 않아요."

"사망한 남자가 어쩌다 보니 당신 부지에 들어왔는지도 모르지요." 피아가 미소를 지었다. "개들을 좀 봐도 될까요?"

"도움이 된다면 그렇게 하시지요." 졸베르크는 어깨를 으쓱했다. 누가 손대지도 않았는데 문이 스르륵 열렸다. "들어오십시오."

피아가 차로 돌아가 승차한 채 버섯 재배 부지로 들어섰다. 보덴슈타인은 걸어서 그 뒤를 따랐다.

"양들은 뒤편 벙커 옆에 있습니다." 졸베르크가 말했다. "개들도 당연히 거기 있고요. 좀 질퍽거릴 겁니다. 눈이 점점 녹아서요."

"괜찮습니다." 피아가 대답했다. 보덴슈타인도 선견지명이 있어서 지저분한 신을 신고 왔다.

"양들은 원래 조경 관리를 위해 길렀습니다." 버섯 재배업자가 술술 이야기를 풀어놓았다. 플라스틱 샌들 구멍을 파고드는 차가운 진흙이 아무렇지도 않은 듯했다. "12년 전에 이 부지를 헤센주로부터 임차했을 때는 손질 상태가 엉망이었지요. 벙커가 50년 동안 비어 있었거든요. 처음에는 양이 열 마리뿐이었습니다. 말하자면 살아 있는 잔디 깎이로 말이지요. 그러다가 나이가 들어 일을 그만두는 양치기로부터 양 떼와 목양견 두 마리를 넘겨받았어요. 그사이에 양들은 제2의 수입원이 됐습니다. 바트 캄베르크에 사는 튀르키예 정육업자가 양들을 가지고 가서 도살하고 유통하지요."

"부지를 울타리가 사방으로 에워싸고 있군요." 보덴슈타인이 말했다.

"네, 원래부터 그랬답니다." 졸베르크가 대답했다. "밤에 누군가 울타리를 넘어오리라고는 전혀 생각할 수 없어요. 그럴 이유가 있을까요? 여긴 가져갈 게 없는데요."

"여기 출입할 수 있는 사람이 몇 명인가요?" 피아가 물었다.

"사실 저만 가능하죠. 일주일에 다섯 번 와서 버섯 수확을 돕는 도우미들이 있긴 하지만, 그 사람들은 열쇠가 없어요."

양들은 눈 덮인 부지 곳곳에 흩어져 있었다. 벙커 언덕에 올라가 있는 양도 많았다. 두툼한 털로 파고드는 찬바람도 아랑곳하지 않는 듯했다. 이리저리 돌아다니다가 풀을 먹으려고 눈을 파헤쳤다.

"풀은 겨울에 영양분이 없습니다." 졸베르크가 설명했다. "그래서 밤에는 헛간에서 건초를 먹입니다. 개들도 양 떼와 함께 있고요."

"헛간에요?" 피아가 물었다.

"그렇습니다. 다른 곳에서는 편안해하지 않아요."

양 떼처럼 남자도 북극 추위를 아랑곳하지 않는 듯했다.

"개들은 지금 어디 있습니까?" 보덴슈타인이 물었다.

"저기 저쪽에요." 졸베르크가 벙커 언덕의 눈에 누워 있는, 멀리서 보면 양처럼 보이는 몇몇 동물을 가리켰다. 그리고 손가락 두 개를 입에 넣고 날카롭게 휘파람을 불었다. 개들이 순식간에 일어나더니 눈을 뚫고 달려왔다. 모두 여섯 마리였다. 얼굴이 검고 다색 털이 덥수룩한 이 개들은 엄청나게 컸다.

"세상에, 정말 크군요." 보덴슈타인이 경외심을 보였다.

"멋진데요." 피아가 말했다. "검은 마스크를 쓴 레온베르거 같아요."

"코카시안 오브차카입니다." 졸베르크가 그중 한 마리의 머리를 쓰다듬었다. "러시아 목양견이지요. 양치기에게서 부모 개 한 쌍을 받았습니다. 여기 있는 개들은 양 떼 틈에서 태어나고 자랐어요. 그냥 서서 개들이 냄새를 맡게 해주세요."

보덴슈타인과 피아는 그의 지시를 따랐다. 개들은 냄새를 맡은 후에 두 사람에게 흥미를 잃었다. 졸베르크를 에워싸고 눈에 반원형으로 앉아, 주인에게서 눈을 떼지 않았다.

"낯선 사람이 여기 침입하면 개들이 어떻게 할까요?" 보덴슈타인이 물었다.

"침입자에게 좋지 않은 결과로 끝나겠죠." 졸베르크가 위험을 인정했다. "오브차카 종은 극단적인 보호 본능을 지니고 있습니다. 낯선 누군가가 양들에게 가까이 온다면 용서하지 않겠지요. 원산지에서 이 개들은 늑대나 곰과 맞섰습니다. 그러니 사람이 상대가 되겠어요?"

"유전자 검사를 할 수 있게 이 개들의 털 샘플을 채취해도 될까요?" 보덴슈타인이 물었다.

"그럼요, 하십시오." 졸베르크는 재미있다는 듯이 짙은 색 눈을 빛내며 어서 하라는 손짓을 했다. "자, 하십시오. 개는 털이 충분히 많으니까요."

보덴슈타인이 맹수의 하얀 이빨을 지닌 곰 같은 개들을 보고 거절하려고 했으나, 피아는 라텍스 장갑을 끼고 가방에서 증거 물품 봉투 한 롤과 마커펜을 꺼내 그에게 건넸다. 그러고 졸베르크에게 개들의 이름을 한 마리씩 물은 다음, 부드럽게 말을 걸고 털을 한 움큼 뽑아서 보덴슈타인이 내민 봉투에 넣고 각각의 이름을 썼다.

"개에 대해 잘 아시는군요." 졸베르크가 칭찬했다. "이렇게 할 수 있는 사람이 많지 않은데요."

"저는 개를 좋아해서 늘 길렀답니다." 피아가 그에게 미소를 지어 보였다. "하지만 당신이 옆에 없었더라면 용기를 내지 못했을 거예요."

어색한 분위기는 모두 사라졌다. 동물을 통하면 내성적인 사람들이 마음을 여는 모습을 보덴슈타인은 여러 번 경험했다. 이제 신발이 완전히 젖어서 발가락이 거의 느껴지지 않았다. 몸을 돌리고 막 가려고 하는데 피아가 뭔가 생각해냈다.

"벙커에서 버섯을 어떻게 재배하나요? 자라는 데 빛이 필요하지 않아요?"

"방법이 아주 다양하지요." 졸베르크의 눈이 반짝거렸다. 보덴슈타인은 졸베르크가 두 사람을 놓아주려면 시간이 좀 걸리겠다고 짐작했다. "양송이버섯은 빛이 필요하지 않아서 완전히 어두워도 재배할 수 있습니다. 느타리버섯이 모양이 좋고 건강하게 자라려면 빛이 좀 필요합니다. 잠깐 구경할 시간이 되시나요?"

"어머, 그럼요! 이런 걸 볼 기회가 또 언제 있겠어요." 피아는 보덴슈타인과 슬쩍 시선을 주고받고는 이렇게 대답했다. 사실 그들은 시간이 없었다. 하지만 피아는 이 어두운 계곡에서 양과 개와 버섯과 함께 은자처럼 지내는 이 남자에게 흥미를 느낀 듯했다.

"자네, 언제부터 버섯에 흥미가 있었나?" 보덴슈타인은 피아의 아이디어가 탐탁지 않았다.

"아, 그러지 마세요. 재미있잖아요."

졸베르크는 이미 성큼성큼 걸어 벙커 한 곳으로 향했고, 보덴슈타인은 엄청난 크기의 개 여섯 마리와 함께 혼자 남지 않으려면 피아를 따르는 수밖에 없었다. 휴대폰을 확인해봤지만 걱정했던 대로 신호가 잡히지 않았다.

졸베르크는 벙커의 녹슨 문을 어깨로 밀고 전등 스위치를 눌렀다. 형광등이 켜지고 은은한 불빛이 퍼졌다. 바깥의 냉기와 비교할 때 벙커 안은 편안한 온도였다.

"여름이든 겨울이든 여기 내부는 12도로 균일하고 습도가 높습니다." 졸베르크가 설명했다. "버섯에게는 이상적인 미기후입니다. 이런 온도에서 버섯은 천천히 자라는데, 그러면 놀라운 향기를 품게 되거든요. 저는 양송이버섯 외에 새송이버섯, 노랑느타리버섯, 노루궁뎅이버섯, 만가닥버섯, 표고버섯, 느타리버섯을 재배합니다. 그리고 제가 임차한 주변 숲에는 꾀꼬리버섯과 그물버섯, 송로버섯이 자라지요."

졸베르크는 거의 숨도 쉬지 않고 설명을 이어가면서 자기 일에 대한 열정에 휩싸였지만, 보덴슈타인은 버섯 세계로 떠난 여행에 이미 지쳐버렸다. 벙커는 그가 상상했던 것과 전혀 다른 모습이었다. 실제로 그곳은 아치형 천장에 바닥은 모래인 콘크리트 지하 창고였다. 녹슨 3층짜리 선반이 여러 줄로 늘어섰고, 거기에 버섯이 자라는 짙은 갈색 통이 놓여 있었다.

"여기 이건 양송이버섯입니다." 졸베르크가 한 선반 옆에 멈춰 섰다. "이 덩어리들은 말의 분뇨를 퇴비로 만든 것인데, 버섯 균사체를 위한 완벽한 옥토랍니다."

"말의 분뇨라고요?" 보덴슈타인이 구역질 난다는 표정으로 눈썹을 치켜떴다.

"물론 마구간에서 바로 가져오는 건 아니고요." 졸베르크는 물 만난 물고기처럼 기분이 최상이었다. "분뇨는 파리 유충과 병원균, 기타 곰팡이를 죽이기 위해 특수한 발효 과정으로 신속하게 퇴비가 되고 저온살균 처리를 거칩니다. 그런 다음 검은 이탄 및 균사체와 섞어서 이런 덩어리로 압착되지요."

"이 모든 일을 직접 하시나요?" 피아가 물었다.

"네. 저를 돕는 여성들은 버섯 수확과 창고 정리만 합니다."
졸베르크가 고개를 끄덕였다. "버섯 균사체는 네덜란드와 폴란
드에서 공급받습니다. 습도가 높지만 물을 많이 줘야 해요. 버
섯은 80퍼센트가 물로 구성됐답니다."

하필이면 '버섯 균사체'라는 단어에 극심한 구역질을 느낀 보
덴슈타인은 그 말이 다시는 졸베르크의 입에서 나오지 않기를
바랐다. 이제 버섯을 먹을 때면 평생 이 끔찍한 단어와 지저분
한 샌들을 신고 머리카락이 하얀, 버섯에 미친 이 남자가 생각
날 터였다. 졸베르크가 하얀 양송이 두 개를 덩어리에서 꺼내
건네자 보덴슈타인은 더 이상 참을 수 없었다. 입을 다문 채 팔
을 휘저어 거절하고 최대한 빨리 벙커에서 도망쳤다.

* * *

점심 휴식시간이라 상사와 동료들은 모두 나갔다. 오는 일요
일이 벌써 강림절 셋째 주이고 크리스마스이브까지는 12일밖
에 남지 않았으므로 다들 할 일이 많았다. 안네는 저녁까지 근
무하겠다고 말했다. 올해는 선물 준비를 하거나 크리스마스카
드를 보낼 필요도 없는데, 생각을 다른 데로 돌릴 수 있게 약국
에서 할 일이 있으니 다행이었다. 뒷문 초인종이 울렸다. 도매
업자에게서 배달이 오기에는 아직 이른 시각이지만 혹시 택배
기사일까. 안네가 문을 열었다. 재색 겨울 외투에 재색 니트 모
자를 쓴 가냘픈 젊은 여성이 눈앞에 서 있었다. 단골손님이라면
뒷문에서 한 번쯤 예외로 맞았겠지만 이 사람은 안네가 본 적이

없었다.

"죄송합니다만, 3시가 되어야 다시 문을 엽니다." 그래서 정중하게 말하고 문을 닫으려고 했다.

"뷜레펠트 부인, 부인의 상실에 깊은 조의를 표합니다." 낯선 여자가 말했다. "따님에게 일어난 일은 정말 끔찍해요."

"언론사에서 오셨나요?" 안네가 미심쩍은 표정으로 낯선 여자에게 물었다.

"아, 아닙니다. 아니에요. 언론사에서 온 게 아닙니다." 여자는 좌우를 재빨리 살핀 다음 목소리를 낮추어 말을 이었다. "우리는 부인과 무척 비슷한 일을 겪은 사람들의 모임입니다. 부인께 보여드리고 싶은 게 있어요."

얼굴이 아이처럼 매끄럽고 목소리가 부드러운 이 여자는 위험하지 않고 싹싹해 보이긴 했지만 그럼에도 안네에게 불편함을 불러일으켰다. 살해당한 아이를 둔 엄마들의 자조 모임 회원을 모집 중인가? 그런데 왜 직장으로, 점심시간에, 뒷문으로 왔을까? 왠지 공격을 당한 것처럼 느껴졌다.

"어…… 약국 문을 다시 열기 전까지 내가 할 일이 무척 많아요." 그래서 안네는 거절하듯 말했다.

"2분밖에 안 걸려요. 라리사의 살인범에 관한 일입니다. 우린 그가 어디에 있는지 알아요."

안네는 숨이 막혔다. 반사적으로 여자의 코앞에서 문을 닫으려다가 생각을 바꿨다. 잃을 게 뭐 있으랴? 안네는 잠시 망설이다가 여자를 들여보내고 뒷문을 다시 잠갔다.

"여기 혼자 계세요?" 여자가 물었다.

"네, 다른 사람들은 모두 점심 휴식시간을 보내러 갔어요." 안네는 이렇게 대답하다가, 여자가 외투 주머니를 뒤지는 모습에 혹시 이 대답이 실수였을까 생각했다. 칼을 빼들고 금전등록기 현금을 요구하면 어쩌나. 하지만 여자가 주머니에서 꺼낸 것은 스마트폰이었다.

"잠깐 주위를 살펴봐도 될까요?" 여자가 부탁했다. "안전상의 이유로요."

"제 말을 믿으셔도 돼요." 안네가 대답했다. "실험실로 갈 수도 있어요. 그게 더 편하다고 생각하시면요."

"네, 그게 좋겠어요." 여자가 대답했다.

실험실에서 여자는 안네에게 문을 잠그라고 부탁하고는 휴대폰을 두드리고 화면을 쓸어 넘긴 다음 안네에게 내밀었다. 안네는 망설이다가 휴대폰을 받았다.

"플레이를 누르세요." 안네는 여자의 말에 응했다.

어두운 장소에서 찍은 영상이었다. 영상 품질이 좋지 않고 카메라가 흔들렸지만, 안네는 두려움에 눈을 크게 뜨고 카메라를 쳐다보는 남자를 금방 알아봤다. 파바드 마흐무디였다! 그는 유리창이 없고 쇠창살이 바닥까지 닿는, 감방 비슷한 곳의 좁은 침상에 앉아 있었다.

안네는 놀라서 몸을 움찔했다. 이런 장면은 예상하지 못했다. 침을 꿀꺽 삼켰다. 심장이 터질 듯이 심하게 뛰었다.

"여기…… 어딘가요?" 안네가 나지막하게 물었다.

"그건 아실 필요 없어요." 여자가 대답하고 스마트폰을 다시 집어넣었다. "그는…… 으음…… 말하자면 감금 상태예요. 도망치지 못하게 말이지요."

"하지만…… 왜…… 그러니까 제 말은, 왜 경찰에 넘기지 않나요?" 안네가 말을 더듬으며 물었다. 무척 혼란스러웠다.

"우리가 그렇게 한다면 그는 미결 구금이 되겠죠." 여자가 대답했다. "언젠가는 재판을 받을 테고, 법원에서 살인이 확정되면 종신형을 받을 거예요. 그러면 15년 후에는 다시 자유의 몸이 돼요. 하지만 어쩌면 우발적 살인, 더 나아가 폭행치사 판결을 받을지도 몰라요. 그러면 몇 년 후에 교도소에서 나와 평생을 누리게 되겠죠. 당신 딸은 죽어서 다시 살릴 수 없는데 말이에요. 이게 정당하다고 생각하세요? 우리는 그렇게 생각하지 않아요."

"네, 부당해요." 안네는 팔짱을 끼고 위팔을 꽉 꼬집었다. 내가 지금 이 대화를 실제로 나누고 있나, 아니면 그저 꿈을 꾸는 걸까? "누구시죠?"

"내가 누군지는 중요하지 않아요."

"원하는 게 뭔가요?"

"그 남자가 다시는 다른 사람들에게 해를 가하지 못하게 하는 겁니다." 여자는 마치 사소한 사업 거래에 대해 의논하는 것처럼 차분한 투로 말했다. "하지만 당신이 원하신다면 직접 하셔도 돼요."

"무슨…… 뜻인가요?" 안네가 당황하여 물었다. "뭘 내가 직접 해도 된다는 거죠?"

"딸의 살인자를 당신 손으로 직접 죽이는 것." 여자가 대답했다. "아무도 모를 거예요. 그가 당신 딸의 목숨을 빼앗았으니 당신도 그의 목숨을 빼앗을 수 있어요. 이게 정의입니다."

안네는 할 말을 잃었다. 젊은 여자를 말없이 그저 빤히 보기만 했다. 말도 안 되는 소리야! 거절하려고 했다. 여자에게 꺼지라고, 다시는 오지 말라고 말하려고 했다. 하지만 그러지 않았다. 팔을 축 늘어뜨린 채 그냥 서 있기만 했다. 안네의 내면에서 보복하고픈 욕구가 활활 타올랐다. 눈에는 눈, 이에는 이. 성서에 이미 이렇게 쓰여 있지 않은가! 그가 죽는다면 외르크와 내가 공소 참여인이 되어 우리 측 변호사와 함께 이놈이, 이 망할 개자식이, 이 더러운 살인범이 겨우 몇 년만 자유형을 판결받는 재판 과정을 지켜볼 필요도 없을 텐데!

"잘 생각해보세요." 여자가 말했다. "하룻밤 고민하세요. 하지만 아무에게도 이 제안을 이야기하면 안 됩니다. 남편에게도 하지 마세요."

"만약…… 내가 그 제안을……." 안네는 말을 멈췄다. 내가, 교리를 실천하는 신실한 기독교인인 안네 뷜레펠트가 어떻게 이런 제안에 고민을 한단 말인가? '살해'라는 제안을! 안네는 헛기침을 하고 말을 이었다. "제안을 받아들인다고 가정하면 어떻게 해야 하죠?"

"그 경우에는 내일 자동차를 오늘과 반대 방향으로 주차하세요. 그러면 우리가 알아보고서 당신과 연락을 취할 겁니다."

"그리고…… 뭘 원하시나요? 비용이 얼마죠?"

"전혀 필요 없습니다." 여자가 대답했다. "나중에 언젠가 우리 부탁을 한 번쯤 들어주실 수 있을 테죠. 큰일은 아니고요. 누군가에게 전화를 걸거나 소소한 심부름을 하는 방식으로요."

안네는 여자의 얼굴에서 시선을 떼지 않았다. 천사처럼 평온하고 매끈한 얼굴이었다. 하지만 그녀의 말은 안네의 심방에 악마의 씨앗을 뿌렸다.

"생각해보겠습니다." 안네가 대답했다. "찾아와줘서 고맙습니다."

"별말씀을요." 여자가 고개를 끄덕였다. "어떤 심정이실지 알아요. 그런 고통을 느끼는 사람이 당신만은 아니랍니다."

여자가 간 후에도 안네는 복도에 그대로 서 있었다. 이 대화를 정신병자의 거드름 정도로 치부하고 그냥 예전처럼 살고 싶었다. 하지만 그런 일은 이제 가능하지 않았다. 그놈의 영상과 공포에 질린 눈, 그가 리시에게 했던 짓을 자기 손으로 그에게 가할 수 있다는 상상은 기독교 교육이 지금까지 허용하지 않던 뭔가를 안네의 마음속에서 불러일으켰다. 복수를 향한 뜨거운 열망이었다.

* * *

보덴슈타인은 피아가 얼른 나타나기를 기다렸다. 열쇠를 그녀가 가지고 있었기 때문이다. 그는 차 주위를 맴돌면서 젖은 신발 속에서 발가락이 얼어 떨어져버리지 않게 계속 움직였다. 영원처럼 느껴지는 시간이 지나자 피아와 하얀 수염의 산타클로스가 터덜터덜 나타났는데, 졸베르크가 든 플라스틱 상자를 본 보덴슈타인은 끔찍한 일이 생겼음을 예감했다.

"이것 좀 보세요. 졸베르크 씨가 우리에게 양송이버섯을 선물

했어요."피아가 리모컨을 작동하여 차 트렁크를 열었다.

"유감스럽지만 받을 수 없습니다."보덴슈타인이 말했다. "선물 가격이 10유로 이하라면 괜찮지만요."

"뇌물 아니니까 염려 마세요. 기껏해야 몇 센트 정도입니다." 졸베르크가 상자를 피아에게 내밀었다. "상자 값이 버섯보다 비싸요. 상자는 빌려드리는 겁니다."

그가 피아에게 윙크했다.

"그렇다면 뭐. 자, 우리 이제 출발해야 해."보덴슈타인이 졸베르크에게 슬쩍 고개를 끄덕이고 조수석에 앉았다.

"좀 전에 갑자기 왜 그러셨어요?"드디어 차에 올라 시동을 건 피아가 물었다. 그러고 버섯 남자가 최고의 친구라도 되다는 듯이 미소를 지으며 손을 흔들고 문을 빠져나왔다.

"갑자기 속이 메슥거려서."보덴슈타인이 대답했다. "우리 뒤쪽 트렁크에 버섯이 자라는 끔찍한 그 덩어리가 있다고 생각하면 또 토할 것 같아."

"버섯 싫어하세요?"피아가 물었다.

"30분 전까지는 좋아했지. 그 단어랑, 버섯이 얼마나 빨리 자라는지 듣기 전까지는."

"'버섯 균사체'라는 단어 말인가요?"피아가 장난기 어린 표정으로 싱긋 웃자 보덴슈타인은 인상을 찌푸렸다.

"내 위장 내용물을 차에 쏟아붓는 게 싫다면 그 단어를 다시는 말하지 않는 게 좋을 거야."

국도에 이르러서 다시 신호가 잡히자마자 그의 휴대폰이 진동했다. 카이가 새 소식을 전했다.

"내내 어디 계셨던 거예요?" 카이가 물었다. "한 시간 전부터 연락했는데."

"버섯 재배업자가 있는 계곡에. 거기서는 신호가 안 잡히더군." 보덴슈타인이 대답하고 카이가 하는 말을 피아도 들을 수 있게 스피커폰을 켰다. "뭐 좀 알아냈나?"

"지문자동식별시스템에 국도에서 죽은 남자와 일치하는 자료가 하나 있어요. 몇 가지 조사를 더 했습니다." 카이가 대답했다. "맨발의 남자는 34세인 르네 지겔이라는 사람이고, 거주지는 비스바덴입니다. 2015년에 불법 자동차 경주에서 임신한 여성을 치어 죽이고 그 시누이를 다치게 했습니다. 시누이는 한쪽 다리를 절단했고요. 지겔은 과실치사와 과실치상, 위험한 교통 방해 행위로 2년 2개월 자유형을 선고받았습니다. 작년 10월에 형기를 마쳤고요."

"거주지 등록은 어디로 되어 있나?" 보덴슈타인이 물었다.

"비스바덴 그라벤 거리 42번지입니다." 카이가 대답했다. "시내 한복판, 주의회 건물 바로 뒤예요. 부모는 건물 아래층에서 식당을 운영합니다."

"부검 결과는 어때?" 피아가 물었다.

"앞유리나 도로에 부딪치면서 경동맥이 파열됐어. 몇 분 만에 과다출혈로 사망했을 거야. 또 온몸에 멍이 있었어. 마약 검사 결과는 음성이고, 혈중 알코올도 없었어. 사망하기 두 시간 전에 뭘 좀 먹었고."

"혹시 버섯을 먹었어?" 피아가 이렇게 묻고는 보덴슈타인에게 윙크했다.

"아니야. 예비부검 보고에 따르면 마지막 식사는 소시지와 감자샐러드였어. 내가 휴대폰으로 정보를 모두 보낼게. 그러면 둘이 바로 비스바덴으로 가면 되니까."

"내 생각에는 타리크가 하는 편이 나을 것 같아." 피아가 말했다. "어젯밤에 제일 먼저 현장에 간 사람은 타리크야. 그가 맡을 사건이지."

"내 생각도 그래." 보덴슈타인도 동의했다. "타리크가 법의학 연구소에서 돌아왔나?"

"방금 왔어요." 카이가 대답했다.

"우리가 갈 때까지 기다리라고 해." 보덴슈타인이 말했다. "피아가 타리크와 함께 그 남자 부모님에게 갈 거야."

"알겠습니다." 카이가 전화를 끊었다.

"제가 왜 같이 가요?" 피아가 물었다. "타리크가 혼자 못 해낼 거라고 생각하세요?"

"아니, 그거야 의심할 여지도 없어. 하지만 근무시간에 자네가 어머니에게 잠깐 들를 수 있잖아. 그러면 오늘 저녁에 갈 필요가 없고 말이야."

피아는 잠시 말이 없었다.

"고맙습니다." 그러다가 이렇게만 말했다. 더는 말할 필요가 없었다.

12월 13일 금요일

피아와 타리크는 늦은 오후에 르네 지겔의 부모님을 그들이 운영하는 식당에서 만났다. 아들의 사망 소식에 지겔 부부는 무척 슬퍼했지만, 전혀 준비가 안 된 상태는 아니었다. 아들이 원래는 토요일 오후 늦게 도착할 예정이었는데 소식이 끊겼기 때문이다.

르네 지겔은 교육 과정을 마친 요리사였고, 자기 아버지 주방에서 일을 도울 계획이었다. 부모의 식당은 강림절 시기에 회사나 개인의 크리스마스 파티로 아주 바빴고 12월 31일은 몇 달 전에 이미 예약이 다 끝났다. 2018년 10월에 석방된 르네 지겔은 비스바덴으로 곧장 돌아올 생각이 없었으므로 1년 동안 북해의 석유 굴착 섬에서 요리사로 일했다. 그 후에 부모의 식당에서 일할 예정이었다. 나중에 부모가 은퇴할 나이가 되면 식당을 넘겨받을 계획이었다. 부모는 외아들이 엄마의 60회 생일에 섬에서 나와 며칠 동안 머문 9월에 그를 마지막으로 봤다고 했다. '그 사건' 이후에—지겔 부부는 아들이 일으킨 사망 사고를 이렇게 불렀다—아들은 운전면허가 없어서 기차를 타거나 동료들의 자동차를 얻어 탔다. 어린 시절에 몇 년 동안 소속됐던 불법 개조 차량 운전자 모임과는 관계를 끊었고, 젊은 여성이 사망한 불법 자동차 경주에 참가한 것을 무척 후회했다.

"아들이 어디서 어떻게 사망했는지 알려줬습니다." 타리크가 아침 회의에서 보고했다. "하지만 개에게 물린 상처나 맨발과 같은 몇 가지 세부사항은 생략했지요. 모친이 어차피 완전히 망연자실한 상태였거든요."

"르네 지겔은 12월 6일 저녁에 왓츠앱으로 어머니에게 마지막으로 문자를 보냈습니다." 피아가 보고를 이어가는데 휴대폰이 울렸다. 피아는 액정을 슬쩍 봤다. 헤닝에게서 온 문자였다. "그는 12월 6일 아침에 헬리콥터로 석유 굴착 섬에서 나와, 함부르크에서 동료 두 명과 시간을 보내려고 했습니다. 어머니에게 보낸 문자에서 그는 프랑크푸르트행 9시 50분 고속열차표를 샀다고, 마인츠에서 내려 전철로 비스바덴으로 갈 거라고 알렸습니다. 토요일 오후에 약속과 달리 그가 오지 않자 어머니는 몇 번이나 전화를 걸었지만 통화가 되지 않았고, 그러다가 언제부터인가 휴대폰이 꺼졌습니다."

피아는 헤닝의 문자를 두드렸다.

'어제 말고르차타와의 대화는 어땠어? 당신 어머니랑 맞을 것 같아?'

놀랍게도 어제 헤닝은 자기 엄마와 가까운 친구를 오랫동안 보살핀 폴란드 여성과 피아를 연결해줬다. 그녀는 그 노인 집의 곁채에 살면서 처음에 가사 도우미와 말벗으로 일했지만 나중에는 요양보호 업무도 했다. 그러다가 일주일 전에 그 노인이 사망했으므로 이제 새 일자리를 찾는 중이었다.

'그 사람, 무척 친절하더라.' 피아가 답장을 보냈다. '다시 한 번 고마워. 하지만 우린 비용을 부담하기 힘들 것 같아. 그리고 그 사람도 전철이 안 다니는 시골보다는 도시에 살고 싶어 할 거야.'

"르네 지겔의 어머니는 아들 친구들에게 전화를 다 돌렸지만 소식을 아는 사람이 없었습니다." 타리크가 보고를 이어갔다. "여자친구는 없었고요. 약혼했었다는 여성과는 '그 사건' 이후에 헤어졌다는군요. 부모는 비스바덴 경찰에 실종 신고를 하려고 했지만 받아주지 않았답니다." 타리크는 버터샌드 쿠키 하나를 입에 넣었다. "아들이 성인이니 자기가 있을 곳을 마음대로 정할 수 있다면서요."

보덴슈타인은 벽에 걸린 지도를 살펴봤다. 헤센과 인근 주들이 나온 지도였다.

"함부르크에서 프랑크푸르트로 오는 고속열차는 브레멘, 오스나브뤼크, 뮌스터, 함, 두이스부르크, 쾰른, 본, 림부르크에서 정차합니다." 카이가 말했다. "일단 림부르크 역부터 조사해야 겠어요."

"석유 굴착 섬에서 번 돈 때문에 죽었을지도 모르겠네." 셈이 혼잣말을 했다. "질 나쁜 사람에게 그 말을 했고, 그 사람이 돈을 훔치려고 그를 납치했을 수도 있으니."

"그는 닷새 동안 실종 상태였어요." 카트린이 생각에 잠긴 채 말했다. "그러다가 맨발로 힌터타우누스에 나타났고요. 그동안 어디 있었을까요?"

"좋은 질문이야." 셈이 대답했다. "행방을 감추는 게 얼마나 쉬운지 믿을 수 없을 정도야. 휴대폰만 없애면 돼."

"르네 지겔이 자기 휴대폰을 자발적으로 없앴는지 아니면 남이 그렇게 했는지가 문제지." 보덴슈타인이 반박했다. "지겔이 함부르크에서 프랑크푸르트행 기차에 정말 탑승했는지 확인해. 그랬다면 어디선가 기차에서 내린 거니까."

"알겠습니다, 반장님." 타리크가 고개를 끄덕였다. "제가 알아보죠."

"저는 서기 업무를 하고 싶습니다." 카트린이 말했다.

"라리사 사건에서도 서기를 하고 있잖아." 카이가 놀라서 끼어들었다.

"두 개 모두 할 수 있어요."

"언제부터 일을 그렇게 열심히 했어?" 피아가 쿠키 접시에서 마지막 남은 초승달 모양의 바닐라 쿠키를 집어 들었다. "서류 작성하는 거 아주 싫어했잖아."

"지금은 좋아해요." 카트린이 우겼다. "반장님, 어떻게 할까요?"

"그 일은 카이가 하지." 보덴슈타인이 정리했다. "자네는 지겔 휴대폰의 동선을 알아보고, 타리크와 셈과 함께 CCTV를 확인해."

"하지만 저는……." 반박하려던 카트린은 회의실에 들어서는 니콜라 엥겔을 보고 말을 멈췄다. 과장은 오늘 정장에 구두 차림이었다.

"라리사 뵐레펠트 사건에서 좀 더 알아낸 게 있습니까?" 과장이 물었다.

"아니요." 보덴슈타인이 대답했다. "안타깝게도 도움이 될 만한 게 전혀 없습니다."

"난 지금 경찰청장에게 가야 해요. 내무부장관과 화상 회의가 있어요. 비스바덴에 있는 내무부장관이 아니라 베를린에 있는 연방정부 내무부장관 말입니다." 과장이 이마를 찌푸렸다. "장관은 분명히 뭔가를 들으려고 할 겁니다. '안타깝게도 전혀 없다!'는 말을 듣고 싶지는 않겠죠."

지난 48시간 동안 독일 전역에서 범죄를 저지른 망명 신청자의 위험성과 연방정부의 통합 정책을 두고 격렬한 논쟁이 벌어졌다. 신문과 온라인 포털에서 그 주제밖에 다루지 않았고, 토크쇼에서는 이른바 전문가라는 사람들이 머리가 뜨거워질 만큼 열띤 토론을 벌였다. 사방에서 시위가 일어났다. 어떤 이들은 범죄를 저지른 망명 신청자들에 대한 더 강력한 처벌과 빠른 추방을 요구했고, 또 어떤 이들은 더 나은 통합과 노동시장을 향한 더 빠른 접근을 요구했다. 그러는 사이에 망명 신청자들 사이에서는 말 그대로 대탈출이 벌어졌다. 많은 이들이 공포에 휩싸여 숙소를 떠나 친척 집에 숨거나 외국으로 가려고 했는데, 우익 단체들에게는 당연히 기쁜 소식이었다. 대중의 큰 관심은 수사 압박을 더 높였다.

"우리는 정말 할 수 있는 일을 모두 하고 있어요." 보덴슈타인이 과장에게 확언하며 지금까지 취해진 조치들을 빠짐없이 나열했다.

"할 일이 정말 많을 겁니다." 니콜라 엥겔이 말했다. "목요일 밤 사건은 지역범죄수사국 동료들에게 넘기지요."

"우리가 동시에 진행할 수 있어요." 보덴슈타인이 대답했다.
"특별수사팀의 도움으로 인원도 충분하니까요."

타리크와 카트린이 그의 의견에 찬성하자 과장도 결국 동의
했다.

"일단 당분간만 그렇게 하는 겁니다." 과장은 이렇게 경고하
고 문을 나서려다가, 바로 그 순간 회의실로 들어오는 크리스티
안 크뢰거와 하마터면 부딪칠 뻔했다.

실험실에 따르면 르네 지겔의 몸에 있던 개에게 물린 상처는
버섯 재배업자 졸베르크의 개들이 낸 상처가 아니었다. 지겔의
맨발은 얼어붙은 숲 바닥에 발자국을 전혀 남기지 않았다. 투입
된 수색견이 두 시간 동안이나 숲을 이리저리 누비며 경찰을 끌
고 다녔지만 성과는 없었다. 지겔은 버섯 농장 방향이나 그 근
처에서 오지 않은 듯했다. 어디에서 왔는지 전혀 흔적이 없어
보였다.

피아의 휴대폰이 다시 소리를 냈다.

'안타깝네.' 헤닝이었다. '내가 주변에 계속 물어볼게.'

피아는 '고마워' 이모티콘을 보냈다.

"하늘에서 뚝 떨어진 것 같아요." 크뢰거가 화를 내며 말했다.

"아니면 차에서 내렸거나." 피아가 끼어들었다. "그게 더 맞을
것 같아."

회의실 탁자에 놓인 전화기가 울렸다. 카이가 받았다. 그가
통화하는 말로 미루어 리시 뷜레펠트의 백팩이 발견된 모양이
었다.

"줄츠바흐 시립 재활용센터 직원입니다." 통화를 마친 카이가

말했다. "지금 개천 옆 시유지 벌채 작업을 하는데, 직원 한 명이 개천 옆 덤불에서 백팩을 발견했답니다. 라리사 시신이 있던 자리 근처예요. 피엘라벤 칸켄 데일라이트 재색이랍니다. 라리사 뵐레펠트가 가지고 있던 바로 그 모델이에요."

"그럼 내가 곧장 가서 그 물건을 가지고 올게." 크뢰거가 뭔가 할 일이 생겨서 안도하며 말했다.

"재활용센터로 바로 가." 카이가 담당자의 번호가 적힌 쪽지를 건네자 크뢰거는 즉시 출발했다.

"저는 지겔 사건의 디지털 수사 기록을 들여다봤습니다." 크뢰거가 간 후에 타리크가 보고했다. "지겔에게 희생된 라일라 부아지즈와 그녀의 남편 발리드는 당시에 비스바덴 비브리히에 살았습니다. 홀로 된 남편이 어쩌면 아직 거기 살고 있는지도 모르지요. 그 사람과 대화를 나눠볼 수도 있을 겁니다."

"그 사람이 뭘 알겠어?" 카트린이 회의적인 표정으로 물었다. "우릴 어떻게 도와준다는 거야?"

"저도 몰라요." 타리크가 대꾸했다. "선배는 더 나은 아이디어가 있나요?"

"그 제안, 좋은 것 같군." 보덴슈타인이 말했다. "아내와 태어나지 않은 아이를 죽인 남자가 이제 더는 살아 있지 않다는 소식에 관심을 보일 수도 있지."

"말도 안 되는 소리." 카트린이 툴툴거렸다. "시간 낭비인데."

"같이 가시겠어요?" 타리크가 피아에게 물었다. "어느 정도는 우리 둘의 사건이잖아요."

"당연히 같이 가야지."

"그럼 제가 전화할게요. 그 사람 전화번호가 서류에 있어요."

* * *

사라는 리시가 동물보호소에서 하는 일을 왜 그렇게 중요하게 여기는지 도무지 이해하지 못했다. 리시는 그 일이 왠지 모르게 '관조적'이어서 차분해진다고, 그리고 동물들과 함께 있으면 생각의 스위치를 꺼버릴 수 있다고 주장했다. 사라는 리시가 개들과 산책을 나가면 데이먼을 만날 수 있기 때문에 동물보호소에서 일한다고 남몰래 짐작하기도 했지만 그건 부당한 생각이었다. 리시는 데이먼이 등장하기 전부터 동물보호소 일을 했으니까. 사라는 친구가 했던 말이 무슨 뜻인지 어제야 이해했다. 어제는 오전 10시부터 어두워질 때까지 일했다. 동물보호소 사람들은 사라에게서 원하는 게 없었다. 괴상한 질문을 하지 않았고, 그저 누군가 자기들을 도와서 함께 일하는 걸 기뻐했다. 사라는 까다로운 성격이 아니라서 개 우리와 새장, 고양이 화장실과 테라리움 청소를 가리지 않고 했다. 사료 준비와 약 먹이기, 산업용 세탁기와 건조기 작동 방법을 배웠다. 매일 반복해야 하지만 마음이 편해지는 일이었다. 야외 사육장과 하수구와 우리가 모두 깨끗해진 다음, 사라는 대형 암컷 셰퍼드 록시와 함께 산책하러 갔다. 록시는 리시가 제일 좋아하던 개로, 사라는 그 둘과 함께 풀밭과 들판을 자주 돌아다녔었다. 리시가 죽은 뒤로는 아무도 함께 산책하지 않았으므로 밖으로 나가게 되자 록시는 무척 기뻐했다. 자기가 왜 데이먼의 집 앞을 지나갔는지 사라 스스로 생각해도 알 수 없었다. 아무 계획도 없었고 그저 내면의 욕구 같았다. 다행스럽게도 그가 집에서 우연히 나오는 일은 없었다. 그랬더라면 상당히 당황스러웠을 것이다! 개를 다시 데려다준 후에 사라는 리시 엄마를 찾아가기로 마음먹었다. 예전에는 그 집에 자주 갔다. 마지막으로 간 때는 금요일 오후 학교가 파한 후였고, 리시가 살해당하기 불과 몇 시간 전이었다. 사라는 자전거를 타고 줄츠바흐로 갔는데, 초와 꽃과 사진이 대문 앞에 산더미처럼 쌓여 있는 모습에 강렬한 고통을 다시 느꼈다. 초인종을 눌렀지만 아무도 문을 열지 않았고 집 내부도 어두웠다. 실망해서 자전거를 타고 집으로 돌아왔다. 사라는 오늘 아침에도 학교에 가지 않았다. 동물보호소에는 할 일이 많았다. 그게 학교보다 더 중요했다. 지금은 크리스마스 전이라서 어차피 수업도 제대로 하지 않았다.

아래 문간에서 초인종이 울렸다. 몇 분 후에 방문을 두드리는 소리가 들렸다. 에이, 씨! 짭새들인가? 발신 번호 표시 제한으로 전화가 오면 절대로 받지 않았다. 어제 몇 번 그런 전화가 왔다.

"사라?" 엄마가 문 앞에 서 있었다.

"경찰이면 저 없다고 하세요!"

"경찰이 아니야. 나 들어가도 되니?"

"흐음."

문이 열렸다. 엄마 얼굴에 걱정이 가득했지만 사라는 모른 척했다. 이러나저러나 관심 없었다.

"왜 일하러 안 가셨어요?" 사라가 물었다.

엄마가 침대 가장자리에 앉았다. 안 좋은 신호였다.

"아빠랑 나는 네가 걱정돼." 엄마가 입을 뗐다.

"그러실 필요 없어요. 만사 오케이니까." 엄마가 이마에서 머리카락을 치워주려고 하자 사라는 몸을 피했다.

"우린 네가 누군가와 얘기를 하면 좋겠다고 생각했어. 리시에 대해서, 네 기분이 어떤지에 대해서."

"아니, 싫어요." 사라가 몸을 일으켜 앉았다.

"브란트 부인은 심리학자이고 트라우마 상담사야. 경찰이 그 사람을 추천했고, 우리가⋯⋯."

사라는 자기 귀를 의심했다. 짭새들이 내가 자기네랑 말하기 싫어한다는 이유로 심리학자인가 뭔가 하는 아줌마에게 나를 떠맡긴다고? 게다가 엄마랑 아빠가 이 일에 동의하다니!

"어머, 제정신이세요? 제발 나를 좀 내버려둬요! 엄마, 나가요! 혼자 있고 싶어요! 아무와도 말하기 싫다고요!"

사라는 이불을 머리까지 뒤집어쓰고 그 속에서 몸을 말았다.

"하지만 사라, 넌⋯⋯." 엄마가 다시 말을 꺼냈다.

"싫어, 싫어, 싫다고요!" 사라는 고함을 지르며 고집 센 다섯 살짜리처럼 다리를 버둥거렸다. "나가요! 말하기 싫어요! 나를 좀 내버려두라고요!"

* * *

타리크는 직장에 있는 발리드 부아지즈와 연결이 됐다. 그는 아내와 살던 집에 정말로 여전히 살고 있었다. 13시 30분에 일이 끝나면 금요일 기도를 위해 모스크에 갔다가 일러야 오후

3시에 집에 도착할 수 있다고 했으므로 피아와 타리크는 비브리히 슈퍼마켓에 들렀다. 점심식사로 타리크는 고기 판매대에서 겨자를 넣은 기름진 미트로프 빵 세 개를, 피아는 스시 바에서 껍질콩과 망고, 해초와 아보카도가 들어간 채식 한 그릇을 선택했다.

발리드 부아지즈는 비스바덴 비브리히 지역 난젠 거리에 있는 목조 다세대주택 3층에 살았다. 피아는 처음에 승마학교 친구들과, 나중에는 헤닝과 함께 오순절에 비브리히 성의 공원에서 열리는 국제 승마대회에 매년 왔으므로 예전부터 이 지역을 잘 알고 있었다. 그때는 주차할 자리를 찾느라 몇 시간씩 이면도로를 누비고 다닐 때가 많았다. 경기가 없으니 이 지역은 훨씬 조용해서 타리크는 부아지즈가 사는 집이 눈에 들어오는 곳에서 주차할 자리를 금방 찾아냈다.

"발리드 부아지즈, 34세, 독일에서 태어났지만 튀니지 국적도 가지고 있어요." 타리크가 말했다. "직업은 프로그래머이고, 2016년부터 마인츠의 한 생물공학 회사에서 일해요."

피아는 한 귀로만 들었다. 어제 헤닝이 추천한 말고르차타와는 당연히 그녀 혼자 대화를 나눠야 했다. 라르스 오빠는 제때 사무실에서 나올 수 없다며 마지막 순간에 약속을 취소했다. 크리스토프에게 음성메시지를 남겼더니 '아주 좋은 것 같다'는 답장만 왔다. 그 이상은 없었다. 피아는 엄마의 요양을 재정적으로 어떻게 버텨야 할지 걱정했다. 엄마가 집에 사는 한 유족연금이면 충분했고 요양 등급을 받으면 의료보험에서 추가로 돈이 들어올 터였다. 하지만 언젠가 엄마가 더 이상 혼자 살 수 없다면?

"제 말 듣고 계세요?" 타리크의 목소리에 피아는 다른 생각에서 벗어났다. 그리고 반쯤은 재미있다는 듯한, 반쯤은 짜증이 어린 동료의 시선과 마주했다.

"타리크, 미안해. 방금 크리스토프 친척들에게 줄 크리스마스 선물을 하나도 준비하지 않았다는 생각을 했어." 피아가 거짓말을 했다. "일주일 뒤에 오스트레일리아에서 다들 오거든. 안타깝게도 크리스토프가 동물원 상점에서 아무 봉제 인형이나 사서 손주들에게 기쁨을 안겨줄 시기는 지났고 말이야. 걔들은 이제 요구가 좀 복잡해졌어."

"다행스럽게도 저희 집에서는 파울리네가 크리스마스 선물을 챙겨요." 타리크가 대답했다. "대부분은 온라인으로 주문하지요. 그 전에 아이들이 뭘 원하는지 정확하게 들어보고요."

"좋은 아이디어로군."

3시가 됐다. 그리고 15분이 또 지났다. 타리크는 세 번째 빵을 베어 물었고, 피아는 종이 박스의 마지막 쌀 한 톨까지 모두 긁었다.

"저기, 오는 것 같네요." 빵을 씹던 타리크가 인도에서 39번 건물이 있는 방향으로 막 접어든 마른 남자를 향해 고갯짓했다. 그는 시선을 내린 채 너무 커다란 백팩의 무게에 눌려 등이 굽어 있었다.

"자, 가자." 피아는 종이 박스 뚜껑을 덮었고 타리크는 남은 미트로프 빵 조각을 입에 쑤셔 넣었다.

둘은 남자가 건물 출입구를 여는 순간 그를 따라잡았다.

"부아지즈 씨?" 타리크가 말을 걸면서 형사 신분증을 들어 올렸다.

남자가 깜짝 놀라 뒤를 돌아봤다.

"아, 오셨군요. 들어가시죠." 그가 완벽한 독일어로 말했다.

검은 수염이 남자 얼굴의 아래쪽 절반을 뒤덮고 있었다. 도톰한 입술과 아름다운 눈동자, 긴 속눈썹은 여자들이 부러워할 만했다.

3층에 있는 그의 집은 추웠다.

"하루 종일 일을 해서 낮에는 절약하느라 스팀을 낮춰놓습니다." 발리드 부아지즈가 어깨에서 백팩을 내렸다. 피아는 사방을 둘러봤다. 거실의 낮은 나무 탁자 주위로 두툼하고 알록달록한 방석들이 놓여 있고, 바닥과 벽에는 동양 무늬 양탄자가 깔려 있거나 걸려 있었다.

"죽은 아내는 전통을 중시했답니다." 부아지즈가 설명했다. "저는 그다지 신경 쓰지 않고요. 하지만 가구를 바꾸기는 싫었어요. 어딘지 모르게 아름다운 추억이니까요. 우린 거의 모든 물품을 튀니지에서 사거나 가족이 가져온 걸 받았답니다."

남자는 폭포수처럼 말을 쏟아냈는데, 긴장했다는 표시였다. 드문 일이 아니었다. 예기치 않게 형사가 찾아오면 대부분은 긴장한다.

"부아지즈 씨." 피아가 그의 말을 막았다. "부인을 죽인 남자가 어제 죽었습니다."

"네?" 발리드 부아지즈는 이해할 수 없다는 표정으로 몇 초 동안 피아를 쏘아보다가 주먹으로 자기 가슴을 누르며 눈을 감고 피아가 알아듣지 못하는 아랍어로 뭔가를 말했다. 그러고 눈을 다시 뜨더니 온 얼굴로 미소를 지었다. "이 뉴스를 들으면 제 동생 파트마가 행복해지겠군요. 동생은 그 사고 때 한쪽 다리를 잃었고 열한 번이나 수술을 받았습니다. 남편이 떠나지 않은 게 행운이었어요."

"알고 있습니다. 정말 안타까워요." 피아는 안도감, 걱정, 기쁨 등 급격하게 바뀌는 남자의 표정을 흥미롭게 지켜봤다. 하지만 제대로 해석할 수 없는 표정도 있었다. 배상에 대한 만족감인가?

"그놈은 제 아내와 같은 방식으로 죽어 마땅해요." 부아지즈가 열에 들뜬 얼굴로 말했다. "그가 죽어서 기쁩니다. 알라께서 저를 용서하시길."

* * *

사라는 부모님에게 화가 아주 많이 났다. 심리학자라니, 말도 안 돼! 사라는 고집을 꺾지 않았다. 방문을 걸어 잠그고 음악을 크게 틀고는, 엄마가 문을 두드리자 어린아이처럼 귀를 막아 버렸다. 바보 같은 심리학자 아줌마가 가는 모습을 창문 너머로 보고서야 잠갔던 문고리를 풀었다. 아빠가 일찍 퇴근하여 집에 왔다. 이렇게 일찍 퇴근한 때는 아빠의 엄마, 그러니까 할머니가 돌아가셨을 때뿐이었다. 그러니 지금 아주 심각한 일이 벌어진 게 틀림없었다.

사라는 한참 생각하다가 깨달았다. 엄마랑 아빠가 지극히 평범한 금요일에 어쩌면 나 때문에 일을 하지 않았나 봐! 그래서 방문을 열고 양말 바람으로 계단을 내려갔다. 엄마와 아빠가 손을 마주 잡은 채 식탁에 앉아 있었다. 엄마는 울어서 눈이 퉁퉁 부었다. 평소 모습과 전혀 달랐다. 아빠는 출근 복장 그대로였다. 지금 이 시간에 프랑크푸르트가 아니라 집이라니, 이것 역시 평소와 다른 상황이었다.

나 때문이 아닐지도 몰라! 두 분 중에 혹시 누군가 중병에 걸린 게 아닐까. 그래서 이제 내가 한쪽 부모님을 잃게 된다는 사실을 나에게 어떻게 말해야 할지 모르는 건가.

사라가 무게 중심을 부주의하게 옮기는 바람에 층계가 삐거덕 소리를 냈다. 아빠가 사라를 봤다.

"사라!"

"아빠, 오셨어요?"

"여기 잠깐 와서 앉아보겠니?"

"아뇨, 그냥 서 있을래요. 심리학자랑 상담한다는 아이디어는 완전 별로였어요. 적어도 저에게 미리 얘기는 할 수 있었을 텐데."

"네 말이 맞아." 엄마가 대답했다. "미안하다. 사라, 우린 네 걱정을 아주 많이 하고 있어. 너, 월요일부터 거의 아무것도 먹지 않았잖아. 학교에도 가기 싫어하고. 우린 어떻게 해야 좋을지 모르겠어."

"사라, 널 돕고 싶어." 아빠가 말했다. "우리가 뭘 할 수 있을까?"

"전학 갈래요." 사라가 대답했다. "당장."

부모님이 시선을 주고받았다.

"네가 지금 학교 가기 힘들어하는 거, 이해할 수 있어." 아빠가 대답했다. "그러니 가지 않아도 괜찮아. 하지만 넌 다른 친구도 있잖아. 그 친구들이……."

"아니요!" 사라는 아빠의 말을 다급하게 막았다. "이 학교에는 앞으로 한 발도 들여놓지 않아요! 절대! 정말이에요! 전학 가도 된다고 허락하시기 전까지는 아무것도 먹지 않을 거예요!"

"이걸 협박이라고 하지." 아빠가 말했다.

"뭐라고 하든 신경 안 써요." 사라는 팔짱을 꼈다. "쾨니히슈타인 타우누스 학교에도 13년짜리 아비투어 과정이 있어요."

"그 학교에는 절대 가지 않겠다고 했잖아!" 엄마가 깜짝 놀라 말했다.

"지금은 아니에요. 생각을 바꿨어요."

침묵이 흘렀다.

"좋다." 놀랍게도 아빠가 말했다. "전학 이야기를 해볼 수 있겠지. 하지만 그 전에 먼저 심리학자와 만나길 바란다."

"이건 협박이 아닌가요?"

"사라, 아니야." 아빠가 진지하게 대답했다. "우린 너를 정말 많이 걱정해. 너랑 가장 친한 친구가 살해됐잖아. 우리가 상상도 못 할 만큼 끔찍한 일이지. 네 엄마와 나는 네가 불안해하는 걸 알고, 또 이해해. 넌 이제 도움을 받아야 해."

사라는 눈물이 솟구쳤다. 불안? 아빠 말이 맞나? 그랬다, 빌어먹을. 너무나 무서웠다. 리시가 살해당했고, 살인범이 여전히 자유롭게 돌아다니고 있으니까! 사라는 어릴 때처럼 그냥 아빠 품에 안겨 위로받고 싶었다. 아빠는 무슨 문제든 해결책을 찾아냈다. 하지만 이번에는 그렇지 않았다. 이번에는 아빠도 도울 수 없어. 내가 도대체 뭐라고 말해야 할까? 아빠, 있잖아요. 리시를 교살한 사람이 누군지 알 것 같아요. 그런데 안타깝게도 증거가 없어요. 아니, 그렇게는 안 된다. 절대로!

이 학교를 떠나야 했다. 데이먼 때문에. 전학을 자주 다녔으니 어딘가에서 다시 한번 새로 시작한다고 해도 아무렇지도 않을 터였다.

"좋아요. 심리학자를 만날게요." 사라가 나지막하게 대답했다. "이제 우리 거래가 성사된 거죠?"

"그래, 우리 딸." 아빠가 대답했다. "거래가 성사됐다."

* * *

"내가 지겔이 자동차 사고로 죽었다는 걸 어떤 식으로든 언급했던가?" 주차장으로 가면서 피아가 타리크에게 물었다.

"아니요. 안 그러셨어요."

"그런데 저 사람이 왜 지겔이 자기 '아내와 같은 방식으로 죽어' 마땅하다고 말했지?"

"그러니까요. 참 이상하죠?" 타리크가 생각에 잠겨 이마를 찌푸렸다.

"그가 안도한다는 인상을 받았어." 피아가 말했다. "그 사람이 아랍어로 중얼거린 말, 혹시 알아들었어?"

"네. 예상치 못하게 기쁜 일이 생겼을 때 하는 관용구 같은 거예요." 타리크가 대답했다. "'알라여, 당신께 감사하며 무릎을 꿇습니다.' 복도에 걸린 젊은 여자 사진을 보셨어요?"

"죽은 아내인 것 같아."

"누군가 금빛 필기구로 사진에 아랍어 속담을 적어뒀어요." 타리크가 공무용 차량을 리모컨으로 열면서 문장 몇 개를 아랍어로 말했다.

"아." 피아는 조수석에 털썩 주저앉았다. "어딘지 모르게 아름답게 들리네."

"코란에 쓰여 있는 수라 중 하나인데, 번역은 대략 다음과 같아요. '고의적 살인의 경우에는 보복하는 것이 의무다. 자유인에게는 자유인, 노예에게는 노예, 여자에게는 여자.'"

"흐음. 구약성서와 비슷하군. 눈에는 눈, 이에는 이. 그가 보복하고픈 욕구를 지녔던 것도 이해할 만하네." 피아가 안전벨트를 매고 말을 이었다. "마울로프에 사는 그 젊은 한 쌍은 조사해봤어? 그 사람들이 부아지즈를 어디선가 알고 있을 가능성은?"

"사고로 위장한 청부 살인일 수도 있다는 거죠?" 타리크의 목소리에서 재미있다는 분위기가 살짝 묻어났다. 피아는 그의 예리함에 늘 놀라곤 했다.

"아니, 말도 안 되는 소리. 그건 분명히 아니야." 피아가 히죽 웃으며 대답했다. "하지만 수사 초기에는 아무리 정신 나간 것 같은 가설이라도 고민해볼 수 있어. 이미 경찰학교에서 배운 내용이야."

타리크가 시동을 켰다.

"전통에 신경 쓰지 않는다는 그의 주장은 거짓말일 거예요.

금요일 기도를 하러 모스크에 가잖아요. 그리고 문장이 반사적으로 입에서 나오는 걸 보면 잘 아는 사람 같고요. 게다가 수염도 그래요! 마호메트의 순나에 남자들은 턱수염을 기르고 콧수염은 짧게 자르라고 쓰여 있어요."

"위키피디아보다 타리크피디아로군!" 피아가 싱긋 웃었다. "어떻게 그 모든 걸 알아? 그리고 코란을 왜 그렇게 잘 알고 있지? 당신, 가톨릭이잖아. 아닌가?"

"칼데아 가톨릭이에요." 타리크가 대답했다. "하지만 코란에서 중요한 수라는 아는 게 일반상식이죠."

"일반상식이라, 알았어. 내가 언젠가 〈누가 백만장자가 될까〉 퀴즈쇼에 나가면 전화 찬스는 무조건 당신에게 쓸 거야."

* * *

안네 뷜레펠트는 오전 내내 약국에서, 그리고 나중에는 집에서 누군가 연락해오기를 기다렸지만 허사였다. 지시한 대로 아침에 자동차를 거꾸로 주차해뒀는데 아무도 오지 않았다. 그 여자가 약국 뒷문에 나타나서 기이한 제안을 한 이후로 안네는 다른 생각을 전혀 하지 못했다. 자기가 그 남자를 과연 정말 죽일 수 있을지는 모르겠지만, 리시가 왜 죽어야 했는지 묻고 싶었다. 그때 그 아이처럼 그냥 성폭행만 할 수 있지 않나? 성폭행은 물론 여자가 겪는 것 중에 아마 가장 끔찍한 경험일 테지만, 극복하고 계속 살아갈 수 있어. 그래, 난 리시가 왜 죽어야 했는지 알고 싶어.

안네는 다락층 손님방 침대에 말짱한 정신으로 누워 있었다. 열린 문틈으로 아래층에서 외르크가 코 고는 소리가 들려왔다. 예전에는 그가 밤에, 숲에서 톱질하듯 코를 골아도 아무렇지도 않았지만 지금처럼 불면증에 시달릴 때는 견디기 힘들었다.

엄마와 언니와 형부는 떠났고 이웃도 집에 돌아갔다. 안네는 그들에게 그다지 다정하지 못했고 어쩌면 기분 나쁘게 굴었을지도 모르지만 지금으로서는 생각하기 싫었다. 외르크의 동생도 다시 비행기를 탔다. 상하이나 베이징으로 가는 긴 여정이었다. 그는 한동안 오지 못할 것이다. 다행이었다. 왼쪽 이웃인 베르너처럼 요나스도 모든 일에 흥분하기 잘하는 사람이었다. 그 둘이 떠들어댄 외국인 혐오 발언은 구역질이 났다. 요나스의 아내 수지는 판에 박힌 허튼소리를 쉴 새 없이 늘어놓아서 안네는 더 이상 생각이라고는 거의 할 수 없었다. 이제 드디어 집이 조용해졌다. 그리고 안네는 깨어 있었다. 정확하게 일주일 전 이 시각, 외르크와 그녀가 즐거운 저녁 시간을 보내고 있을 때 딸이 살해당했다. 유치한 책의 등장인물들이 사랑하는 사람이 죽으면 심장에 통증을 느끼는 것과 달리, 안네는 아무것도 느끼지 못했다.

아까 외르크가 집에 오기 전에 친절한 형사가 와서, 법의학부가 장례를 치르라고 리시를 돌려보냈다고 알려줬다. 그가 '시신'이나 '유해'라는 단어를 사용하지 않아서 고마웠다. 그의 친근함 덕분에 안네는 누구에게도 하지 않던 말을 그에게 하게 됐다. 아무렇지도 않은 듯이 전나무를 사러 가면 사람들이 뒷말이 많을 테니 올해는 크리스마스트리 없이 지낼 거라고, 리시가 오래 고통을 겪었는지 아니면 금방 사망했는지 알지 못한다는 것만도 끔찍하다고, 사람들의 기대에 맞게 행동하는 일도 끔찍하다고, 언제 다시 장을 보러 갈 수 있을지, 언제쯤 친구들을 다시 만나도 사람들이 등 뒤에서 냉혹하거나 무관심하다고, 심지어 딸의 죽음과 뭔가 관련이 있을지도 모른다며 수군대지 않을지? 집에 갇힌 느낌이라고, 슬픔을 공개적으로 보이라는 압박을 받는다고, 직장에 다시 나가는 것만으로도 사람들이 안 좋게 생각한다고! 페이스북의 다양한 그룹에서 그런 내용을 읽었다고 말했다.

형사는 무척 이해심이 많았다. 그는 전문적인 트라우마 심리 치료사를 만나라고 조언했다.

"본인이 원하는 방식으로 애도하시면 됩니다." 그가 말했다. "다른 사람들을 배려할 필요가 없어요."

"하지만 사람들이 말도 안 되는 소리를 하는데요!" 안네가 바로 대꾸했다.

"저는 거의 모든 사람이 서로 아는 작은 동네의 역학을 잘 압니다." 형사가 말했다. "저도 작은 마을에서 자라서, 누군가 하는 모든 일이 남의 눈에 띄고 평가를 받는다는 게 어떤지 알아요. 대도시는 다르지요. 모든 것이 훨씬 익명성을 띠니까요."

"어쩌면 집을 팔고 이사 가는 게 나을지도 모르겠어요." 안네가 말했다.

"그것도 하나의 방법입니다. 사방에 추억이 숨어 있지 않은, 새로운 시작이지요."

대화는 마음에 들었지만 동시에 마음을 헤집어놓았다. 지금까지 억지로 생각하지 않고 미뤄두었던 리시의 장례식을 준비해야 하기 때문이었다. 안네는 자리에서 일어나 유리판을 끼운 박공 쪽으로 갔다. 아래 출입구 앞에 산더미처럼 쌓인 언 꽃과 봉제 인형들 사이에서 여전히 많은 촛불이 깜박이고 있었다. 보드라운 리시의 몸을 관에 넣어 차가운 땅에 묻는다고 생각하니 숨이 막혔다. 외르크는 그러기를 원했다. 가서 애도할 수 있는 장소와 묘비를 원했다. 안네는 리시가 자연 분해되는 수목장을 선호할 거라고, 숲 어딘가의 나무 아래에 묻히기 원할 거라고 확신했다.

"아, 리시." 안네가 속삭였다. "우리 아기, 어디 있어? 네가 있는 곳에서 내 목소리가 들려?"

리시가 죽었다는 소식을 듣고 나서 안네는 이제 처음으로 울 수 있었다.

* * *

남자는 잠에서 깼다. 뭔가 달라졌기 때문이다. 몇 초 지나지 않아 정적을 깨달았다. 음악 소리가 들리지 않아! 이게 무슨 뜻일까? 천장의 흐릿한 전구가 여전히 켜져 있는 걸 보니 정전은 아닌데.

"계세요?" 남자는 몸을 움직이지 않은 채 나지막하게 속삭였다. "계세요? 거기 누구 없어요?"

대답이 없었다. 그러다가 무거운 발소리가 가까워졌다. 여러 명이 무거운 부츠를 신고 걷는 소리였다. 남자의 심장이 방망이

질 치기 시작했다. 입이 바짝 말랐다. 자리에서 일어나 앉았다. 지난번에 부츠를 신은 남자들이 와서 금발 남자를 감방에서 끌고 나갔다. 저 사람들이 나에게 오나? 남자는 손바닥이 축축해지고 공포 때문에 용변이 마려웠다. 하지만 사람들이 벗은 자기 엉덩이를 보는 게 싫었다. 그들이 왔다. 검은 옷차림에 복면을 쓴 남자 네 명이었다. 섬뜩한 이 광경에 그의 등줄기에 소름이 끼쳤다.

"일어나!" 한 남자가 명령했다.

그는 떨면서 명령에 따랐다.

남자가 감방 문을 열었다. 다른 사람들은 뒤에서 기다렸다.

"나와!"

안 돼. 금발 남자는 돌아오지 않았어. 하지만 나가지 않으면 이들은 나에게도 금발 남자에게 한 것과 똑같이 하겠지. 그건 싫다. 끌려 나가는 건 굴욕적이야. 그는 감방을 나섰다.

"저…… 저를 어떻게 하시려고요?" 그가 물었다. "여긴 어디죠? 제가 왜 여기 있어요?"

"재킷 벗어!"

그는 복종했다.

"저를 어디로 데려가시는 겁니까?"

"곧 알게 된다." 복면 안쪽에서 울리는 목소리는 둔탁했다. 왜 자기를 이곳에, 비인도적인 환경에 가두는지 알려주지 않는 건 부당했다. 그걸 막 따지려는 순간 뒤에 있던 남자가 그의 팔목을 잡더니 등 뒤에서 묶었다. 다른 남자 한 명은 넓적한 테이프로 그의 입을 막고 머리에 자루를 씌웠다. 지금 이게 무슨 상황인지 그의 뇌가 미처 반응을 보이기도 전에 이 모든 일이 진행됐다.

누군가 등을 거칠게 차는 바람에 그는 움직이기 시작했다. 다리가 너무 심하게 떨려서 몇 번이나 비틀거렸고 한 번은 넘어질 뻔했다. 가파른 오르막길과 모퉁이를 여러 번 돌자 갑자기 차가운 냉기가 온몸에 느껴졌다. 누군가 화물차 적재함에 세게 그를 밀어 넣었고 옆문이 요란하게 닫히는 소리가 들리더니 차가 움직이기 시작했다. 나를 어디로 데려가는 거지? 그는 자기 몸에서 풍기는 묵은 땀내를 맡았다. 양치질을 할 방법이 없었으므로 뭔가 한 층 씌워진 듯 치아가 끈적거렸다. 머리카락도 당연히 기름으로 떡이 졌다. 사람들이 이런 상태로 나를 볼까 봐 창피하네. 나는 단정한 외모를 늘 중요하게 여겼는데!

이동은 얼마 걸리지 않았다. 아마 15분가량이었을 것이다. 울퉁불퉁한 길을 덜컹거리며 움직이던 차가 멈춰 섰다. 옆문이 열렸다. 바깥으로 끌려 나온 그를 사람들이 밀어서 걷게 했다. 입을 막은 테이프 때문에 숨을 거의 쉴 수 없었다. 그는 부비강과 코 점막의 용종 때문에 항상 문제가 생겨 학교 다닐 때 체육시간을 자주 면제받았다. 그런데 입을 막고 손을 등 뒤에서 묶은 채 이런 오르막길을 걷게 하다니, 얼마나 배려 없는 행동인가! 그는 몇 번이나 비틀거렸다. 화장실에 가고 싶었다. 숨이 막혔다. 평생 이런 취급을 받아본 적이 없는데!

갑자기 누군가 세게 걸어찼다. 그는 손을 짚을 수 없어서 거칠게 넘어졌다. 완전히 지쳐 눈물이 쏟아질 것 같은 심정으로 숨을 헐떡이며 쓰러져 있었다. 누군가 그의 신발과 양말을 벗기고 다시 일으켜 세웠다. 냉기 때문에 몇 초 만에 발에 통증이 느껴졌다. 두건도 벗겨졌다. 나무가 우거진 숲 한가운데였다. 검은 옷에 복면을 하고 머리 형태가 기괴한 여섯 명이 그를 에워싸고 있었다. 그들이 야간 투시경을 쓰고 있다는 사실을 남자가 깨닫기까지는 시간이 좀 걸렸다. 나뭇가지 사이로 산발적으로 비치는 흐릿한 달빛 아래서 보니 그들 모두 무장한 상태였다. 몇몇은 총을, 두 명은 활을 가지고 있었다.

잎사귀 없는 나무우듬지를 스치는 나지막한 바람 소리와 그의 거친 숨소리 말고는 아무것도 들리지 않았다. 덤불에서 이따금 부스럭거리는 소리가 들렸다. 멀리서 어떤 동물 한 마리가 비명을 질렀다.

남자 중 한 명이 입을 뗐다.

"네가 달아날 시간은 2분이다. 그 후에는 우리가 널 사냥할 거야. 너는 묶였고, 맨발이고, 숲은 어둡지. 그래도 그때 아드리아나보다는 네가 지금 살아남을 확률이 더 높다. 최소한 넌 달아날 수 있으니까."

'아드리아나!' 누군가 그의 배를 주먹으로 내리치는 느낌이었다. 그의 앞에 불쑥 검은 심연이 열리고, 엄청난 공포가 그의 내면에서 폭발했다. 이건 전혀 생각지도 못했는데! 그는 내내 누군가 돈 때문에 자기를 납치했다고, 또는 뭔가 착오가 있을 거라고 믿었다. 복역을 마쳤으니 그 일은 다 끝났고, 그래서 아드리아나는 생각지도 못했다.

"2분이다." 남자가 싸늘하게 말했다. "지금부터 시작. 네가 달리면 아마 일찍 끝날지도 모른다. 달리지 않고 겁쟁이처럼 여기 그냥 누워 있겠다면 느린 죽음이 될 테지. 오늘 밤에 너는 어차피 죽는다. 하지만 빠른 죽음과 느린 죽음 중에 선택할 수 있다."

그는 힘겹게 일어섰다. 너무 추웠다! 발이 아팠고 체력도 엉망이었다! 어디로 달려가야 할까? 여기가 어딘지도 모르는데! 그는 흐느끼며 비틀비틀 걷기 시작했다.

12월 14일 토요일

리시 뷜레펠트가 사망한 지 오늘로 일주일째인데, 살인범 수사는 한 걸음도 앞으로 나아가지 못했다. 보덴슈타인은 어제 사라 코르브마허에게 갔는데, 부모는 자기들이 함께 있는 조건으로 10분만 시간을 줬다. 아이는 창백하고 눈에 띄게 지쳐서 마치 유령처럼 보였고, 학교에서 했던 것과 똑같이 진술했다. 리시와 싸웠고 자기는 전철에 탔다, 그걸로 끝. 보덴슈타인은 사라가 훨씬 더 많은 것을 알고 있지만 털어놓을 용기가 없다고 확신했다. 정확하게 10분이 지나자 코르브마허 씨는 그에게 정중하지만 단호하게 집에서 나가라고 부탁했다. 사라가 많이 슬퍼하고 심리치료 중인 걸 직접 보시지 않았냐고, 그러니 친구의 죽음에 대해 말할 수 있게 될 때까지 좀 참아달라고 했다. 보덴슈타인이 받은 인상은 달랐다. 사라는 슬픔뿐 아니라 불안감도 느끼고 있었다. 뭔가 알기 때문이었다. 안타깝지만 부모 때문에 보덴슈타인은 아이를 검찰에 소환할 수밖에 없었다.

그는 바트 조덴에서 줄츠바흐 뷜레펠트 집으로 향했다. 그곳에는 안네 뷜레펠트뿐이었다. 안네는 장례 지내라고 법의학부에서 딸을 돌려보냈다는 소식을 눈에 띌 만한 동요 없이 받아들였고 기이할 만큼 차분했다. 보덴슈타인이 이미 자주 목격한, 신경안정제가 불러일으키는 멍한 상태가 아니라 뭔가를 기다리는 듯 세심하게 깨어 있는 차분함이었다. 그러나 안네 뷜레펠트는 여전히 손님을 접대할 상황은 아니었다. 보덴슈타인은 그녀가 수사 진척 상황 또는 파바드 마흐무디에 대해 물을 거라고 생각했지만 그렇지 않았다. 이상하게도 질문이라고는 전혀 없었다.

둘은 어두침침한 거실에 한참이나 말없이 앉아 있었다. 불빛은 부엌 레인지후드 조명뿐이었다. 이웃과 친구와 친척들은 모두 떠났고 안네 뷜레펠트 혼자 남았다. 봉제 인형도, 스마트폰도 들고 있지 않았다. 얼마 후에 안네가 마음을 좀 열고 꺼낸 이야기에 보덴슈타인은 깊은 감동을 받았다. 모두 아는 사이인 줄츠바흐처럼 작은 동네에서 살인 범죄 희생자의 유족들이 두 배로 고통을 받는 일은 흔했다. 그들은 사랑하는 사람을 잔혹한 방식으로 잃었을 뿐 아니라 공동체에서 은근히 배제됐다. 주변 사람들이 만나는 걸 피했기 때문이다.

보덴슈타인은 세면대를 걸레로 깔끔하게 닦고 전등을 끈 다음 욕실을 나왔다. 6시가 막 지난 시각인데 오늘은 학교 수업이 없으니 소피아는 아직 자고 있었다. 오늘 딸이 위험한 세상으로 나가지 않고 농장이라는 안전한 소우주에 머물러 있을 거라고 생각하니 마음이 놓였다. 밤새 기온이 올라서 눈이 대부분 녹았다. 크벤틴이 말들에게 먹이를 주는지 정사각형 안뜰의 맞은편 마구간에서 벌써 불빛이 새어나왔다. 보덴슈타인은 말과 건초 냄새를 사랑했고, 말이 먹이를 먹느라 턱을 돌리며 내는 소리에 마음이 안정됐다. 이른 아침에 마구간에 있는 게 제일 좋았다. 동생은 승마장 옆 마구간 마지막 칸에 있었다. 아직 잘 거라고 생각했던 딸이 놀랍게도 거기 함께 있었다.

"안녕, 거기 두 사람." 그가 인사를 건넸다. "너 언제 일어났어? 아무 소리도 못 들었는데."

"아주 편하게 코를 골며 주무시던데요." 소피아가 말했다. 숙련된 동작으로 쇠스랑을 건초더미에 꽂아 건초를 한 무더기 능숙하게 떼어내고는 다음 칸을 열고 말에게 아침먹이를 밀어 넣었다. 승마바지와 지저분한 작업화, 모자 달린 플리스 스웨터 차림이었다. 스웨터에 건초가 붙어 있었다. 숱이 많은 짙은 머리카락을 하나로 단단하게 묶어 목덜미에 딱 붙였다. 로렌츠와 로잘리는 마구간에서 일하려고 5시 반에 일어나는 건 꿈에도 생각하지 않았을 것이다. 둘은 말에 관심이 없었고, 농업이나 농장과 숲에서의 일에는 더 말할 필요도 없었다. 이 점에서 소피아는 언니 오빠와 전혀 달랐다.

보덴슈타인은 소피아가 조금 멀어질 때를 기다렸다가 동생에게 말했다.

"부탁할 게 있어. 멋진 전나무 한 그루를 살해당한 아이 부모에게 가져다줄 수 있을까? 생각해봐. 그 사람들은 크리스마스트리를 사러 어디 가지도 못한대. 남들이 오해할까 봐 걱정스러워서."

"끔찍하군." 크벤틴이 대답했다. "물론 가져다줄 수 있지. 오늘 오후에 바로 갈게. 소피아랑 나는 어차피 숲에 가서 나무 몇 그루를 베어야 해. 주소만 보내줘. 응?"

"그래, 부탁 들어줘서 고맙다."

소피아는 당연히 보덴슈타인이 생각한 것보다 더 많은 것을 눈치채고 물었다.

"그 망명 신청자가 라리사를 죽였다는 말이 맞아요?"

"우리 딸, 너도 알잖아. 난 일에 관해서 알려줄 수 없어." 보덴슈타인이 대답했다.

"아이고." 딸이 눈을 흘겼다. "내 친구들이 계속 묻는다고요. 내가 아빠 딸이라서 뭔가 알고 있다는 듯이!"

"내가 너에게 아무 말도 할 수 없다고 알려줘. 의사처럼 말이야. 의사도 자기 환자들에 관해서 말할 수 없으니까." 그가 딸을 안고 이마에 입을 맞췄다.

"됐어요, 아빠." 소피아는 짜증 섞인 표정으로 그의 포옹을 풀었다. "난 살아 있고, 누군가에게 살해당할 생각이 없어요. 오케이?"

딸이 그의 속마음을 꿰뚫어봤다.

"그렇다면 안심이야." 보덴슈타인이 미소를 지었다. "두 사람, 오늘 하루 즐겁게 보내."

소피아 또래의 딸을 둔 아버지라면 지금 자기 앞에 있는 아이가 쌀쌀맞은 십대인지 포옹을 바라는 어린아이인지 혼란스러울 것이다. 그는 마구간에서 나와 안뜰을 건너 차고로 갔다. 그러면서 누군가 딸을 살해하면 자신은 어떻게 행동할지 생각하지 않으려고 애썼다.

카트린 파힝거가 강력11반 왓츠앱 채팅방에 병가를 알렸다. '위장감염과 오한. 죄송해요! 내일은 다시 건강해질 거예요!'

하필이면 이럴 때!

파바드 마흐무디는 여전히 실종 상태였다. 이제 강력11반 중에 누구도 그가 다시 자기 집에 돌아오리라고 믿지 않았다. 아마 이미 오래전에 외국으로 도망쳤을 것이다. 특별수사본부에는 이제 전화기가 거의 울리지 않았다. 리시 뷜레펠트 살인사건은 신문 뒷면 가장자리로 밀려났다.

타리크와 셈은 짧은 아침 회의가 끝나고 발리드 부아지즈를 다시 찾아가느라 비스바덴으로 향했다. 피아와 타리크가 어제 그의 수상한 행동에 의심을 품었기 때문이다. 피아는 버섯 농장 방문 보고를 보안관리 시스템의 사건 파일에 입력하고, 카이도 특별수사본부에서 일하기 더 좋은 원래 책상으로 돌아왔다.

보덴슈타인은 자기 사무실 창가로 가서 생각에 잠긴 채 주차장을 내다봤다. 가장 친한 친구를 범죄로 잃고 심리적으로 불안정한 16세 아이에게 부담을 주기 싫었지만, 사라 코르브마허는 리시 뷜레펠트 살인사건을 해결하는 열쇠일 수도 있었다. 그 아이와만 이야기해야 하는데 그러기 쉽지 않았다. 그의 휴대폰이 진동했다. 셈이었다. 발리드 부아지즈가 사라졌다고 했다. 이웃의 말에 따르면 부아지즈는 아침 일찍 짐을 잔뜩 들고 집에서 나와, 이웃에게 인사도 없이 택시를 잡았다고 한다. 이웃이 우연히 그의 집 열쇠를 하나 가지고 있어서 셈과 타리크에게 문을 열어줬다. 모든 것이 아주 깔끔하게 정리되어 있었다. 텅 빈 냉장고는 코드가 빠져 있고 옷장도 비었다. 코란 글귀가 적혀 있던 그의 아내 사진과 개인물품도 모두 사라졌다.

"그는 다시 안 옵니다." 셈이 말했다. "지금 당장 수배하고 공항 연방경찰에게 알려야 해요. 타리크와 저는 그가 도주했다고 생각합니다."

"둘 다 내가 바로 처리하지." 보덴슈타인이 대답했다. "타리크더러 그가 비행기나 기차표를 예약했는지 확인하라고 해. 그가 탔다는 택시를 찾아낼 수도 있겠지."

그리고 카이와 피아가 함께 쓰는 옆 사무실로 가서 말했다.

"검찰청에 전화해. 사라 코르브마허 소환장이 필요하니까. 그리고 당장 발리드 부아지즈를 수배하고."

"네, 반장님." 카이가 고개를 끄덕였다. "수배부터 먼저 하겠습니다."

"피아는 어디 있지?"

"어떤 여성을 데리러 아래 보안 게이트로 갔어요. 강력11반 팀원과 이야기하고 싶다는 여성입니다." 카이가 손에 수화기를 쥐고 대답했다. 그 순간 피아가 돌아왔다. 그 뒤를 벡스와 60대 중반보다는 후반에 더 가까운 재색 머리카락의 통통한 여성이 따라왔다.

"반장님, 이분은 크리스티네 켈멘디입니다." 피아가 보덴슈타인에게 함께 들어온 여자를 소개했다. "점성술사이자 영매랍니다. 어젯밤에 뭔가 '봤는데', 신경이 쓰인다고 하네요."

"아하." 보덴슈타인은 여자를 자세히 봤다. 잘난 척하는 사람으로는 보이지 않았고 사람들이 일반적으로 생각하는 점성술사의 전형적인 모습과도 전혀 어울리지 않았다. 펜던트가 달린 긴 목걸이도 없고, 머리카락이 붉은 사자 갈기 같지도 않고, 물결처럼 구불거리는 튜닉을 입지도 않았다. 오히려 반대였다. 켈멘디는 아주 소박한 차림새였다. 늘어진 청바지에 앵클부츠, 헐렁한 담녹색 양모 스웨터와 더플코트는 오래 입어 낡은 모습이었다. 버베나와 마늘, 작은 여송연 냄새를 풍겼고, 재색 머리카락을 하나로 땋아 어깨로 늘어뜨렸다.

"그러면 회의실로 가는 게 좋겠군요." 보덴슈타인이 따라오라는 손짓을 했다. "커피 드시겠어요? 아니면 물?"

"아니, 괜찮습니다." 켈멘디가 조심스럽게 대답했다. "아무것도 필요하지 않아요."

원탁에 모두 자리를 잡았다.

"저는 점성술사이자 영매입니다." 그녀가 이야기를 시작했다. "사기라고 생각하는 사람도 많지만 생각보다 잘 맞는답니다. 지금까지 몇 번 실종된 사람들을 찾는 데 도움을 줬고, 그래서 경찰 수사를 도운 적도 있지요."

"아하." 보덴슈타인은 또 한 번 이렇게 대꾸하고 피아를 흘깃 건너다봤다. 피아는 여자의 말에 대해 무슨 생각을 하는지 티 내지 않았다. 수사에 전혀 진척이 없으면 가끔 기상천외한 방법을 사용하기도 한다. 그러니 영매라고 안 될 건 없지. 하지만 보덴슈타인과 피아는 크리스티네 켈멘디가 파바드 마흐무디 때문이 아니라, 며칠 전에 다 큰 아들이 실종됐다며 찾아온 어떤 여성 때문에 지금 경찰서를 방문한 것이라는 말에 깜짝 놀랐다.

아침에 전철을 타고 일하러 가려고 집을 나선 아들이 직장에 도착하지 않았고, 그때 이후로 흔적도 없이 사라졌다고 했다. 걱정이 된 엄마는 아들의 스웨터와 시계를 가지고 왔는데, 크리스티네 켈멘디는 거의 바로 이 젊은 남자와 연결되는 걸 느꼈다. 이 정도로 강렬하게 바로 연결되는 일은 드물었다. 강렬한 연결이 이루어지는 몇 번의 만남을 거치면서 켈멘디는 여자의 아들이 오래전에 한 일 때문에 자기 의지에 반하여 지하 장소에 갇혀 있는 것을 '봤다'고 했다. 그를 몇 번이나 봤으며, 그가 큰 위험에 처해 있음을 느꼈다.

"그런데 지난밤에 그가 죽었어요." 크리스티네 켈멘디가 말했다. "그의 영혼이 나를 불렀기 때문에 나는 잠에서 깼지요."

보덴슈타인은 하마터면 세 번째로 '아하'라고 할 뻔했으나 겨우 참았다. 그는 이 사람이 하는 말을 정신 나간 소리라고 간주했다. 카이와 피아는 생각이 다른지 여자의 말에 주의 깊게 귀를 기울였다.

"제 의뢰인은 자기소개를 하지 않았어요." 점성술사가 다시 말을 이었다. "자기 아들에 대해서도 말하지 않았지요. 우리 일에서 그런 건 필요하지 않답니다. 영혼들이 서로 만나는 이유는 이름을 알기 때문이 아니에요." 그녀는 잠시 쉬었다가 다시 말을 이었다. "저는 경찰서에 오기로 마음먹었어요. 제 의뢰인의 아들이 몇 년 전에 어린 여자아이를 납치해서 죽인 사람인 것 같아서요. 그는 얼마 전에 석방됐어요."

"다니엘 라들로프 말인가요?" 카이가 물었다.

"아드리아나 샤르펜베르크 살인범?" 피아도 끼어들었다. "어쩌다 그런 생각을 하시게 됐어요?"

"과학적인 설명은 할 수 없어요."크리스티네 켈멘디가 대답했다. "다른 영혼과 연결되면 머릿속에 어떤 장면들이 보여요. 저는 그 아들과 특정한 방식으로 소통할 수 있었답니다. 저는 누군가가 자신의 영혼 속에 감춰둔 뭔가를 가끔 보기도 해요."

"정확하게 뭘 보셨지요?"카이가 호기심을 보였다. 켈멘디 부인은 그의 관심이 진짜라는 걸 눈치챘는지 심호흡을 하고 목소리를 낮추어 대답했다.

"냉동고를 몇 번이나 봤어요."

이쯤 되자 보덴슈타인은 이 여자가 사기꾼이라고 판단했다. 다니엘 라들로프가 피해자의 시신을 냉동고에 보관했다는 사실은 널리 알려졌고, 이 끔찍한 범죄에 기반을 둔 영화에서도 다루어졌다.

"저는 그 남자가 자발적으로 그곳에 가지 않았다는 걸 알아요. 그리고 두려워한다는 것도."

"그가 정확하게 어디에 갇혀 있었습니까?"보덴슈타인이 정중하게 물었다. "그 장소를 묘사하실 수 있나요?"

크리스티네 켈멘디는 그를 흘낏 바라봤다. 지저분한 안경 뒤편의 눈에 자기 말을 믿지 못하는 사람을 경멸하는 기미가 담겨 있었다.

"혹시 지도상의 위치를 말씀하시는 거라면 제가 그 지점을 말할 수는 없습니다."켈멘디가 대답했다. "하지만 어둡고 습기 찬 곳이었어요. 그리고 그는 건강 상태가 좋지 않았습니다. 음식을 소화하지 못했으니까요! 매일 감자샐러드와 소시지를 먹었으니!"

"감자샐러드와 소시지라고요?" 보덴슈타인이 믿지 못하겠다는 표정으로 캐물었다. "그렇게 진부한 내용이 '보인다'고요?"

"네. 우습게 들릴지 모르지만 그렇습니다." 크리스티네 켈멘디는 핸드백을 뒤져 명함을 꺼내 탁자에 내려놓았다. "가야겠군요. 여기는 불신이 너무 심해요. 이 건물, 특히 이 공간의 아우라는 아주 부정적이에요. 이러면 나에게 좋지 않습니다."

켈멘디가 일어나더니 인사도 없이 회의실을 나갔다. 방문객이 이 건물 안에서 혼자 이동하면 안 되기 때문에 피아가 그 뒤를 쫓아갔다.

"말도 안 되는 소리." 보덴슈타인이 고개를 저으며 말했다. "저 여자는 자기가 하는 허튼소리를 정말 믿는군."

* * *

"부검 결과, 르네 지겔이 죽기 전에 마지막으로 먹은 음식도 감자샐러드와 소시지였어요." 다시 돌아온 피아가 말했다.

"갑자기 왜 르네 지겔?" 보덴슈타인이 당황해서 물었다. "저 여자가 조금 전에 말한 사람은 다니엘 라들로프야. 아닌가?"

"두 남자가 죽기 전에 감자샐러드와 소시지를 먹은 건 기이한 우연이라고 생각해요." 피아가 고집스럽게 말했다.

"피아, 그건 말도 안 되는 난센스야." 보덴슈타인이 말했다. "설마 그 점쟁이가 한 말을 믿는 건 아닐 테지?"

"점성술사이자 영매예요." 카이가 노트북 뒤편에서 말했다.

"그 사람 웹사이트에 기사 몇 개가 링크되어 있군요. 오스트리아에서 30년 전에 일어난 실종사건을 해결하는 데 큰 도움이 됐다고 합니다. 실종자의 유골이 어디에 있는지 그녀가 봤기 때문에요."

"카이, 그만해." 보덴슈타인이 말했다. "라들로프는 건강하게 멀쩡히 살아 있을지도 모른다고. 하지만 어쨌든 조사는 해봐야지. 석방된 후에 그가 거주지를 어디로 등록했는지 확인해."

"반장님, 이미 했습니다." 카이가 대답했다. "주민등록사무소에 따르면 켈크하임 브룬힐덴 길 167-b예요."

"그건 부모 집 주소로군." 보덴슈타인이 기억을 떠올렸다. "순찰차를 보내서 라들로프가 거기 있는지 확인해봐."

벡스가 귀를 쫑긋하고 얼마 지나지 않아 셈과 타리크가 들어왔다.

"부아지즈를 데려왔습니다." 타리크가 보고했다. "연방경찰 동료들이 그를 공항 게이트에서 잡았어요. 12시 30분 튀니스행 비행기에 체크인했는데, 비행기가 연착했답니다. 그가 운이 나빴죠."

"저항했나?" 보덴슈타인이 물었다.

"아니요, 오히려 반대였죠." 셈이 고개를 저었다. "울면서 아랍어로 내내 뭔가를 중얼거리더군요."

"뭐라고 말했어?" 피아가 타리크에게 물었다.

"기도를 하더군요." 그가 어깨를 으쓱하며 대답했다. "알라에게 용서해달라고 빌었어요."

"그럼 알라가 구체적으로 뭘 용서해야 할지 당장 물어봐야겠군." 보덴슈타인이 싸늘하게 말했다. "셈, 자네와 타리크가 취조해. 카이와 피아와 나는 옆쪽 참관실에 있을 테니."

"달리 하실 일이 없는 걸 보면 여기에 새로운 소식은 없군요." 셈이 말했다.

"응." 보덴슈타인이 체념한 듯 고개를 끄덕였다. "안타깝게도 없어."

"흠, 그렇다고 말하고 싶지는 않아요." 카이가 반박했다. "방금 다니엘 라들로프와 접촉했다는 영매의 방문을 받았잖아요."

"아드리아나 샤르펜베르크의 살인범?" 셈이 물었다.

"맞아. 어떤 여성이 그가 죽은 걸 봤대."

"그의 영혼이 오늘 새벽에 그 여성을 불렀다는군." 보덴슈타인이 보충 설명했다. "허튼소리야. 이제 부아지즈를 취조하자고."

* * *

13시였다. 10분 전부터 손님이 없었다. 안네가 계산대 아래 서랍에서 열쇠를 꺼내 출입문을 막 잠그려는데 어떤 남자가 들어왔다. 단골손님은 아니었다.

"얼른 살 수 있을까요?" 남자가 정중하게 물었다. "제가 좀 늦게 왔지요."

"괜찮습니다." 안네가 싹싹하게 미소 지으며 대답했다. "아직 문을 닫지 않았어요."

안네는 판매대 뒤로 다시 들어갔다. 그리고 남자가 내민 종이를 처방전이라고 생각했다. 하지만 쪽지에 쓰여 있는 글을 보는 순간 심장이 잠시 멎었다.

'당신은 신호를 주셨습니다. 대화하고 싶습니다.'

"잠깐만 기다리세요." 안네가 말했다. "약이 있는지 아니면 주문해야 하는지 확인해야 해요."

"그 손님을 받으실래요?" 원래 문을 잠그고 계산대를 정리할 순서인 동료가 물었다. 다른 동료는 뒤편 복도에서 이미 외투를 입는 중이었다. 안네는 아까 둘이 선물을 사려고 가족과 만나야 해서 바쁘다는 말을 얼핏 들었다. 안네에게 직접 한 말은 아니었다. 아마 들으면 안네가 슬플 거라고 생각해서였을 것이다.

"네, 그럼요." 안네가 대답했다. 남자는 판매대 앞에서 기다렸고, 안네는 컴퓨터로 약을 찾는 척했다. 무릎이 후들거리고 손이 떨렸지만 그런 티를 내서는 안 되었다.

"마음 써줘서 고마워요." 동료가 말했다.

"아, 두 분은 얼른 가세요." 안네가 미소를 지었다. "주말 잘 보내고요!"

"안네도 잘 보내세요!" 둘이 크게 소리치고 사라졌다. 마치 안네도 언젠가는 다시 주말을 잘 보내게 될 거라는 듯이.

안네는 출입문을 잠그고 판매 공간의 조명을 어둡게 한 다음, 남자에게 약국 뒤편으로 따라오라는 신호를 보냈다. 그러고 뒷문도 잠근 후에 둘은 실험실로 갔다. 안네는 블라인드를 내리고 불을 켰다. 그러고서야 남자를 제대로 바라봤다. 50대 중반쯤이었다. 슬픈 눈동자가 가장 먼저 보였다. 그다음은 가냘프고 거의 수도승처럼 보이는 얼굴이, 은빛이 섞인 숱 많은 머리카락이

눈에 들어왔다. 잘생긴 남자였다. 그는 탁자에 서류가방을 내려
놓고 열더니 두툼한 책을 꺼내서 안네에게 건넸다. 안네는 무슨
영문인지 몰라 그를 쳐다봤다.

"책처럼 생긴 금고입니다." 남자가 말했다. "열어보세요."

안네는 그 말에 따랐다. 책 안쪽에는 흐릿하게 반짝이는 플라
스틱 권총이 모양 그대로 압인된 스티로폼에 놓여 있었다. 길쭉
한 상자 모양의 물건과 탄창도 있었다.

"글록 19입니다." 남자가 말했다. "거기에 FD917 소음기. 조
립하기 무척 쉬워요. 탄창에 총알이 열일곱 발 들어 있습니다."

안네 뵐레펠트가 무기를 살펴봤다.

"권총을 잡아본 적이 있나요?"

"네. 하지만 이미 오래전이에요. 할아버지가 사격 클럽 소속
이었어요."

그녀가 고개를 들었다. 둘의 시선이 마주쳤다.

"제가 다시 가져가도 됩니다. 그러면 이 만남은 없었던 일이
되지요." 남자가 제안했다.

안네는 권총을 바라보며 생각에 잠겼다.

"아니요. 그냥 여기 두세요."

"하려는 게 확실합니까? 사람을 죽이는 것 말입니다." 남자가
나지막하게 물었다. 그에게서는 사제와 비슷한 분위기가 풍겼
다. 안네는 스스로도 놀랄 만큼 그에게 마음을 열기가 쉬웠다.

"심각하게 고민했어요." 안네가 대답했다. "확실합니다. 그 남
자는 내가 이 세상에서 가장 사랑하는 것을 빼앗아갔어요. 아마
당신은 이해하지 못하겠지만요."

"합니다." 남자가 슬픈 표정으로 대답했다. "불행하게도 아주 잘 이해할 수 있어요. 어떤 사람이 제 가족을 죽였습니다. 그저 기분이 나쁘고 마약을 살 돈이 없었다는 이유로요. 제 아들은 당시에 겨우 열한 살이었어요. 그 이후로 나는 지옥에 살고 있습니다."

"그 남자를 당신이 죽였나요?" 안네가 물었다.

"네. 그랬습니다. 그 후로 좀 나아졌어요. 다시 숨을 쉴 수 있었답니다." 남자가 대답했다. "그는 기껏해야 10년 형을 받았을 겁니다. 그 이상은 아니에요. 두 명을 죽이고 10년이라니. 저는 그 생각을 견딜 수 없었습니다."

"이해해요." 안네가 나지막하게 말했다. "저도 정의를 원해요. 다른 식으로는 이제 더 이상 못 살아요."

남자는 생각에 잠겨 안네를 바라봤다.

"총 다루는 방법을 알려주시겠어요?" 안네가 부탁했다.

남자가 고개를 끄덕이고 장갑을 끼면서 안네에게도 끼라고 했다. 안네는 니트릴 장갑을 꼈다.

"글록은 무척 다루기 쉽습니다." 그가 스티로폼에서 권총을 꺼내 분해했다. "조작 요소는 네 가지뿐입니다. 자동 안전장치가 내장된 방아쇠, 탄창을 푸는 버튼, 슬라이드 캐치 그리고 분해 레버가 있는데 이건 중요하지 않아요. 탄창에는 네모와 둥근 면이 있습니다. 장전하려면 탄창의 둥근 면을 앞으로 손잡이에 넣고 살짝 밀어 고정합니다. 그런 다음 왼손 엄지로 슬라이드 캐치를 아래로 누르면 첫 번째 총알이 약실로 들어갑니다. 그러면 발사할 준비가 된 거예요."

안네는 눈여겨봤다. 첫 번째 시도에서 올바르게 조립하는 데 성공했다. 이제 손도 떨리지 않았다.

"머리와 심장을 쏘는 게 제일 좋습니다." 남자가 사업 거래라도 하는 듯한 어조로 말했다. "그는 상당히 좁은 감방에 갇혀 있어서 도망칠 수 없어요. 모자와 장갑을 착용하십시오. 흔적을 남기지 않게 마스크도 하면 좋아요. 그 후에 권총과 소음기는 분해해서 버리세요. 강물에 버리는 편이 제일 좋습니다. 장갑도 잘 폐기해야 합니다. 발사 후에 잔여물이 묻으니까요."

그가 안네에게 휴대폰을 건네며 설명했다.

"이 휴대폰에는 단 하나의 번호만 저장되어 있습니다. 결정을 바꾸신다면 문자 메시지를 보내주세요. 일을 끝낸 후에도 보내시고요. 그리고 휴대폰은 쓰레기통에 버리거나 태우세요. 유전자 흔적이나 지문 때문에 태우는 게 제일 안전하지요."

마지막으로 남자는 접힌 쪽지를 건넸다.

"주소, 그리고 그 건물에 언제 어떻게 들어갈지, 그를 어디서 찾을지 알려주는 내용입니다."

"시신은 어떻게 되죠?" 안네도 사무적이고 차분하게 물었다.

"우리가 처리합니다. 질문이 더 있나요?"

"아니요."

"너무 오래 생각하지 마세요."

"알겠습니다. 사례는 어떻게 하지요?"

"필요 없습니다." 남자가 서류가방을 집어 들었다. "우리에게 중요한 건 돈이 아니니까요."

안네는 권총과 탄창과 소음기를 스티로폼의 파인 형태에 맞게 다시 넣고 말했다.

"고맙습니다."

"별말씀을요." 그가 대답했다. "그럼 안녕히. 잘 지내시길."

둘은 한동안 서로 마주봤다. 그런 후에 안네는 그를 뒷문으로 내보내고 문을 다시 잠갔다.

그러고 그가 건물 모퉁이를 돌아갈 때까지 유리창 창살 사이로 그의 뒷모습을 바라봤다. 이제 무기가 손에 있다. 무기와 함께 리시가 당한 일을 보복할 수 있는 힘도 손아귀에 들어왔다.

* * *

"저 사람, 수염을 깎았네!" 발리드 부아지즈를 본 피아가 놀라며 보덴슈타인과 카이에게로 몸을 돌렸다. "어제 점심때 우리가 찾아갔을 때만 해도 완전 털보였는데!"

"어쩌면 보안 검색대와 비행기 안에서 문제가 생길까 봐 걱정했는지도 모르지." 카이가 대답했다.

보덴슈타인과 카이와 피아는 거울로 위장된 유리 뒤편의 참관실에 앉아 있었다. 여기서는 옆방 취조실을 지켜보며 대화도 들을 수 있었다. 타리크와 셈이 발리드 부아지즈와 앉아 있는 방은 잠깐 살인 혐의를 받았던 작가 제베린 벨텐이 작년에 여기서 새 소설 집필을 끝낸 다음부터 경찰서 내부에서 '두루미 방'이라고 불렸다.

"오늘 왜 갑자기 튀니지로 가려 했습니까?" 유리 너머에서 타리크가 참석자들에게 일상적인 도입부를 나열하고 르네 지겔 시신 파일 번호를 녹음기에 부른 다음 발리드 부아지즈에게 바로 물었다.

"어머니가 중병에 걸렸습니다." 그가 주장했다. 긴장하고 두려워하는 눈치였다. "어머니가 금방이라도 돌아가실지 모른다고 아버지와 여동생들이 걱정합니다. 저는 외아들이고, 어머니는 저를 한번 보길 원하십니다."

"어머니가 중병이라는 걸 언제 아셨지요?" 타리크가 물었다. "제 동료와 제가 어제 당신 집을 방문했을 때는 아직 몰랐잖아요. 아닌가요?"

"몰랐죠. 어제저녁에 아버지가 전화하셨어요. 당장 튀니스행 다음 비행기를 예매하라고요."

"언제까지 가족과 함께 계실 예정이었습니까?" 셈이 물었다.

"몇 주 정도요. 어머니가 좀 나아질 때까지."

"술술 거짓말을 하네." 피아가 말했다. "도대체 왜?"

"일은?" 셈이 다시 물었다. "몇 주나 쉬어도 됩니까? 아니면 휴가를 냈나요?"

부아지즈는 대답하지 못했다. 이 질문은 예상치 못한 듯했다.

"저…… 저는 어디서나 일할 수 있습니다." 그가 망설이다가 대답했다. "저는 프로그래머예요. 홈 오피스에서 자주 일합니다."

"돌아오는 비행기 표는 예매하지 않았더군요." 셈이 계속 캐물었다. "왜 안 했죠?"

"그게…… 거기 얼마나 머물지 모르니까요."

"부아지즈 씨." 타리크가 고개를 비스듬하게 기울이며 말했다. "우리가 지금 당신 여동생에게 전화하면 뭘 알아내게 될까요? 어머니가 정말 아픕니까? 아니면 이렇게 급히 여길 떠나려는 다른 이유가 있습니까?"

깡마른 그 남자는 능숙한 거짓말쟁이가 아니었다. 처음에는 얼굴이 빨개지더니 다시 창백해졌고, 말 그대로 거의 쓰러지려고 했다.

타리크와 셈이 그를 조여가기 시작했다. 부아지즈는 오래 버티지 못했다. 몇 분 지나지 않아 눈물을 쏟으며 고개를 숙이고 아랍어로 뭔가 중얼거렸다.

"독일어로 하십시오." 셈이 요구했다.

"작년 이맘때쯤 어떤 여성이 저를 찾아왔습니다." 그가 더듬더듬 설명하기 시작했다. "어느 날 저녁에 저희 집 현관문 앞에 서 있었어요. 그리고…… 제 아내와 태어나지 않은 아이를 죽인 살인범을 죽일 기회를 주겠다고 했습니다. 그가 받은 2년 자유형은 자기 생각에 너무 약하다면서요. 저…… 저는 싫다고 대답했습니다. 저는 자유를 사랑하는 사람이고, 폭력을 믿지 않아요. 그런데…… 제 동생 파트마에게 그 이야기를 전했습니다. 동생은 제 아내가 죽은 그 사고에서 다리 한쪽을 잃었어요. 제 가족, 그리고 사망한 아내의 가족은 저를 많이 압박하며 그 제안을 받아들이라고 강요했습니다. 하지만 그 후로는 그 여성에게서 연락을 받지 못했어요. 지난 토요일 이전까지는 말입니다."

등을 뒤로 기대고 발을 다른 의자 앉는 부분에 올려놓고 있던 보덴슈타인이 몸을 벌떡 일으켜 바닥을 발로 디뎠다. 카이는 노트북을 탁 소리 나게 덮었고, 피아도 긴장해서 몸을 앞으로 숙였다.

"그날 발신 번호 표시 제한으로 전화가 왔어요." 부아지즈가 말을 이었다. "어떤 여성이 그 제안을 다시 하더군요. 그 생각은 전혀 하지도 않고 있었습니다. 그 사람은 이제 준비가 됐다고 했어요. 아내를 죽인 살인자를 가둬뒀다고 했습니다. 자기 제안을 받아들일 마음이 있다면 다음 날 부엌 창문 블라인드를 내려 두라고 하더군요. 그러면 저와 연락해서 다음에 할 일을 알려주 겠다고요."

"이런, 제길." 피아가 중얼거렸다.

"미쳤다." 카이가 말했다.

보덴슈타인은 침묵했다.

"동생에게 어떻게 하면 좋겠냐고 조언을 구했습니다." 발리 드 부아지즈가 진술을 이어갔다. "부모님도요. 다들 그 제안을 받아들이라고, 그 후에 튀니스로 오라고 했습니다. 그래서 다음 날 부엌 블라인드를 올리지 않았어요. 몇 시간 후에 전화로 지 시를 받았습니다. 12월 12일 목요일 16시 20분에 비스바덴에 서 림부르크행 완행열차를 타고 니더브레헨 역에서 내리라고 했습니다. 역에 은색 미니버스가 기다리고 있을 거라고요. 자루 를 제 머리에 씌울 텐데, 행선지를 파악하지 못하도록 제 안전 을 위해서 그렇게 한다고 했습니다. 들은 대로 일이 진행됐습니 다. 미니버스로 이동한 시간은 30분 정도였어요. 숲에 도착했습 니다. 벌써 어두워진 후였어요. 저를 데려간 남자는 복면을 썼 습니다. 그리고 저에게 야간 투시경을 건네주고 사용법을 설명 했습니다. 그런 다음 침묵하며 기다렸지요. 검은 옷을 입은 남자 세 명이 왔습니다. 다들 복면과 야간 투시경을 착용했더군요. 제 아내의 살인범도 있었습니다. 그는 양손이 묶였고, 추운 날씨에도 맨발에 티셔츠와 청바지 차림이었습니다."

그가 물을 한 모금 마셨다. 타리크와 셈은 아무 말도 하지 않았다. 보덴슈타인과 카이, 피아와 마찬가지로 두 사람도 잠시 할 말을 잊었다.

"당신 아내의 살인범." 타리크가 입을 뗐다. "그의 이름을 말씀해주실 수 있습니까?"

"르네 지겔." 부아지즈가 약간 놀란 듯한 표정으로 말했다. "그 사람 이름을 경찰이 아시는 줄 알았는데요."

"고맙습니다. 그래서 어떻게 됐지요?"

발리드 부아지즈는 잠시 생각하다가 말을 이었다.

"그중 한 명이 개를 두 마리 데리고 왔습니다. 대형견이었어요. 다른 한 명은 저에게 무기를 여러 가지 보여주면서 하나를 선택하라고 했습니다. 권총이나 펌프식 연발총, 엽총은 싫었습니다. 저는 평생 총을 만져본 적이 없어요. 그래서…… 야구방망이를 골랐습니다. 남자들이 살인범을 둥글게 에워쌌습니다. 그는 양손이 등 뒤로 묶인 채 바닥에 무릎을 꿇고 앉아 있었어요. 저는 두려웠습니다. 그에게 아무 짓도 하기 싫었어요. 하지만 그가 뭔가 말하더군요. 그 여자들 잘못이라고요. 계속 걸어가지 않고 도로 한복판에 서 있었다고 했습니다. 거짓말입니다! 하지만 그는 몇 번이나 그렇게 말했고, 저는 화가 났습니다! 아내와 동생은 잘못이 없어요! 둘은 희생자라고요! 저는 그가 거짓말을 하지 못하게 때렸습니다. 그가 조용해질 때까지 때렸어요."

그다지 크지 않고 마른 이 남자, 깡패와는 거리가 먼 이 사람이 야구방망이로 다른 사람을 마구 때리는 모습은 상상하기 어려웠다.

부아지즈는 물을 한 모금 더 마셨다.

"저는 그 사람이 죽었다고 생각했습니다. 하지만 아니었어요. 갑자기 벌떡 일어나더니 달아났습니다. 그러는 게 남자들의 마음에 든 모양이었어요. 모두 무기를 하나씩 들더군요. 그를 쫓아가려고 했지요. 무기가 있는 데다가 손이 묶이고 맨발인 사람을 상대하니 당연히 유리했습니다."

"물린 상처는 뭔지 물어봐." 피아가 동료들이 끼고 있는 이어폰과 연결된 마이크에 대고 말했다.

타리크와 셈이 알아들었다는 표시로 고개를 끄덕였다.

"개들이 그 남자를 쫓아갔나요?" 셈이 물었다.

"아닙니다. 그가 남자들 중 한 명을 밀어 넘어뜨렸습니다. 그 전까지 개들은 그에게 전혀 관심을 보이지 않았어요. 그런데 넘어진 남자가 아마 개 주인이었던 것 같습니다. 개들이 미쳐 날뛰었거든요. 아무리 고함을 지르고 휘파람을 불어도 그를 쫓아가는 개들을 멈춰 세울 수 없었습니다. 저를 비난하는 사람은 없었습니다. 그들이 제 머리에 다시 자루를 씌우고 니더브레헨 역으로 데려다줬습니다. 그 후에 어떻게 됐는지는 모릅니다."

"거짓말이에요." 피아가 보덴슈타인에게 말했다. "우리가 찾아갔을 때 저 사람은 지젤이 자기 아내와 같은 방식으로 죽어 마땅하다고 했어요."

"그건 우리가 알려줄 수 있습니다." 타리크가 투명 파일을 열어 탁자 위로 그에게 건넸다. "천천히 살펴보세요."

부아지즈가 첫 장을 넘겼다.

"구역질이 나는군요!" 그가 메슥거리는 표정으로 고개를 돌리고 투명 파일을 밀어냈다. "이걸 왜 보여주시는 겁니까? 저랑은 상관없는 일이에요!"

"아니, 있습니다." 타리크가 반박했다. "개들이 남자의 목을 찢고 아래팔과 손을 물어뜯었습니다. 그는 죽을 만큼 두려워서 젊은 남녀의 자동차에 뛰어들었고, 충돌하면서 경동맥이 찢어져서 몇 분 안 되어 과다출혈로 사망했습니다."

"당신은 죽일 작정을 하고 그를 때렸지요." 셈이 보충했다. "그 후에 그 남자가 개들에게 쫓기고 물리는 것도 말리지 않았고요. 그러니 똑같이 유죄입니다."

"그 사람들은 제가 없었더라도 그렇게 했을 겁니다." 발리드 부아지즈가 변명했다. "방금 제가 한 말에 대한 증거는 없어요. 저는 부인할 겁니다. 이제 가야겠어요."

"안타깝지만 좀 더 계셔야 합니다." 타리크가 말했다.

부아지즈가 그를 빤히 노려봤다. 자기가 처한 심각한 상황을 이제야 깨닫고, 그냥 다음 비행기를 탈 수 없다는 사실을 알아챈 모양이었다.

"이제 더는 진술하지 않겠습니다." 그가 대답했지만 이미 늦었다.

"그러는 건 당신의 권리입니다." 타리크가 말했다. "하지만 르네 지젤을 납치하고 죽음으로 몰고 간 사람들을 잡을 수 있게 우리를 도와주는 편이 당신에게 유리하지요."

"고민을 해봐야겠군요."

"물론이지요."

"제가 체포됐나요?"

"아닙니다. 우린 당신을 그저 24시간 구금하는 겁니다."

발리드 부아지즈는 생각에 잠겼다가 몇 분이 지난 뒤 결정을 내렸다.

* * *

현관 초인종이 울렸다. 경찰일 것이다. 그들 말고는 이제 들여다보는 사람이 없었다. "당신이 다 쫓아냈잖아." 외르크가 어제 그녀에게 말했다. "다들 그저 도와주려던 건데 말이야." 그러고 그도 나가버렸다. 그는 리시의 추억이 곳곳에 드리운 집에서 아내와 둘만 있는 걸 견디지 못했다.

안네가 문을 열었다. 경찰이 아니었다. 어떤 남자와 리시 또래의 여자아이 한 명이었다. 그들 뒤에 지저분한 지프차가 서 있고, 망에 담긴 전나무 한 그루가 대문에 기대어 있었다.

"안녕하세요?" 남자가 인사했다. "저는 크벤틴 폰 보덴슈타인입니다. 제 형을 아시죠?"

안네는 친절한 형사와 이 남자가 닮았다는 사실을 그제야 깨달았다.

"형 말로, 부인께서 지금 크리스마스트리를 가지러 가실 상황이 안 된다고 저더러 한 그루 보내라고 했습니다."

"어…… 하지만 받을 수 없어요." 안네가 더듬거리며 말했다. "그러면 안 되지요."

"왜 안 되죠?" 형사의 동생이 미소를 지었다. "저희는 타우누스에 크리스마스트리 농장이 많답니다. 이 나무는 저희 숲에서 가져온 거예요. 어디서 산 게 아니에요."

"그러면 기꺼이 받을게요." 안네가 대답했다. "좀 들어오세요."

이 친절한 행동에 너무나 큰 감동을 받은 안네는 평정심을 잃지 않으려고 애썼다. 크리스마스트리를 사는 일은 언제나 가족이 함께했다. 안네 가족은 매년 바트 조덴 저수탑으로 가서 적당한 나무를 셋이 같이 골랐다. 나무를 집까지 운송하는 일도 늘 소소한 모험이었다.

안네는 대문을 열고 현관문도 잡고 있었다. 남자는 커다란 나무를 겨드랑이에 느긋하게 끼고 안으로 옮겼다.

"트리 받침대가 있나요?" 그가 물었다.

"네, 지하실에 있어요. 제가 가지고 올게요."

"원하시면 저희가 트리 장식도 해드릴게요." 여자아이가 말했다. "제가 꼬마전구랑 장식 볼을 가지고 왔어요. 어…… 혹시…… 트리를 장식할 기분이 아니실지도 몰라서요. 따님께 일어난 일을 정말 안타깝게 생각해요."

"고맙다." 안네는 목소리가 제대로 나오지 않아 속삭이듯 말했다. 선물이나 호의를 받아들이는 일이 안네에게는 평생 힘들었다. 외르크는 그녀의 이런 행동이 퉁명스럽고 사람들을 불쾌하게 만든다고 자주 비난했다.

"정말 고마운 제안이구나." 안네는 아이가 미소 짓는 모습을 보니 기분이 나아졌다. "네가 트리를 장식해준다면 기쁘겠어. 하지만 나도 차를 대접해도 된다는 조건으로 말이야."

* * *

"그 개들은 〈해리 포터〉에 등장하는 해그리드의 개를 약간 닮았습니다." 발리드 부아지즈가 계단실에서 말했다. "어두워서 색깔은 못 봤고요."

"그것만으로도 꽤 훌륭한 출발점입니다." 타리크가 대답했다. "이제 제 사무실로 가서 검색해보죠."

보덴슈타인은 좀 전에 부아지즈를 지하 취조실에서 강력 11반 사무실로 데려가는 데 동의했다. 건물 지하에서는 인터넷이 연결되지 않는데, 타리크가 개를 찾으려면 인터넷이 필요했기 때문이다.

피아의 휴대폰이 진동했다. 크리스토프에게서 걸려온 부재중 전화가 두 통, 한 통은 엄마의 이웃이 건 전화였다. 라르스 오빠가 보낸 문자 메시지도 있었다. 피아는 다른 사람들을 먼저 지나가게 하고 전화하려고 계단실에 남았다. 먼저 크리스토프에게 했지만 받지 않았다. 엄마 이웃에게 전화하자 오늘, 그리고 아마 당분간은 안타깝게도 피아 엄마를 들여다보지 못하겠다고, 자기가 대문에서 미끄러지는 바람에 팔이 부러져 지금 병원에 입원했다고 했다.

"빌어먹을." 피아가 중얼거렸다.

오빠는 계획과 달리 주말에 엄마에게 못 가겠다고, 열과 오한

이 난다고 썼다. 피아가 오늘 엄마에게 가서 최소한 몇 가지 장을 보고 다 괜찮은지 살펴야 한다는 뜻이었다. 크리스토프가 여전히 전화를 받지 않아 피아는 음성메시지를 보냈다.

동료들은 회의실 탁자를 중심으로 흩어져 앉아서 커피를 마시고 얼마 남지 않은 카트린의 크리스마스 쿠키를 먹었다. 보덴슈타인과 카이와 쳄은 부아지즈의 진술을 상당히 신빙성이 있다고 간주했다. 많은 세부사항이 부검 결과와 일치했고, 니더브레헨은 지젤이 자동차 앞으로 달려 나온 장소와 불과 몇 킬로미터 떨어진 곳이었다. 그에 비해 피아와 그사이에 회의에 합류하여 최신 상황을 전해 들은 니콜라 엥겔은 회의적이었다.

"전혀 모르는 어떤 사람이 이미 형기를 채운 누군가를 납치하고 처벌하는 데 관심이 있을까요?" 엥겔 과장이 의문을 나타냈다. "내가 듣기에는 설득력이 없어요."

"제 생각도 그래요." 피아도 동의했다. 그러고 화이트보드에 걸린 지도로 다가가서 눈을 가늘게 뜨고 버섯 농장을 찾았다. "부아지즈와 그의 가족은 보복 계획을 세울 시간이 3년 반 있었어요. 누군가 그의 아내 사진에 코란의 수라를 써 넣었고요. 보복과 관련된 내용이었지요. 이 이야기가 기이하지 않나요?"

"점성술사의 이야기보다는 덜 기이하군." 보덴슈타인이 대꾸했다.

"아, 여기!" 피아는 찾던 것을 발견했다. "여기 보세요. 8번 연방도로는 니더브레헨에서 오버브레헨, 니더젤터스와 오버젤터스와 에어바흐를 거쳐 바트 캄베르크로 이어져요. 마을을 나오자마자 3031번 국도가 발트엠스 방향으로 꺾어지죠. 제 생각에

이 거리라면 차로 15분쯤 걸릴 거예요. 그들이 여기서 숲으로 들어갔을 수 있죠."

"무슨 말을 하려는 거야?" 카이가 물었다.

"지겔이 어쩌면 버섯 농장에 있었을 가능성도 있다는 뜻이 지." 피아가 대답했다. "다니엘 라들로프도 마찬가지고."

"아니, 잠깐!" 니콜라 엥겔 과장은 당황했다. "'그' 다니엘 라들 로프? 그가 맨발의 남자와 무슨 관계가 있죠?"

피아는 영매 크리스티네 켈멘디와 그녀가 '봤다'고 주장하는 내용을 과장에게 짤막하게 설명했다.

"라들로프가 뭘 먹었는지도 봤답니다." 보덴슈타인이 비웃듯 말했다. "감자샐러드와 소시지였다지요."

"르네 지겔의 마지막 식사도 그거였습니다." 카이가 과장에게 말했다. "이건 우연이 아니에요!"

"우연일 수도 있어." 보덴슈타인이 차분하게 대답했다. "내가 켈크하임 라들로프 집으로 순찰차를 보냈어. 그 집에서 아무도 만나지는 못했지만 이웃이 거기 울리케 라들로프, 그리고 얼마 전부터는 아들도 산다고 말했대."

타리크가 회의실 문 안으로 고개를 밀어 넣었다. "개의 품종 을 찾아냈습니다! 부아지즈 말로, '필라 브라질레이로'가 확실 하다고 합니다." 타리크의 얼굴이 열정으로 반짝거렸다. "우리 수사에 도움이 될 겁니다! 필라 브라질레이로는 헤센주의 맹견 목록에 들어 있어요. 수배 웹사이트와 우리 페이스북 사이트에 알릴까 합니다. 어쩌면 최근 누군가 이런 개 두 마리를 목격했 을 수도 있지요. 상당히 눈에 띄는 품종이니까요."

278

"내가 헤센주의 개 등록처 목록을 조회해볼게." 카이가 제안했다. "보호자가 개를 공식적으로 기르고 세금을 낸다면 거기서 뭔가 찾을 수 있을 거야."

"부아지즈에게 갑자기 출국하려고 한 이유를 물어봤어?" 피아가 물었다. "어머니가 병이 들었다는 건 거짓말이야."

"네, 물어봤어요." 타리크가 고개를 끄덕였다. "어제 오후에 전화를 한 통 받았는데, 그에게 독일을 몇 주쯤 떠나 있으라고 했답니다. 상황이 좀 가라앉을 때까지요."

"전화를 건 사람은?" 보덴슈타인이 물었다.

"이번에도 여자 목소리였답니다." 타리크가 대답했다. "그런데 이번에는 다른 여자임이 확실하다고 합니다."

"좋아." 보덴슈타인이 고개를 끄덕였다. "그에게 조서에 서명하고 가도 된다고 해. 여권은 우리가 가지고 있고. 그가 독일을 떠나면 안 되니까."

"알겠습니다." 타리크가 대답했다.

"잠깐만요!" 피아가 끼어들었다. "부아지즈는 이중 국적자예요. 튀니지 여권도 받을 수 있어요. 그가 어떤 식으로든 튀니지에 가면 이 사건이 완전히 다른 상황으로 밝혀져도 그쪽에서 우리에게 그를 인도하지 않을지도 몰라요."

"그래서 어떻게 하면 좋을까요?" 니콜라 엥겔은 이렇게 물음으로써 수사반장인 보덴슈타인을 무시하고 건너뛰었다.

"프로인게스하임 구치소로 보내야죠." 피아가 대답했다. "구속 영장도 필요하고요. 그는 적어도 심각한 상해를 입힌 죄를 지었으니까."

"나도 같은 생각이에요." 니콜라 엥겔이 말했다.

"하지만 우린 그에게 협조하면 가도 좋다는 희망을 주었는데요!" 타리크가 항의했다.

"'당신'이 희망을 줬어. 그가 범행을 저질렀는데도." 피아가 받아쳤다. "며칠 구치소에서 지낸다고 그가 죽지는 않을 거야."

"아이고, 대단하네요! 빌어먹을!" 타리크는 화가 나서 자기 사무실로 돌아갔다.

"사자, 포효 잘했어요." 니콜라 엥겔이 피아에게 말하고는 인정한다는 듯이 미소를 지었다. "여기 상황을 계속 알려줘요."

과장도 회의실을 나갔다.

피아는 동료들이 자기를 빤히 보고 있다는 사실을 그제야 알아챘다. 카이와 셈은 당황했고, 보덴슈타인은 생각에 잠긴 표정이었다.

"왜?" 피아가 물었다.

"아주 셌어." 카이가 대답했다.

"뭐가?"

"당신이 방금 타리크와 부딪친 것 말이야. 과장님 앞에서. 타리크는 정말 훌륭하게 자기 일을 해냈는데."

"그놈을 놓아주려고 했잖아!" 피아는 공격당하는 느낌이 들어 역습에 나섰다. "믿을 만한 말은 한마디도 없는 범죄자를!"

분위기를 지진계처럼 파악하는 벡스는 공기가 이상하다는 점을 눈치챘다. 피아에게 다가와 축축한 코로 그녀의 손을 툭 치고 머리를 무릎에 기댔다.

"그걸 이제는 당신이 결정하나?" 셈이 물었다. "내가 혹시 뭔가 놓친 게 있어? 당신이 다시 반장이야?"

피아는 격하게 반응하려고 숨을 훅 들이마셨다가 정신을 차렸다. 카이와 셈이 옳아. 나는 니콜라 엥겔 앞에서 동료를 심하게 비난했어. 그럴 의도가 전혀 없었는데도. 변명이 될 수는 없지만 피아는 엄청난 긴장 속에서 오늘 하루 종일을 보냈다. 엄마에 대한 걱정. 자기를 완전히 곤경에 빠뜨리는 형제자매. 게다가 점점 더 걱정스러운, 크리스토프의 딸들과 손주와 보내야 하는 대가족 크리스마스 일정. 피아는 스스로 느끼는 것보다 더 힘들었다. 여기에 지난 며칠 동안 잠을 제대로 못 잔 점도 더해졌다.

"제가 너무 심했어요." 피아는 자책하며 고개를 숙였다. "죄송해요. 잘못된 행동이었어요."

"됐어. 누구나 힘든 날이 있는 법이지." 보덴슈타인이 대답했다. "어두워지기 전에 벡스와 산책을 다녀와. 그리고 푹 자."

"타리크에게 사과할게요." 피아가 풀이 죽어 말했다.

"그래, 그렇게 해." 보덴슈타인이 말했다. "자, 내일 만나자고."

* * *

한 시간 후, 피아가 벡스와 산책을 다녀왔을 때 크리스토프가 음성메시지에 답장을 보냈다. 딸들에게 크리스마스 선물로 뭘 받고 싶은지 물어보는 게 어떻겠냐는 피아의 제안에 좋다고 대답했다. 그게 다였다. 그가 어차피 바젤에 있으니 피아는 엄마 집에서 자기로 결정하고 여행 가방에 옷을 몇 벌 챙겼다. 크리스토프에게 크리스마스 선물 건으로 딸들에게 연락하라는 점을 확실히 하기 위해 이번에는 문자 메시지를 보냈다. 그런 다음 타리크에게 자기 행동을 사과하려고 전화를 걸었다. 그가 바로 전화를 받고 사과를 받아들이자 피아는 마음이 놓였다. 다행스럽게도 그는 뒤끝이 없었다. 지금 상황에 직장에서의 긴장까지 더해질 수는 없었다.

피아가 슈퍼마켓 계산대에 서 있을 때 헤닝이 전화를 걸어왔다. 그는 지금 2008년 11월의 백설공주 사건을 다룬 다음 범죄소설을 쓰는 중인데, 그것과 관련해서 몇 가지 질문이 있다고 했다.

"나 지금 레베 슈퍼마켓 계산대에 있어." 피아가 휴대폰을 어깨와 귀 사이에 끼우고 장 본 것들을 계산대 컨베이어벨트에 올렸다. "나중에 다시 전화하자. 이제 엄마에게 가야 해. 이웃 사람은 팔이 부러졌고 오빠는 정말인지 거짓말인지 아프대."

"알았어." 헤닝이 대답했다. "당신만 괜찮다면 내가 당신 엄마 집에 가도 돼. 오늘 저녁에 어차피 할 일이 없고, 당신 엄마는 날 보면 틀림없이 반가워하실 거야. 그러면 우리가 이야기할 시간이 되잖아."

"좋은 생각이네. 그래, 엄마가 기뻐하실 거야." 피아는 웃음이 나왔다. 이그슈타트로 가면서 헤닝의 말을 곰곰이 생각해봤다. 헤닝이 엄마에게 가는 게 괜찮지 않을 이유가 없지 않나? 헤닝과 피아는 30년 전부터 아는 사이고, 헤어진 지는 15년이었다. 그사이에 헤닝은 피아의 친구 미리암과 결혼했지만 이미 오래전에 갈라섰다. 헤닝과 피아는 직업상의 이유로 늘 만났으므로 연락이 완전히 끊긴 적이 없고, 시간이 흐르면서 둘 사이에는 일종의 우정이 생겨났다. 두 사람은 친구가 많지 않았는데, 이는 아마 직업 때문일 수도 있었다. 둘은 일하면서 겪는 일을 서로 잘 이해했다.

피아의 엄마는 헤닝을 다시 만나자 정말 반가워했다. 피아가 헤닝과 이미 오래전에 헤어지고 크리스토프와 재혼했다는 사실을 기억하지 못했지만 피아는 엄마의 착각을 바로잡지 않았다. 내일이면 아마 크리스토프를 다시 생각해내고, 헤닝이 다녀간 것도 잊을지 모른다. 엄마는 식탁에 앉아, 헤닝이 저녁식사 전채요리를 준비하는 모습을 가만히 지켜봤다. 예전에 엄마는 1분도 가만히 앉아 있지 못했다. 언제나 손을 움직였다. 채소 껍질을 벗기고 커튼을 달고, 요리하고, 청소하고, 침대를 정리하고, 빨래를 널고, 다림질을 하고…… 이른 아침부터 저녁 늦게까지 뺨이 붉어진 채 부엌에서 바쁘게 움직이면서도 도움을 일체 거절했다. 사위가 자기를 위해 저녁식사를 준비하거나 설거지하는 것을 절대 용납하지 않았을 것이다. 피아는 인터넷 요리 사이트는 고사하고 요리책도 없이 복잡한 요리를 척척 만들어내던 엄마가 이제 스크램블드에그조차 스스로 하지 못한다고 생각하니 마음이 아팠다.

저녁식사 후에 헤닝은 피아가 부엌을 치우고 세탁실에서 삶는 빨래를 돌리는 동안, 피아의 엄마와 주사위 게임을 몇 판 했다. 나중에 엄마는 텔레비전 앞에 앉아 막대과자를 먹으며 헤센의 강들에 관한 다큐멘터리를 봤는데, 예전에는 전혀 안 보던 프로그램이었다.

"치매는 느린 속도이긴 하지만 확실하게 엄마의 특성을 지워 나갈 거야." 피아가 헤닝에게 말했다. "그 모습을 지켜보기만 하고 도울 수 없다는 게 너무나 슬퍼."

"당신은 이미 돕고 있어." 헤닝이 대답했다. "어머님이 여기 머물 수 있도록 당신이 최선을 다하잖아. 어르신들에게는 그게 중요해."

"하지만 앞으로 재정 문제를 어떻게 감당해야 할지 모르겠어."

"해결책이 나타나겠지." 헤닝은 자기가 가져온 남아프리카 적포도주 병마개를 따서 코르크 냄새를 맡고 피아에게 내밀었다. "당신 마음에 들 거야."

피아가 식당 유리장에서 꺼내온 잔 두 개에 헤닝이 포도주를 따랐다. 그는 자리에 앉아 잔에 든 포도주를 살살 돌리다가 말했다.

"건배!"

"건배!" 피아는 나른하게 미소 지으며 그의 맞은편에 자리를 잡고 다른 의자에 발을 올렸다. "엄마와 시간을 보내줘서 고마워. 엄마가 행복해 보여."

"응, 나도 그런 인상을 받았어."

"백설공주 사건에서 알고 싶은 게 뭐야?"

"그건 나중에 이야기하자." 헤닝이 말했다. "그것보다, 경동맥이 잘린 남자에 대해 경찰이 뭘 알아냈는지 궁금해."

"이제 그 사람이 누군지 알아. 비스바덴에 사는 르네 지겔.

2년 동안 교도소에 수감됐고 그 후에 석유 굴착 섬에서 요리사로 일했어." 피아는 잔을 들고 홀짝이며, 지겔에게 희생된 여자의 남편인 발리드 부아지즈에게서 들은 말을 혜닝에게 아주 자세히 알려줬다.

"정신 나간 소리처럼 들린다." 혜닝이 말했다. "하지만 전혀 믿지 못할 말은 아니야. 사실이 아니라면 그 남자가 그런 세부 사항을 어떻게 알겠어?"

"그와 그의 가족이 아내 살인범을 직접 납치했을 수도 있잖아!" 피아가 대꾸했다. "이방인이 왜 그런 일에 관심이 있겠어? 그리고 유족의 이름, 연락할 데이터를 어떻게 구해?"

"흐음, 그거야 여러 가지 가능성이 있지." 혜닝은 생각에 잠겼다. "공판에 갔을 수 있잖아. 대부분은 공개되니까. 아니면 검찰이나 경찰과 연락이 닿을 수도 있고."

"경찰과?" 그 상상을 하니 피아는 혼란스러웠다. "하지만 경찰이 무슨 이유에서 그런 행동을 하지?"

"돈 때문에. 그 남자에게 얼마를 지불했는지 물어봤어?"

"아무것도 안 냈대. 그래서 더욱 믿지 못하겠어."

피아는 오늘 경찰서에 왔던 점성술사 크리스티네 켈멘디에 관한 이야기도 혜닝에게 들려줬다.

"그 사람은 아동 살해범인 다니엘 라들로프가 예전에 저지른 행위 때문에 자기 의지와 상관없이 지하 감옥에 갇혀 있는 모습을 자신의 초감각적 능력으로 '봤다'고 주장했어. 그런데 가장 재미있는 건 따로 있어!" 피아가 몸을 앞으로 숙이고 말을 이었다. "그의 식사가 감자샐러드와 소시지였다는 것도 '봤다'고 했어!"

"힌터타우누스 맨발의 남자 위 속에 남아 있던 거잖아."

"맞아! 그게 우연일까?" 피아가 포도주를 마저 마셨다. 포도
주에 대해 잘 모르지만 이 제품은 정말 탁월했다. 부드럽고 숙
성이 잘 됐다. "무척 신기하지. 아, 그건 그렇고! 반장님과 내가
힌터타우누스 버섯 농장에 다녀왔어! 당신, 그런 건 한 번도 못
봤을 거야! 거길 임차한 사람은……."

"난 이제 자러 가야겠다." 피아의 엄마가 텔레비전을 끄고 막
대과자가 남아 있는 그릇을 부엌 조리대에 내려놓았다. "아빠가
볼링장에서 돌아오면 난방을 잠깐 들여다보라고 해. 오늘 난방
기에서 이상한 소리가 났어."

"네, 그럴게요." 피아는 울고 싶었지만 미소 지으며 고개를 끄
덕였다.

"둘 다 잘 자렴." 엄마가 인사하고 벡스의 머리를 쓰다듬었다.
"콜트를 정원에 한 번 더 내보내주겠니?"

"네, 엄마. 그럴게요." 피아가 대답하고 엄마의 밤 인사 뽀뽀를
뺨에 받았다. 마지막으로 그렇게 받은 것은 유치원 때였다.

"콜트라니?" 피아 엄마가 계단을 올라가 침실로 들어가자 헤
닝이 물었다.

"우리가 바트 조덴에 거주할 때 함께 살던 개 이름이야." 피아
가 설명했다. "셰퍼드였어. 라르스 오빠와 내가 좋아하던 텔레
비전 드라마 시리즈에서 이름을 땄지."

"〈더 폴 가이〉 주인공 콜트 말이구나. 내 눈에는 매력적인 금
발 여자만 띄었는데." 헤닝이 히죽거리며 웃었다.

"그랬겠지." 피아가 한숨을 지으며 일어났다. "엄마가 아직 혼자 잘 해나가긴 하지만, 잠깐 들여다봐야겠다."

* * *

리시와 둘이 찍은 사진을 침대에 누워 보고 있자니 사라는 눈물이 흘러내렸다. 상담사는 울어도 된다고 조언했다. 아프더라도 현실을 인정해야 한다고, 고통은 작별에 포함된다고 했다. 이런 조언을 위해 심리학자가 필요하지는 않았다. 인스타그램과 틱톡에서도 똑같은 글을 읽었으니까. 하지만 심리학자와 상담하겠다고 아빠와 엄마에게 약속했으니 어쩔 수 없었다. 전학을 갈 수 있으니 그 정도 대가는 치러야 했다. 경찰은 그 후로 전화를 걸지 않았지만 분명히 다시 할 터였다.

사라는 여름 내내 만든 코스플레이 복장을 입은 리시와 자기 사진을 자세히 바라봤다. 프랑크푸르트 도서전에서 열린 독일 코스플레이 대회에 리시는 자기가 좋아하는 〈공각기동대〉 망가 캐릭터인 모토코 쿠사나기로, 사라는 〈페이트 스테이 나이트〉의 린 토오사카로 참가한 사진이었다. 사라는 내년에 복잡한 옷 두 벌을 만들 예정이었다. 리시는 〈헝거게임 모킹제이〉에서 캣니스 에버딘이 입은 웨딩드레스를 원했다. 사라는 이 옷을 거의 다 만들었다. 리시에게 크리스마스 선물로 주려고 시간이 날 때마다 밤늦게까지 재봉틀 앞에 앉아 있었다. 이제 리시는 그 옷을 볼 수도, 입을 수도 없었다.

사라가 눈물을 닦았다. 그런데 리시의 스케치북이 어디 있지? 도안은 언제나 리시가 그렸고, 사라는 그 도안에 따라 옷을 재단했다. 사라는 자리에서 일어나 양말 바람으로 부모님이 깨지 않게 다락으로 연결되는 계단을 조용히 올라갔다. 다락은 리시와 사라의 제국이었다. 이곳에서 둘은 한없이 긴 시간을 함께 보냈다. 코스튬을 구상하고, 천을 재단하고, 바느질하고, 꺾어 주름을 잡고, 입어보고, 길이를 줄이고, 무엇보다도 아주 많이 웃었다. 사라는 벽이 기울어진 넓은 다락 공간을 둘러봤다. 리시 같은 친구는 처음이었다. 아버지 직업 때문에 자주 이사를 다녀서 사라는 2년에 한 번씩 친구들을 잃어버렸지만 그런 상황이 그다지 나쁘지는 않았다. 평생 지속되는 제대로 된 우정은 조금 더 나이가 들면 맺을 수도 있다고 생각했다.

사라의 눈길이 가발을 잘 보관하려고 벼룩시장에서 찾아내어 구입한 두상 모형들을 스쳤다. 사라는 스케치북을 찾기 시작했지만 발견하지 못했다. 사라는 그림을 그럭저럭 그렸지만 리시는 진짜 예술가였다. 환상적인 그래픽 노블과 망가를 그렸고, 이야기를 만들어내는 판타지 소유자이기도 했다. 수업시간 중에 짧은 만화를 그릴 때도 많았다. 캐리커처를 아주 정확하게 그려서 사라는 리시가 누구를 그린 건지 언제나 금방 알아냈다.

리시에게 스케치북은 신성한 보물이었다. 둘이 새 코스튬을 만들 때면 리시는 스케치북을 이곳에 그냥 두는 경우가 많았다. 그런데 이제 없어졌다.

"어휴." 사라가 중얼거리고 재봉틀 의자에 털썩 주저앉았다. 내일은 일요일이니 리시 부모님이 아마 집에 계실 거야. 리시 방에서 스케치북을 찾을 수 있을지도 모르겠어.

　　　　　* * *

　피아가 계단을 내려오자 헤닝은 들여다보던 노트북에서 고개
를 들었다.

　"엄마가 이제 주무셔." 피아는 원래 헤닝에게 거실 소파로 자
리를 옮기자고 말하려 했지만, 거기서는 아마 몇 분 내로 잠들
것 같았다. 그러니 식탁에 그대로 있는 편이 나았다.

　"당신이 조금 전에 한 말을 듣고 떠오른 2017년 사건이 두 개
있어." 헤닝이 말했다. "내가 알기로 두 사건 모두 지금까지 풀
리지 않았지. 조센하임에 살던 나이지리아 출신의 27세 망명 신
청자 압델 오두모수는 주유소를 습격해서 직원 한 명을 다치게
하고 주유소 위탁 운영자를 칼로 찔러 살해했어. 일주일 후에
72군데를 찔린 그의 시신이 그가 살던 난민 숙소 앞에서 발견됐
지. 두 번째는 여러 전과가 있던 38세 에리트레아 출신 살레 카
베리 사건이야. 그는 프랑크푸르트 중앙역에서 한 여성과 그녀
의 열두 살짜리 아들을 들어오는 고속열차에 밀었어. 그러고 도
망쳤지만 사흘 후에 베르겐 엔크하임 망명 신청자 숙소 앞에서
그의 시신이 발견됐어. 내가 부검할 때 확인했는데, 그는 맞아
서 죽은 거야. 두 사건 모두 시신에서 타인의 DNA는 발견되지
않았어. 목격자도, 흔적도, 그냥 아무것도 없었지."

　피아는 그 두 사건에 대해 이미 알고 있었다. 프랑크푸르트
동료들은, 미제사건에서 시청자의 도움을 요청하는 텔레비전
프로그램 〈파일 번호 XY〉에 이걸 내보내기도 했다. 하지만 두
사건 모두 프랑크푸르트에서 벌어졌으므로 호프하임 강력11반

의 관할이 아니었다.

"당시에 동료들은 극우 단체가 두 살인사건을 저질렀다고 짐작했어." 피아가 기억을 떠올렸다. "신나치 테러 단체인 국가사회주의 지하조직 같은 거 말이야. 하지만 두 사건은 무고한 불특정 희생자를 노린 게 아니라 범죄 용의자들을 표적으로 처형했어."

피아는 하품을 했다. 너무 피곤해서 생각을 제대로 할 수 없었다. '콜드 케이스' 두 건은 내일 동료들과 의논하고 지금은 잠자리에 들어야 했다.

"늦어서 집에 가기 싫으면 곁채에서 자도 돼." 피아가 헤닝에게 말했다. "난방이 켜져 있고 침대보도 새로 깔았어. 욕실도 따로 딸려 있고. 나는 킴의 방에서 잘 거야."

"왜 예전에 당신이 쓰던 방에서 안 자?" 헤닝이 노트북을 닫고 빈 포도주 병과 잔 두 개를 들었다.

"여긴 내 방이 없었어. 당신도 알잖아." 피아가 대답했다. "부모님이 이 집을 지었을 때 라르스 오빠와 나는 이미 독립해서 나간 후였어."

12월 15일 일요일

"내가 안네 빌레펠트에게 딸의 시신이 돌아왔다고 알렸을 때 반응이 이상했어." 보덴슈타인이 니콜라 엥겔에게 말했다. 보덴 슈타인은 커피 잔을, 니콜라 엥겔은 찻잔을 들고 간이 주방에 서 있었다. "범인에 대해 묻지 않더라고."

"그게 왜 이상해?"

"뭔가 기다리는 것처럼 긴장한 분위기였어." 보덴슈타인은 커 피를 한 모금 마시고, 카페인이 빨리 효력을 나타내기를 바랐 다. 발리드 부아지즈와 어제 점성술사가 한 이야기 때문에 밤에 잠이 오지 않았다. 생각하면 할수록 기이하다는 생각은 점점 더 흐릿해졌다. 오랫동안 경찰 생활을 하면서 그보다 더 기이한 일 들도 겪었다. "내가 잘못 해석하는 건지도 모르지만, 빌레펠트 부인에게도 부아지즈의 경우처럼 누군가 찾아오지 않았을까? 그 부부에게 딸을 살해한 사람을 죽일 기회를 준다고 말이야."

"올리버." 니콜라 엥겔이 입을 뗐지만 보덴슈타인이 말을 막 았다.

"우린 파바드 마흐무디를 거의 일주일째 모든 수단을 동원해 서 찾고 있어. 그가 도주 중인 게 아니라 어딘가에 잡혀 있다면 어쩌지?"

보덴슈타인은 니콜라의 표정에서 그녀가 자신의 추측을 어떻게 생각하는지 알아챘지만, 니콜라는 오늘이 일요일이라 그런지 온화한 분위기였고 그래서 그의 추측을 바로 깔아뭉개지는 않았다.

벡스가 간이 주방으로 빠른 걸음으로 들어와 두 사람에게 흥겹게 꼬리를 흔들며 인사했다.

"아, 잘됐다. 피아가 왔군." 보덴슈타인이 말했다. "피아와 라들로프 집에 잠깐 들러보려고 해."

그사이에 강력11반이 회의실에 모였다. 창백하고 아파 보이는 카트린도 다시 출근했다.

"우리에게 전염시키지 마!" 카이가 경고했다.

"위만 탈이 난 거니까 걱정 마세요. 이제 다시 좋아졌어요." 카트린이 대꾸했다.

카이는 리시 뷜레펠트 사건에 관한 새로운 소식을 잠깐 보고했지만 큰 도움이 될 만한 것은 없었다. 흔적을 남긴 사람 중에 단 한 명만 신원이 확인되지 않았다. 하필이면 리시의 재킷 왼쪽 소매와 청바지 왼쪽 허벅지, 목을 조른 파란 머플러에서 DNA가 발견된 사람이었다. 남성이든 여성이든 다른 모든 흔적은 자발적인 타액 샘플 채취로 실험실에서 비교 분석하여 제외할 수 있었다. 아버지, 이웃, 동물보호소의 자원봉사자, 스케이트장에서 리시와 페어스케이팅을 했던 고학년 남자아이, 이웃집 아들, 급우 여러 명이었다.

"알려지지 않은 인물의 흔적이 어느 정도나 중요하죠?" 니콜라 엥겔이 물었다.

"가장 기대가 큰 단서입니다." 카이가 대답했다.

"그러니까 우연히 만난 사람의 흔적은 아니라는 얘기군요."
과장이 다리를 꼬았다. "집단 유전자 검사는 어때요?"

"검사를 받아야 할 사람의 범위를 어떻게 정하죠?" 보덴슈타
인이 이의를 제기했다. "지금까지 우린 살해 동기조차 모르는데
요."

집단 유전자 검사가 의미가 있을지 짧게 토론한 후에 피아의
순서가 됐다. 피아는 어제 헤닝 키르히호프의 언급을 통해 알게
된 두 개의 미제 살인사건을 언급했다.

보덴슈타인은 피아가 조금 좋아 보인다고 생각했다. 잠을 좀
더 잤던 모양이다.

"나에게 이름을 알려줘. 배경을 확인해볼 테니까." 카이의 제
안에 피아는 메모를 그에게 넘겼다.

"우린 이제 켈크하임으로 가서 라들로프를 방문하자고." 보덴
슈타인이 말했다.

"그런데 그 점성술사의 말이 옳은지, 그리고 그녀를 찾아왔다
는 사람이 정말로 다니엘 라들로프의 엄마인지 어떻게 알죠?"
셈이 물었다.

"아직 몰라." 보덴슈타인이 대답했다. "그래서 그걸 확인해보
려는 거야."

"저는 라들로프 사건에 대해서 당시에 신문과 텔레비전 뉴스
에서 본 것밖에 몰라요." 카트린이 말했다. "그게 언제였죠?"

"2003년." 니콜라 엥겔이 대답했다. "당시 라들로프는 소년법

에 따라서 15년 형을 받았어요. 몇 주 전에 형기를 채우고 석방됐죠."

"언론에서 크게 다루었어요." 타리크가 말했다. "당시 상황은 저도 제대로 기억나지 않아요. 저는 그때 열두 살이었어요."

"고마워. 내가 아주 노인이 된 느낌이야." 보덴슈타인이 대꾸했다.

"아, 맞다. 라들로프 사건은 반장님 담당이었죠." 셈이 기억해 냈다. "굉장했어요!"

"사실 그랬지. 호프하임 경찰서에 새로 창설된 강력11반이 담당한 첫 살인사건이었어." 보덴슈타인이 대답했다. "당시 상관은 니더호프 과장님이었어. 카이, 자네도 함께했잖아. 그리고 프랑크 벤케와 안드레아스 하세도 있었고."

"마르틴 프롭스트도요." 카이가 보충했다.

"라들로프는 내가 담당한 사건 중에서도 아주 끔찍한 살인범이었지. 그때 그는 겨우 17세였어." 보덴슈타인이 기억을 더듬었다. "냉철하고 계산적인 나르시시스트였어. 자신의 배경을 창피해했고, 돈이 급하게 필요했지."

그는 역겹다는 듯이 얼굴을 찌푸렸다.

"라들로프는 돈이 없었는데, 쾨니히슈타인에 사는 여자친구의 부모님이 부자였어. 샤르펜베르크네 바로 옆집이었지. 페터 샤르펜베르크는 투자 은행가였고 그의 아내는 프랑크푸르트의 어느 박물관 큐레이터였어. 자녀가 세 명이었는데, 다니엘의 여자친구가 그 자녀들을 가끔 돌봤지. 라들로프의 범행 동기는 지인의 스타트업 기업에 투자하고 싶다는 다급한 욕구였어. 카리

브해의 어느 섬에 있는 기업이고, 엄청난 수익을 보장한다고 했지."보덴슈타인은 말을 잠깐 멈추고 고개를 저었다. 오랜 세월이 지났지만 이 범행 동기를 여전히 이해할 수 없었다. "그는 이미 자신이 탁월한 금융 투자자인 모습을 상상했지만 돈이 없으니 샤르펜베르크의 일곱 살짜리 딸을 납치하고 부모에게 50만 유로의 몸값을 요구하기로 계획했어. 그러고는 운전면허가 없는데도 할머니 차로 아드리아나를 납치해서 결박하고 입에 테이프를 붙이고 눈도 가리고는 슈나이트하인에 있는 조부모님 집에 끌고 갔지. 그때 조부모님은 여행을 떠나고 안 계셨어. 그런데 아드리아나 입에 붙었던 테이프가 떨어져 아이가 비명을 지르자 납치는 통제할 수 없는 상황으로 흘러갔지. 라들로프는 아이를 세차게 흔들고 조용해질 때까지 머리를 여러 번 벽에 부딪쳤어. 그리고 아이에게 다시 테이프를 붙인 후에 친구들과 함께 파티에 갔지. 가는 길에 협박 편지를 샤르펜베르크 집에 넣었고 말이야. 다음 날 아침, 아이가 질식해 죽은 걸 보고는 시신을 이불에 감아 조부모님 댁 냉동고에 넣었어. 이웃 사람이 새벽 5시쯤 그가 지하실에서 올라오는 걸 목격했지. 아이가 이미 죽었는데도 그는 협박을 이어갔어. 나흘 후에 돈을 넘겨줄 때 우리가 그를 체포했는데, 그는 이틀이 더 지난 후에야 아드리아나가 있는 장소를 말했지. 자기 DNA와 지문이 사방에 있는데도 그는 처음에 자기 범죄를 부인했어."

잠시 침묵이 감돌았다. 이들 누구에게나 개인적으로 가장 크게 마음에 남은 사건이 있었다. 일곱 살짜리 아드리아나 샤르펜베르크 납치와 살해는 보덴슈타인에게 악몽으로 남았다. 뻣뻣하게 얼어붙은 어린 금발 아이의 시신을 자기가 냉동고에서 들어 올리던 그때를 결코 잊지 못할 터였다. 라들로프는 며칠이 지난 후에야, 그것도 프랑크 벤케가 보덴슈타인의 지시로 아이가 당했던 고통과 똑같은 고통을 겪게 하겠다고 라들로프를 협박한 후에야 아이에게 무슨 짓을 저질렀는지 자백했다. 라들로프의 변호사는 경찰이 고문으로 위협했다고 비난했다. 벤케는 법정에서 선서를 하고 증언했는데, 상관에게서 라들로프 고문 지시를 받았다는 것을 부인하는 데 완전히 성공했다. 그때 보덴슈타인은 경찰직을 그만둘까 고민했다. 그런데 하필이면 벤케가 그러지 말라고 설득했다. "가끔은 합법적이 아닌 일도 해야 해요." 당시 벤케는 이렇게 말했지만, 보덴슈타인은 그게 잘못된 일임을 알았고 다시는 그런 일을 하지 않겠다고 다짐했다.

"피아, 가자. 얼른 끝내고 싶군." 그가 말했다.

"제가 가도 되는데요." 셈이 제안했다.

"아니야." 보덴슈타인이 자리에서 일어났다. "내가 직접 해야 해."

* * *

사라는 록시를 동물보호소에서 데리고 나와서 함께 줄츠바흐로 향했다. 눈은 대부분 치워졌지만 개천을 따라 나 있는 길로 이제 다시는 걷지 못할 것 같았다. 개천 한 곳이 무척 넓고 낮아서 개들이 그곳에서 물장난을 칠 수 있었으므로 동물보호소 동물들과 산책할 때면 사라와 리시가 즐겨 걷던 길이었다. 하지만 마리아 제단이 있는 작은 처소 뒤편에 리시가 누워 있었다는 사실을 사라는 앞으로도 결코 잊을 수 없을 터였다.

리시 부모님 집 앞에 쌓인 초와 꽃과 사진들의 산더미는 이제 더 높아졌다. 사라는 심장이 부서질 것 같았다. 용기를 그러모아 간신히 초인종을 눌렀다. 그러고는 되돌아가려고 막 돌아서려는데 문이 열렸다.

"사라, 잘 있었니?" 리시의 엄마는 소름끼치는 모습이었다. 아주 말랐고 얼굴은 잿빛이었으며 눈 아래 다크서클이 끼어 있었다. 살인자들은 희생자를 죽이면 희생자의 부모와 친구와 형제자매에게 본인이 무슨 짓을 했는지 과연 생각할까? "잠깐 들어올래?"

사라는 말없이 고개를 끄덕이고 집에 들어섰다. 리시가 없는데 이곳에 오기는 이번이 처음이었다.

"록시, 안녕?" 안네 뷜레펠트가 반갑게 꼬리를 흔들며 간식을 기다리는 셰퍼드에게 인사를 건넸다. 리시는 이 개를 집에 자주 데리고 왔었다.

사라는 아무 말도 할 수 없었다. 그러다가 갑자기 마음속에서 뭔가 부서지더니 눈물이 마구 쏟아졌다.

"리시가 너무나 보고 싶어요." 사라가 흐느끼며 말했다.

"나도 그렇단다." 안네 뷜레펠트가 나지막하게 대답하고 팔을 벌리자 사라는 그녀의 목에 매달렸다. 둘은 리시 때문에, 그리고 앞으로는 결코 예전과 같지 않으리라는 사실에 울었다.

나중에 두 사람은 부엌에 앉았다. 리시와 사라가 자주 함께 앉아 먹고 수다를 떨던 장소였다. 리시 엄마가 차를 끓였다. 두 사람은 망설이다가 리시에 대해 이야기하며 함께 경험한 일들을 추억하기 시작했다. 그게 위로가 됐다. 안네 뷜레펠트는 사라에게 친절한 형사가 크리스마스트리를 선물했다고 말했다.

"리시 친구들 중에 여기 올 용기를 낸 아이는 너뿐이야." 안네가 말했다. "사라, 고맙다!"

"목요일에 왔었는데 아무도 안 계셨어요." 사라가 대답했다. "리시 방에 가봐도 될까요? 우리 스케치북을 갖고 싶어요. 추억으로요."

"리시도 네가 갖는 걸 분명히 좋아할 거야." 안네 뷜레펠트는 입술을 꽉 다물고 눈물을 억눌렀다. "어서 올라가보렴. 잘 알잖아. 난 아무것도 치우지 않았어. 그때 이후로……."

사라는 록시를 부엌에 두고 계단을 올라갔다. 이곳에 무척 자주 와서 마치 자기 집처럼 익숙했다. 리시 방에 들어서니 심장이 미친 듯이 뛰었다. 모든 것이 예전과 똑같아서 리시가 당장이라도 방에 들어올 것만 같았다. 옷이 사방에 놓여 있고, 화장품이 책상 노트 옆에 있었다. 금요일에 둘이 함께 벽에 꼬마전구를 걸고 크리스마스 장식을 했다. 그리고 몇 시간 후에 리시는 죽었다. 사라는 둘이 함께 보낸 마지막 오후에 오로지 데이먼에 대해서만 말했다는 게 마음에 걸렸다. 이게 우리 둘의 마지막 추억이구나!

사라는 흐느끼며 스케치북을 찾았다. 작년 크리스마스에 자기가 선물한 스케치북이었다. 스케치북은 책장 책들 사이에 끼어 있었다. 사라는 스케치북을 품에 꼭 안고 마지막으로 다시 한번 주위를 둘러봤다.

"리시, 잘 지내." 그렇게 속삭이고 방에서 나왔다.

리시 엄마가 아래 부엌에서 기다리고 있었다.

"찾았니?"

"네, 이거예요. 방에 들어가게 해주셔서 고맙습니다." 사라가 대답했다. 그때 리시 아버지가 문으로 들어왔다. 사라는 그에게 조의를 표했다.

"그래, 사라. 고맙구나." 그는 이렇게만 대답하고 지나갔다. 그도 끔찍해 보였다. 얼굴이 온통 잿빛이고 푹 꺼져 있었다. 예전에 그는 늘 재미있었고, 리시와 사라에게 축구에서 어떤 점이 중요한지 차근차근 설명해줬다. 리시 아버지와 함께 정말 많이 웃었는데!

"사라, 리시의 장례식에서 기도문을 낭독해줄 수 있겠니?" 안네 뵐레펠트가 물었다.

"그…… 그럼요." 사라가 나지막하게 대답했다. "할게요. 이제 가야겠어요. 록시를 데려다줘야 해요."

"아참, 잠깐 기다리렴." 안네 뵐레펠트가 이렇게 말하고 옆방으로 갔다가 아인트라흐트 프랑크푸르트 로고가 새겨진 병따개가 든 작은 상자를 가지고 돌아왔다.

"리시 방에 있더라. 너에게 크리스마스 선물로 주려고 했나 봐." 그녀가 잠긴 목소리로 말하고 사라에게 상자를 건넸다.

사라는 침을 꿀꺽 삼켰다. 리시가 마인-타우누스 센터 탈리아에서 병따개를 살 때 사라도 함께 있었다. 그래서 리시가 그걸 누구에게 선물하려는지 알았다. 데이먼이었다. 하지만 그 말은 하지 않았다.

"찾아와줘서 고마워." 안네 뷜레펠트가 마음을 담아 사라를 포옹했다. "또 들르렴. 반가울 거야."

"그럴게요." 사라는 이렇게 약속하고 스케치북과 상자를 백팩에 넣은 다음 록시와 함께 집을 나섰다. 초와 사진과 꽃과 편지들 앞에 잠깐 서 있었다. 자동차 한 대가 도로를 따라오다가 속도를 늦추더니 뷜레펠트 집 차고 앞 주차 구역으로 들어섰다. 두 사람이 내렸을 때, 사라는 자기 눈을 믿을 수 없었다. 그중한 사람이 데이먼이었다! 그가 도대체 여기 왜 왔지?

미처 고개를 숙이기 전에 사라는 의아해하는 그의 눈길과 마주했다. 사라는 잠깐 그가 뭔가 말하려고 한다고 짐작했다. 그러다가 아마 자기가 누군지 알아보지도 못했을 거라는 생각에 이르렀다. 빌어먹을, 저 남자가 리시 부모님 집에 왜 찾아온 거야?

* * *

보덴슈타인이 켈크하임의 브룬힐덴 길에 마지막으로 다녀간 이후, 1960년대에 지어진 많은 땅콩 주택들의 소유주가 바뀐 듯했다. 도처의 건물들이 현대식으로 바뀌고, 철거되고, 재건축됐지만 라들로프의 집만 옛 모습 그대로여서 이제는 상당히 초라해 보였다.

초인종을 누르자 울리케 라들로프가 문을 열었다.

"안녕하세요, 폰 보덴슈타인 씨." 그녀는 그다지 놀라지도 않고 인사했다.

보덴슈타인이 피아를 소개했고, 라들로프 부인은 두 사람을 들여보내고 문을 닫았다.

"커피 드릴까요?"

보덴슈타인은 원래 오래 머물 생각이 없었고 교도소에서 개명한 다니엘 라들로프가 그저 잘 있는지만 알고 싶었지만 억지로라도 정중해지기로 했다. 울리케 라들로프는 이제 기껏해야 50대 중반일 텐데 아주 노인이 됐다. 아들의 범죄와 그 사건으로 세월이 흐르면서 라들로프 부인은 모든 것을 잃었지만, 보덴슈타인은 그런 그녀에게 연민을 느낄 수 없었다.

"네, 그러지요." 그가 제안을 받아들였다. 피아도 마시겠다고 했다.

세 사람은 식탁에 앉았다. 집이 추웠다. 모든 것이 오래되고 낡았지만 깔끔했다. 선반에 서류철이 열두어 개 꽂혀 있고 책장에 책이 몇 권 있었다. 삭막한 집이었다.

라들로프 부인이 커피 두 잔이 담긴 쟁반을 들고 돌아왔다. 다니엘 라들로프가 금방이라도 계단에서 내려올 것 같아 보덴슈타인은 말을 돌리지 않고 점성술사 크리스티네 켈멘디가 찾아왔던 일을 울리케 라들로프에게 바로 말했다.

그는 라들로프 부인이 주저하거나 부인하리라고 짐작했지, 깊은 한숨을 내쉬리라고는 미처 예상하지 못했다.

"네, 제가 그녀를 찾아갔어요." 잠시 후에 부인이 말했다. "제 아들이 11월 26일에 직장에 간다고 집을 나섰어요. 아들은 석방된 후에 자기 집을 구할 여력이 될 때까지 일단 여기서 살기로 했지요. 제가 에너지 주식회사에 자리 하나를 구해줬어요. 프로인게스하임 교도소에서 전기 기술자 직업 훈련을 마쳤거든요."

여전히 아들을 위해 모든 것을 감수하는 어미 사자 같은 사람이었다.

"저녁에 아들이 집에 돌아오지 않아서 저는 걱정이 됐어요." 라들로프 부인이 평정심을 잃지 않고 차분하게 말을 이었다. "휴대폰이 꺼져 있더군요. 위치 추적이 안 되는 오래된 모델이에요. 다음 날 아침에 회사에 전화를 걸었어요. 아들의 상사는 다니엘이 미리 말하거나 병가도 내지 않고 전날 결근했다며 화를 내더군요."

라들로프 부인이 잠시 말을 멈추고 높은 울타리가 돌아가 있는 정원을 창문 너머로 바라봤다.

"11월 26일 이후로 아들 소식을 듣지 못했어요. 아들은 성인이에요. 저도 알죠. 자기가 원하는 곳에는 어디든 갈 수 있어요. 하지만 느낌이 좋지 않아요. 아들이 개명을 했지만 그가 누군지 아는 사람이 많아요."

"누군가 그에게 해를 끼쳤을까 봐 걱정하시는 건가요?"

"네." 울리케 라들로프가 고개를 끄덕였다. "형사님도 증오 편지를 수백 통 받았다면 두려웠을 거예요. 다니엘은 저에게 말도 없이 그냥 사라지지 않을 아이예요. 수감되어 있는 동안 우리는 계속 연락했고, 저는 15년 동안 면회를 갔어요."

"왜 경찰서에 가지 않으셨죠?" 피아가 물었다.

"말했다시피 아들은 성인이에요. 경찰도 할 일이 없었겠지요." 울리케 라들로프가 어깨를 으쓱했다. "하지만 그 소식이 틀림없이 새어나갔을 테죠. 언론사들이 다시 몰려오고 또 욕설과 위협을 받는 게 두려웠어요. 다니엘이 석방됐을 때도 그랬죠.

그때도 계속 전화가 걸려오고, 기자와 성난 사람들이 여기 문 앞에 서 있었어요. 사건 당시처럼 말이에요. 그래서 그 점성술사를 찾아갔어요. 켈멘디 부인은 영매이기도 하고, 실종된 사람을 찾아준 적도 많아요. 그 사람 주소는 우리…… 살인자 엄마들 자조 모임의 어떤 엄마에게서 받았어요."

라들로프 부인이 웃음을 터뜨렸지만 즐거워서 웃는 웃음이 아니었다.

"라들로프 부인, 남편은 혹시 어디 계십니까?" 보덴슈타인이 물었다.

"그 사람은 당시 재판 전에 여기서 나갔어요." 울리케 라들로프가 담담한 목소리로 대답했다. "제 부모님과 딸도 그랬지요. 시부모님은 이 동네를 떠나기까지 했어요. 모두 다니엘과 연락을 끊었어요. 저와도 끊었지요. 제가 아들 편에 섰으니까요. 이해해요. 우리 중 누구도 여기서 더는 평범한 삶을 살 수 없다는 걸 다들 알았어요. 그러니까…… 예전과 같은 삶 말이에요. 우린 아동 살해범의 가족이었어요. 사람들은 아들의 행위 때문에 우리 부모도 공범 취급을 했지요. 저는…… 여기를 떠날 수 없었어요. 무슨 짓을 했든 다니엘은 제 아들이에요."

"켈멘디 부인에게서 아들이 어딘가에 잡혀 있을지도 모른다는 말을 듣고서 뭘 하셨나요?"

울리케 라들로프는 망설이다가 대답했다.

"아무것도 하지 않았어요. 제가 뭘 할 수 있었겠어요?"

"경찰에 신고하셨어야죠." 피아가 대답했다. "그의 과거 때문에 우린 부인의 말을 진지하게 받아들였을 겁니다."

"흐음, 그래야 했을지도 모르겠네요." 울리케 라들로프는 포기한 듯한 인상을 풍겼다.

"그동안 아드리아나 부모와 연락하고 지내셨나요?" 보덴슈타인이 물었다.

"처음에는 그러려고 했어요. 샤르펜베르크 부부와 대화하려고 했지요. 제 아들이 한 행위에 사과하고 싶었어요. 하지만 우리 변호사가 말리더군요. 그 사람이 옳았어요. 제가 무슨 말을 할 수 있었겠어요? 내 아이가 당신 아이를 죽여서 죄송하다고?" 그녀가 고개를 저었다.

"다니엘은 아드리아나와 그 아이 가족의 삶뿐 아니라 본인 가족의 삶도 파괴한 거예요. 켈멘디 부인이 다니엘이 죽은 걸 봤다고 하더군요. 그렇다면 그런 거죠. 저는 그저 확실히 알기를 원해요. 기다리는 걸 그만둘 수 있게 말이에요. 이제 끝낼 수 있게. 서류철을, 공판 서류들을, 증오 편지들을 내버릴 수 있게. 집을 팔고 어딘가에서 새로 시작할 용기를 낼 수 있게."

"그 편지들을 빌려가도 될까요?" 피아가 부탁했다.

"원하신다면요." 울리케 라들로프가 자리에서 일어나 선반으로 가서 꽉 찬 서류철 두 개를 꺼냈다. "가지고 가세요. 그리고 필요 없어지면 버리세요. 돌려받고 싶지 않으니까요."

* * *

"라들로프의 실종에 그가 죽었다는 것 말고 다른 이유가 있을까?" 차로 돌아가면서 보덴슈타인이 물었다.

"없을 것 같아서 걱정이에요." 피아가 고개를 저었다. "그는 엄마 집에 살았어요. 엄마가 일자리를 구해줬고, 휴대폰도 틀림없이 엄마가 샀을 거예요. 엄마 없이 그가 뭘 하겠어요?"

둘은 차에 올랐다.

"켈멘디 부인에게서 아들이 어딘가에 잡혀 있을지도 모른다는 말을 듣고서 뭘 했냐고 제가 물었을 때 라들로프 부인이 잠깐 망설인 거, 눈치채셨어요?" 피아가 이렇게 묻고 서류철 하나를 넘겨보기 시작했다.

"응."

"부아지즈의 이야기에 뭔가 믿을 만한 게 있고, 그 사람들이 다니엘 라들로프에게도 르네 지겔에게 했던 것과 똑같은 행동을 했다고 가정해보자고요. 그렇다면 그들은 틀림없이 희생자의 가족에게 접근했을 거예요."

"샤르펜베르크 부부에게." 보덴슈타인이 고개를 끄덕였다.

"흐음." 피아가 편지들을 획획 넘겼다. 손으로 쓴 편지가 많았고, 컴퓨터 또는 구식으로 타자기를 사용해 적은 편지도 있었다. 모두 익명이었다. 이름과 발신자를 밝힐 용기를 낸 사람은 없었다.

"무슨 생각해?" 보덴슈타인이 물었다.

"점성술사가 정확하게 뭐라고 했나요?" 피아가 곰곰이 생각했다. "그 남자가 '오래전에 한 일 때문에' 자기 의지에 반하여 지하 장소에 갇혀 있다고 말했었죠."

"응, 대강 그렇게 표현했지. 왜?"

"그 사람은 자기를 찾아온 사람과 그 사람 아들이 누구인지 몰랐다고 했어요. 하지만 울리케 라들로프는 그 말을 듣고 바로 알아차렸을 거예요. 자기 아들이 아드리아나 샤르펜베르크를 납치하고 죽였기 때문에 지하 어떤 장소에 갇혀 있다는 걸 말이에요. 여기 편지들에 사람들이 그녀의 아들을 어떻게 하고 싶은지 썼거든요. 예를 들어 여기 이 편지에는 '내가 아드리아나 아버지라면 킬러를 고용해서 괴물이 교도소에서 한 발을 내딛자마자 쏴 죽이겠다'라고 쓰여 있어요."

"흐음."

"토비아스 자토리우스, 기억나세요?" 피아가 물었다. "예전에 알텐하인에서 일어난 사건 말이에요."

"그럼, 당연히 기억하지."

"헤닝이 지금 새 범죄소설을 쓰고 있어요. 그 사건을 다룬대요. 그래서 몇 가지 세부사항을 저에게 물었는데, 죽은 두 여자아이 중 한 아이의 아버지가 자토리우스 엄마에게 한 행동이 떠올랐어요."

"자토리우스에게도. 마을 사람들이 그를 헛간에서 때렸잖아."

"맞아요." 피아가 서류철에서 눈을 들었다. "반장님 아들이 어떤 아이를 살해했고, 형기를 마치고 교도소에서 나왔는데 며칠 후에 흔적도 없이 실종됐다고 상상해보세요. 자기가 저질렀던 행위 때문에 누군가에게 납치당해서 위험에 처해 있다고요. 그런데 그동안 내내 이런 편지를 받았어요. 그러면 어떻게 하시겠어요?"

"내 아들이 그런 짓을 할 거라고는 상상하기 힘든데."

"아이참, 만약 그랬다면 어떻게 하실 거예요?" 피아가 고집을 부렸다.

보덴슈타인은 생각에 잠겼다.

"아마 경찰에 신고하겠지."

"하지만 아들이 아동 살해범이라서 또다시 언론사에서 몰려오고 사람들에게 욕을 먹을까 봐 신고할 수 없다면요?"

"누가 내 아들을 위험에 처하게 할지 생각해볼 거야."

"그런 다음은요?"

"아마도 가장 큰 위험은 죽임을 당한 아이의 유족에게서 올 거라는 결론에 도달할 테지."

"……복수하려고 15년이나 끈질기게 기다린 유족들에게서." 피아가 말했다.

"자네는 그런 일이 가능하다고 생각해?" 보덴슈타인은 미심쩍어했다.

"저는 사람이 하지 못할 일은 없다고 생각해요. 복수하려고 62년이나 기다린 사건도 있었잖아요. 기억하세요?"

"아, 그럼. 기억하지." 보덴슈타인이 고개를 끄덕였다. "그러니까 자네는 점성술사에게서 아들이 위험에 처해 있다는 말을 들은 라들로프 부인이 뭔가 했을 거라는 말이지?"

"바로 그거예요."

"그럼 샤르펜베르크 부부와 이야기를 해봐야겠군." 보덴슈타인은 이렇게 대답하고 519번 연방도로 교차로에서 오른쪽 대신 왼쪽 방향 지시등을 켰다.

둘은 쾨니히슈타인 요하니스발트 마을로 향했다. 보덴슈타인은 샤르펜베르크의 전원주택을 한눈에 다시 알아봤다. 그가 공무용 차량을 차고 앞에 세우자 피아는 서류철 두 개를 뒷좌석에 던지고 머플러로 목을 여러 번 감았다.

집에 사람이 살지 않는 것처럼 보였다. 블라인드가 모두 내려와 있었다.

"저기 보세요! 우리가 너무 늦게 왔네요." 피아가 전원주택 대문에 붙은 부동산 중개업자의 광고판을 가리켰다. 광고판 위에 비스듬하게 '판매 완료' 스티커가 붙어 있었다.

"그럼 이웃들에게 물어볼까." 보덴슈타인이 제안했다.

15년 전에 다니엘 라들로프의 여자친구 부모님 소유였던 옆집은 사람들로 붐볐다. 이중 차고 문 앞에 레인지 로버 한 대와 눈처럼 새하얀 허머 한 대가 주차되어 있었다. 정원에서 아이 여럿이 고함을 지르며 얼마 남지 않은 눈으로 눈사람을 만드는 중이었다. 엄마들은 지붕이 덮이고 난방이 되는 테라스에서 이야기를 나눴다. 피아가 초인종을 누르자 한 남자가 문을 열었다. 날렵한 40대 중반으로, 안경에 캐시미어 스웨터만 입고 맨발이었다. 바닥 난방 덕분인 듯했다. 오른쪽 귀에 블루투스 이어폰을 꽂고 있었다. 금융업계에서 일하거나 기업 컨설팅 파트너인가 보군. 피아가 추측했다. 아니면 국제 변호사 사무실의 변호사거나.

"기다려요." 그가 전화기 너머에 있는 사람에게 영어로 말하고 처음에 보덴슈타인을, 그다음에 피아를 미심쩍은 눈길로 바라봤다. "무슨 일입니까?"

남자는 형사 신분증을 보여준 후에야 마음을 열었다. 그는 형사들이 이웃집에 무슨 볼일이 있는지 묻지 않았다. 아마도 샤르펜베르크 집의 슬픈 운명과 자기가 지금 사는 집이 그 사건에서 어떤 역할을 했는지 모르거나 아니면 그냥 관심이 없을 수도 있었다.

"이미 몇 년 전에 미국으로 갔을 거예요." 보덴슈타인의 질문에 그가 대답했다. "우리가 이 집을 사기 전이에요. 저 집은 최소한 8년은 비어 있었어요. 주택가에 빈집이 있으면 안 좋죠. 이제 드디어 팔렸네요. 11월 말에 그 부부가 며칠 다녀갔는데, 아마 공증 계약과 집안일 때문이었겠죠."

보덴슈타인이 정보 제공에 감사한 후에 둘은 공무용 차량으로 향했다.

"샤르펜베르크 부부가 다니엘 라들로프가 실종된 그 주에 '우연히' 독일에 와 있었다고요?" 피아가 물었다. "그리고 집을 그동안 내내 비워둔 상태로 소유하고 있었고요?"

들은 이야기를 기본적으로 일단 의심하는 현상은 언젠가부터 모든 형사가 지닌 제2의 천성이 된다. 안타깝게도 피아의 이런 의심은 옳을 때가 많았고, 20년이 넘게 형사 생활을 하면서 사생활 영역에서도 의심하는 습관을 잘 떨치지 못했다.

"나도 자네처럼 우연을 믿지 않아." 보덴슈타인이 대답하고 운전석에 앉았다. 둘은 서로 마주봤다. 어제까지만 해도 허튼소리 같던 발리드 부아지즈의 이야기가 이제 갑자기 더는 기괴하게 들리지 않았다. 자신들의 관할 구역에서 어떤 패거리가 행패를 부리며 자기 판단에 따라 사적 제재로 사람들을 처형한다고 생각하니 무척 걱정스러웠다. 쾨니히슈타인 이탈리아 식당에서 얼른 요리되는 파스타를 먹을까 고민하는 중에—보통 그들이 점심식사를 해결하는 슈퍼마켓과 노점과 빵집이 일요일에는 문을 닫았다─보덴슈타인의 휴대폰이 진동했다.

"어디 계세요?" 카이 오스터만이 물었다.

"쾨니히슈타인에 있어. 무슨 일 생겼나?"

"변화가 있어서요. 과장님이 오후 3시에 회의를 하잡니다."

"알았어. 우리, 출발할게."

"굶어 죽겠네요." 실망한 피아가 중얼거렸다. "파스타야, 안녕!"

"누가 그래?" 보덴슈타인이 그녀에게 윙크했다. "당연히 먼저 먹어야지. 내가 살면서 처음으로 피자 가게 바로 앞에 주차할 자리를 발견했는데 말이야!"

* * *

"버섯 재배 벙커 시설에 대한 수색 영장을 신청할 예정입니다." 한 시간 후에 니콜라 엥겔 과장이 회의실에 모인 강력11반에게 알렸다. 과장은 직감이나 영매의 주장보다는 팩트를 믿었는데, 크리스티안 크뢰거가 발리드 부아지즈의 진술을 아주 면밀하게 되짚고 구글 지도에서 거리를 정확하게 측정함으로써 이 팩트를 제공해줬다. 피아는 눈썹을 치켜떴지만 뭔가 언급은 자제했다. 똑같은 이야기를 자기가 어제저녁에 이미 과장에게 했는데도 특수한 소프트웨어를 사용한 크리스티안의 세부적인 분석이 검지로 지도를 휘저으며 하는 설명보다는 설득력이 있는 모양이었다.

"수색견을 혼란에 빠뜨렸던 흔적도 이제 제대로 설명이 됐습니다." 크뢰거가 만족스러운 표정으로 보고했다. "지젤은 추격자와 개들을 피해서 온 숲을 헤매며 도망 다닌 겁니다."

"판사가 수색 영장을 발부해줄지 모르겠군." 보덴슈타인이 말했다. "버섯 벙커를 수색해서 뭘 찾으려고 하는데?"

"르네 지젤의 흔적이죠." 크뢰거가 대답했다.

"다니엘 라들로프는 어떻게 됐어요?" 니콜라 엥겔이 물었다. "어머니 집에서 그를 만났나요?"

"아니요." 보덴슈타인이 대답했다. "11월 26일 이후에 흔적도 없이 사라졌답니다. 점성술사 말이 맞을지도 모르겠어요."

니콜라 엥겔은 미심쩍다는 듯이 이상을 찌푸렸다.

"그 점은 제가 확인해봤습니다." 셈이 보고했다. "크리스티네 켈멘디가 지닌 영매로서의 능력을 실제로 우리 동료들이 여러 번 이용했습니다. 그녀는 가출 청소년과 길 잃은 어르신, 실종된 사람들을 찾는 데 성공했답니다."

"흠, 믿든가 말든가." 니콜라 엥겔이 못 믿겠다는 투로 중얼거렸다.

"자, 여러분. 이제 제 차례입니다." 카이가 나섰다. "프랑크푸르트의 우리 동료들이 담당했던 두 건의 미제 살인사건을 조사하면서 디지털 사건 파일을 읽어봤습니다. 압델 오두모수와 살레 카베리 사건. 첫눈에는 둘 모두 외국인 혐오가 동기인 살인처럼 보이고, 당시 동료들도 그렇게 수사에 접근했습니다. 그 지역에서 폭력적인 우익 단체를 조사했지만 허사였지요."

"국가사회주의 지하조직 같은 사람들의 범행이라고 생각했군요?" 타리크가 물었다.

"맞아." 카이가 고개를 끄덕였다. "당시 경찰은 헌법수호처 익명의 제보자들까지 동원했지만 수사는 계속 막혔지."

"짤막하게 브리핑 좀 해주시죠." 니콜라 엥겔이 부탁했다. "정확하게 어떤 사건인가요?"

피아가 헤닝이 2017년에 일어난 두 건의 미제 살인사건을 기억해냈다고, 르네 지겔과 다니엘 라들로프 사건과 비슷한 유형이라고 설명했다.

카이가 몇 가지 키워드로 팩트를 요약했다.

"두 번 모두 주민들로부터 도움이 될 만한 신고가 없었습니다. 유용한 목격자 진술도 없었고요. CCTV에도 쓸 만한 녹화가 없었습니다. 〈파일 번호 XY〉에 사건이 소개된 후에도 신고가 없었어요. 한마디로 아무것도 없었습니다. 사건을 담당했던 프랑크푸르트 동료들은 속수무책이었죠."

"기억나네요." 니콜라 엥겔이 말했다. "나도 범인은 국가사회주의 지하조직을 흉내 낸 사람들이라고 늘 생각했는데요."

"국가사회주의 지하조직과는 비교할 수 없어요. 그들은 이민자 집안 출신의 성실한 시민들을 닥치는 대로 살해했으니까요. 튀르키예 출신 상점 주인이나 직원들을 말이지요." 셈이 끼어들었다. "하지만 프랑크푸르트의 두 사건과 르네 지겔, 그리고 아마 다니엘 라들로프도 포함될 텐데, 이 경우는 사람을 죽인 범죄자였어요."

창가에 어둠이 내리고 강림절 세 번째 일요일이 저무는 가운데 팀원들은 여전히 탁자에 둘러앉아 있었다.

그들이 지금까지 담당했던 대다수 살인사건은 면식범에 의한 살인이었다. 대부분은 며칠 내로 해결할 수 있었다. 하지만 복잡한 사건도 늘 생기긴 했다. 가해자와 희생자 사이에 연결점이 없고 살해 동기가 명확하지 않은 사건들이 그런 경우였다. 라리사 뷜레펠트 살인사건도 이런 막다른 골목에 처하게 될까? 36시간 이후에 범인을 찾기는 매우 힘들다는, 경험상 통용되는 규칙이 있다. 범행이 남긴 엄청난 인상이 시간이 지나면서 감소하고 범인이 자신의 범행을 계획적으로 은폐할 수 있기 때문이다. 리시 뷜레펠트 수사 서류에는 이제 아이의 가까운 친척과 먼 지인들의 진술, 타액 샘플, 알리바이 등 100건이 넘는 기록이 담겼다. 사라 코르브마허만 빠졌다. 내일 이 아이와 이야기를 나눠봐야 했다.

"우리 회의에 참석해서 하실 말이 있나요, 아니면 휴대폰이 더 흥미진진한가요?" 니콜라 엥겔이 묻자 딴짓을 들킨 카트린은 스마트폰을 뒤집어 탁자에 내려놓았다.

"경건한 무슬림인 발리드 부아지즈는 분명히 네오나치는 아닐 겁니다." 과장이 말했다. "그리고 야간 투시경을 쓴 남자가 여러 명이었다고 명확하게 진술했어요. 거기다 그를 역에서 데리고 온 운전사까지. 그러니 단독범이 아니라 잘 조직된 그룹입니다."

"파바드 마흐무디가 그들의 손아귀에 들어갔을 확률이 얼마나 될까요?" 셈이 곰곰이 생각하는 표정으로 말했다. "그 어디서도 목격되지 않았고, 지금까지 들어온 제보들은 모두 오류였어요."

"그렇다면 라리사 뷜레펠트 사건과 관련이 있을 가능성이 있지요." 과장이 말했다. "언론이 점점 더 우리를 무너뜨리려고 하는 중이에요. 우린 결과를 내놓아야 합니다. 그것 때문에도 버섯 벙커를 수색해야겠어요."

"수색 영장은 제가 신청할게요." 카트린이 이렇게 말하고 메모했다. "내일 아침에 바로 하겠습니다."

"왜 내일까지 기다리죠?" 과장은 오늘 카트린 파힝거를 표적으로 삼은 모양이었다. "당직 검사에게 지금 바로 전화해요! 하지만 파힝거 형사가 오늘 바쁜 일이 있다면 덜 바쁜 다른 동료가 해도 됩니다."

"죄송합니다. 그렇게 급한 줄 몰랐어요." 심한 질책을 받은 카트린은 모근까지 붉어졌다.

"그런데 그 사람들, 그 그룹이 파바드 마흐무디의 DNA가 라리사 뷜레펠트의 옷과 몸에서 발견됐다는 정보를 어떻게 그토록 빨리 알았지?" 피아가 중얼거렸다. "카트린, 우리가 그걸 알아내자마자 당신이 순찰차를 그곳으로 보냈잖아. 안 그래?"

"어, 맞아요." 카트린이 대답했다.

"스파이가 있는지도 모르죠." 타리크가 추측했다. "우리 경찰 또는 검찰 쪽에요. 아니면 지역범죄수사국 실험실에."

탁자 주위가 잠시 조용해졌다. 수사를 방해하고 파괴하는 스파이가 내부에 있다는 건 소름끼치는 일이었다.

"오늘은 더 이상 알아낼 수 없어." 보덴슈타인이 입을 뗐다. "내일 움직이지. 오늘은 그만하자고."

모두 의자를 천천히 뒤로 빼며 회의가 끝났다. 니콜라 엥겔이 강림절 리스의 초 세 개를 껐다. 타리크는 종이 접시에 남은 크리스마스 쿠키 부스러기를 접시째 들고 입에 털어 넣었다.

"카트린 선배, 쿠키 또 가져오셔야 해요. 진짜 맛있어요!"

"벌써 다 먹었어?" 카트린이 짜증을 냈다. "원래 크리스마스까지 먹으려던 거야! 내가 주말마다 다섯 시간씩 서서 쿠키를 구워야겠어?"

"얼마 전에 쿠키 만드는 거 엄청 좋아하신다고 한 것 같아서요." 타리크는 사과하듯 양손을 들어 올렸다. "알았어요! 흥분하지 마세요!"

"흥분하지 말라고? 내가 후배에게 그런 말을 들어야 해?"

"왜 그러세요?" 타리크도 이제 화가 났다. "저에게 왜 이렇게 화를 내시냐고요."

그러자 셈이 끼어들었다. 그는 타리크의 어깨에 손을 올리고 잡아끌었다.

"자네가 쿠키를 혼자 거의 다 먹었잖아." 셈이 나가면서 어린 동료를 놀렸다. "벌써 배가 나왔어!"

카트린은 복도를 지나, 셈과 타리크와 함께 쓰는 사무실로 들어갔다. 그리고 옷걸이에서 외투를 벗겨 입었다. 피아가 그 뒤를 따랐다.

"별일 없어?"

"네, 괜찮아요." 카트린이 대답했지만, 그 말과는 달리 긴장해서 표정이 돌처럼 굳어져 있었다. "좀 자야겠어요. 제 건강 상태를 좀 과대평가했나 봐요. 하지만 동료들만 바쁘게 만들고 싶지 않았어요."

"아, 물어볼 게 하나 있어. 그 비밀스러운 산책자랑 리시 뷜레 펠트의 시신을 발견한 개와 관련해서 프리체에게 다시 얘기해 봤어?"

"아이고, 완전히 까먹고 있었어요!" 카트린이 스스로에게 눈을 흘겼다. "피아 선배, 죄송해요! 할 일이 너무 많았어요. 내일 아침 일찍 해볼게요."

"내가 해도 돼. 못된 노인 프리체를 좀 놀려주지 뭐." 피아가 히죽 웃으며 대답했다.

"네, 알겠어요. 그럼 선배가 하세요. 고맙습니다!" 카트린은 슬쩍 미소를 지었지만 눈까지 웃지는 않았다. "저녁 시간 즐겁게 보내세요!"

"응, 당신도." 피아가 대답했다.

* * *

"최근 파힝거가 좀 예민해진 것 같아." 니콜라 엥겔이 보덴슈타인에게 말했다. "서기 업무를 맡기에는 아직 좀 힘든 걸까?"

"아니, 아니. 잘해내고 있어." 보덴슈타인이 카트린을 옹호했다. "우리도 다들 초짜였잖아. 오스터만처럼 잘하려면 시간이 걸리는 법이지."

"그리고 아직 건강이 다 회복된 것도 아니에요." 피아가 상사의 말에 덧붙였다. "어제까지만 해도 누워 있었잖아요."

"수색 영장 신청은 제가 할게요." 카이가 말했다.

"자네는 실종자와 신원미상 시신 데이터뱅크에서 비슷한 유형의 미제 살인사건을 찾아보는 게 더 좋겠어." 보덴슈타인이 카이에게 부탁했다. "그리고 그 버섯 재배업자, 볼프 졸베르크에 대해 알아낼 수 있을까?"

"네, 알겠습니다." 오스터만은 호프하임 경찰서에서 유일하게 연방범죄수사국의 독일 전역 실종자와 신원미상 시신 데이터뱅크에 접속할 수 있었다.

"수색 영장 신청은 내가 하죠." 니콜라 엥겔이 말했다. "내가 능숙하게 처리한다면 아마 내일 아침이면 받을 겁니다."

특별수사팀에 투입된 동료가 문틀을 노크했다. 벡스는 고개를 들고 새로 온 사람이 혹시 간식을 줄 만한지 살피다가 아니라는 걸 알고는 하품을 하고 바구니에 다시 몸을 비볐다.

"어떤 사람이 페이스북 메시지로 연락했습니다." 원래는 강력 20반 소속인 그가 대화 출력물을 들어 올렸다. "림부르크 슈타펠 지역의 어떤 남자가 상업 지구에 있는 자기 부지에서 필라브라질레이로 두 마리를 키운다고 합니다. 지금까지 받은 제보 중에 가장 전망이 밝아요. 제보가 들어온 다른 개들은 너무 멀리 살거나 한 마리씩만 있었습니다."

"이리 주세요." 피아는 종이를 넘겨받아 읽었다. "그 부지는 장례업자 소유군요. 내일 바로 가봐야겠어요. 제보자 연락처 있나요?"

"거기 적어됐습니다." 동료가 대답했다. "제보자와 통화했는데, 믿을 만한 것 같아요. 개 등록처와 림부르크 시 세무 부처에 문의해됐습니다."

"아주 잘됐군요." 니콜라 엥겔이 그에게 대답했다. "잘 처리하셨습니다."

동료가 고개를 끄덕이고 간 후에 피아는 화이트보드에 걸린 지도를 살펴봤다. 림부르크 슈타펠은 버섯 농장이 있는 숲 가운데에서 멀지 않았다. 볼프 졸베르크는 피아에게 약간 괴짜 같긴 해도 동물을 사랑하고, 성실하고 열정적으로 버섯을 재배하여 수익성이 좋은 사업을 운영하는 무해한 사람이라는 인상을 남겼다. 누군가를 염탐하다가 남의 눈에 띄지 않게 제압하여 우연히 찾아내기는 도무지 힘든 장소로 옮겨 가둬두려면 어느 정도의 노력이 필요할까? 피아는 버섯 벙커가 상당히 이상적인 조건임을 인정할 수밖에 없었다.

"헤닝이 언급한 그 두 사건에서 애초에 희생된 사람의 유족을 우리가 만나봐야 할 것 같아. 부아지즈의 경우처럼 말이야." 보덴슈타인이 제안했다. "그러니까 주유소 위탁 운영자의 가족, 그리고 아내와 아들이 고속열차에 떠밀렸다는 남자를."

이제 남은 사람은 네 명뿐이었다. 카이는 데이터뱅크에 깊숙하게 파묻혔고, 니콜라 엥겔은 입가에 미소를 지은 채 스마트폰에서 뭔가를 읽고 있었다. 예전부터 그랬듯이 과장은 사생활을 비밀로 지켰으나, 얼마 전에 동료 한 명이 제베린 벨텐 작가와 과장이 함께 있는 모습을 목격했다. 이 소문은 당연히 번개처럼 호프하임 경찰서를 돌았다. 제베린 벨텐이 작년에 몇 주 동안 지하 감방에 앉아 새 소설을 쓴 이후로 경찰서에서는 누구나 그를 알게 됐다. 자발적으로는 책에 절대 손도 대지 않는 사람도 마찬가지였다.

"뷜레펠트 부부도요?" 피아가 물었다.

"그럼, 물론이지." 니콜라 엥겔이 스마트폰에서 고개를 들지 않은 채 대답했다. "마흐무디가 이 정도로 완벽하게 사라진 게 이상하잖아."

"나도 같은 생각이야." 보덴슈타인도 동의했다.

"자, 여러분. 제가 볼프 졸베르크에 대해 알아낸 게 있습니다!" 카이가 이렇게 말하고는 척추에서 뚝 소리가 날 때까지 등을 뒤로 꺾었다. "어쩐지 어디선가 들은 이름이더라고요!"

"말씀해보시죠." 니콜라 엥겔이 부탁했다.

"졸베르크는 2005년 아프가니스탄에서 자기 부대와 함께 기습 공격을 당해 탈레반의 손아귀에 들어간 연방군 대위였습니다. 공병 대대 소속으로 기반 시설 확장, 폭탄과 지뢰 해체를 담당했어요. 당시 언론에서 이 사건을 몇 주, 몇 달이나 다뤘습니다. 그는 거의 1년 동안 실종된 것으로 간주됐는데, 그 후에 제대로 해명되지 않은 상황에서 파키스탄 국경 지역에 나타났습니다. 그와 함께 납치됐던 다른 동료 네 명은 처음 며칠 사이에 모두 사망했고, 졸베르크만 고문을 견디고 유일하게 살아남았습니다. 돌아온 후에 고위 훈장을 받고 제대하여 퇴역 군인이 됐고요."

"아마 거기서 백발이 된 모양이네." 피아가 추측했다. "그래서 숲에서 동물과 버섯 균사체랑 같이 홀로 사는 걸 좋아하고."

보덴슈타인이 얼굴을 찌푸리고 말했다. "훈련받은 군인인 자네 친구, 버섯 재배업자는 사람을 제압하고 납치할 수도 있을 테지."

"볼프 졸베르크. 다니엘 라들로프. 상황이 점점 흥미로워지네." 니콜라 엥겔이 전화기를 핸드백에 넣고 자리에서 일어났다. "피아, 내일 림부르크에 가서 그 개들을 봐줘. 털을 채취할 사람도 데려가고."

"오케이."

과장은 보덴슈타인에게 버섯 벙커 수색을 맡기려 했지만 그는 가지 못할 핑계를 이미 준비해두고 있었다.

"내일 반차를 냈어. 코지마와 둘이 대학병원에서 마지막 후속 진료를 받아. 12시 전에는 돌아올 수 없어. 셈과 타리크와 크리스티안이 할 수 있겠지." 그러고 잠깐 말을 멈췄다가 이었다. "그런데 당신, 이 사건을 지역범죄수사국에 넘기려고 하지 않았어?"

"이제 막 흥미진진해지는데?" 과장이 싱긋 웃었다. "절대 안 되지!"

* * *

사라는 소름이 끼쳐서 스케치북을 덮었다. 리시가 이걸 왜 위의 작업실에 두지 않았는지 이제야 알았다. 예전에 리시는 재미있는 만화를 자주, 그리고 가끔은 학교 선생님이나 학생들을 소재로 꽤 짓궂은 만화도 그렸고, 둘은 눈물을 쏟으며 같이 웃었다. 리시의 재능은 엄청나서 몇 개의 선만으로 누군가의 특징을 잡아낼 수 있었다. 하지만 최근 몇 주 리시는 일기장 내용처럼 보이는 음울한 망가를 그렸고, 사라는 이걸 어떻게 생각해야 할지 알 수 없었다. 리시는 스케치북을 숨겼거나 가장 친한 친구인 나를 속인 거로구나. 리시의 그림이나 글이 정말 일어났던 일인가? 어쨌든 전부 꾸며낸 이야기는 아니었다. 지난 수학 시험 때 데이먼의 이상한 요구와 같은 몇 가지 일은 사라도 함께 경험했으니까.

사라는 리시가 데이먼 때문에 제정신이 아니었다는 걸 깨닫고 큰 충격을 받았다. 리시는 사라에게 자기는 관심이 없지만 '그'가 '자기'를 얼마나 좋아하는지 늘 말하곤 했다. 하지만 사실은 반대였던 모양이다. 리시는 그와 자기 자신 말고는 거의 그리지 않았다.

리시가 개를 데리고 산책하다가 데이먼을 만나 키스하고 '섹스'도 했지만 나에게는 말하지 않은 걸까?

그리고 베를린 그 클럽에서는 무슨 일이 벌어진 걸까? 리시는 자신과 데이먼이 옷 보관소에서 거칠게 키스하는 망가를 너무나 입체적이고 사실적으로 그렸는데, 사라는 리시가 제정신이 아니라고 생각했다. 리시는 그날 저녁 그 클럽에서 단 1초도 혼자 있지 않았는데 이게 무슨 소린가! 둘은 화장실에도 함께 갔고, 내내 같이 서 있거나 춤을 췄다. 리시는 데이먼과 키스를 할 시간이 전혀 없었다!

그렇다면 다른 이야기도 사실이 아닌 걸까?

이 망가들을 차라리 안 봤더라면 좋았을걸. 내가 가장 친한 친구를 제대로 알기는 한 건가? 리시가 살아 있었더라면 오늘 저녁에 당장 따질 텐데. 솔직하게 말해달라고 부탁할 텐데. 하지만 이제 그럴 기회는 없었다. 사라는 의심을 품고 그냥 살아야 했다. 아니면 진실을 밝히려고 시도하거나. 하지만 그러려면 학교에 가야 했다.

사라는 한숨을 내쉬고 학습용 태블릿에서 학교 포털을 확인했다. 내일 영어 수업은 다른 선생님이 대신하고 7교시 역사 수업은 취소될 것이다. 사라는 침대에서 빠져나와, 오빠가 대학에 간 뒤로 자기 혼자 쓰는 건너편 욕실로 갔다. 거울 속 자기 모습에 구역질이 날 것 같았다. 느낌상으로 일주일쯤 입은 것 같은 옷을 벗고 샤워를 했다. 자기가 데이먼과의 만남을 견딜 수 있을 만큼 강인하기를 바랐다.

* * *

"반장님, 뷜레펠트 부부에게 크리스마스트리를 선물했다는 이야기는 안 하셨잖아요." 리시 집에서 나와 자동차로 걸어가면서 피아가 말했다.

"아, 대단한 일도 아닌데 뭐." 보덴슈타인이 대수롭지 않다는 듯이 대답했다.

"정말 친절하시네요. 두 사람에게 소소한 기쁨을 주셨어요. 그들에게 꼭 필요한 기쁨이지요."

"으음." 상관은 이런 소리만 냈다.

집에는 뷜레펠트 부부만 있었다. 외르크 뷜레펠트는 다시 어느 정도 평정을 찾아서 면도를 하고 차분해진 듯했다. 두 사람 앞에는 딸의 장례를 준비해야 하는 힘든 날들이 기다리고 있었다. 리시가 좋아하던 옷을 찾고 부고장을 구상해야 했다. 리시 매장 방식에 대해 아직 의견일치를 보지 못했다. 부부는 장례식과 그 후에 오게 될 상황을 두려워하고 있었다.

보덴슈타인은 말을 돌리지 않고, 최근에 누군가 와서 리시의 살인범에게 보복할 기회를 주겠다고 제안하지 않았는지 그들에게 물었다.

"유감스럽게도 그런 일은 없었어요." 안네 뵐레펠트가 씁쓸한 말투로 대답했다. "그 제안을 곧장 받아들였을 텐데 말이지요."

"당신, 어떻게 그런 말을 할 수 있어?" 남편이 깜짝 놀라 아내를 비난했다. 그는 경찰이 리시의 살인범을 이제 제발 찾아서 이 악몽을 끝내주기만 바란다고 했다.

"부부에게서 어떤 인상을 받았어?" 보덴슈타인이 물었다. "둘의 반응에서 말이야."

"반장님이 너무 직설적으로 질문했잖아요." 피아가 대꾸했다. "그 사람들이 달리 어떻게 반응했겠어요? '네, 형사님. 누군가 여기 왔었지요. 자, 여기 그의 전화번호가 있어요.' 이렇게 말인가요?"

"다른 식으로 물어볼걸 그랬네." 보덴슈타인도 인정했다. "하지만 어쨌든. 자네는 어떤 인상을 받았어?"

"안네 뵐레펠트는 즉시 대답했죠." 피아는 생각에 잠겼다. "그래서 그 대답에 설득력이 있었어요. 남편은 아내의 대답에 솔직하게 반응했고요. 하지만 둘 다 연극을 하는지도 모르죠. 진실은 어차피 말하지 않았을 거예요."

66번 고속도로에 막 올라탔을 때 피아의 전화기가 울렸다. 엄마의 볼링 친구인 또 다른 이웃이었다. 다행스럽게도 나쁜 소식이 아니라, 다른 이웃이 병원에 입원해 있는 동안 이따금 엄마를 들여다보겠다고 말했다. 피아는 오늘 저녁에 가보겠다는 이웃의 친절한 제안에 감사 인사를 하고 기꺼이 이를 받아들였다.

10분 후에 호프하임 경찰서 손님용 주차장에 보덴슈타인을 내려주고 내일 대학병원에서 진료 잘 보시라고 인사하고, 림부르크에서 얻는 정보를 바로 전달하겠다고 약속했다. 집으로 돌아와 보니 크리스토프의 차가 차고 앞에 있고 집에서는 불빛이 새어나왔다.

"아, 당신 돌아왔구나." 피아가 재킷을 벗고 열쇠를 옷걸이 옆 서랍장 위에 올려놓는 동안 크리스토프가 개에게 인사했다.

"마지막 저녁은 제쳤어."

"당신이 영화 강연을 자발적으로 포기했다고?" 피아가 싱긋 웃으며 물었다.

"네 번째 강연이었거든." 그가 피아를 안고 키스했다. "개를 데리고 시내로 내려가면 어떨까 해."

"부엌을 지저분하게 만들지 말고 저녁식사를 하자는 말이지?"

"바로 그거야." 크리스토프도 웃었다. "그리고 차분하게 크리스마스와 당신 엄마 이야기를 하자. 다 해결될 거야. 달링, 걱정하지 마."

"고마워." 피아도 그에게 키스하며 미소 지었다. "당신이 돌아와서 기뻐."

12월 16일 월요일

9시 30분 정각, 프랑크푸르트 지방 법원 6번 소년형사부 재판장 콘스탄틴 하벨카 판사는 80호 법정에 들어섰다. 구치소에서 이송되어 온 피고 외메르 펙칸과 메틴 예를리카야가 피고인석에서 버릇없이 굴었다. 그들의 변호인 우도 스자마이트 박사와 얀 페퍼코른 박사도 참석해 있었다. 변호인 가운을 입은 이들은 서로 농담을 하면서 무례하게 판사를 무시했고, 지난번 공판일에 행한 교활한 조치가 마지막 순간에 소송을 뒤집을 것이라고 확신하고 있었다. 판사는 당연히 그 비난을 조사했고, 참심원 베르트람 글뢰크너가 페이스북 댓글에 올린 엄지 이모티콘이 외국인 혐오 발언과 관련이 없다는 사실도 확인했다. 하지만 그건 이제 어차피 아무 상관도 없었다.

하벨카가 변호사들에게 고개를 끄덕여 인사했다. 몇 달, 아니 몇 년 만에 그는 기분이 좋았다. 오늘은 그가 오랫동안 준비해온 날이었다. 오늘 판결이 내려질 터였다.

그가 판사석에 자리를 잡았다. 동료 판사 두 명, 참심원 두 명, 법원 경비 두 명과 이 법정에서 오래전부터 일해서 낯익은 속기사 한 명, 공소 참여인의 변호사와 검사 모두 정시에 도착하여

자기 자리에 앉아 있었다. 예전에 수백 번 겪었던 것과 같은 공판일이었다. 등장인물들 모두 이 연극에서 자기에게 주어진 역할을 연기할 준비를 마쳤다. 판사와 검사, 변호사는 이를 위해 복장까지 갖추었다. 그도 예외가 아니었다.

"안녕하십니까." 그가 마이크에 대고 말했다. 다들 평소와 다름없는 평범한 도입부 문장을 예상했지만 그가 내용을 바꾸었다. "동료 여러분, 참심원 분들과 공소 참여인의 변호사, 검사, 경비 크라미히 씨와 속기사께서는 지금 법정에서 나가주시기 바랍니다."

중얼거리던 소음이 순식간에 그치고 모두 당황하여 그를 쳐다봤다.

"뭐라고요?" 스자마이트 변호사가 물었다. "도대체 왜요? 우리는 어떻게 할까요?"

"지금 호명된 분들은 제 말씀을 따라주시길 정중하게 부탁드립니다. 이유는 나중에 아시게 될 겁니다." 콘스탄틴 하벨카가 다시 말했다. "경비 트뢰거 씨는 잠깐 남아주십시오."

해당되는 사람들은 당황했지만 짐을 챙겨 법정을 나섰다. 변호사들은 항의했지만 피고인 두 명은 주변에서 평소와 다른 일이 벌어진다는 걸 깨닫지도 못한 채 킥킥거리며 장난을 쳤다.

검사가 나가면서 문을 닫을 때까지 기다렸다가 하벨카가 판사석에서 일어나 변호인 스자마이트에게 다가가자, 변호인은 말을 하다 말고 입을 다물었다. 판사가 바지 허리띠에서 전기충격기를 꺼내 예고도 없이 변호인의 가슴에 댔다. 10만 볼트에 남자는 뒤로 튕겨나갔다. 뚱뚱한 그의 몸이 둔탁한 소리를 내며 벽에 부딪치고는 미동도 없이 바닥에 누웠다.

"어, 작동이 무척 잘 되네." 하벨카가 기뻐했다. 피고인들은 눈이 휘둥그레져서 그를 쳐다봤다. 경비는 입이 떡 벌어졌다.

"저…… 정신 나갔습니까?" 얀 페퍼코른이 더듬거리며 말했다. "이게 무슨…….."

질문을 마치기도 전에 하벨카는 그에게도 전기 충격기를 댔고, 페퍼코른은 동료와 똑같은 상태가 됐다.

하벨카가 충격기를 치웠다. 그는 두 변호인을 일시적으로 어떻게 제압할지 오래 고민했었다. 이들이 저항하지 않고 얌전하게 묶이는 일은 없으리라고 예상했기 때문이다. 우연히도 아는 경찰 덕분에 궁극적인 해결책을 찾았다.

"트뢰거 씨." 하벨카가 법정 경비에게로 몸을 돌렸다. "판사실 문 옆 탁자에 케이블타이가 든 상자가 있습니다. 가져오시겠어요?"

"그…… 그런데…… 판사님, 지금 뭐 하시는 겁니까?" 하벨카가 15년째 알고 있으며 존경하는 경비가 더듬더듬 물었다.

"내가 변호인들을 의자에 앉혀서 묶고 의뢰인들도 묶는 걸 도와주셔야겠습니다. 그런 후에는 법정에서 나가도 좋습니다."

트뢰거 경비는 그가 계획을 짜면서 비워뒀던, 두 번째로 중요한 인물이지만 그를 위해서도 적당한 해결책을 마련해뒀다. 길게 설명할 시간이 없었으므로 그는 9밀리 글록을 뒤춤에서 꺼내 예고도 없이 법정 천장에 쐈다.

"트뢰거, 나는 인질을 잡은 겁니다." 하벨카는 이제 콧수염을 기른 제복 차림의 경비 얼굴을 향해 바로 총을 겨눴다. "정말 안타깝게 생각하지만, 내가 한 부탁을 즉각 실행하지 않으면 당신을 쏠 겁니다. 살아남고 싶다면 인질범을 자극해서는 안 됩니다."

트뢰거 경비는 온몸을 떨면서 일에 착수했다. 미동도 없는 한 남자를 의자로 옮기고 또 다른 남자를 옮긴 후에 손목과 발목을 의자 손잡이와 다리에 묶었다. 이미 수갑을 차고 있던 피고인들은 하벨카가 겨눈 총을 보며 얌전히 의자에 묶였다.

"트뢰거 씨, 도와줘서 고맙습니다." 하벨카가 말했다. "이제 가셔도 됩니다. 나가면서 문을 닫으세요."

경비가 급히 사라졌다. 피고인들은 이제 더는 웃지 않았다. 변호인들의 의식이 서서히 돌아왔다.

하벨카는 다시 판사석에 앉았다. 그는 80호 법정이 점령하기 어려운 요새임을 잘 알고 있었다. 법정에는 큰 창문이 없고 천장에 붙은 천창 하나뿐이었다. 위치는 법원 건물 2층 북서쪽 구석이었다. 하벨카는 이미 몇 주 전에 로비에서 복도와 계단, 법정 문이 비치게 아주 작은 카메라들을 설치하기 시작했고, 이제 태블릿으로 복도와 통로들을 모두 지켜볼 수 있었다.

그의 휴대폰이 울렸다. 지방 법원 법원장의 번호였다. 소식이 금세 전해졌군. 하벨카가 미소를 지었다. 이제 결승전을 시작하자!

* * *

요란했던 겨울의 시작이 지나갔다. 12월의 태양이 구름 한 점

없는 파란 하늘에서 웃고, 아침 기온이 영상 9도로 올라갔다. 올해는 화이트크리스마스를 기대할 수 없을 듯했다. 니콜라 엥겔은 버섯 농장 수색 영장을 발부하게 판사를 설득하는 데 정말로 성공했다. 해가 뜨기도 전에 셈과 타리크, 크리스티안 크뢰거와 그의 팀원 전부가 힌터타우누스로 출발했다.

피아는 전남편에게 자기와 함께 림부르크로 갈 시간과 관심이 있는지 왓츠앱으로 물었다. 말하자면 범죄소설 작가를 위한 무료 리서치라고 했다. 헤닝은 몇 초 만에 '언제?'라고 짧게 답장했고, '9시 정각 호프하임에서 출발'이라는 피아의 대답에 엄지를 올리는 이모티콘을 보냈다. 예전의 그라면 즉흥적으로 일정을 바꾸는 일은 없었을 텐데 이제는 우선순위가 달라진 듯했다. 그가 정시에 도착했다.

"개 두 마리의 털 샘플을 채취하려면 당신이 필요해서." 66번 고속도로에서 비스바덴 방향으로 향하면서 피아가 말했다. "엥겔이 나더러 그걸 할 줄 아는 사람을 데려가라고 했거든."

"당신이 직접 할 수 있지 않아?" 헤닝이 놀라서 물었다.

"물론 할 수 있지. 지난주에 버섯 재배업자의 개들 털도 내가 채취했어." 피아가 히죽 웃었다. "두 명이 가면 더 좋잖아. 그리고 당신이 백설공주 사건을 나에게 물어볼 수도 있고. 얼마 전에 그 이야기를 하려다가 못했고 말이야."

3번 고속도로 쾰른 방향은 차들로 붐볐지만 둘은 바쁠 게 없었다. 필라 브라질레이로 두 마리는 림부르크 시에 공식 신고가 되어 있었고, 견주인 폴커 마자넥은 전문 자격증과 개 소유 허가증을 갖추고 있으니 도망치지 않을 터였다.

피아는 잠을 얼마 못 잤다. 몇 년 동안 남몰래 걱정하던 일이 어제저녁에 일어났기 때문이다. 저녁을 먹으면서 크리스토프는 나미비아 북부 브와브와타 국립공원의 연구 프로젝트를 지휘하라는 제안을 몇 주 전에 받았다고 밝혔다. 그래서 생각할 시간을 달라고 했다는 것이다. 하지만 크리스토프가 눈을 반짝이며 황홀경을 겨우 억누른 채 설명하는 모습을 본 피아는 그가 사실 이미 결정을 내렸음을 알 수 있었다. 아프리카는 그가 평생 꾼 꿈이었다. 그는 이미 28년 전에 나미비아로 가서 그곳 국립공원에서 일하려고 했지만 아내가 갑자기 사망해서 그 계획이 깨졌다. 그런데 이제 두 번째 기회를 얻은 것이다. 이미 50대 중반이니 어쩌면 마지막 기회일 수도 있었다.

"나는 어떡해?" 피아가 물었다.

"당신도 당연히 같이 가야지." 크리스토프가 대답했다. "우린 별장에서 살게 될 거야. 당신은 승마도 하고 온갖 것들을 할 수 있어."

"벡스는?"

"벡스도 함께 갈 수 있어. 아니면 루카스나 토니 집에 데려다 둘 수도 있고. 겨우 1년이야. 피아! 1년이 얼마나 금방 지나가는지 알아?"

겨우 1년이라니!

크리스토프는 인터넷으로 사진을, 앙골라와 보츠와나와 잠비아 사이에 있는 그 국립공원의 위치를 지도에서 보여줬다. 피아는 그의 열광을 복잡한 심정으로 지켜봤다. 피아는 크리스토프가 오펠 동물원을 사랑하고 아프리카에서 1년을 보낸 후에는 다시 이 동물원으로 돌아오리라는 것, 그러나 이런 제안과 새로운 도전이 바로 그가 꿈꾸던 것임을 알고 있었다. 피아가 그의 이런 꿈을 이기적인 이유에서 망친다면 그는 아마 평생 피아를 용서하지 못할 것이다. 하지만 다른 한편으로 1년 동안 야생 한복판에 있는 별장에서 제대로 된 일도 없이 살아야 한다고 상상하니 끔찍했다. 게다가 지금은 엄마에게 피아의 도움이 절실히 필요했다.

"왜 이렇게 말이 없어?" 몇 킬로미터쯤 달린 후에 헤닝이 물었다. 피아는 1년 전이라면 전남편에게 자기 부부 문제를 절대 언급하지 않았겠지만 지금은 어딘지 모르게 달라졌다. 헤닝이 달라진 것이다. 범죄소설로 성공하면서부터 그는 예전보다 훨씬 느긋했다. 그래서 피아는 그에게 크리스토프의 계획을 이야기했다.

"1년 동안 아프리카라니! 피아! 정말 굉장하다!" 그가 열광하며 대답했다. "당연히 가야지! 세상에, 드라마 〈닥타리〉나 작가 카렌 블릭센처럼 사는 거야! 꿈같은 이야기네!"

"제정신이야?" 피아는 전남편을 흘겨봤다. "크리스토프는 몇 주씩이나 공원을 돌아다녀야 할 거야. 공원 크기가 5천 세제곱 미터라고! 난 별장에서 할 일 없이 있어야 하고."

"당신이 그와 함께 다니면서 조수 역할도 하고, 동물과 풍경 사진도 찍으면 되지." 헤닝이 대답했다. "1년이 얼마나 순식간에 끝나는지 알아?"

"그 사이에 엄마는? 그리고 개는?"

"엄마를 돌볼 형제자매가 있잖아. 그리고 개를 위해서도 해결책이 있을 거야." 헤닝은 피아의 옆모습을 보며 나지막하게 웃었다. "흥, 나는 당신을 잘 알아. 나미비아로 가지 않아도 될 핑계를 찾고 있어. 안 그래?"

"아니, 틀렸어." 피아가 반박했지만 스스로도 확신이 없었다. "난 현실적일 뿐이야."

"허튼소리. 솔직하게 말해! 모험을 즐기는 당신 남편과 달리, 당신은 장거리 여행이나 이국적인 나라를 좋아한 적이 없어. 장거리 비행도 싫고 집에서 멀리 떠나기도 싫은 거야."

"아니, 잠깐. 난 크리스토프와 중국에 가기도 했어!" 피아가 벌컥 화를 내자 헤닝이 비꼬았다.

"그때야 막 사랑에 빠졌으니까. 신혼여행을 가서도 당신은 남편 혼자 비행기를 타게 했어."

"그때는 스나이퍼 사건이 발생했기 때문이잖아." 피아가 그의 기억을 일깨웠다.

"피아, 당신은 '경찰관'이야." 헤닝이 비웃었다. "없어서는 안 될 사람이 아니라고! 당신이 1년 휴가를 낸다고 강력11반이 무너지는 일은 없어."

"하지만 난 경찰관이라서 좋아." 피아는 헤닝을 보지 않은 채 대답했다. "난 내 일을 사랑해. 동료들도, 이곳에서의 내 삶도 좋아. 크리스토프는 어제저녁에 나를 완전히 당황하게 만들었어. 올해 말까지 승낙 여부를 밝혀야 한대. 나에게 심한 압박을 가하고 있다고."

"언제 가는데?"

"2월에."

"크리스토프가 혼자서라도 나미비아에 갈까?"

"몰라." 피아가 어깨를 으쓱했다. "아무것도 모르겠어. 자, 백설공주 사건에 대해 질문해봐. 나 이제 다른 생각 해야 해."

* * *

안네 뵐리펠트는 오늘 휴가를 냈다. 왜 냈는지는 스스로도 잘 몰랐지만, 오늘 오후에 해야 할 일을 준비하고 싶었는지도 모른다. 외르크는 출근했지만 늦지 않게 돌아오겠다고 했다. 죽은 아이의 관을 고르기 위해 오후 3시에 바트 조덴 장례업체에 예약되어 있었다. 외르크는 이 장례업체가 자기 부모님 장례를 치른 적이 있기 때문에 이곳을 선택했다. 그는 하얀 관을 원했고, 줄츠바흐 공동묘지 부모님의 가족 무덤에 딸을 매장하고 싶어 했다. 안네의 시선이 자기도 모르게 거실 책장으로 향했다. 책 모양 금고를 자기 말고는 아무도 읽지 않았고 앞으로도 읽지 않을 책들 사이에 끼워졌기 때문이다.

지시가 적힌 쪽지는 여전히 읽지 않았다. 남자는 너무 오래 생각하지 말라고 했지만, 누군가에게 총을 쏘기 전에 이삼 일 정도는 고민해도 될 것 같았다.

안네는 벽에 붙은 책장으로 가서 책 모양 금고를 꺼내 아일랜드 식탁에 내려놓았다. 권총을 꺼내 손에 쥐었다. 총신을 쓰다듬었다. 힘과 안전이라는 기묘한 느낌이 온몸을 스쳐 지나갔다. 이 느낌이 마음에 드는지 알 수 없었다. 하지만 그 순간을 상상하면 내면에 퍼지는 평온함이 좋았다. 그를 죽인 후의 순간이었다. 내 삶은 절대 전과 같을 수 없겠지. 돌봐야 할 다른 자녀가 또 있어서 내가 계속 살아남는 게 의미가 있다면 리시의 상실을 어느 정도 견딜 만하지 않을까. 하지만 외르크는 아이를 더 낳길 원하지 않았어. 그는 시험관 수정 때문에 드는 노력과 비용을 부담스러워했지. 게다가 외르크에게는 일바가 있으니까.

일바와 사스키아, 그 빌어먹을 선행주의! 그들이 리시를 난민들에게 데려갔고, 고향을 잃은 사람들을 돕는 것이 기독교인의 의무라고 아이가 믿도록 설득했어. 그 둘 때문에 내 딸이 그놈을 만나게 된 거야!

안네는 손에 쥔 총을 내려다봤다. 총알이 열일곱 발 들어 있었다. 일바도 쏘기에 충분한 양이었다. 그러면 외르크도 아이가 없어지는 건데.

* * *

보덴슈타인이 프랑크푸르트 서부교차로에서 바젤 방향 5번 고속도로에 막 들어서는데 전화기가 울렸다. 그는 아마도 코지마가 조금 늦겠다고 전화한 줄 알았지만 니콜라 엥겔이었다.

"올리버." 과장의 목소리가 울려 퍼졌다. "나 지금 프랑크푸르트 경찰청에 있는데, 방금 지방 법원에서 인질 사태가 벌어졌다는 소식을 들었어."

"안 좋은 소식이네. 하지만 난 오늘 오전 반차를 냈잖아." 그가 과장의 기억을 상기시켰다. "지금 대학병원에 가는 중이야."

과장이 왜 나에게 전화했지? 호프하임 경찰서는 베스트헤센 경찰청 소속이니 프랑크푸르트에서 벌어진 인질 사태는 우리 소관이 아닌데.

니콜라 엥겔은 그의 이의 제기를 무시했다. "판사 한 명이 인질 네 명을 잡고 법정에 진을 치고 있어. 그 판사가 당신과의 만남을 요구하고 있어."

"뭐? 나를? 아니, 도대체 왜?" 화들짝 놀란 보덴슈타인이 물었다. "판사가 누군지 알아?"

"이름은 콘스탄틴 하벨카, 지방 법원 6번 소년형사부 재판장이야." 니콜라가 대답했다. "판사가 당신더러 11시까지 법정으로 오라고 요구했어. 제때 오지 않으면 인질을 쏘겠대."

"질 나쁜 농담이지. 안 그래?" 보덴슈타인의 사지로 충격이 퍼지고 목구멍이 좁아졌다.

"안타깝지만 정말이야."

"하필 왜 '나'를 요구해? 난 기껏해야 그를 그저 스쳐 지나가듯 알 뿐인데!"

"나도 몰라." 니콜라 엥겔의 목소리가 걱정스럽게 들렸다. "이 상황이 전혀 마음에 들지 않아."

"그 남자 요구 조건이 뭐야?"

"지금까지는 당신이 11시까지 법정에 와야 한다는 것뿐이야."

"알았어. 법원에서 만나. 하벨카에 관한 정보를 최대한 많이 모아줘."

"그럴게. 검찰청으로 와. 내가 아래 로비에 있을 테니까."

보덴슈타인은 프랑크푸르트 베스트하펜 진출로로 향했다. 생각이 공중제비를 넘었다. 콘스탄틴 하벨카 판사. 이 판사가 주

재한 어떤 공판에서 내가 증인으로 진술한 적이 있긴 하지만 아주 오래전의 일이잖아. 그런데 왜 인질극을 벌이면서 나를 중재자로 요구할까?

코지마에게 알려야 한다는 생각이 번뜩 들었다. 전처에게 전화해서, 안타깝게도 그사이에 일이 생겨 진료는 그녀 혼자 받아야 한다고 말했다.

"알았어." 코지마가 대답했다. "별일 없어?"

"응, 그럼." 그는 거짓말을 하면서 자기 목소리가 평범하게 들리기를 바랐다. "그럼 오늘 저녁에 봐."

그리고 프리덴스 다리 아래를 통과하여 운터마인카이를 따라 달렸다. 피아에게 전화해서 하벨카 판사에 대해 물어볼까 하다가 그만뒀다. 내가 이 판사를 언젠가 화나게 한 적이 있나? 무슨 이유에선지는 몰라도 나에게 원한을 품은 건가?

그는 베를린 거리로 차를 꺾었다. 뵈르네 광장에 순찰차들이 서서 경광등을 번쩍이며 시내와 작센하우젠에서 오는 차들을 우회시키는 중이었다. 쿠르트 슈마허 거리로는 아무도 진입할 수 없었다. 전차와 버스도 마찬가지였다. 보덴슈타인이 방향 지시등을 깜박이자 교차로 한가운데 있던 순경이 그에게 직진하라고 손짓했다. 그가 지시를 어기는 오만불손한 부자 멍청이라고 생각한 듯했다. 보덴슈타인이 포르쉐 유리창을 내리고 형사 신분증을 보여줬지만, 동료는 무전으로 다른 곳에 문의한 후에야 그를 통과시켰다. 평소에 늘 붐벼서 겨우 움직이던 4차선 도로는 이제 유령이 나올 것처럼 텅 빈 상태였다. 사방에 순찰차가 보이고, 차단목 뒤쪽에는 승용차와 버스와 보행자들이 꽉 차 있었다. 대재난의 중심지로 곧장 가는 사람은 보덴슈타인이 유일한 듯했다.

C&A 상점에서 오른쪽으로 꺾어 자일 거리로 들어섰다. 차도와 인도에 군중이 몰려 있었다. 아마도 지방 법원 및 지원의 직원과 방문객들이 건물에서 대피해 나온 모양이었다. 제복을 입은 경찰이 보덴슈타인을 검찰청 건물 뒤편인 포르첼란호프 거리로 안내했다. 법원 건물 정문이 있는 법원 거리는 막히고 텅빈 상태였지만 검찰청 앞은 긴급 차량과 특공대 특수 차량, 구조 차량과 구급차들로 붐벼 지옥을 방불케 했다. 보덴슈타인은 잔디가 깔린 경계면에 주차하고 차에서 내렸다. 니콜라 엥겔이 다가와서 특공대 지휘관 디르크 블라이멜을 소개했다. 하벨카가 법정에서 내보낸 외르크 하이덴펠트 검사도 함께 있었다.

"왜 이렇게 요란합니까?" 보덴슈타인이 물었다.

"인질범이 법정에 폭탄을 설치했다고 합니다." 특공대 지휘관이 대답했다. "그리고 그는 무장한 상태고요. 총을 이미 사용했습니다. 그가 협박해서 인질을 의자에 묶었다는 경비에게서 들은 내용입니다."

"인질은 누구죠? 왜 저항하지 않았답니까?"

"그가 인질들을 전기 충격기로 제압했다고 합니다." 블라이멜 지휘관이 대답했다.

"인질은 형사 변호인 우도 스가마이트와 얀 페퍼코른, 그리고 그 둘의 의뢰인입니다." 보덴슈타인과 여러 번 함께 일한 하이덴펠트 검사가 말했다. "하벨카는 지극히 정상으로 보였어요. 판사실에서 나와 우리에게 인사를 하고는 배석 판사들과 참심원, 속기사와 나, 경비 한 명을 내보냈습니다."

하이덴펠트는 전문성을 유지하려고 애썼지만 얼굴이 창백했다. 자신이 겨우 목숨을 건졌다는 사실을 잘 알고 있었다.

"그사이에 하벨카가 뭔가 요구한 게 있습니까?" 보덴슈타인이 물었다.

"아니요. 그저 11시까지 당신더러 법정에 오라고, 다른 그 누구도 법원 건물에 들어오면 안 된다고 했습니다." 특공대 지휘관이 대답했다. "입구와 복도, 계단실에 카메라가 설치되어 있어서 누군가 다가오면 인질범이 볼 수 있는 듯합니다."

탁자에 법원 건물 설계도가 펼쳐져 있었다. 검은 제복을 입은 특공대원들이 지도로 몸을 숙이고 경비원과 기술자, 폭발물 전문가들과 의논하는 중이었다. 경찰청 지휘본부와 직통으로 연결되어 있었다. 담당 경찰 지휘관은 인질 상황에 경험이 많은 마이어-트로스트 경찰서장이었다.

"계획이 어떻게 되죠?" 니콜라 엥겔이 물었다.

"기습 진압은 불가능합니다." 블라이멜 지휘관이 말했다. "법정에는 천창 하나밖에 없어요. 법정 위치는 2층 복도 끝, 건물의 북서쪽 제일 끝입니다. 카메라 때문에 광학 장비는 사용할 수 없어요. 보덴슈타인, 당신이 유일한 기회라는 뜻입니다. 미니카메라와 마이크가 장착된 안경을 드릴 겁니다. 당신이 들어가시면 우리는 법정에서 무슨 일이 벌어지는지 볼 수 있고, 그러면 상황에 따라 작전을 결정할 겁니다."

그다지 믿음이 가지 않는 말이었다.

"그에게 폭탄이 있다는 건 어떻게 알았습니까?" 보덴슈타인이 물었다.

"지금까지 밝혀진 것은 그의 진술뿐입니다." 지방 법원 법원 장이 그들에게 다가왔다. "내가 그와 통화했어요."

"물론 그가 거짓말을 할 가능성도 있지요." 블라이멜 지휘관 이 끼어들었다. "그에게 폭탄이 없다면 천창으로 섬광탄을 던지 고 법정으로 진입할 수 있을 텐데요."

"그는 총을 가지고 있어요!" 법원장이 경고했다. "또 당신 대 원들이 법정에 어떻게 그 정도로 빨리 갈 수 있단 말입니까?"

"하벨카와 거래를 할 수는 없나요?" 니콜라 엥겔이 물었다.

"그가 거부했습니다." 법원장이 고개를 저었다. "그가 태블릿 으로 어느 구석이든 다 볼 수 있다고 했어요. 누군가 카메라를 조작하거나 특공대가 법정 진입을 시도하면 폭발물을 터뜨리겠 다고 했습니다. 이 말을 한 후에 전화기를 껐습니다."

"폭탄이 없는데 있다고 거짓말을 하는 건 아닌 듯하군요." 보 덴슈타인이 추측했다.

"그런데도 들어가시겠습니까?" 지휘관이 물었다.

"대안이 있나요?"

"안타깝지만 없습니다."

보덴슈타인은 생각에 잠겼다. 앞이 전혀 보이지 않는 상황이 었다. 법원 건물과 그 법정에 발을 들인다면 그는 인질범의 손 아귀에 완전히 들어가는 거였다. 특공대로부터 보호받을 거라 고 기대할 수 없었다. 인질 두 명은 보덴슈타인도 아는 사람이 었다. 언론이 '스타 변호인'이라고 부르는 마흐무디의 담당 변 호인 페퍼코른과 그의 동료 스자마이트였다. 그들은 특히 떠들

썩한 의뢰인을 선호했고 아주 지저분한 사건도 마다하지 않았다. 수사기관과 사법기관은 이 둘을 증오했다. 다른 인질 두 명은 18세와 19세 상습범들이었다. 이들을 위해 내가 목숨을 걸어야 하나? 정신 나간 인질범 때문에 내 딸이 아버지 없이 자라야 할지도 모르는 위험을 감수해야 할까?

보덴슈타인은 이곳 모든 사람의 시선이 자기를 향하고 있고, 아딕케스 거리의 경찰청 지휘부도 자신의 결정을 기다리는 중이라는 것을 잘 알고 있었다. 시곗바늘이 11시를 향해 거침없이 움직였다.

'아이고, 어떻게 해야 하지?' 그는 생각에 잠긴 채 눈을 감았다. 생명의 위험을 무릅쓰지 않더라도 그를 나쁘게 생각할 사람은 없을 터였다. 또 아무도 그에게 강요할 수 없었다. 하지만 일이 잘못된다면 그는 인질의 목숨 때문에 양심의 가책을 느끼게 될 것이다.

"오케이." 그가 눈을 뜨고 심호흡을 했다. "들어가겠습니다."

* * *

버섯 농장 대문은 잠겨 있었다. 여러 번 초인종을 눌렀지만 반응이 없었다. 저 멀리 풀이 자라는 흙 벙커 위와 그 주변에서 양 떼가 풀을 뜯어 먹고 있었다.

"이제 어떡하지?" 크리스티안 크뢰거가 물었다.

"우린 수색 영장이 있잖아." 셈이 대꾸했다. "그러니 대문을 열어야지. 사람의 목숨이 달린 일이야. 지체하면 위험해."

"개들은 어쩌죠?" 크뢰거 팀원들 중 한 명이 물었다.

"그냥 신경 쓰지 않으면 됩니다." 셈이 대답했다. "그러면 개들도 우리에게 신경 쓰지 않아요. 목양견은 양 떼만 중요하게 여기니까요."

"자네 말을 알아서 들어줘야 할 텐데." 크뢰거는 회의적이었다.

그의 지시로 팀원 두 명이 볼트 클리퍼로 대문을 열기 위해 작업을 하는데, 숲 가장자리에서 가축 운송용 대형 트럭 한 대가 다가왔다.

"스톱!" 셈이 소리치고 출동 차량을 지나와 대문 앞에 멈춰 선 트럭에 다가갔다. 유리창을 내린 운전사는 자신이 투르가이 카라만이며, '타우누스 버섯 주식회사'의 동업자이자 공동 소유주라고 했다. 또 도축업체 운영자이기도 한데, 새끼 양 20마리를 가져가려고 왔다고 했다.

다운재킷 위에 흰색 정육 가운을 걸친 카라만은 셈이 수색 영장을 보여주자 협조적으로 행동하며 문을 열었다.

"내가 이분과 함께 집 안에 들어갈 테니 자네는 여기 부지를 둘러봐." 셈이 타리크에게 말하고 카라만과 함께 볼프 졸베르크가 사는 집으로 들어갔다. 정리가 잘된 사무실 책상 위에 수신인이 카라만인 편지 봉투가 놓여 있었다.

"읽어도 될까요?" 정육업자가 허락을 구했다.

"그럼요. 당신 이름이 쓰여 있는걸요." 셈이 대답했다.

카라만이 봉투를 찢고 편지를 꺼내 쓱 훑어본 후에 셈에게 건넸다.

"졸베르크가 급하게 여행을 가게 되어 당신이 이 기업과 가축을 돌봐야 하는군요." 셈이 고개를 들었다. "이런 일이 자주 있습니까?"

"아니요." 카라만이 솔직하게 대답했다. "이번이 처음입니다. 하지만 제가 뭘 해야 하는지 알아요. 문제없습니다."

셈은 졸베르크의 동료에게 튀르키예어로 몇 가지 질문을 했다. 카라만은 어제 점심때 졸베르크와 통화하면서, 오늘 아침에 와서 도축할 새끼 양을 가져가겠다고 말했다고 했다.

"평소에는 볼프가 가축을 정리해서 우리 안에 넣어두기 때문에 저는 싣기만 하면 됐거든요." 카라만이 손목시계를 흘깃 봤다. "그 일을 지금은 제가 직접 해야겠군요."

그는 경찰이 왜 대대적으로 와서 부지와 집을 수색하는지 관심이 없었다. 볼프 졸베르크와 그다지 친한 사이는 아닌 듯했다. 그들은 그저 동업자일 뿐 그 이상은 아니었다.

그사이에 크뢰거의 팀원들은 창고와 적재용 받침대 뒤에서 쇠사슬과 주먹만큼 커다란 자물쇠로 잠겨 있는 녹슨 철문을 발견했다.

"이 문 안쪽에는 뭐가 있습니까?" 셈이 물었다.

"오래된 갱도가 있습니다." 정육업자가 대답했다. "붕괴 위험 때문에 늘 잠겨 있지요."

"여기 자물쇠에 맞는 열쇠가 있나요?"

"혹시 있다면 여기 있겠죠." 카라만은 어깨를 으쓱하고는 커다란 금고 위에 걸려 있는 열쇠 상자를 가리켰다. 하지만 거기에는 자물쇠에 맞는 열쇠가 없었다.

"크뢰거가 열어야겠군." 셈이 말했다. "갱도를 둘러봐야겠어."

* * *

보덴슈타인은 외투와 재킷을 벗고 장비 연결 작업을 받았다.

"지금 한 팀이 인질범의 집으로 가는 중입니다." 경찰청 지휘
본부와 계속 연락하는 특공대 지휘관이 설명했다. "그리고 주차
장에서 그의 자동차를 발견했습니다. 두 팀은 폭발물 전문가를
기다리고 있어요. 인질범이 건물을 나서는 경우를 대비해서 특
수 기동대가 준비하고 있습니다. 특수 기동대는 B동 건물 출입
구와 80호 법정으로 이어지는 복도들을 감시할 수 있습니다. 한
그룹은 E동 건물을 지나 4층으로 들어가고, 또 다른 그룹은 지
하를 지나 80호 법정의 문과 대각선으로 맞은편에 있는 계단실
에서 대기할 겁니다."

"그가 거기도 카메라를 설치했다면요?" 보덴슈타인은 특공대
의 한 대원이 건넨 안경을 쓰고 아주 작은 이어폰을 오른쪽 외
이도에 넣었다. 안경다리에는 고감도 마이크가, 안경알 두 개
사이의 테에는 카메라가 장착되어 있었다.

"뭘 할 수 있는지 확인하는 중입니다." 블라이멜 지휘관이 솔
직하게 대답했다.

보덴슈타인이 장비를 점검했다. 안경 카메라가 제대로 작동
했다. 외이도의 이어폰 버튼과 마이크도 마찬가지였다.

"인질범에 관한 정보는요?"

"콘스탄틴 하벨카, 53세. 2004년부터 지방 법원 판사, 2008년

부터 6번 소년형사부 재판장입니다." 법원장이 대답했다. "훌륭하다고 인정받는 판사예요. 정직하고 존경받습니다. 예전에는 나와 함께 스쿼시와 카드게임을 했지요. 그런데 5년 전에……."

출입구가 시끄러워지고 누군가 보덴슈타인의 이름을 부르는 바람에 그가 말을 멈췄다. 차단목 뒤편에서 어떤 여자가 다급하게 손을 흔들고 있었다.

"저기…… 파힝거 아닌가?" 보덴슈타인이 놀라서 물었다. "맞네, 카트린 파힝거입니다. 저와 가까운 동료예요."

"들여보내세요!" 니콜라 엥겔이 지시했다.

카트린은 차단목을 지나 성큼성큼 다가왔다. 재킷도 없이 재색 터틀넥 스웨터 차림이었고, 달려왔는지 더워 보였다.

"반장님, 인질범이 누군지 제가 알아요." 카트린이 흥분해서 말했다. "잘 알아요! 그것도 아주 잘 안다고요. 그 사람과 제가 이야기를 해야 해요!"

다들 당황해서 그녀를 빤히 봤다.

"누군지 어떻게 안다는 겁니까?" 지휘관이 의심하는 목소리로 물었다. 인질범의 이름은 아직 공개되지 않았다.

"그건 중요하지 않아요!" 카트린은 지휘관에게는 신경도 쓰지 않은 채 자기 목숨이 보덴슈타인에게 달려 있다는 듯이 그만 쳐다봤다. "제발 좀! 저는 콘스탄틴을 알아요. 우린 아주 친한 사이예요. 제가 그 사람과 이야기할게요!"

"절대 안 됩니다!" 블라이멜 지휘관이 단호하게 거절했다. "인질범은 보덴슈타인 경위와만 대화하겠다고 명확하게 요구했습니다. 그 외에는 아무도 건물에 들어오지 말라고 했습니다. 우리는 인질의 목숨을 위태롭게 하는 일은 아무것도 하지 않을 겁니다."

"당신은 아무것도 몰라요!" 카트린이 남자에게 소리쳤다.

지휘관은 몸을 돌리고서 헤드셋에 대고 뭔가를 말했다.

"그 사람을 그렇게 잘 안다니 말인데, 그가 폭탄을 가지고 있을 확률이 있다고 생각하나요?" 니콜라 엥겔이 끼어들었다.

"안타깝지만 가능하다고 생각해요." 카트린이 단호하게 말했다. "그러니 제가 그와 대화를 나누는 게 중요합니다. 과장님, 제발요!"

보덴슈타인은 카트린의 기이한 행동을 이해할 수 없었다. 이렇게 집요했던 적이 없었다. 그와 시선을 주고받은 니콜라가 어깨를 살짝 으쓱했다.

"10시 44분입니다!" 법원장이 긴장한 목소리로 경고했다. "11시 정각에 그가 첫 번째 인질을 쏠 겁니다!"

"제가 '반드시' 함께 들어가야 해요!" 카트린이 계속 고집을 부렸다.

"왜 그래야 합니까?" 지휘관이 물었다.

"제가 그에게 포기하라고 아마 설득할 수 있을 거예요." 카트린이 대답했다. 보덴슈타인은 그녀에게서 불쑥 드러난 강하고 단호한 특징이 낯설었다. 크리스마스 쿠키를 굽고, 모든 동료가 좋아하고 싫어하는 음식을 외우고, 동료들의 생일을 절대 잊지 않던 카트린 파힝거가 아니었다.

경찰청 지휘본부와 특공대 지휘관과 니콜라 엥겔 사이에 짧은 토론이 벌어졌다. 그러다가 만약 인질범이 동의한다면이라는 전제하에 찬성했다. 카트린은 건물 출입구에 남고 보덴슈타인 혼자 하벨카와 대화하기로 했다.

"잠깐!" 니콜라 엥겔이 외쳤다. "우리 직원들이 방탄조끼를 입어야 합니다."

누군가 방탄조끼를 가지러 달려갔다. 지휘관이 특공대 두 팀에게 지시를 내렸다. 하벨카의 집과 주차장에 폭발물 전문가가 도착했다.

"10시 49분!" 법원장이 절망하는 얼굴로 양손을 비볐다.

누군가 케블라 조끼 두 벌을 가져왔다. 니콜라 엥겔은 보덴슈타인과 카트린 파힝거가 조끼 입는 것을 거들었다.

"둘 다 무사히 돌아오기 바랍니다." 과장은 걱정을 감추려고 거친 어조로 말했다.

"그럴 겁니다." 보덴슈타인의 낙관은 진짜가 아니었다.

"보덴슈타인, 이제 가셔야 합니다." 지휘관이 재촉했다. "당신이 보는 모든 것을 우리가 본다는 사실을 염두에 두십시오. 법정에 들어서면 거기서 무슨 일이 벌어지는지 우리가 볼 수 있게 서서히 주위를 둘러보세요. 인질범이 어떤 식으로 무장했는지 우리가 알아야 합니다."

"알겠습니다." 보덴슈타인이 대답했다. "자, 카트린. 가자고."

* * *

법원 거리는 텅 비었고, 특공대 한 팀만 지방 법원 입구를 지키고 있었다. 공중에 헬리콥터 한 대가 선회했다. 보덴슈타인과 카트린이 빈 건물에 들어섰다.

보덴슈타인은 한기를 느꼈다. 조끼 아래에 입은 옷은 러닝셔츠와 셔츠뿐, 무기를 감출 수 있는 재킷은 입지 않았다. 카트린도 청바지에 스웨터만 입었다.

"자네는 여기서 기다려야 해." 보덴슈타인이 말했다.

"아뇨. 그러지 않을 거예요." 카트린은 그냥 계속 걸어갔다.

"카트린! 그러기로 했잖아!" 원래 약속한 대로 카트린은 문 앞에 남으라는 지휘관의 목소리가 보덴슈타인의 귀에 찌르륵찌르륵 울렸다!

"인질범은 복도에 카메라를 설치했어. 나 혼자 오지 않으면 인질을 쏘겠다고 위협했다고." 보덴슈타인이 말했다.

"올리버, 뭘 해야 할지 내가 알아요!" 카트린이 간청했는데, 그를 이름으로 부르기는 처음이라서 이것 또한 이상했다. "콘스탄틴과 저는 2년 전부터 연인이에요. 지난밤에 저는 그의 집에 있었는데, 그는 자기 계획에 대해 한마디도 하지 않았어요. 지난 몇 주, 몇 달 동안 콘스탄틴은 심적 부담이 아주 심했죠. 저는 그를 정말 잘 알아요. 인질을 풀어주라고 설득할 수 있는 사람은 저뿐이에요. 정말이에요."

보덴슈타인은 지휘관의 지시를 무시하기로 마음먹었다.

"좋아. 하지만 자네가 법정에 있는 걸 그가 원치 않는다면 거기서 나와야 해." 그가 카트린에게 엄하게 경고했다. "영웅 행위는 하지 말라고. 그를 도발할지도 모를 행위나 말은 아무것도 하지 마. 알겠나?"

"네, 그럴게요." 카트린도 상관만큼이나 긴장한 상태였다.

둘은 계속 걸었다. 80호 법정에 갈 때 알려준 길로만 움직이라는 지시를 받았다. 보덴슈타인의 발걸음이 바닥에 울리고, 카트린의 운동화가 바닥에 닿으면서 찌익찌익 소리를 냈다. 인질범은 이제 보덴슈타인이 혼자가 아님을 보고 있을 터였다. 보덴슈타인은 총소리가 들리는지 귀를 기울였지만 조용했다.

"그가 왜 하필이면 '나'를 오라고 했지?" 보덴슈타인이 물었다. "나는 그를 거의 모르는데 말이야."

"아마 반장님이 제 상관이기 때문일 거예요." 카트린이 모호하게 대답했다.

"뭐? 아니, 왜?"

"나중에 설명할게요." 카트린은 이렇게 말하고 자기 귀를 톡톡 두드렸다. 지휘관이 자기 말을 듣지 못하게 버튼을 끈 모양이었다.

"10시 59분입니다." 보덴슈타인의 귓속에서 목소리가 울렸다.

그들은 정각 11시에 90호 법정에 도착했다. 보덴슈타인의 혈관에 아드레날린이 솟구쳤다. 여닫이문을 열고 법정에 들어서는데 손가락이 떨렸다.

"안녕하세요, 폰 보덴슈타인 씨." 법복을 입고 판사석에 앉아 있는 하벨카 판사는 오늘이 지극히 평범한 날이라도 된다는 듯이 인사했다. 오른손에 권총을 든 그는 느긋해 보였고, 미소를 짓기까지 했다. "이렇게 와주셔서 고맙습니다."

그러다가 카트린을 보고는 미소가 사라졌다.

"당신이 여기까지 온 게 놀랍지도 않군." 그가 포기한 듯이 말했다.

"코니, 제발." 카트린이 양손바닥을 모으고 말했다. "사람들을 풀어줘."

"아니, 그러지 않을 거야." 하벨카가 싸늘하게 대답했다.

"제발 좀. 모든 걸 망가뜨리지 마."

하벨카가 쓸쓸한 웃음을 터뜨리며 대답했다.

"이미 오래전에 다 망가졌어."

"우리 무슨 이야기든 할 수 있잖아." 카트린이 다시 설득했지만 하벨카가 손을 내저었다.

"우린 이미 아주 많이 이야기했지. 당신은 어차피 내 말을 듣지 않아."

* * *

마자넥 장례업체가 있는 건물은 란 강변 정원 센터 옆이었다. 업체 내부 장식은 따뜻한 노랑과 황토색 벽, 미적 감각이 뛰어난 나무와 꽃과 초원 사진들, 강하지 않은 조명 등 세련되고 세심했다. 장례식장과 입관실, 여러 개의 상담실이 있었지만 전시된 관이나 유골함 선반은 보이지 않았다. 아마 그런 것들은 지하에 있는 것 같았다.

통통한 60대 여성이 접수대 뒤에서 몸을 일으키더니 엄마처럼 부드러운 환영의 미소를 지었다.

"장례를 상의하러 온 게 아니에요." 피아가 미리 말했다. "제 남편과 저는 얼마 전부터 이곳 림부르크에 사는데, 여기서 필라 브라질레이로 두 마리를 기른다는 말을 들었답니다."

"네, 맞아요." 접수대 직원이 대답했다. "제 사장님이 개를 여러 마리 기르는데, 그중에 필라도 두 마리 있지요. 티아고와 주니어예요."

"여러 마리를 길러요?"

"마자넥 씨는 본인의 직업을 사랑하지만 정말로 열정을 쏟는 일은 개를 돌보는 거랍니다." 알고 보니 이 직원은 수다 떨기를 좋아했다. "경찰과 소방대 업무, 방재에 투입될 개들을 훈련하지요. 얼마 전에도 강아지 세 마리를 데려왔답니다. 벨지안 셰퍼드예요."

"어머, 세상에!" 피아가 기뻐하며 손뼉을 쳤다. "저희가 마자넥 씨를 만날 수 있을까요?" 그러고는 형사 신분증을 감추고 스마트폰을 꺼냈다. "저희도 벨지안 셰퍼드 말리노이즈를 기르거든요."

그녀는 직원에게 벡스의 사진을 보여주고서 감동적인 이야기를 들려줬다. 필라 종이었던 찰리를 며칠 전에 안락사한 후에 이 개가 엄청나게 슬퍼한다는 이야기였다.

"안타깝게도 마자넥 씨는 15분 전에 외출했어요." 직원이 애석해했다. "몬타바우어 화장 시설로 갔지요. 그 일은 늘 사장님이 직접 한답니다. 유감스럽지만 5시 전에는 돌아오지 못할 거예요."

피아 머릿속에 불현듯 어떤 생각이 떠올랐다.

"괜찮다면 다음에 다시 들를게요." 피아가 말했다. "알려주셔서 고맙습니다. 또 만나요!"

장례업체에서 나왔을 때 헤닝이 나지막하게 킥킥거렸다.

"방금 무슨 연극을 한 거야? 원래 개털 샘플을 채취하려던 거 아니었어?"

둘은 차에 올랐다.

"몬타바우어에 화장 시설이 어디 있는지 인터넷으로 찾아봐." 피아의 말에 헤닝이 휴대폰을 꺼냈다.

"왜?"

"카이와 타리크가 모은 실종자 목록에 있는 많은 사람들이 흔적도 없이 사라진 게 이상하지 않아? 마자넥은 장례업자야. 발리드 부아지즈가 아내 살인범을 때릴 때 마자넥의 개들이 현장에 있었어. 그러니까 그도 거기 있었다는 뜻이지. 그가 손을 썼다면, 아니 관을 썼다는 게 더 말이 되겠네. 그러면 어떨 것 같아? 내 생각은, 마자넥이 어쩌면……."

"……불법적으로 시신을 소각한다고?" 헤닝이 피아의 문장을 끝맺었다.

"바로 그거야. 점성술사의 말에 따르면 다니엘 라들로프는 엇그제 밤에 살해됐어. 어쩌면 마자넥은 지금 그의 시신을 소각하려고 화장 시설로 가는지도 몰라."

"그런 일은 가능하지 않아." 헤닝이 이의를 제기했다. "화장 시설에서 관을 소각로에 넣기 전에 다시 한번 여니까."

"마자넥이 화장 시설 운영자와 손을 잡았다면?"

"장례업자와 화장 시설 운영자가 그런 짓을 하면 처벌을 받고 운영 취소를 당할 위험이 있어."

"타인을 살해하는 사람들은 처벌의 위험을 무릅쓰고 늘 다시 범행을 저질러." 피아가 냉소적으로 대꾸했다. "당신, 범죄소설 작가라고 생각했는데 판타지는 어디에 뒀어?"

"그러니까 우리가 지금 화장 시설로 가서, 마자넥이 거기 있으면 관을 열어보겠다는 소리야?"

"계획은 그래." 피아가 대답했다. "물론 당신이 이제 곧 화장 시설 주소를 알아낼 때만 가능하지."

"그런데 당신, 정말 놀랄 만큼 훌륭한 배우야. 조금 전에 나는 우리가 아직 부부고, 찰리 때문에 슬퍼한다고 정말로 잠깐 믿었거든."

"화장 시설 주소 좀!" 피아는 헤닝의 말에 말려들지 않았다.

토요일 저녁에도 피아는 보덴슈타인이 작년에 했던 말을 떠올렸다. '피아, 자네 전남편에게 의미 있는 사람은 자네뿐이야.'

하지만 헤닝은 토요일 저녁이든 다른 그 언제든 선을 넘는 말이나 행동을 하지 않았다. 둘은 그저 좋은 친구였다.

"비르게스 비젠 거리 11번지, 모쉬하임 지역." 헤닝이 대답했다. "쾰른 방향 3번 고속도로를 타고 24킬로미터를 더 가면 돼."

"관이 내용물과 함께 불길에 휩싸이기 전에 도착해야 할 텐데." 피아가 말했다. "좌석 뒤쪽을 더듬어봐. 경광등이 있어. 앞에 신호등에서 지붕에 그걸 올려."

"아, 정말? 그거 늘 한번 해보고 싶었어!" 헤닝이 어린아이처럼 즐거워했다.

잠시 후에 둘은 경광등을 켜고 사이렌을 울리며 슈타펠을 지나 림부르크 노드 고속도로 나들목에서 고속도로를 탔다.

　　　　　　　　　　* * *

　80호 법정의 상황은 기이했다. 변호인 두 명은 의뢰인들 옆
변호인석에 앉아 있었는데, 손목과 발목이 의자에 케이블타이
로 묶여 있었다. 왜 저렇게 그냥 당했을까?
　"아, 다행이다. 드디어 왔군요!" 보덴슈타인을 본 우도 스자마
이트가 안도하며 소리쳤다.
　"저놈은 완전히 미쳤어요!" 얀 페퍼코른 박사도 고함을 질렀
다. "권총과 폭탄 벨트를……."
　"법정에서 조용히 하시오." 하벨카가 그의 말을 가로챘다. "방
금 말하지 않았습니까! 법정에서 야유는 금지라고!"
　"뭐? 그가 뭐라고 했습니까?" 보덴슈타인의 귓속에서 지휘관
의 목소리가 그르렁거렸다. "'폭탄 벨트'라고 했습니까? 보덴슈
타인, 확인해줄 수 있어요?"
　"아니요." 보덴슈타인은 입술을 움직이지 않고 중얼거렸다.
　언더컷 헤어스타일에 팔에는 문신이 가득한 젊은 의뢰인 두
명은 어린아이처럼 울먹거렸다. 변호인 둘에게도 평소의 오만
함은 남아 있지 않았다.
　"폰 보덴슈타인 씨, 지금 그 자리에 그대로 서 계십시오. 거기
서 법정이 전부 눈에 들어올 겁니다." 하벨카 판사가 정중하게
말했다. "안경에 카메라가 내장되어 있겠지요. 아닙니까? 평소
에 당신은 안경을 쓰지 않으니까요."
　"네, 그렇습니다." 보덴슈타인이 인정했다.
　"잘됐습니다." 하벨카가 대답했다. "그렇다면 동영상을 찍을

필요가 없어요. 나는 일부러 검사석에 스마트폰을 한 대 두었습니다. 특공대 기술자들이 그걸 염두에 둘지 확신이 없었거든요. 아참, 보덴슈타인이나 카트린, 누군가 무기를 가지고 있다면 나를 쏠 생각은 하지 마십시오. 내가 스위치를 놓자마자 폭탄 벨트가 폭발하니까요."

그제야 판사가 왼손에 들고 있는 뭔가가 보덴슈타인의 눈에 들어왔다.

"폭발이 너무 빨라서 당신은 이 법정에서 빠져나가지 못할 겁니다. 오늘 죽기 싫잖아요. 안 그렇습니까?"

"네, 죽기 싫습니다." 보덴슈타인이 대답했다. "제 생각에는 당신도, 여기 있는 그 누구도 오늘 죽고 싶지 않을 겁니다."

"흐음." 판사가 말했다. "누가 뭘 원하든 원하지 않든 그건 이제 중요하지 않습니다. 나는 판결을 내렸고, 신사분들에게 말해줬어요. 그래서 네 명 모두 저렇게 구슬프고 얼이 빠진 표정이지요."

변호인 중 한 명이 다시 항의했지만 하벨카는 그에게 신경 쓰지 않고 태블릿 화면을 내려다봤다. 그런 다음 자리에서 일어나 헛기침을 하고 말을 시작했다.

"우리가 오늘 이 자리에 있는 이유는 독일 사법제도와 줏대 없는 판사들 때문에 범죄자들이 법에서 정한 처벌을 받지 않아서입니다. 매체의 명성에만 관심이 있을 뿐 법과 정의에는 전혀 관심이 없는, 여기 있는 페퍼코른이나 스자마이트 같은 부도덕한 변호인들의 책임입니다. 구제불능의 범죄자들을 그들이 받아야 할 정당한 처벌로부터 막기만 하고, 법과 정의는 어떻게 되든 상관없는 변호인들입니다."

"지금 뭐하자는 거야?" 보덴슈타인이 움직이지 않고 소곤거렸다. "저 사람 계획이 뭐지?"

"저도 몰라요." 카트린도 나지막하게 대답했다.

하벨카는 사법제도가 페퍼코른과 스자마이트 같은 변호인들에 의해 어떻게 악용되는지, 그들이 소송 절차의 약점을 어떻게 이용하고 엄청난 양의 이의 제기로 소송을 어떻게 의도적으로 길게 끄는지 이야기했다.

"폭탄 벨트가 보입니까?" 지휘관이 보덴슈타인의 귓속에서 속삭였다.

"아니요." 보덴슈타인이 중얼거렸다.

"그가 정말 그걸 차고 있습니까, 아니면 말만 그렇게 합니까?"

"왼손에 뭔가 들고 있습니다." 보덴슈타인이 소곤거렸다. "아마도 데드맨 스위치 같습니다."

하벨카는 변호인들에 대한 말을 끝내고 다음 단계로 넘어갔다. 그는 유창하고 신중하게 선택한 문장으로 말했다. 세상에 자신의 말을 선포하는 일이 중요해 보였다. 그래서 인질을 잡은 걸까? 최대한 관심을 끌기 위해?

"적용하지 않는다면 세상에서 가장 엄한 법이 무슨 소용이 있습니까?" 하벨카가 소리쳤다. "우리는, 자기 자신의 규칙에 따라 살고 우리의 기본법과 사법체계를 무시하는 평행 사회가 우리나라에 등장하게 허용했습니다. 이들에게 우리 사법부는 이미 장난이 된 지 오래입니다!" 그는 권총을 든 손으로 피고인석을 가리켰다. "저기 최고의 예시가 우리 앞에 앉아 있습니다! 폰 보덴슈타인 씨, 상습범 신사분들을 바깥에서도 볼 수 있게 피고인 석을 봐주십시오."

보덴슈타인은 별로 덥지도 않은데 땀이 솟구쳤다. 하벨카가 연방 중앙 등록부에 기록된 두 피고인의 범죄를 낭독하고, 너무 느슨한 사법체제를 비난하고, 실패한 통합 정책을 탓하는 동안 보덴슈타인은 머리를 정신없이 돌렸지만 인질을 풀어줄 가능성이 보이지 않았다. 그는 하벨카가 폭탄 벨트로 위협하는 것이 진심인지—그러니까 자살도 포함하여—아니면 그저 자신의 메시지를 선포한 후에 투항하려는 건지 판단이 서지 않았다.

하벨카는 자기 생각에 부당하게 너무 관대한 판결이 내려진 사건들을 나열하기 시작했고, 그런 다음에는 법원의 과부하로 소송 절차가 너무 오래 걸리는 현실을 비난했다.

"살인 피해자는 영원히 사망했습니다. 과속 운전자에게 살해당한 사람은 영원히 죽은 겁니다. 아이들이, 부모들이 죽습니다. 가정이 영원히 파괴됩니다." 하벨카가 말을 이어갔다. "하지만 가해자는 몇 년 후에, 또는 곧장 석방됩니다. 이건 부당합니다. 희생자와 그 가족은 누가 생각합니까? 여기 프랑크푸르트에서는 작년에만 아주 위험한 범죄자 일곱 명이 소송 절차가 너무 오래 걸리는 바람에 미결 구금에서 풀려났습니다! 그중 다섯 명은 석방된 지 겨우 몇 시간 또는 며칠 만에 다시 범죄를 저질렀습니다. 일곱 명 모두 독일 국적이 아니었지만, 그건 그냥 언급만 하겠습니다."

그의 격렬한 비난 연설이 끝났다. 보덴슈타인은 정신을 집중했지만 판사의 총평이 도대체 무슨 말을 하는 건지 알 수 없었다. 이 상황을 해결하기 위해 뭔가 할 수 없을까? 살면서 참가했던 재교육 내용들이 머릿속에 단편적으로 떠올랐다. 이론상으로는 모든 것이 훌륭했지만 이런 상황에서는 현명한 조언들도 휴지조각에 불과했다.

"재판장님." 보덴슈타인은 마치 공판 중인 법정에 있는 것처럼 말을 시작했다. "방금 재판장님이 하신 말씀에 전적으로 동의합니다. 우리 경찰도 같은 범죄자와 같은 문제를 늘 겪습니다. 저도 재판장님 의견과 같습니다. 말을 할 수 있어야 합니다! 그러니 우리 함께 일하지요. 상황을 개선하고……."

"폰 보덴슈타인 씨, 당신은 이상주의자거나 바보로군요." 하벨카가 그의 말을 가로채고 웃음을 터뜨렸다. "둘 다 안 좋습니다! 내가 직접 경험해서 알아요. 나도 한때는 이상주의자였으니까."

그는 한숨을 쉬고 잠시 말이 없더니 어깨에 걸쳤던 법복을 내렸다. 그가 상체에 차고 있는 폭탄 벨트는 지극히 진짜 같았고 매우 위험해 보였다. 손에 쥔 글록도 마찬가지였다.

"아, 빌어먹을!" 카트린이 중얼거렸다.

두 변호인은 동시에 살려달라고 필사적으로 애원했다. 그들이 나아지겠다고 맹세하는 동안 의뢰인들은 수갑을 당기며 풀려고 애썼지만 허사였다.

"인질들이라도 풀어주십시오." 보덴슈타인이 애원했다.

"아니요." 하벨카가 단호하게 말했다. "폰 보덴슈타인 씨, 내 말에 귀를 기울이지 않았군요. 아무것도 이해하지 못했습니까? 여기 이 네 인간은 지금 이 나라에서 잘못 이루어지고 있는 일들의 전형적인 예시입니다! 이런 변호인은 규정과 법을 중요하게 생각하지 않아요. 이들에게는 모든 것이 쇼에 불과하고, 이 쇼를 위해 온갖 수단을 동원합니다. 나는 이들이 야기한 고통에 합당한 처벌을 오늘 내릴 겁니다."

보덴슈타인이 미처 말리기도 전에 카트린이 하벨카에게 다가갔다. 그리고 애원하며 손을 잠깐 그의 팔에 얹었다. 그는 몇 초쯤 듣다가 고개를 저었다.

"……그것도 이제 더는 변하지 않아." 그가 말했다.

변호사와 의뢰인들이 살려달라고 필사적으로 비명을 지르는 통에 보덴슈타인은 하벨카의 말을 겨우 알아들을 수 있었다.

"내가 너희를 만나면 안 되는 거였어. 볼프, 마르쿠스, 당신 오빠와 당신을." 하벨카가 딱딱한 어조로 말했다. "너희가 나를 괴물로 만들었어. 그래서 너를 증오해. 카트린, 알아? 널 증오한다고!"

무슨 일이 벌어지는지 보덴슈타인이 미처 알아채기도 전에 하벨카가 글록의 방아쇠를 당겼다. 총알이 카트린의 이마를 맞히고 뒤통수 절반을 벽의 목제 마감재로 날렸다. 총알 충격으로 그녀의 몸이 뒤로 밀리면서 무릎을 꿇고 옆으로 쓰러지더니 눈을 그대로 뜬 채 등을 대고 바닥에 누웠다.

* * *

마르첼라와 린, 율리카와 파울라는 마음에도 없이 사라를 포옹했다. 율리카만 살짝 울상을 지었지만 그걸로 끝이었다. 다른 아이들은 사라가 다시 출석했는데도 아무 말이 없었다. 전형적인 이 반의 모습이었다. 교사들 또한 한마디도 언급하지 않았다. 어쩌면 아빠가 교장에게 전화해서, 교사들이 딸의 결석에 대해 뭔가 말하면 코르브마허 박사로부터 고소를 당할 거라고 협박했는지도 모른다. 사라 아빠는 가끔 딸을 지나치게 과잉보호했다. 리시의 의자에는 여전히 검은 리본이 둘러져 있고, 책상에는 파트릭이 베를린에서 찍은 리시의 흑백 사진이 놓여 있었다. 리시는 일주일 전에 죽었지만 그저 아프기만 하다는 듯이 만사가 계속 이어졌다.

쉬는 시간에는 친구들과 데이먼에 대해 말할 기회가 없었다. 사라는 자신이 리시와만 연결되어 있었다는 사실을 깨달았다. 리시가 없으면 자기는 그저 NPC, 논 플레이어 캐릭터에 불과했다.

5교시에는 생물 과목 성적표 상담이 있었다. 아이고, 이것까지 말썽이군.

루펠 선생님이 옆 교실로 한 명씩 불러 성적을 알려주는 동안, 아이들 대부분은 아이패드를 만지거나 수다를 떨거나 장난을 쳤다. 사라는 자신이 반에서 이물질처럼 느껴졌다. 리시가 자기를 버린 것만 같았다. 그저 자리에 가만히 앉아, 리시의 사진을 자꾸 빤히 바라보지 않으려고 애썼다.

드디어 사라 차례가 왔다. 사라는 교실을 나와 옆 반으로 가면서 생물 시험에서 어떤 성적을 받았는지 기억하려고 애썼다. 뇌에서 완전히 지워져버렸다. 지난 반년 동안 뭘 배웠는지도 기억나지 않았다. 바로 그 순간, 5분 쉬는 시간 종이 울렸다.

"아, 그냥 얼른 끝내자. 너도 생물 성적이 분명히 알고 싶을 거야." 루펠 선생님이 말했다. "사라, 성적이 어떨 것 같니?"

바깥에서 발소리와 웃음소리, 복도 사물함을 여닫는 쇠붙이 소리가 들려왔다.

"어…… 모르겠어요." 그러다가 불현듯 시험 성적이 다시 떠올랐다. "시험은 '우'였고, 발표도 '우'였으니까. 으음…… '우' 아닐까요?"

"그래, 맞아. 나도 그렇게 말하려고 했어. 구두시험도 '우'란다. 이 성적에 동의하니?"

"어…… 음…… 네, 그럼요." 사라가 더듬더듬 대답했다. "고맙습니다. '우'라면 아주 좋아요."

"그래, 알았다." 루펠 선생님이 싹싹하게 고개를 끄덕였다. "고맙다. 그럼 금요일에 만나자."

"네, 그때 봬요." 사라가 교실을 나섰다.

놀랍게도 마르첼라와 린이 기다리고 있었는데, 사라의 재킷까지 가지고 왔다. 어쩌면 내가 아이들을 잘못 생각하는지도 몰라. 리시가 이제 없다는 사실에 다들 익숙해져야 하잖아. 셋은 함께 아래층으로 내려가면서 생물 성적과 루펠 선생님 이야기를 했다. 그리고 다른 이야기도 하는데…… 사라 눈에 데이먼이 들어왔다. 그가 바로 앞으로 걸어왔지만 아직 사라를 보지는 못했다. 3미터 떨어진 곳에 여자 화장실이 있었다.

"나 얼른 화장실에 가야 해. 미안! 금방 따라갈게." 사라는 이렇게 말하고 화장실로 들어갔다. 심장이 쿵쾅거리고 입술이 바짝 말랐다. 이마에 식은땀이 났다. 빈칸에 비틀비틀 들어가 문

을 잠그고 벽에 기대섰다. 그를 만나면 늘 이럴까? 어떻게 해야
하지?

사라는 눈을 감았다. 멀리 사라지고 싶었다. 용감해지고 싶었
다. 집에서, 안전한 방에서는 쉽게 그런 말을 할 수 있었다. 종이
다시 울렸다. 아이들의 목소리가 멀어지고 문이 닫히는 소리가
들렸다. 이제 사라는 혼자였다. 늑장 부리는 마지막 아이도 이
제는 교실에 들어갔을 거라고 짐작될 때까지 화장실 칸 바닥에
쪼그리고 앉아 있었다. 그제야 밖으로 나올 엄두가 났다.

* * *

헤닝과 피아가 몇 킬로미터 앞에서 지붕에서 경광등을 떼고
운전하여 화장 시설에 도착해보니 마자넥 장례업체의 영구차가
적재함 덮개가 열린 채 뒷문에 서 있었다. 피아는 공무용 차량
을 주목 울타리 뒤쪽에 주차했다.

"서둘러!" 피아가 쳇소리를 냈다. "누가 나오기 전에 영구차를
얼른 살펴보자!"

그러고 차에서 내려 마당을 가로질렀고, 헤닝이 그 뒤를 따랐
다. 적재함에는 관이 두 개 실려 있었다. 딱 맞게 왔군! 활짝 열
린 배송 게이트에서 다운재킷과 청바지, 작업화 차림을 한 모래
색 머리카락의 바짝 마른 남자가 나왔다. 바퀴 달린 들것을 밀
고 있던 그는 일에 아주 열중해서 처음에 피아와 헤닝을 전혀
알아채지 못했다.

"폴커 마자넥입니까?" 피아가 그에게 말을 걸자 남자가 화들

짝 놀랐다.

"누구십니까?"

"호프하임 강력반입니다." 피아가 형사 신분증을 내보였다.

남자의 얼굴에 변화무쌍한 표정이 만화경처럼 스치고 지나가
다가 결국은 체념만 남았다.

"네, 제가 폴커 마자넥입니다." 그가 대답했다. "무슨 일이죠?"

"저기 실린 관 두 개의 내부를 보고 싶군요."

급격히 얼어붙고 긴장하는 마자넥의 반응이 이미 죄를 인정
하는 행위였다. 그는 어깨를 앞으로 푹 숙이고 한숨을 쉬면서도
바로 포기하지는 않았다.

"그러려면 수색 영장이 있어야 하지 않습니까?"

"원하신다면 나중에 당연히 신청하겠습니다." 피아가 그에게
약속했다.

"저 사람은 누굽니까?" 마자넥이 헤닝 쪽으로 고갯짓을 했다.
"경찰인가요?"

"아니요. 법의학연구소 소장입니다." 피아가 대꾸했다. "헤닝
키르히호프 교수예요."

"아, 그렇죠." 장례업자인 마자넥은 일을 하면서 시신 한두 구
를 이미 프랑크푸르트 법의학연구소에 보낸 경험이 있을 테니
분명히 헤닝의 이름을 알고 있을 터였다. 그는 자신이 처한 절
망적인 상황을 받아들이고 영구차 적재함에 관을 고정한 잠금
장치를 숙련된 동작으로 열고는 첫 번째 관을 꺼내 능숙하게 들
것으로 옮겨 실었다.

"여기 바깥에서……?" 그가 불편한 기색을 역력하게 보이며

물었다.

"아뇨, 안으로 들어가죠." 형사가 그의 관 하나에서 시신 두 구를 발견했다는 소문이 난다면 장례업자가 얼마나 곤란할지 피아는 훤히 알았다. 하지만 화장 시설에는 어차피 최소한 한 명의 공범이 이미 있었다.

"원하는 대로 하시죠." 마자넥은 들것을 밀고 이미 여러 개의 관이 들것에 실린 채 화장 또는 임시 보관을 기다리는 넓은 공간으로 들어갔다. 아무도 그들에게 신경 쓰지 않았다. 직원들이 관을 냉장실에 넣거나 거기서 꺼냈다. 그들은 일을 하며 대화를 나누고 농담도 했다. 그들에게 사자를 대하는 일은 일상생활이었다.

마자넥은 관의 측면 운송용 잠금장치를 열고 무거운 뚜껑을 들어 옆으로 내렸다.

"마자넥 씨, 시신이 한 구 더 있군요." 피아는 이렇게 말하고 자신의 직관을 자축했다.

"네, 그렇습니다." 장례업자는 놀란 척하거나 거짓말을 늘어놓으며 핑계를 대지 않았다.

위에 있는 남자 시신은 대략 35세로 보였다. 얼굴은 상한 곳이 없지만 맨발은 지저분했다. 피아가 휴대폰을 꺼내 다니엘 라들로프의 사진을 불러와 시신과 비교하고 휴대폰을 헤닝에게 건넸다. 그는 잠깐 본 후에 고개를 끄덕였다.

"위쪽 시신에는 적법한 서류가 없겠지요. 아닌가요?"

"네, 그렇습니다." 폴커 마자넥이 낙담해서 대답했다. "아래 여성의 시신 서류만 있어요."

"마자넥 씨, 당신을 감금과 망자의 안식 방해 혐의로 임시 체포합니다." 피아가 말했다. "라들로프 씨의 시신을 프랑크푸르트 법의학연구소로 운송할 장의사를 알려주실 수 있습니까?"

"네, 할 수 있습니다." 마자넥이 대답했다. "잠깐 전화 좀 해도 될까요?"

"안타깝지만 안 됩니다." 피아는 미안하다는 듯이 미소 짓고 손을 내밀었다.

마자넥은 고개를 떨구고 피아에게 휴대폰을 건넨 후에 방금 했던 말을 바꿨다.

"생각해보니 제가 적합한 장의사를 모르는 것 같군요."

* * *

크리스티안 크뢰거는 볼트 클리퍼로 자물쇠 고리를 문제없이 뜯은 다음 셈과 타리크, 자기 팀원 두 명과 갱도를 탐색하기 시작했다.

"내부에 붕괴 위험은 없어 보이네." 그가 말했다. "암벽 곳곳이 콘크리트로 보강됐어. 아마 70년 전에 이미 이렇게 했을 거야."

"콘크리트가 그렇게 오래 유지된다고?" 셈은 어두운 갱도를 걷자니 기분이 으스스했다.

"50년에서 80년, 어떤 건축물은 100년도 버티지." 크뢰거가 대답했다. "고속도로 교량은 그 정도로 오래 버티지는 못하는데, 그건 콘크리트를 부식하는 제설제 염화칼슘 때문이야."

모래바닥이 터널 안으로 이어졌다. 경사가 급하지 않은 내리막길이었고 좌우는 미끄러운 암벽이었다. 50미터 간격으로 격자 뒤편의 전구가 흐릿한 불빛을 비췄다. 공기에서 곰팡내가 풍겼다. 200미터를 더 가니 터널이 지하 미로로 갈라졌지만 길을 찾기는 쉬웠다. 그곳이 불이 켜진 유일한 길이었기 때문이다. 산속으로 깊이 들어갈수록 더 습하고 따뜻해졌다.

"18도야." 크뢰거가 장비에 포함된 온도계를 흘낏 보고 말했다. "마흐무디가 이곳에 잡혀 있다면 살아남을 가능성이 크군."

그들은 사용 흔적을 뚜렷하게 보이는 터널을 따라갔다. 아치형 천장에 달린 형광등은 얼마 전에 새로 설치한 듯했다. 전기를 많이 잡아먹는 수은 함유 형광등이 아니라 최신 LED등이었다. 벽돌 바닥이 깔린 콘크리트 방이 나타났다. 크뢰거는 갱도가 제2차 세계대전 때 공습 대피소로 개조됐거나 군사적 목적의 지휘본부로 사용됐을 거라고 짐작했다.

급경사 내리막길로 몇백 미터를 더 가고 갈래 길을 여럿 지나자 하얀색 플라스틱 문이 그들 앞을 막아섰다.

"으악, 폐소공포증에 걸리겠다!" 셈이 투덜거렸다. "우리 지금 얼마나 깊이 내려온 걸까?"

"생각하지 않는 편이 좋아." 크뢰거가 이렇게 조언하고 잠겨 있지 않은 그 문을 열었다. 천장이 낮지만 넓은 공간이 나타났다. 맞은편에 벽들이 서로 막힌 감방이 네 칸 있었다. 공기가 탁하고 동물원과 같은 냄새를 풍겼다. 녹슬었지만 여전히 견고하고 바닥까지 닿는 쇠창살, 그리고 그 사이는 튼튼한 벽이 가로막고 있었다. 감방 네 개는 모두 빈 상태였다. 감방마다 좁은 야전 침대가 있고, 뚜껑이 달린 배설물용 양동이들은 역겨운 냄새를 풍겼다.

크뢰거의 팀원들이 작업에 착수했다. 사진을 찍고, 흔적과 지문을 확보하고 문서화했다. 크리스티안 크뢰거는 왼쪽 첫 번째 감방을 지문 스캐너로 작업했다. 타리크는 그 공간 앞쪽의 곰팡내 나는 커튼 뒤에서 통조림과 완제품 감자샐러드 플라스틱 양동이가 놓인 찬장을 발견했다. 플라스틱 숟가락과 그릇이 든 도매용 포장이 뜯겨 있고, 한쪽 구석에는 꽉 찬 쓰레기봉지가 쌓여 있었다. 감식하기에는 천국이었다.

"파바드 마흐무디는 틀림없이 여기 있었어." 크뢰거가 말했다. "3번 감방이 그의 지문으로 가득해."

"그런데 지금은 어디 있지?" 셈이 주위를 둘러보며 물었다. "그들이 그 남자도 살해했나?"

"아뇨, 제 생각에는 볼프 졸베르크가 어디론가 데려간 것 같아요." 타리크가 대답했다. "도대체…… 어디로 데리고 갔을까요?"

* * *

80호 법정에서는 세상이 몇 초 동안 멎었다. 묶여 있는 인질들의 비명도 잦아들었다. 보덴슈타인 귓속의 지휘관도 침묵했다. 유일한 소음은 지방 법원 건물 상공을 선회하는 헬리콥터 소리였다. 보덴슈타인은 마비된 것 같았다. 그의 뇌는 눈이 보는 것을 이해하길 거부했다. 카트린이 죽어 바닥에 누워 있었다. 그녀의 머리 주변에서 피 웅덩이가 점점 더 커졌다. 이 장면은 그의 기억에 각인되었다. 보덴슈타인은 자신이 이 장면을 다시는 잊지 못하리라는 사실을 알았다.

"뭐…… 무슨 짓을 한 겁니까?" 대경실색한 그가 더듬더듬 말했다.

"어쩔 수 없었습니다." 하벨카가 싸늘하게 대답했다. "폰 보덴슈타인 씨, 내 말에 귀를 기울여줘서 고맙습니다. 이제 나가십시오. 10초 시간을 드립니다."

그의 표정은 기이하게 평화롭고 시선은 텅 비어 있었다. 영혼이 이미 오래전에 다른 장소에 가 있는 사람들은 그렇게 보였다. 그는 지금 거짓말을 하는 게 아니었다. 변호사들도 이 사실을 깨달았다. 그들은 묶인 것을 풀려고 필사적으로 애썼다. 피고인석에 앉은 한 젊은이는 판사에게 빌었고, 다른 한 명은 입을 멍하니 벌린 채 그를 보고만 있었다.

"10, 9, 8……." 하벨카가 거꾸로 숫자를 세기 시작했다.

"나와요, 당장!" 블라이멜 지휘관이 보덴슈타인의 귓속에서 고함을 질렀다. "당신은 이제 아무도 도와줄 수 없어요! 당장 거기서 나와요! 명령입니다!"

보덴슈타인은 몇 발 뒷걸음질 쳤다. 카트린의 시신에서 눈을 뗄 수 없었다.

"……7, 6, 5……."

"올리버, 당장 나와! 소피아를 생각해!" 니콜라 엥겔의 목소리가 그를 마비 상태에서 깨웠다. "뛰어! 얼른!"

"……4, 3……."

그는 몸을 돌리고 달리다가 비틀거려 균형을 잃고 한순간 무중력상태라고 느꼈지만, 다시 몸을 세우고 무거운 나무문을 어깨로 밀었다. 문을 쾅 닫고 맞은편 계단으로 곧장 달려가는 대신, 오른쪽 복도로 몸을 던지자는 본능적인 충동이 그의 목숨을 건졌다. 법정 안에서 폭탄 벨트가 무지막지한 위력을 발휘했다. 보덴슈타인은 압력파가 치명적인 투석기처럼 육중한 문을 문틀까지 뜯어 종이쪽처럼 계단실로 내던지는 모습을 망연자실하게 지켜봤다. 사방이 먼지와 재로 가득했다. 그는 기침을 하며 멍하니 누워 있었다. 최첨단기술 안경은 어디론가 날아갔다. 코피가 흘렀다. 그 자리에 누워 그저 들숨과 날숨에만 집중하는 동안 몇 시간이 지난 것 같았다. 적어도 그는 그렇게 느꼈다. 복면차림의 특공대원들이 불쑥 나타났다. 누군가 그에게 말을 걸었지만 그의 귀에는 날카로운 호루라기 소리밖에 들리지 않았다. 특공대원 두 명이 그의 팔을 잡고 일으켜 끌고 갔다. 그러다가 그의 뇌가 자신이 스스로 걸을 수 있다는 사실을 기억해냈다.

* * *

폴커 마자넥은 손목에 수갑을 찬 채 공무용 차량 뒷좌석에 앉아 말없이 창밖을 내다봤다. 피아는 그가 협조적인 이유가 자신의 상황이 얼마나 심각한지 알기 때문이라고 추측했다. 그는 헤닝이 두려움을 불러일으킬 정도로 몸집이 큰 필라 브라질레이로 두 마리 티아고와 주니어의 털 샘플을 채취하는 걸 도왔고, 피아와 함께 장례업체 2층에 있는 자기 집에 들어갔을 때도 누군가와 전화하려고 시도하지 않았다. 그곳에서 그는 미결 구금에 필요한 몇 가지 물품을 챙겼다. 피아는 보덴슈타인에게 몇 번 전화를 걸었지만 그의 휴대폰은 계속 꺼진 상태였다. 대학병원에서 진행되는 코지마의 진료가 생각보다 오래 걸리는 듯했다. 피아는 경찰이 마자넥의 입을 얼른 열 수 있게 하길 바랐다. 망자의 안식 방해 때문에 그를 미결 구금할 판사는 없을 테고, 그가 다니엘 라들로프와 르네 지겔의 납치와 살해에 공범이라는 증거도 아직 없었기 때문이다.

그들이 고속도로에서 호프하임 방향 3018번 국도에 막 들어섰을 때 헤닝의 휴대폰이 울렸다. 전화에 귀를 기울이던 그의 표정이 심각해졌다.

"네, 아 네……. 알겠습니다. 최대한 빨리 가겠습니다." 그가 말했다.

"무슨 일이야? 누가 전화했어?" 피아가 물었다.

"연구소." 헤닝은 이마를 잔뜩 찌푸린 채 스마트폰 자판을 두드렸다. "프랑크푸르트 지방 법원에서 오늘 오전에 인질 사태가 벌어졌는데, 안타깝게도 결말이 좋지 않대. 사망자가 여러 명인 모양이야. 내가 가야 해."

"아이고, 세상에!" 피아는 라디오 볼륨을 올렸지만 곳곳에서 음악과 광고만 흘러나왔다. 몇 분 후에 그들은 호프하임 경찰서에 도착했다. 차에서 내린 헤닝은 피아에게 나중에 전화하겠다고 약속하고 방문객 주차장에 주차된 자기 차로 달려갔다. 피아는 출입구로 바로 운전하여 폴커 마자넥을 내리게 한 다음 그를 동료들에게 넘겨 신원 확인 작업을 하라고, 개 두 마리의 털 샘플도 오늘 비스바덴 실험실로 보내달라고 부탁했다. 특별수사 본부에는 동료 몇 명만 앉아서 전화를 하고 있었다.

"지방 법원 인질 사태 들었나요?" 피아가 물었다.

"네." 한 동료가 텔레비전을 가리켰다. "N-TV에 자막 뉴스로 나오고 있어요. 누군가 인질 네 명을 잡고 법정에 바리케이드를 치고 있다가 폭발했나 봐요."

"자살 테러라고요? 세상에! 끔찍해라!" 피아는 전남편의 업무가 전혀 부럽지 않았다. 하지만 지금은 폴커 마자넥을 최대한 빨리 쥐어짜야 해서 희생자와 유족에 대해 생각할 시간이 없었고, 보덴슈타인이 그사이에 돌아왔기를 바랐다. 피아는 음료수 자판기에서 코크 제로를 꺼내들고 계단을 올라가 2층으로 향했다. 운이 좋다면 오늘 저녁에 수사의 진전을 볼 수 있을 터였다. 복도로 접어드니 회의실 문 앞쪽 바닥에 앉아 있는 카이가 보였다. 피아의 심장이 쪼그라들었다. 일이 생겼구나. 뭔가 끔찍한 일이. '올리버에게 무슨 일이 생긴 거야.' 머릿속에 이런 생각이 불쑥 떠올랐다. 한순간 피아는 무슨 일인지 알고 싶지 않아 곧장 돌아서서 도망치고 싶다는 유혹을 느꼈지만 억지로 앞으로 나아갔다.

"카이." 피아는 불안한 마음으로 그의 앞에 쪼그리고 앉았다. "무슨 일이야?"

카이가 고개를 들었다. 그의 무기력한 시선을 보자 피아는 마치 주먹으로 명치를 맞는 것 같았다.

"카트린이 죽었어." 그가 힘없는 목소리로 말했다. "총에 맞았어."

살면서 자주 그랬듯이 뭔가 안 좋은 일이 일어난 상황에 피아는 준비되어 있지 않았다. 이런 일이 일어나리라고는 상상해본 적도 없었다.

"아니." 피아는 단호하게 말하고 고개를 저었다. "아니야, 그럴리가 없어. 당신이 잘못 안 거야. 뭔가 오해했다고."

피아는 휴대폰을 꺼내 연락처에서 카트린의 번호를 찾기 시작했다. "내가 카트린에게 전화할게. 아니라는 걸 당신도 알게 될 거야."

"피아, 그만둬!" 카이가 손을 내밀어 피아의 팔에 얹었다. "지방 법원에서 벌어진 인질 사태……."

"응, 나도 들었어. 헤닝이 거기로 오라는 전화를 받았지. 그런데 그게 카트린과 무슨 상관이야?"

"반장님과 카트린이 거기 계셨어."

"반장님과 카트린이?" 피아는 멍하니 동료를 바라봤다. "말도 안 돼! 반장님은 후속 진료 때문에 대학병원에 가셨잖아."

"나도 더는 아는 게 없어." 카이가 대답했다. "엥겔 과장님이 전화해서 그렇게 말했어. 과장님도 거기 계셔."

"아니, 왜? 무슨…… 무슨 이유로?" 피아는 혼란스러워 고개를 저었다. "말도 안 돼."

피아는 회의실로 들어가 텔레비전을 켰다. 모든 채널에서 지방 법원의 인질 사태를 '긴급 속보'로 보도했다. 기자들은 추측으로 가득한 보도를 내놓았다. 잔인한 장면이 몇 번이고 똑같이 반복됐다. 폭발로 건물 외벽에 뚫린 구멍. 허공에 흩날리는 먼지와 종이. 차단목 뒤에 몰려 있는 사람들. 복면을 쓴 특공대원들. 차단된 도로. 법원 건물 앞의 소방대원들. 허공에 뜬 경찰 헬리콥터.

"……인질범은 지방 법원 판사로 추측됩니다." 기자가 심각한 표정으로 말했다. "확인되지 않은 소식통에 따르면 인질범이 폭탄 벨트로 자신과 인질들을 살해했을 때 법정에는 여섯 명이 있었습니다."

카이가 피아의 뒤에서 나타났다.

"타리크와 셈도 알고 있어?" 피아가 물었다.

"아니야. 그 둘은 크뢰거와 그 팀원들과 함께 버섯 농장으로 갔어. 아직 통화 연결이 안 돼."

피아는 최면에 걸린 듯 양손으로 입을 막은 채 텔레비전 화면을 노려봤다. 갑자기 무릎이 후들거려 의자에 털썩 주저앉았다. 이런 끔찍한 장면은 텔레비전에서만 봤다. 이런 일은 가자 지구나 시리아, 북아일랜드나 미국에서 일어나지 프랑크푸르트는 아니었는데!

카이가 문간에서 피아처럼 입을 다문 채 화면을 노려봤다.

"그 두 사람이 도대체 저기서 뭘 했던 거야?" 피아가 나지막하게 물었지만 카이도 대답을 할 수 없었다.

* * *

보덴슈타인은 담요로 몸을 감싼 채 임시 작전 본부가 설치된 검찰청 로비 의자에 앉아 있었다. 누군가 그의 손에 음료수가 든 플라스틱 컵을 쥐여줬다. 달고 따뜻한 싸구려 자판기 코코아였다. 쏟지 않으려면 양손으로 컵을 잡아야 했다. 그 정도로 떨렸다. 특공대원들이 그를 구급차로 데려가 케블라 조끼를 벗기고 쇼크에 대처하기 위해 식염수 주사를 놓았지만, 그는 병원 이송은 거절했다. 다친 곳이 없었기 때문이다. 구급대원과 응급의사의 반대에도 그는 정맥에서 주삿바늘을 직접 빼고 구급차에서 내렸다.

카트린 파힝거가 죽었다. 그의 눈앞에서, 5미터도 떨어지지 않은 곳에서 총에 맞았다. 그는 카트린의 두개골이 깨지고 피와 뇌가 검사석 탁자에 튀는 모습을 목격했다. 똑같은 장면이 무한 루프에서 돌아가는 슬로모션처럼 몇 번이나 반복됐지만 그는 여전히 이해할 수 없었다. 카트린은 인질범이 왜 하필이면 그를, 거의 알지도 못하는 보덴슈타인을 요구했는지 말하려고 했다! 카트린은 도대체 왜 왔을까? 왜 법정에 함께 들어가겠다고 고집을 부렸을까?

보덴슈타인은 현실감각을 상실한 채 주변을 지켜봤다. 시끄러운 호루라기 소리가 사람들 목소리와 그 외 모든 소음을 집어삼켰다. 젊은 여성이 클립보드를 들고 그의 앞에 와서 섰다.

"동료의 죽음을 누구에게 알려야 할까요?" 그녀는 보덴슈타인이 어린아이라는 듯이 큰 목소리로 아주 천천히 말했다. "남편? 아이들? 부모님?"

보덴슈타인은 그저 말없이 그녀를 빤히 쳐다보기만 했다.

니콜라 엥겔이 불쑥 나타나 젊은 순경을 옆으로 밀쳤다.

"그 일은 우리가 알아서 하겠습니다." 과장이 단호하게 말했다. "가세요!"

보덴슈타인과 말할 때는 어조가 부드러워졌다.

"올리버, 왜 병원에 안 가?"

"카트린이 왜 기필코 같이 들어가려고 했을까?" 그는 과장의 질문에 대답하지 않고 되물었다. "카트린은 판사를 잘 안다고 했어. 내가 자기 상관이라서 판사가 나를 요구했다고 말했지. 그 이유는 나중에 설명하겠다고 했어. 하지만 이제…… 무슨 일인지 알 수 없어."

그가 말을 멈췄다.

"자책하지 마. 당신은 어차피 아무도 구할 수 없었어. 연방범죄수사국 전문가들이 법정에서 녹음된 목소리와 영상을 분석중인데, 한 가지 사실은 확실해. 인질범은 자신의 계획을 관철하기로 결단한 상황이었어."

보덴슈타인은 어리둥절한 표정으로 과장을 바라보다가 대답했다.

"난 자책하지 않아. 파힝거가 왜 법정에 들어가려고 했는지 알고 싶어. 자기가 그 사태를 막을 수 있다고 정말로 믿었을까? 그녀는 판사의 계획을 몰랐어. 폭탄 벨트를 보고서 충격을 받았지."

그는 힘겹게 일어나 담요를 의자에 내려놓고 빈 플라스틱 컵을 바닥에 아무렇게나 내던졌다. 그의 셔츠는 지저분하고 소매가 찢어져 있었다. 니콜라가 고집한 방탄조끼가 엄청난 압력파의 끔찍한 영향으로부터 그의 내부 장기를 보호한 것 같았다. 그가 가려고 몸을 돌렸다.

"어디 가?" 니콜라 엥겔이 물었지만 보덴슈타인은 대답하지 않고 건물을 나섰다. 니콜라 엥겔이 그 뒤를 따랐다.

그는 멍한 표정으로 도로에 서서 법정 건물 외벽에 뚫린 구멍을 노려봤다. 그 구멍에서는 여전히 먼지와 종이들이 12월의 차가운 공기로 날아 나왔다. 그는 911 뉴욕 영상을 떠올렸다. 그러고 자신이 어떤 위험에 처했었는지 서서히 인식하기 시작했다.

주변에서 소방대원과 경찰관, 특공대원들이 정신없이 바쁘게 움직였다. 지방 법원 건물에는 폭발물 전문가들이 투입되고, 기술구조 지원기관의 구조역학 전문가들은 법정 천장과 바닥의 내하력을 점검했다. 시신 발굴을 시작하려면 이들의 감정을 기다려야 했다. 법정 거리와 포르첼란호프 거리는 막혔고, 법원 건물 전체가 텅 비어 있었다.

보덴슈타인은 물속에 잠긴 느낌이었다. 움직일 때마다 엄청난 힘이 필요했다. 블라이멜 지휘관이 경찰청장과 마이어-트로스트 경찰서장, 그리고 경찰청 지휘본부 사람들과 함께 법원 건물에서 나왔다.

"보덴슈타인 씨, 어떻습니까?" 경찰청장이 그에게 말을 걸었다. 그는 그를 무시하고 법원 건물에 다가갔다. 이곳에 반드시 한번 들어가야 했다. 상황을 이해하려면 모든 것을 다시 한번 봐야 했다.

"보덴슈타인!" 지휘관이 그를 불렀다. 니콜라 엥겔은 지휘본부 사람들과 경찰청장과 이야기하려고 뒤에 남았다.

출입구에 특공대원 몇 명이 서 있었지만 법원 건물에 들어서는 보덴슈타인을 그 누구도 말리지 않았다. 아무도 지키지 않는 보안 게이트 뒤편 전실에서 몇 사람이 흰색 보호 작업복을 급히 입는 중이었다.

"올리버!"

보덴슈타인이 걸음을 멈추었다. 헤닝 키르히호프를 알아보는 데 시간이 좀 걸렸다.

"여기서 뭐 합니까?" 키르히호프가 어리둥절해서 물었다.

"제가 저 안에 있었어요." 보덴슈타인이 대답했다. "인질범이 콕 집어서 나를 요구했으니까요. 카트린 파힝거도 함께 들어갔어요."

"카트린 파힝거?" 키르히호프의 얼굴에 경악이 번졌다. "지금 어디 있죠?"

"죽었습니다. 인질범이 폭탄 벨트를 터뜨리기 전에 그녀의 머리를 쐈어요."

"이럴 수가!"

"다시 한번 들어가야겠어요." 보덴슈타인이 말했다.

"일단 제가 먼저 혼자 들어가겠습니다." 키르히호프가 애원했다. "끔찍한 장면일 겁니다. 그러니 제가 아마도……."

"상관없습니다."

"오케이." 키르히호프가 자기 직원들에게 기다리라는 신호를 보냈다. "괜찮으시다면 제가 함께 들어가겠습니다."

보덴슈타인은 그를 가만히 보다가 천천히 고개를 끄덕였다.

"네, 그게 좋을 것 같군요." 무슨 이유에선지 그는 전문가와 동행하면 위로가 된다고 느꼈다.

그들은 보덴슈타인이 아까 카트린과 함께 갔던 길을 걸었다. 사방에 사람들이 보였다. 소방대원, 기술구조 지원기관 직원, 폭발물 전문가들.

80호 법정 앞의 복도에서 키르히호프가 보덴슈타인을 잡고 절박하게 물었다.

"들어가고 싶은 게 정말 확실합니까? 끔찍한 장면을 보게 될 겁니다."

"헤닝, 들어가야 해요." 보덴슈타인이 대답했다. "무슨 일이 일어났는지 알아야 한다고요."

법의학자는 계속 망설였다.

"부탁입니다." 보덴슈타인의 말에 키르히호프가 옆으로 물러섰다.

둘은 두 시간 전만 해도 문이었던 구멍을 지나 법정으로 들어갔다. 충격을 받은 보덴슈타인은 앞에 펼쳐진 장면을 그저 빤히 노려보기만 했다. 먼지와 재, 종잇조각들이 흩어져 있었다. 폭탄의 폭발력에 천창이 깨지고 법원 건물 외벽에 구멍이 뚫려 얼음처럼 차가운 공기가 법정으로 불어왔다. 기이하게도 판사석은 그대로였다. 벽에 연붉은 찌꺼기, 인간의 조직과 뇌 조각들이 붙어 있었다. 변호인과 의뢰인들의 머리와 상체는 폭탄에 떨어져 나가고 하체는 여전히 의자에 앉아 있었다.

하벨카에게서 남은 것은 머리뿐이었다.

"자살 폭탄 조끼의 경우에는 이렇습니다." 헤닝이 사무적으로 설명했다. "폭발하면서 머리가 분리됩니다. 그래서 범인을 늘 알아볼 수 있어요."

보덴슈타인은 폐허를 넘어 카트린의 시신에 다가가서 무릎을 꿇고 앉았다. 폭탄의 압력파는 그녀 위로 스쳐 지나간 듯했다. 시신은 그가 마지막 본 모습 그대로였다. 그는 카트린의 손을 잡았다. 차가웠다.

"카트린, 왜 여기 기필코 들어오려고 했어?" 그가 속삭였다. "내 말을 들었더라면 아직 살아 있을 텐데."

* * *

"현재까지 알려진 바에 따르면 인질 사태의 희생자는 변호인 두 명과 이들의 의뢰인 두 명, 경찰관 한 명입니다." 차단목 앞에서 다른 기자들 사이에 서 있는 기자가 보도했다. 주위에서 구경꾼들이 밀치락달치락했다. "공식적으로 확인되지는 않았으나 자살 테러범은 지방 법원에서 오래 근무한 53세의 판사라고 알려졌습니다. 초저녁에 기자회견이 예고되어 있습니다. 계속해서 보도해드리겠습니다."

지방 법원에서 벌어진 자살 테러에 동료 한 명이 목숨을 잃었다는 소식이 경찰서에 들불처럼 번졌다. 사방에 텔레비전이 켜졌고, 모두 당황하고 경악했다. 누구나 카트린 파힝거를 알고 있었다.

강력11반이 회의실에 모였다. 다들 충격을 받아 어쩔 줄 모르는 얼굴로 탁자를 에워싸고 앉아 있었다. 카이가 셈과 타리크에게 끔찍한 소식을 전한 이후 셈은 마비된 것 같았다. 타리크는 눈물을 터뜨렸고, 카이가 그런 그를 위로했다. 경찰관이라면 누구나 투입될 때 부상을 입거나 죽을 위험이 존재한다는 사실을 알고 있다. 하지만 현실에서는 드물게 발생하므로 이 위험을 무시하고 잊은 듯 지낼 수 있었다. 그런데 이제 동료가, 같은 팀원이 당했다. 몇 년 동안 매일 함께 일해오던 사람이. 그래서 모두 쇼크 상태에 빠졌다.

탁자 한가운데에는 카트린이 구워온 크리스마스 쿠키 부스러기가 담긴 접시와 강림절 리스가 여전히 놓여 있었다.

"이제 어떻게 하죠?" 타리크가 침묵을 깨고 물었다. "앞으로 뭘 해요?"

"우린 버섯 농장의 갱도에서 마흐무디가 잡혀 있던 장소를 발견했어. 아마 지겔과 라들로프도 거기 잡혀 있었을 거야." 셈이 말했다.

"나는 다니엘 라들로프의 시신을 관에서 찾아냈어." 피아가 우울한 목소리로 보고했다. "개 두 마리 주인, 림부르크의 장례업자 마자넥은 지금 지하 취조실에 있어."

그들이 서로 마주봤다.

"반장님을 기다리자." 카이가 결정했다.

아무도 반대하지 않았다. 아무도 입을 열지 않았다. 텔레비전에서 계속 똑같은 영상이 흐르는 동안, 다들 마비된 듯 탁자를 에워싸고 앉아 있었다. 자살 테러 이유에 대한 추측이 만연했고, 결국 셈은 음소거를 눌렀다.

침묵을 깨고 탁자에 놓인 전화기가 울렸다. 카이가 받았다.

"정문 당직 경찰이야." 그가 말했다. "반장님과 과장님이 방금 도착했대."

몇 분 후에 보덴슈타인과 니콜라 엥겔, 그리고 그 뒤를 따라 크리스티안 크뢰거가 회의실에 들어섰다. 보덴슈타인은 많이 지쳐 보였다. 얼굴이 밀랍처럼 창백하고 먼지 때문에 머리카락이 온통 재색이었으며, 피 찌꺼기가 코에 말라붙어 있었다.

텔레비전 화면이 소리 없이 흘러나왔다. 프랑크푸르트 경찰청에서 열리는 기자회견을 중계하는 중이었다.

"오늘 오전에 지방 법원에서 일어난 사건은 내가 평생 겪은 일 중에 가장 참담합니다." 보덴슈타인이 침착하게 입을 뗐다. "하지만 난 다치지 않았어요. 그러니 과보호 받을 생각은 없습니다. 진행 중인 수사를 계속 진두지휘할 겁니다."

그는 잠깐 말을 멈췄다가 다시 이었다.

"우리 동료 카트린 파힝거가 내 눈앞에서 목숨을 잃었습니다. 인질범은 폭탄 벨트를 터뜨려 자기 자신을 포함하여 형사 변호인 우도 스카마이트와 얀 페퍼코른, 그리고 둘의 두 의뢰인을 살해하기 전에 카트린의 머리를 쐈습니다. 폭탄이 터지기 전에 나더러 법정을 빠져나가라고 했습니다. 인질범이 왜 내가 그 자리에 있기를 원했는지는 모릅니다. 법정에 가는 길에 카트린은 아마 내가 자기 상관이라서 그랬을 거라고, 나중에 설명해주겠다고 했습니다. 하지만 이제 그럴 수 없게 됐어요."

"아, 세상에!" 타리크가 한탄했다.

보덴슈타인은 헛기침을 하고 말을 이었다.

"카트린은 인질범과 연인이었던 모양입니다. 그의 계획을 짐작했거나 알고 있기 때문에 나와 함께 법정에 들어가겠다고 주장했는데, 폭탄 조끼를 보고서 충격을 받았습니다. 카트린은 자기가 그를 포기하도록 설득할 수 있다고 정말 믿었던 것 같습니다. 인질범은 20분가량 연설을 했는데, 그가 한 말은 여러분도 나중에 분명히 들을 수 있을 겁니다. 연설 후에 카트린이 그에게 가서 뭔가 말했는데, 그 말은 녹음된 내용을 나중에 청취하면서 알아들었습니다. 카트린이 한 말은……." 보덴슈타인은 눈을 감고 기억을 되살렸다. "'당신, 어떻게 우릴 이렇게 배신할 수 있어? 난 우리가 같은 일을 위해 싸운다고 진심으로 믿었어. 당신이 우리를 필요로 할 때 우린 언제나 당신 곁에 있었다고. 당신이 한 모든 일은 당신이 자발적으로 한 거야!' 그러자 인질범이 대답했습니다. '내가 너희를 만나면 안 되는 거였어. 볼프, 마르쿠스, 당신 오빠와 당신을. 너희가 나를 괴물로 만들었어.'"

"볼프 졸베르크 말인가요?" 타리크가 물었다.

"마르쿠스는 누구지?" 크뢰거도 궁금해했다.

"카트린의 오빠라고?" 피아는 어리둥절했다. "카트린에게 오빠가 있는 건 몰랐어! 카이, 당신은 알았어?"

"아니." 카이가 대답했다.

"프랑크푸르트 동료들은 지역범죄수사국과 연방범죄수사국의 전문가들과 함께 인질범의 자살 테러를 수사할 겁니다." 니콜라 엥겔 과장이 발언을 넘겨받았다. "하지만 사망한 동료와 관련된 사항은 모두 우리 일입니다. 수사에 필요하면 우리도 당연히 프랑크푸르트 동료들과 협조할 겁니다."

다시 침묵이 찾아왔다.

"그게 다인가요?" 셈이 의아하다는 표정으로 물었다. "카트린은 아마도 남자친구였던 '인질범'의 총에 맞아 사망했는데, 여기서는 그저 '수사'가 중요합니까? 우린 몇 년이나 카트린과 함께 일한 한 팀이고, 서로 잘 알았고……."

"아, 그래? 우리가 카트린을 얼마나 잘 알았지?" 보덴슈타인이 평소와 달리 거칠게 그의 말을 막았다. "자네, 카트린에게 오빠가 있다는 걸 알았나? 그의 이름은? 그가 어디에 사는지는? 카트린이 그 판사와 친했다는 사실은? 그녀가 사망했을 때 알려야 할 가장 가까운 가족이 누군지는 아나? 카트린이 무슨 '일'을 위해 싸웠는지는?"

"아니요." 셈이 불편한 기색을 보이며 인정했다.

"나는 여러분의 사생활을 알고, 여러분도 나에 대해 많이 알고 있습니다. 우리 누구도 숨길 게 없기 때문이죠." 보덴슈타인이 말을 이었다. "카트린은 2005년 2월부터 우리 팀이었습니다. 14년이나! 이 긴 세월이 흐르는 동안 카트린은 자기 자신에 대해 '아무것'도 말하지 않았어요. 그런데도 나는 여러분을 믿는 것과 마찬가지로 그녀도 믿었습니다. 하지만 오늘 내가 겪어야 했던 일은 모든 것을 영원히 바꿔버렸어요. 나는 진실을 밝혀낼 생각입니다. 카트린이 인질범이 인질들을 죽이는 걸 막으려던 영웅이었는지, 아니면 하벨카가 결정적인 말을 하지 못하게 막으려고 법정에 갔는지 알고 싶어요."

이 추측의 영향력이 천둥처럼 울려 퍼졌다. 피아는 보덴슈타인이 옳다는 것을 깨달았다. 크리스티안과 셈과 타리크가 책상에 아내와 아이들 사진액자를 올려놓고, 누구나 보덴슈타인과 피아의 가족 관계를 알고, 카이가 자기 연인과의 관계를 비밀로 하지 않는 반면, 팀원들은 카트린에 대해서 아무것도 몰랐다. 주말이 지나고 출근하면 다들 간이 주방에서 아들의 축구 시합이나 가족 행사, 짧은 여행 또는 주말에 본 영화를 이야기했지만 카트린은 뭔가 말한 적이 없었고, 설령 한다고 해도 아무 의미 없는 말만 했다. 누구에게나 귀를 기울이고, 쿠키와 케이크를 굽고, 팀원들의 생일이나 기념일을 잊은 적이 없지만 자기 이야기는 한 적이 없었다.

"그리고 카트린이 내 죽음도 감수했는지 계속 의문이 듭니다." 보덴슈타인이 말을 이었다. "그녀는 모든 지시를 무시하고 인질범을 자극했습니다. 그가 분노를 못 이기고 폭탄 벨트를 더 일찍 터뜨릴 수도 있었겠지요. 그랬더라면 나는 지금 여기 있지 못했을 겁니다." 그가 심호흡을 했다. "나는 이제 집에 가서 전체적인 상황을 하룻밤 더 생각해보겠습니다. 그리고 셈, 우린 당연히 카트린을 추모해. 카트린은 우리 동료고 훌륭한 경찰관이었어. 우린 모두 그녀를 좋아하고 인정했다고."

* * *

사라는 스케치북을 다시 한번 펼칠 용기가 나지 않았다. 리시가 자기에게 비밀이 있었다는 사실이 너무나 마음 아팠다. 리시가 살해되던 날 저녁에 데이먼과 약속했었다는 증거가 하나라도 있다면! 경찰에게 설명했는데 내 말이 사실이 아니라면 얼마나 창피할까! 그러면 전학을 가는 정도가 아니라 지구를 떠나야겠지! 다들 데이먼을 멋지다고 하는데 내가 그를 짭새들에게 고자질했다는 사실이 밝혀지면 나는 아이들의 공격에서 절대 헤어 나오지 못할 거야.

하지만 그냥 아무 말도 하지 않으면? 어린아이처럼 부모님

등 뒤에 숨으면? 그 여자 경찰이 내가 거짓말한 걸 확실히 눈치 챘는데.

어떻게 해야 할까?

사라는 매트리스 아래에서 스케치북을 꺼냈다. 한참 마음을 정하지 못하고 보고만 있다가 스케치북을 넘겨서 베를린 클럽 장면 망가가 그려진 쪽을 찾았다. 억지로 계속 들여다봤다. 수학여행을 다녀온 뒤에 망가는 아주 섬뜩해졌다. 늘 그랬듯이 리시와 데이면, 그리고 사라가 주인공이었는데, 갑자기 새로운 캐릭터가 나타났다. 얼굴 표정이 없는 남자였다. 이게 누굴까? 특정한 실제 인물인가? 아니면 그냥 은유일까? 은유라면 어떤 의미의 은유? 리시의 불안에 대한 은유? 캐나다 일 때문에 두려웠나? 등록 마감이 점점 다가오는데 리시는 결정을 내리지 못했고, 사라는 데이면 때문일 거라고 추측했었다. 리시는 그를 일주일 못 보는 것도 견디지 못했는데 반년이나 캐나다에 가는 건 불가능했을 거야! 리시의 다른 면, 그러니까 모험을 즐기는 성격은 캐나다에 정말 가고 싶어 했지. 몇 주 전만 해도 리시는 반년이 아니라 1년 동안 캐나다에 가고 싶다고, 아니 영원히 그곳에 있고 싶다고 했잖아. 아니, 잠깐! 그렇지 않아. 사라는 스케치북을 덮고 기억을 되살리려고 애썼다.

'나 여길 떠나야 해.' 리시는 이렇게 말했었다. '기필코! 우리 1년 동안 캐나다에 머물자. 아니면 영원히!'

리시는 눈물을 글썽이며 진심으로 말했다. 그러면서 사라를 포옹하고, 사라에게 몸을 기댔다. 하지만 리시가 워낙 자주 온갖 것을 극적으로 말하고 다음 날에는 완전히 달라졌기 때문에 사라는 폭발적인 리시의 감정을 진지하게 생각하지 않았다. 그게 언제였더라? 어떤 계기가 있었나? 사라는 똑바로 앉아서 정신을 집중했다. 리시랑 사라는 그때 어딘가에 앉아 있었다. 학교도, 리시의 방도 아니었다. 그러다가 불현듯 다시 생각이 났다. 도서전에서 한 말이었다. 둘은 코스튬 차림으로, 그들과 마찬가지로 코스플레이 대회 결승전을 즐기는 다른 많은 코스플레이어들과 함께 출구를 향해 걷고 있었다. 너무나 멋진 10월의 늦여름 날씨였고, 다들 아주 행복했다. 적어도 사라는 그렇게 생각했었다. 하지만 리시의 기분이 갑자기 꺾였다. 리시는 그 이유를 사라에게 말해주지 않았다.

* * *

보덴슈타인과 니콜라 엥겔이 회의실을 나간 후에 팀원들은 충격으로 얼어붙었다. 어제까지만 해도 여기 이 탁자에 함께 앉아 있던 카트린에 대해 나쁘게 생각하기를 다들 꺼렸지만, 보덴슈타인이 방금 했던 말은 모든 것을 바꿔놓았다.

과장이 돌아왔다.

"오늘 일할 기운이 없는 사람은 퇴근해도 됩니다. 그렇지 않은 사람들은 이제 다시 업무에 집중해주세요."

움직이는 사람은 아무도 없었다.

"버섯 농장 부지의 갱도에서 마흐무디와 지겔, 라들로프가 그곳에 잡혀 있었다는 증거를 찾았습니다." 셈이 침묵을 깨고 말했다. "볼프 졸베르크가 동업자에게 편지를 남기고 모든 개인물품을 가지고 사라졌습니다. 다시 돌아오지 않을 것 같습니다."

"졸베르크를 국제 수배하겠습니다." 니콜라 엥겔이 결정했다. "하벨카 판사가 말한 볼프는 틀림없이 그 사람일 겁니다."

"헤닝과 저는 장례업자 폴커 마자넥을 현행범으로 체포했습니다. 한 관에 시신 두 구를 넣고 화장 시설에서 관을 막 내리려던 참이었어요. 서류가 없는 시신은 다니엘 라들로프였습니다." 피아가 말했다. "지금 마자넥은 아래 취조실에 있습니다. 제 생각에는 금방 털어놓을 듯합니다."

"좋습니다. 알투나이 형사와 함께 취조하세요." 니콜라 엥겔이 대답했다.

"카트린은 오빠가 있다고 한 번도 말한 적이 없어." 카이가 기운 빠진 목소리로 중얼거렸다.

"판사가 했다는 말, '너희가 나를 괴물로 만들었어'는 무슨 뜻일까요?" 타리크가 물었다.

"여러분." 피아가 단호하게 말했다. "우리는 여기 앉아서 의미도 없는 추측만 하거나 아니면 일을 해서 대답을 찾거나 둘 중 하나를 할 수 있어요. 셈, 이제 우린 폴커 마자넥을 취조하자. 타리크, 당신은 특별수사팀 동료들에게 최신 상황을 전해줘. 그런 다음 메를레와 함께 켈크하임으로 가서 울리케 라들로프에게 아들의 시신이 발견되어 법의학부에 이송했다고 알려주고."

"오케이." 타리크는 할 일이 생겨 반가운 듯했다.

"카이, 당신은 볼프 졸베르크를 수배해줘."

"그런 다음 파힝거의 컴퓨터를 조사하세요." 니콜라 엥겔이 지시했다. "최근 몇 주, 몇 달 동안의 웹 검색 행태도 확인하시고요."

"그래도 되나요?" 타리크가 불안한 어조로 물었다.

"파힝거는 총에 맞아 사망했습니다." 과장이 상황을 상기시켰다. "이제 곧 내부 수사팀 동료들이 여기 나타나서 모든 자료를 가져갈 겁니다. 무슨 일이 있었는지 나는 그 전에 알고 싶습니다. 산더 형사, 오스터만과 나는 파힝거의 책상을 살피겠습니다. 우리가 그녀의 죽음을 알려줘야 할 유족에 대한 단서를 찾아낼지도 모르지요."

"저는 빼주시죠." 카이가 이렇게 말하고 자리에서 일어났다. "특별수사팀에서 할 일이 차고 넘치니까요."

피아와 니콜라 엥겔은 시선을 주고받았다.

"카이는 특히 우리보다 더 힘들 거야. 그는 카트린을 처음부터 돌보고 보호했어." 피아가 과장에게 설명했다. "벤케가 특공대 시절 동료인데도 둘 사이에 다툼이 벌어졌을 때 카이는 카트린 편에 섰어."

* * *

피아와 셈이 폴커 마자넥을 취조하려고 지하로 막 내려가려는데 경비가 그의 변호사가 도착했다고 알려왔다. 그는 자기 의뢰인이 체포된 이유를 알려달라고 요구했고, 피아는 그에게 상황을 설명했다. 폴커 마자넥이 시신을 화장하려고 운송하다가 발각됐는데 그 일에 필수적인 공식 문서를 제시하지 못했다고, 그래서 시신을 압수하여 신원과 사인을 확인하기 위해 프랑크푸르트 법의학연구소로 보냈다고 말했다. 그 시신은 11월 26일부터 실종 상태인 다니엘 라들로프라는 의심이 강력하게 든다고, 또한 용의자가 운구차로 이송한 관에는 시신이 두 구 들어 있었으므로 형법 제168조에 명시된 망자의 안식 방해에 대한 일차적 혐의도 있다고, 그래서 체포 영장을 신청했다고 알렸다.

변호사는 자기 의뢰인과 둘이 이야기하겠다고 요구했다.

피아와 셈은 그와 함께 지하로 내려가, 마자넥에게 파바드 마흐무디의 소재를 물어봐달라고 부탁하고 취조실 앞 복도에서 기다렸다.

"이제 끝났네." 피아가 비관적으로 말했다. "두고 봐. 저 남자는 이제 한마디도 안 할 테니까."

그 말이 맞았다. 15분 후에 돌아온 변호사는 자기 의뢰인이 당분간 이 일에 대해 진술을 거부할 것이라고 알렸다.

"파바드 마흐무디에 대해 뭔가 말한 게 있습니까? 그 남자의 소재에 대해 안대요?" 피아가 물었다.

"이미 말했듯이, 제 의뢰인은 진술을 거부합니다." 변호사가 같은 말을 반복했다.

"마흐무디는 16세 여학생의 죽음과 관련하여 우리가 찾는 중입니다. 그는 흔적도 없이 실종됐는데, 아마 납치됐을 거예요. 다니엘 라들로프나 르네 지겔처럼 말이지요." 피아의 말에 변호사가 대답했다.

"유감스럽군요. 제 의뢰인을 당장 석방하실 것을 요청합니다."

"말도 안 되는 소리." 피아는 절망하고 짜증이 나서 대꾸했다.

"당신 의뢰인은 프로인게스하임 구치소로 이송되어 내일 아침에 영장 심사 판사에게 불려갈 겁니다."

* * *

안네 빌레펠트는 딸의 방 양탄자 위에 쪼그리고 앉아 있었다. 여기저기 놓여 있던 옷가지들을 찾아 마지막으로 세탁하려고 이미 세탁 바구니에 넣었고, 이제 봉제 인형 차례였다. 수색견에게 필요해서 가져갔던 리시의 애착 동물 봉제 인형을 어제 경찰이 도로 가져다줬다.

안네는 잠시 움직임을 멈추고 딸의 제국을 둘러봤다. 리시는 잡동사니를 이루 말할 수 없이 많이 가지고 있었는데, 안네는 이걸 그냥 쓰레기봉지에 담아 버리지 않고 모두 정리하여 박스에 넣을 계획이었다. 하지만 이 일은 끔찍할 만큼 고통스러웠다. 모든 것이 추억을 일깨웠다. 박스를 하나씩 쌀 때마다 몇 시간이나 걸렸다. 모든 물품과 옷과 그림이 기억과 감정을 불러일으켜 목구멍을 조여 왔기 때문이다. 하지만 아무리 힘들어도 해내야 하는 일이었다. 매일 조금씩이라도. 그러는 동안 안네는 리시와 대화를 나누었고, 자기 물건을 뒤지는 걸 아주 싫어하는 리시에게 몇 번이나 사과했다. 이 방은 리시의 피난처였다. 리시가 직접 진공청소기를 돌리고 침대 정리도 했다.

안네는 자신이 침입자 같다고 생각했지만 동시에 딸과 가까이 있다는 느낌도 받았다. 리시는 방에 이미 크리스마스 장식을 해두었다. 꼬마전구가 걸려 있었다. '엄마, 크리스마스는 유치해

393

야 해요.' 리시는 늘 그렇게 말하곤 했다. 평소라면 둘이 함께 크리스마스트리를 꾸미고 집 여기저기를 장식했을 것이다. 올해는 아무도 강림절 리스의 세 번째 초를 켜지 않았다. 선물도 사지 않았다. 친절한 형사가 아니었더라면 크리스마스트리조차 없었을 것이다.

고통이 안네의 가슴 깊은 곳에 박혀 있었다. 리시가 다시는 돌아오지 못한다는 것, 다시는 이 침대에서 잘 수 없다는 것, 옷가지를 양탄자 여기저기에 늘어놓을 수 없다는 생각을 받아들이기 힘들었다. 딸의 몸을 해부했다고 생각하니 소름이 끼쳤다. 악몽이었다. 내 아이가, 쾌활하고 보드라운 어린 딸이, 너무나 연약하고 쉽게 추위를 타던 딸이 벌거벗고 철제 탁자에 누워 있었다니, 그리고 이제 관을 골라서 아이를 땅에 묻어야 한다니. 외르크가 그렇게 결정했다. 유골함도, 수목장도 아니었다. 이제 벌레들이 아이의 몸을 갉아먹을 것이다. 리시의 영혼은 이미 오래전에 다른 곳에 가 있고 땅에 묻힌 것은 그저 빈껍데기라는 목사의 잡담은 위로가 되지 않을 터였다. 그 껍데기를 내가 낳았으니까! 그 보드라운 살을 씻기고 크림을 발라주고, 부드럽게 쓰다듬고 품에 안았다. 금발을 빗기고 땋아주었다. 아, 내 아이 없이 어떻게 살아야 할까? 삶이 도대체 무슨 의미가 있나? 안네는 신에게 기도하지 않았다. 무슨 이유로 해야 하나? 아이가 죽는 걸 용인하는 신에게 기도하고 싶지 않았다.

이 장례식에서 그녀는 교회에 마지막으로 발을 들여놓게 될 터였다. 안네는 자리에서 일어나 리시 방문을 닫고 힘겹게 거실로 내려왔다. 그리고 무기가 든 책을 노려봤다. 한숨을 쉬고 식탁에 앉아 태블릿을 꺼내 열었다. '**프랑크푸르트 지방 법원 인질극, 유혈 사태로 끝나다**'라는 뉴스가 떴다. 인질범의 사진을 본 안네는 심장이 잠깐 멎는 듯했다. 그 남자를 금방 알아봤다. 토요일에 약국에 와서 무기를 준 사람이 아닌가! 그는 53세 콘스탄틴 하벨카 판사였다. 폭탄 벨트를 몸에 감고 다섯 사람과 자기 자신을 살해했다. 안네는 소름이 끼쳤다. 남자의 목소리가 여전히 귓가에 들렸다. '어떤 사람이 제 가족을 죽였습니다. 그저 기분이 나쁘고 마약을 살 돈이 없었다는 이유로요. 제 아들은 당시에 겨우 열한 살이었어요. 그 이후로 나는 지옥에 살고 있습니다.' 그의 눈이, 그 눈에 담긴 슬픔이 안네의 눈앞에 다시 나타났다. 그때 그는 자기 자신과 타인을 죽이려는 결심을 이미 한 상태였겠구나. 폭탄 조끼도 직접 만들었겠지. 그런 걸 파는 상점은 없으니까.

안네는 그를 이해할 수 있었다. 그에게 인생은 더 이상 의미가 없었을 거야. 나도 어쩌면 같은 행동을 해야 하는 게 아닐까. 안네는 요란한 소리를 내며 태블릿을 덮고 자리에서 일어나 책장에서 책 모양 금고를 꺼냈다. 금고를 열고 쪽지를 꺼내서 펼쳤다. 이유는 모르지만 깊은 숲처럼 어딘가 멀리 가야 할 거라고 예상했는데, 거기 적혀 있는 주소는 겨우 몇 킬로미터 떨어진 곳이었다. 모든 문장이 간명하게 쓰여 있었다. 안네는 눈을 깜박거려 눈물을 떨어냈다. 그러고 결정을 내렸다. 외르크는 일러야 8시나 9시에 집에 올 것이다. 그때는 모든 일이 끝난 후일 터였다.

* * *

니콜라 엥겔과 피아가 카트린의 책상을 뒤지는 동안 셈은 아래층 특별수사팀에서 마자넥이 르네 지겔과 다니엘 라들로프의 살해에 가담했다는 증거를 찾느라 분주했다. 증거가 있어야 내일 마자넥을 미결 구금해야 한다고 영장 심사 판사를 설득할 수 있었다. 오늘 채취한 개들의 DNA를 르네 지겔 시신에 있던 물린 상처와도 비교해야 했다.

모두 일에 뛰어들었다. 그래야 일시적으로라도 끔찍한 일을 잊을 수 있기 때문이었다.

니콜라 엥겔은 서랍에서 카트린의 여벌 열쇠꾸러미를 발견했다. 그럴 일은 없겠지만 그래도 혹시 열쇠를 잃어버릴까 봐 카트린이 늘 그곳에 보관하던 꾸러미였다. 꾸러미는 놀랄 만큼 커서 최소한 열다섯 개의 열쇠가 고리에 달려 있었다. 서랍에는 아스피린 한 통, 휴지 몇 봉지, 군것질거리 몇 개를 제외하고는 별다른 개인용품이 없었다. 오빠나 다른 유족의 존재를 알려줄 만한 것은 없었다.

"그런데 카트린이 오늘 뭘 타고 프랑크푸르트로 갔지?" 피아가 물었다.

"나도 몰라. 불쑥 내 앞에 나타났어." 니콜라 엥겔이 대답했다.

"그럼 어딘가에 차가 주차되어 있을 텐데. 카트린이 가방을 가지고 있었어? 휴대폰은?"

"몰라. 이미 말했듯이 검찰청 로비에 불현듯 서 있었어. 보덴슈타인과 같이 법원 건물로 갈 때 나 또는 다른 사람에게 뭘 맡기지는 않았어."

"카트린의 집에 가보자." 피아가 제안했다.

그때 카이가 문간에 나타났다.

"자살 테러범 콘스탄틴 하벨카는 2015년 1월에 부인과 아들을 잃었습니다." 그가 말했다. "어떤 사람이 5번 고속도로 빅켄바흐 근처에서 맨홀 뚜껑을 부인 차에 던졌어요."

"그걸 어떻게 알았어?" 피아가 놀라서 물었다.

"언론이 우리보다 빠르네." 카이가 대답했다. "방금 N24 채널 뉴스에 나왔어."

"산더 형사와 나는 파힝거 집으로 갑니다. 오스터만, 함께 가시겠어요?"

"아니요. 여기 남겠습니다. 맨홀 뚜껑 사건을 확인해볼게요. 아, 그리고 프랑크푸르트 동료들이 언론 보도에 사용할 카트린 사진을 부탁했습니다. 한 장 넘겨도 될까요?"

"아니요." 니콜라 엥겔이 대답했다. "파힝거에게 우리가 알려야 할 유족이 있는지 확인하기 전에는 안 됩니다. 어떤 경우에도 카트린의 이름조차 공개되면 안 돼요."

* * *

안네 뷜레펠트는 슈발바흐를 지나 리시의 학교가 있는 교차로에서 우회전하여 리메스 터널을 통과했다. 몇백 미터 더 가다가 좌회전하고 보니 크론베르크 방향으로는 늘 그렇듯이 퇴근길 교통 정체와 마주했다. 해야 할 일을 머릿속으로 훑었다. 권총 장전과 소음기 조립은 무척 쉬웠다. 무기에 지문을 남기지 않으려고 니트릴 장갑을 끼고, 경찰에게 증거가 될지도 모를 머리카락을 떨어뜨리지 않기 위해 리시의 진한 청색 면 비니를 썼다. 옷도 신중하게 골랐다. 실을 남길지도 모를 양모나 면섬유가 아니라 폴리에스터 바람막이 재킷과 비옷 바지를 선택했다. 권총은 테리 수건으로 감았는데, 수건은 나중에 아무 쓰레기통에나 버릴 생각이었다. 무기와 소음기, 탄창은 크론베르크와 슈발바흐와 바트 조덴 사이에 있는, 낚시꾼들이 가는 숲속 연못에 던져 넣을 예정이었다. 이 시각에는 조깅하는 사람도, 개를 데리고 산책하는 사람도 그곳에 가지 않을 테니까. 안네는 심호흡을 했다. 내면의 고요에 스스로도 놀랐다. 결정을 내리고 나자 머릿속이 갑자기 아주 맑아졌다. 몇 달 기다린 후에 외르크와 헤어지고 여길 떠나야지. 리시와 관련이 없는 곳으로. 경력직 약사로 일자리를 찾기는 쉬울 거야. 신호등이 초록으로 다시 바뀌자 안네는 교차로를 건너는 데 성공했다. 크론베르크 공동묘지에서 우회전하고 바로 다시 한번 우회전했다. 페니 슈퍼마켓 주차장에 주차하고 모자를 쓴 다음 차에서 내렸다. 쪽지에 적힌 주소는 여기서 멀지 않았다. 막다른 골목 끝에 놓인 3층짜리 창고로, 조명이 꺼져 있고 건물 뒤편에는 선로와 어둠뿐이었다. 안네는 문을 열고 마당에 들어서 건물을 빙 돌아갔다. 담에 가려 안 보일 테니 모자를 벗고 약국에서 가져온 의료용 마스크를 썼다. 눈이 어둠에 금방 익숙해졌다. 우편함에서 열쇠를 꺼내 문을 열려다가 갑자기 환한 조명이 켜지는 바람에 소스라치게 놀랐다. 동작 감지기구나. 쪽지에 그렇게 쓰여 있었지. 안네는 심호흡을 하고 열쇠를 자물쇠에 넣었지만 돌리지는 않았다. 아주 조용했다. 판사가 그려준 건물 설계도는 안네 머릿속에 들어 있었다. 그녀는 수건에서 권총을 꺼내 수건은 쇼핑 가방에 넣고 양손으로 권총을 꽉 쥔 채 주변에 귀를 기울였다. 전면에 복도가 있고 문이 여러 개 보였지만 안네는 지하로 가야 했다. 팔을 구부려 양손으로 권총을 쥐고, 오른손 검지를 방아쇠에 가볍게 올려놓은 채 계단을 내려갔다. 지하에서도 동작 감지기가 작동해서 천장 조명이 켜졌다. 쪽지에 적혀 있던 붉은 철문이 거기 있었다. 그 뒤는 보일러실이었고 안네는 그곳을 통과해야 했다. 모든 것이 낡았지만 깨끗했다. 널브러져 있는 것은 하나도 없었다. 안네는 나지막하게 윙윙거리는 난방기를 지나갔다. 보일러실은 복도보다 따뜻했다. 온수 보일러 뒤편에 숨어 있는 나지막한 안전문이 보였다.

안네는 왼손으로 그 문을 열었다. 몰려온 냄새 때문에 어릴 때 갔던 동물원이 떠올랐다. 맹수와 원숭이 우리가 이런 악취를 풍겼다. 톡 찌르는 오줌과 배설물 냄새. 덥지도 않은데 땀이 나기 시작했다. 문이 하나 더 보였다. 장갑 안에서 손바닥이 축축해졌다. 그놈이 달려들면 어쩌지? '그는 상당히 좁은 감방에 갇혀 있어서 도망칠 수 없어요.' 판사의 목소리가 머릿속에서 울렸다.

안네는 갑자기 일어나는 신경질적인 웃음 발작을 억눌렀다. 사람들이 지금 나를 본다면……. 외르크와 내 동료들, 그리고 다른 엄마들이. 게다가 그 성스러운 사스키아가 본다면! 남편의 예전 애인을 생각하자 싸늘한 분노가 솟구쳤다. 이 모든 일은 사스키아 때문이야. 그 여자가 리시를 난민들에게 끌고 갔어.

안네가 문을 열었다. 천장의 형광등이 켜졌다. 마스크를 썼는데도 악취를 견디기 어려웠다. 그가 거기 있었다. 들쥐처럼 우리에 갇힌 채 매트리스에 누워 있다가 불빛에 눈을 깜박였다.

"일어서." 안네가 말했다. "얼른 일어서라고. 너를 죽이기 전에 보고 싶으니까."

나쁜 영화에 나오는 문장 같았다. 완벽하게 비현실적이었다.

"넌 내 딸을 죽였어!" 안네가 쇳소리를 냈다. "왜 그랬지? 왜 내 딸이 죽어야 했어?"

그는 상태가 안 좋은 것 같았다. 바짝 마르고 지저분했다. 눈이 열에 들떠서 번쩍이고 입술이 터져 있었다. 사진과는 다르게 보였다. 지금은 수염이 있었다. 바보 같은 행동인지는 몰라도 안네는 마스크를 휙 내렸다. 하지만 이 나쁜 놈이 죽기 전에 마지막으로 본 것이 자기 얼굴이어야 한다고 생각했다.

"나는 네가 죽인 리시의 엄마다." 안네가 나지막하게 말했다. "그러니 너도 죽어야 한다."

그러고 총을 쐈다. 다시 한번, 그리고 또 한 번.

* * *

보덴슈타인은 보일러가 텅 빌 때까지 뜨거운 물을 몸에 흘려보냈다. 머리부터 발끝까지 세 번이나 비누칠을 하고 씻어냈는데도 여전히 지저분하게 느껴졌다. 경찰 생활 30년 동안 어떤 여성이 밟혀 죽은 집단 패닉과 같은 끔찍한 일들을 많이 보고 겪었지만, 오랜 동료가 자기 눈앞에서 살해되는 모습을 목격한 것은 가장 소름끼치는 경험이었다. 보덴슈타인은 샤워기에서 물러나 몸을 닦았다. 욕실이 아늑하게 따뜻한데도 그는 뼛속까지 시렸다. 귓속에서 울리는 호루라기 소리도 이제 아주 심하진 않지만 그래도 완전히 사라지지는 않았다.

소피아는 마구간에서 왓츠앱을 보냈다. 토요일에 크리스마스 파티 프로그램을 전체적으로 다시 한번 연습해야 한다고, 시간이 오래 걸릴 거라고 했다.

보덴슈타인은 자기 피와 아마 카트린의 피도 묻어 지저분하고 흐트러진 모습으로 집에 돌아왔을 때 가족을 아무도 만나지 못해서 다행이라고 생각했다. 오늘 입었던 옷은 모두 쓰레기통에 넣을 예정이었다. 속옷과 양말, 신발까지 포함해서.

그는 옷장으로 가다가 걸음을 멈췄다.

같은 일을 위해 싸웠는데 판사가 배신했다는 카트린의 말은 무슨 뜻일까?

카트린과 볼프 졸베르크, 마르쿠스와 내가 한 번도 들어본 적이 없는 카트린의 오빠는 콘스탄틴 하벨카를 어떻게 괴물로 만들었을까?

인질들의 비명과 필사적인 애원, 너덜너덜한 상체, 판사의 잘린 머리, 폭발하는 카트린의 뒷머리를 어떻게 기억에서 지울 수 있지?

그는 몸을 말고 침대 발치에 있는 긴 의자에 주저앉았다. 연민을 보이는 시선, 등 뒤에서 소곤거리는 소리, 지나친 배려 등등 앞으로 일어날 일이 두려웠다. '보덴슈타인은 어떻게 견디지? 계속 제대로 해낼 수 있을까, 아니면 강력11반 수사반장 직은 끝인

가?'

니콜라의 말에 따르면 그는 이미 경찰청장의 퇴직 예정자 목록에 올라가 있었다. 그가 지금 약점을 보이고 실수한다면 일자리가 날아갈 터였다. 하지만 잘 생각해보면 사실 어차피 잃을 일만 남았다. 내일 당연히 심리학자 이야기를 꺼내겠지. 내가 트라우마 치료 제안을 받아들이면 퇴직해야 할 거야. 제안을 거절한다고 해도 아마 마찬가지일 테고.

보덴슈타인은 간신히 몸을 일으켜 옷장 문을 열었다. 속옷과 양말, 바지와 셔츠를 입었다. 지금 그에게 필요한 것은 분노였다. 분노는 고통과 불안과 이 비참한 무력감을 잠시 밀어낼 수 있었다.

휴대폰이 울렸다. 전화까지 귀찮게 구는군! 그는 액정을 얼핏 봤다. 코지마였다. 그녀는 그와 통화하려고 이미 몇 번을 시도했다. 코지마는 어쩌면 지금 그에게 꼭 필요한 사람일 수도 있었다.

* * *

네 가구가 사는 줄츠바흐 다세대주택에 있는 카트린의 집은 문이 닫혀 있을 뿐 잠겨 있지는 않았고, 피아와 니콜라가 들어섰을 때 싸늘한 바람이 두 사람을 맞이했다. 둘은 권총을 꺼내 들고 방을 하나씩 확인해나갔다. 방마다 불이 켜져 있고, 거실 발코니 문이 활짝 열려 있었다.

"누군가 여기 있다가 발코니로 도망쳤어." 니콜라가 권총을 어깨 권총집에 도로 넣었다. "화분 몇 개가 쓰러지고 아래로 떨어졌어."

"오래전에 나간 것 같지는 않아." 피아가 말했다. "그랬더라면 방이 차갑게 식었을 테니까."

피아는 죽은 사람의 사적 공간에 들어가 사소한 일까지 살피기 싫었다. 모르는 사람일 때도 불편한데, 하물며 동료의 삶을 들쑤시는 일은 소름이 끼쳤다.

"그럼 이웃에게 바로 물어보자." 니콜라 엥겔이 말했다. "어쩌면 뭔가 목격한 사람이 있을지도 모르니까."

집에는 카트린이 곧 닥칠 자신의 죽음을 예상했음을 보여주는 흔적이 전혀 없었다. 냉장고는 가득 찼고, 욕실 빨랫줄에는 빨래가 걸려 있었다. 식탁 위의 접시에는 싱싱한 과일이, 거실 탁자에는 강림절 리스가 놓여 있었다. 1인용 침대 옆 협탁에는 책들이 쌓여 있었다. 피아는 아마 카트린이 마지막으로 읽었을 문고판을 집어 들었다. 《콜드 케이스. 강력반 형사의 10가지 미제사건들》이었다. 카트린은 114쪽까지 읽었다. 피아는 재킷 주머니에서 증거물 봉투를 꺼내 책을 넣고 챙겼다. 옷장을 열고, 서랍장의 서랍들도 뒤졌다.

"여기 와본 적 있어?" 니콜라가 물었다. 그녀는 부엌을 조사하는 중이었다.

"아니. 내가 아는 한 카트린은 우리 중 그 누구도 자기 집에 초대한 적이 없어."

"좀 이상하다고 생각하지 않아?"

"아니, 별로." 피아는 거실 장을 살펴보며 대답했다. "우린 동료야. 친구가 아니라. 이따금 함께 한잔하러 갈 수는 있지만 그 이상은 아니야."

선반에 유도와 가라테 대회에서 받은 우승컵들이 촘촘하게 있고, 벽에는 사격대회 상장들이 걸려 있었다. 카트린이 훌륭한 사격수라는 사실은 널리 알려졌다.

대강 수색하면서 피아와 니콜라는 카트린이 비밀스러운 이중 생활을 했을지도 모른다는 증거를 찾지 못했지만, 사실 그랬을 거라고 예상하지도 않았다. 피아는 자동차 서류, 은행과 보험 서류, 계좌 입출금 명세서, 손으로 쓴 사전연명의료의향서가 든 서류철을 발견했다.

"카트린은 한네로레 파힝거라는 여성을 대리인으로 써두었 어. 그리고……." 피아는 당황했다. "카이 오스터만도 있어! 카이 가 이걸 알까?"

"한네로레 파힝거는 아마 할머니겠다." 니콜라 엥겔이 주변을 둘러봤다. "크뢰거더러 내일 철저하게 감식하라고 해야겠어. 이 제 이웃과 말해보자."

"잠깐." 피아는 방마다 다니며 블라인드를 내리고, 서류철을 겨드랑이에 꼈다. "지하실과 차고, 우편함을 잠깐 보고 싶어."

아주 단정하게 정리된 지하실에는 냉동고와 산악자전거, 여름옷이 든 플라스틱 상자가 있었다. 선반에는 포도주와 샴페인 두어 병, 그 옆에 통조림과 국수, 잼 병들이 놓여 있고 구석에는 빈 박스들이 쌓여 있었다. 차고는 카트린 자동차의 여름용 타이어만 빼고는 텅 빈 상태였다. 그러나 우편함에서 관심이 갈 만한 것을 발견했다. 택배 보관소가 명시된 통지문 두 장으로,

DHL에서 오늘 넣어둔 것이었다.

　이웃들은 집에 있었는데, 카트린 파힝거가 사망했다는 소식에 당연히 다들 충격을 받았다. 문을 맞대고 11년을 살았지만 카트린을 특별히 잘 아는 사람은 없었다. 한 이웃은 토요일에 계단실에서 카트린을 마지막으로 봤고, 또 다른 이웃은 콘스탄틴 하벨카의 사진을 보고는 카트린을 자주 찾아왔고 가끔 밤을 보내고 간 적도 있는 남자라고 확인해줬다. 그 판사 말고는 방문객이 거의 또는 전혀 없었던 듯했다. 카트린은 무척 폐쇄적인 삶을 살았고 이따금 며칠씩 집을 비우기도 했다. 1층에 사는 이웃은 가끔 카트린의 택배를 받아준 적이 있지만, 그녀의 열쇠를 가지고 있는 이웃은 한 명도 없었다.

　두 사람이 공무용 차량으로 걸어가는 중에 니콜라의 휴대폰이 울렸다.

　"프랑크푸르트 동료들이 리더바흐 하벨카 집 쓰레기통에서 카트린 파힝거의 숄더백을 발견했대." 통화를 마친 니콜라가 말했다. "자, 거기로 가자."

* * *

　콘스탄틴 하벨카 판사가 살던 땅콩 주택 한쪽의 차단목 뒤편에는 구경꾼과 지역 방송 카메라 팀이 혹시 새로운 소식을 덥석 물 수 있을까 기대하며 여전히 모여 있었다. 집 앞에 순찰차 두 대와 프랑크푸르트 번호판을 단 민간 공무용 차량 한 대가 서 있었다. 수사 지휘관 루츠 쉘러 경위와 여자 동료 한 명이 현장에 마지막까지 남아 있었다. 부엌 조리대에 닳은 갈색 가죽으로 만든 빈티지 스타일 숄더백이 놓여 있었다. 그 가방을 보자 피아는 뭔가에 찔린 듯 고통스러웠다. 카트린의 어깨에서, 그녀의 책상 옆에서, 회의실 의자에서 수없이 보던 가방이었다.

"휴지통 신문 몇 장 아래에서 찾았습니다." 쉘러가 설명했다.

"봐도 될까요?" 피아가 물었다.

"그럼요." 그가 고개를 끄덕였다. "동료 파힝거와 관련된 모든 것은 여러분의 일인걸요."

피아는 가방에서 카트린의 스마트폰과 열쇠꾸러미, 신분증과 운전면허증과 직불카드와 신용카드가 든 지갑, 자동차 열쇠, 태블릿, 닳은 수첩과 그 외 잡동사니들을 찾아냈다.

"카트린의 자동차는요? 검은색 닛산 캐시카이인데 아직 꽤 새 차예요." 피아가 물었다. "그것도 찾았나요?"

"네, 순찰차가 두 블록 떨어진 곳 주차 구역에서 발견했습니다." 쉘러가 대답했다. "지역범죄수사국 실험실로 보냈어요."

그러고 봉투가 뜯긴 편지 무더기 위에 손을 얹었다.

"하벨카는 최소한 일주일 전부터 우편함을 비우지 않았습니다. 그리고 우편물 절반이 경고장인 걸 보면, 몇 달 전부터 공과금을 내지 않은 것 같고요. 계좌 입출금 명세서 몇 장과 공증인의 확인이 들어간 매매 계약서도 찾았어요. 이 집을 35만 유로에 팔았습니다. 이 지역 시세에 비해 놀랄 만큼 저렴하지요!"

"유족은 찾으셨나요?" 니콜라 엥겔이 물었다.

"부모와 장인 장모는 돌아가셨습니다. 형이 한 명 있나 본데 아르헨티나에 거주하는군요." 쉘러가 대답했다. "하벨카는 이

집을 크리스마스 전에 넘겨주려고 했답니다. 우린 매수자인 젊은 부부와 연락이 닿았습니다."

"개인물품은 어디 있죠?" 피아가 물었다.

"없었습니다." 쉘러가 고개를 저었다. "책장과 옷장, 사이드보드가 모두 비었어요. 냉장고에는 슬라이스치즈 한 팩과 요거트, 뚜껑을 딴 올리브 한 병뿐이었습니다. 찬장도 거의 비었어요. 접시 두 개와 수저 약간, 유리컵 여섯 개와 프라이팬 하나, 냄비 하나가 다였습니다."

피아와 니콜라 엥겔은 그를 따라 넓은 거실로 향했다. 여닫이 문이 바닥까지 이어졌고, 그 뒤편에는 지붕을 인 테라스와 어두운 정원이 있었다.

"사용한 포도주 잔 두 개와 빈 포도주 병 하나가 여기 놓여 있었습니다." 쉘러가 거실의 낮은 소파 탁자를 가리켰다. "바닥에는 빈 피자 박스 두 개가 있었고요. 감식반 동료들이 술잔과 술병에서 파힝거와 하벨카의 지문을 찾아냈습니다."

2층에는 침실의 침대와 의자 하나 말고는 가구가 없었다. 이동식 옷걸이에 양복 두 벌과 셔츠 세 장이 걸려 있었다.

쉘러는 피아와 니콜라 엥겔에게 창문이 없는 손님용 화장실의 부서진 문을 보여줬다.

"문이 바깥에서 잠겨 있었던 모양입니다." 그가 말했다. "변기 좌대를 뜯어 문을 직접 부수는 데 사용했어요. 문짝과 손잡이와 바닥에서 동료 파힝거의 지문이 가득한 피 흔적을 발견했습니다. 하벨카가 그녀를 여기 가두었다고 추측됩니다."

지붕 바로 아래의 넓은 공간은 완벽하게 빈 상태였다. 문틀에

선들이 그어져 있고, 날짜와 야콥이라는 이름이 쓰여 있었다.
마지막 선은 2014년 12월 16일에 그었다.

"날짜까지 정확하게 5년 전이네." 니콜라 엥겔이 말했다.

"하벨카는 언제나 같은 날에 아들의 키를 쟀구나." 피아가 말
했다. "12월 16일은 그에게 특별한 의미가 있었어. 아마 아들의
생일인가 봐."

그래서 아버지는 이날을 자기 장례 날로 정했나?

피아는 등줄기에 소름이 끼쳤다.

다락방의 텅 빈 벽에는 아이가 그린 그림 한 장만 붙어 있었
다. 파란 하늘과 커다란 태양을 배경으로 세 사람과 작은 점박
이 개 한 마리가 있는 그림이었다. '아빠와 엄마, 야콥과 벨라.
티멘도르프 해변에서.' 삐뚜름한 아이 글씨가 그림 아래에 쓰여
있었다.

이 가정의 비극에 피아는 마음이 아파서 숨을 꿀꺽 삼켰다.
조심스럽게 테이프를 떼고 그림을 접어 챙겨 넣었다.

이 집은 한때 행복과 사랑, 아이 웃음소리와 개가 짖는 소리
로 가득했는데 맨홀 뚜껑이 모든 것을 파괴했다.

"이 사람은 자기 종말을 철저하게 준비했군요." 피아가 계단
을 내려오면서 말했다. "하벨카가 얼마나 폐쇄적으로 살았는지
왜 아무도 눈치채지 못했을까요?"

"외부에서는 자기 역할을 수행했기 때문이지요." 쉘러가 대답
했다. "가구를 왜 정리하는지 궁금해하는 이웃들에게 프랑크푸
르트에 집을 샀다고 말했답니다. 이 집은 너무 크다면서요."

"그는 모든 것을 계획했어요." 피아가 말했다. "그 무엇도 우

연에 맡기지 않고."

"파힝거는 분명히 뭔가 눈치챘을 거예요." 니콜라 엥겔이 말했다. "여기 와서 빈 집을 봤잖아요. 그가 다른 곳에 집을 사지 않았다는 걸 틀림없이 알았을 거예요. 그녀가 하벨카를 정말 잘 알았다면 그가 자기 계획을 포기하지 않으리라는 사실도 분명히 알았겠죠."

"어쩌면 자기가 설득할 수 있다고 믿었는지도 몰라." 피아가 말했다. "그래서 기필코 법정에 함께 들어가려던 거였고."

"파힝거는 인생의 마지막 밤을 다음 날 자기를 쏜 사람과 함께 보냈어요." 니콜라 엥겔이 상황을 요약했다. "하벨카는 원래 파힝거를 쏠 계획이 없었을 겁니다. 그래서 화장실에 가두고 자동차 열쇠와 휴대폰과 돈이 든 가방을 숨겼겠죠. 파힝거를 죽일 생각이 없었던 거예요."

"하지만 자기 자신과 인질들은 죽일 계획이었죠." 쉘러가 말했다. "따라오세요."

둘은 그를 따라 지하실로 갔다. 폭발물 탐지 훈련을 받은 경찰견이 세탁실을 뒤졌고, 감식반은 하벨카가 이곳에서 폭탄 벨트를 조립했다는 증거를 아주 많이 찾아냈다.

"저기 그의 손에 희생된 페퍼코른과 스자마이트의 사진이 붙어 있습니다." 쉘러가 세탁실의 높은 장 위쪽을 가리켰다. "사망한 동료를 두 분이 나쁘게 생각하고 싶지 않은 건 저도 알지만, 사진을 붙인 접착테이프에서 감식반이 그녀의 지문을 발견했습니다."

피아와 니콜라는 불안한 눈길을 주고받았다.

카트린이 정말 이 지하실에 왔었을까, 아니면 혹시 다른 경로로 접착테이프에 그녀의 지문이 묻은 걸까? 하벨카가 여기서 폭탄 벨트를 조립하는 걸 카트린은 알았을까? 만약 그렇다면 그가 잔혹한 계획을 행동에 옮기는 걸 왜 더 일찍 막지 않았을까?

니콜라 엥겔이 프랑크푸르트 동료에게 고맙다고 인사했다. 외부인에게 수사 현장을 이렇게 많이 보여주는 건 당연한 일이 아니었다.

"수사 결과가 어떻게 나오든 파힝거는 두 분의 동료였습니다." 쉘러가 말했다. "부탁이 한 가지 있어요. 언론이 파힝거의 사진을 원합니다. 한 장 주실 수 있을까요?"

"네, 그럼요. 보내겠습니다." 니콜라 엥겔이 약속했다. "하지만 그 전에 파힝거의 할머니에게 먼저 알려야 해요. 할머니가 손녀의 죽음을 신문을 통해 알면 안 되니까요."

피아 휴대폰에 부재중 통화가 여러 번 걸려 왔다. 한 번은 크리스토프, 세 번은 헤닝에게서 온 전화였다. 과장이 쉘러 경위와 이야기하는 동안 피아는 우선 크리스토프에게 전화를 걸었다.

"아, 피아. 오늘 언제 집에 와?" 그가 물었다. "오늘 저녁에 당신과 아프리카 이야기를 다시……."

"크리스토프." 피아가 그의 말을 막았다. "끔찍한 사건이 발생했어. 카트린이 오늘 총에 맞아 죽었어."

"뭐???"

"올리버와 카트린이 오늘 프랑크푸르트 지방 법원에서 벌어진 인질극 현장에 있었어. 당신도 그 사건 아마 들었을 거야."

"응, 물론 들었지. 텔레비전과 라디오에 계속 나오잖아. 당신은? 당신은 다친 데 없어?"

"응. 괜찮아. 나는 거기 없었어. 그런데 오늘 몇 시에 퇴근할지 말하기 어려워."

"그래, 당연하지. 이해해. 아이고, 세상에. 피아, 정말 안타깝다."

"고마워. 날 기다리지 마. 알았지?"

"응, 알았어. 내가 해줄 일이 없을까?"

"지금은 없어. 고마워."

피아는 다른 전화가 걸려 와서 통화를 끝냈다. 카이였다.

"카자흐스탄 출신의 후기 이주자인 28세 세르게이 투르갈로프가 2015년 1월에 빅켄바흐 고속도로 다리에서 맨홀 뚜껑을 자동차에 던져 하벨카의 부인과 아들이 사망했는데, 2015년 3월 영장 심사 때 잠기지 않은 창문으로 도망쳤어. 그리고 지금까지 실종 상태야." 그가 말했다. "내 생각에는 똑같은 패턴이야."

"범죄를 저질렀고, 흔적도 없이 사라진다는 말이지?"

"응, 바로 그거야."

피아는 하벨카 집의 다락에 붙어 있다가 지금은 자기 가방에 들어 있는 그림을 떠올렸다. 하벨카가 잊어버리고 거기 둔 게 아니었나? 일종의 메시지였을까?

"그럴 수 있겠다." 그녀가 대답했다. "엥겔 과장님과 나는 이제 카트린의 할머니 한네로레 파힝거를 만나러 차일스하임에 가려고 해. 카트린 집의 서류철에서 그 이름을 발견했어. 카트린은 사전연명의료의향서에 할머니를 대리인으로 지정했어."

"오케이."

"카이, 카트린의 사전연명의료의향서에 당신 이름도 있다는 거 알았어?"

"아니." 잠깐 침묵이 흐른 후에 카이가 대답했다. "내가 카트린에 대해 알지 못하는 게 아주 많은 것 같아."

* * *

한네로레 파힝거는 초록 유리창 덧문과 작은 정원을 갖춘 아담한 단층 벽돌집에 살았다. 20세기 초에 회흐스트 염료 회사가 직원들을 위해 지은 집이었다. 피아와 니콜라 엥겔이 초인종을 누른 시각은 9시가 막 지났을 때였다. 붉은 뺨에 머리카락을 틀어 올린, 민첩해 보이는 나이든 부인이 문을 열었다. 부인은 형사 신분증을 보자 얼굴이 창백해졌다.

"세상에! 카트린에게 뭔가 일이 생겼군요." 부인이 소리치며 손으로 가슴을 꽉 눌렀다.

"들어가도 될까요?" 니콜라 엥겔이 부탁했다.

나이든 부인은 옆으로 한 걸음 물러나 두 사람을 들여보냈다. 집 어딘가에서 텔레비전 소리가 들려왔다. 매혹적인 바닐라와 계피, 막 구운 쿠키 향기가 공기 중에 떠다녔다.

"코코넛 마카롱을 오븐에서 꺼내야 해요. 안 그러면 타버릴 테니까. 잠깐 실례할게요." 한네로레 파힝거는 두 사람을 현관에 세워두고 들어갔다. 덜컹, 달그락거리는 소리, 오븐 문이 덜커덕거리는 소리가 들린 후에 노인이 다시 돌아왔다.

니콜라 엥겔이 노인에게 손녀의 죽음을 알렸다.

"저희는 카트린의 동료들입니다." 그녀가 말했다. "카트린과 오랫동안 함께 일했고, 그녀를 무척 존경했어요. 카트린의 죽음에 다들 심한 충격을 받았습니다."

"고맙습니다!" 한네로레 파힝거는 심하게 놀랐지만 행동이 흐트러지지는 않았다. "나는 살면서 많은 상실을 받아들여야 했어요. 왜 내가 아니라 젊은 사람들이 죽는지 의아할 때가 많아요. 내가 순서일 텐데 말이지요."

그녀는 두 사람을 식당 구석진 곳에 놓인 구식 식탁으로 데려가서 앉으라고 했다. 식탁 위에는 크리스마스 꽃꽂이가, 그리고 그 옆에는 크리스마스 쿠키가 담긴 도기 그릇이 있었다.

"드세요." 노인이 두 사람에게 권했다. "음식은 몸과 영혼을 하나로 유지하게 해주지요. 내가 늘 하는 말이에요."

노인이 식당 바깥으로 나갔다. 거실 텔레비전 소리가 꺼지고 노인이 다시 돌아와서 자리에 앉아 물었다.

"무슨 일이 벌어졌나요?"

니콜라 엥겔은 카트린이 임무 수행 중에 총에 맞았다고 설명했다. 진실에 완전히 부합하는 말은 아니었지만 할머니에게는 위로가 될 수도 있었다.

"우리 카트린, 그 아이는 힘겹게 살았답니다." 한네로레 파힝거가 침착하게 말했다. "카트린의 부모, 그러니까 내 딸과 사위는 가판대에서 청소년 두 명에게 습격을 당해 카트린의 눈앞에서 총에 맞아 죽었어요. 그래서 카트린은 우리 집에서 컸지요. 그 사건이 벌어졌을 때 그 아이는 열세 살이었고, 스무 살이었던 토마스는 군인이었어요."

"카트린 부모님이 총에 맞아 사망했다고요?" 피아가 당황해서 물었다. 이것도 알지 못하던 사실이었다. 카트린은 경찰학교에 지원할 때 부모님의 사망을 숨기지는 않았지만 자기 눈앞에서 살해됐다는 말은 하지 않은 듯했다. 오빠가 있다는 말도 한 적이 없었다.

"토마스는 늘 카트린에게 훌륭한 본보기였어요." 할머니가 추억에 잠겼다. "연방군, 경찰, 대테러부대인 제9국경경비대……. 하지만 유감스럽게도 결혼해서 가정을 꾸리는 일은 없었어요. 그거야 카트린도 그랬네요."

"어디서 그를 만날 수 있을까요?" 니콜라 엥겔이 물었다.

"안타깝지만 그 아이도 더는 살아 있지 않아요." 한네로레 파힝거가 대답했다. "9년 전인 2012년에 알프스에서 하이킹하다가 실종됐어요. 열정적인 산악인이자 여행가였죠. 그때 카트린이 곧장 거기로 가서 조사했지만 시신은 그 후에도 발견되지 않았어요. 스위스 발레주에서는 매년 사람들이 실종돼요. 가끔 다시 나타나기도 하지요. 해골이긴 하지만 말이에요. 나는 손자의 유해가 언젠가 발견되어 작별할 수 있으리라는 희망을 버리지 않고 있어요."

노인은 살해당하는 부모의 모습을 목격하고, 가해자를 대면하여 식별하고, 나중에 법정에서 진술하며 그 악몽을 다시 겪었던 일이 카트린에게 얼마나 끔찍했는지 이야기했다. 게다가 낮

익은 환경을 떠나 도르트문트에서 프랑크푸르트로 이사도 가야 했다.

"청소년일 때 카트린은 한동안 심리치료를 받았어요." 한네로레 파힝거가 기억을 되살렸다. "그러던 어느 날 내 남편과 나에게 말했지요. '이제 그만둘래요! 오래된 상처를 계속 열고 싶지 않아요. 앞을 보고 싶어요.' 아이는 유도와 가라테를 배우기 시작했고, 내 남편과 함께 사격 클럽에 갔어요. 전문대학 입학자격시험을 치른 후에 경찰에 지원했고 채용됐지요. 또 범죄 희생자나 유족들이 너무 관심을 받지 못한다고 생각하고 오랫동안 피해자 지원 단체인 바이서 링에서 봉사했어요."

노인은 낡은 앨범을 가지고 와서 니콜라 엥겔과 피아에게 카트린과 오빠 토마스와 그들의 부모 사진을 보여줬다.

"카트린은 친한 친구가 전혀 없었어요." 그녀가 생각에 잠긴 채 말했다. "자기 가정도 꾸릴 생각이 없었죠. 카트린의 가장 큰 공포는 사랑하는 사람을 잃고 혼자 남겨지는 거였어요. 어린 시절의 트라우마를 절대 극복하지 못했답니다. 사실 비극이죠."

니콜라 엥겔은 할머니에게 혹시 카트린이 일종의 이중생활을 했을 가능성이 있는지 조심스럽게 물었다. 하지만 한네로레 파힝거는 카트린의 남자친구나 동거인에 대해서는 알지 못했고, 카트린이 보관해달라고 맡긴 것도 없다고 했다.

"위층 그 아이 방에는 청소년기의 개인물품만 있어요. 가서 봐도 됩니다." 할머니가 말했다. "카트린은 매주 토요일 점심식사를 하러 여기 왔어요. 그 아이…… 그 아이는 의리가 있었지요. 아이고, 아이고. 걔가 죽었다니 믿을 수가 없네요."

노인은 무슨 일이 일어났는지 이제야 제대로 깨달았는지 눈물을 쏟았다.

"올라가서 카트린의 방을 둘러봐." 니콜라 엥겔이 나지막하게 말했다. "나는 파힝거 부인 옆에 있을게."

피아는 놀랐지만 고개를 끄덕였다. 과장은 평소에 연민을 드러내는 편이 아니었고, 유족과의 대화는 대부분 부하 직원들에게 맡겼다. 피아는 좁은 계단을 올라 2층으로 갔다. 카트린의 방은 올라가서 오른쪽 첫 번째 방이었다. 아주 작은 방이라서 밑에 서랍이 달린 좁다란 침대와 옷장, 책장 하나, 책상과 의자로 이미 꽉 찼다. 벽에는 유도와 가라테 선수들의 빛바랜 포스터가, 문 안쪽에는 〈베스트 키드 1〉 극장 포스터가 붙어 있었다. 피아는 옷장을 열었다. 보드게임과 퍼즐이 쌓여 있고, 그 옆에는 '학교', '유도', '만들기 도구', '크리스마스'라고 깔끔하게 쓴 박스들이 있었다. 피아는 책상에 앉아 스탠드를 켰다. 눈부신 100와트 전등이 방을 연극 무대처럼 밝혔다. 피아는 책상 서랍을 뒤졌다. 필기구가 아주 많았다. 잡동사니들, 오래된 〈브라보〉 잡지, 스포츠 신문, 증명서, 머리 고무줄.

제일 아래 서랍에서 '우정 노트'를 발견했다. 몇 안 되는 글은 1995년과 1996년에 쓴 것들이었다. 카트린은 그때 12세나 13세였을 것이다. 피아가 훑어보니 토마스, 볼프, 폴커라는 이름이 눈에 띄었다. 오빠가 친구가 없는 동생을 위해 뭔가 친근한 말을 동생의 우정 노트에 써달라고 친구들을 설득한 걸까?

피아는 책상 스탠드를 끄고 다시 아래층으로 내려갔다.

"카트린의 '우정 노트'를 빌려가도 될까요?" 피아가 물었다.

416

"물론 다시 돌려드릴 겁니다."

"네, 그럼요. 가져가세요."

"여기 앞에 '이 노트는 카트린 브룬너의 것이다'라고 쓰여 있어요. 카트린의 성은 항상 파힝거 아니었나요?"

"아니요. 원래는 사위와 같은 브룬너였어요." 할머니가 설명했다. "하지만 딸 내외가 죽은 후에 카트린은 엄마의 결혼 전 성을 쓰기로 결정했지요. 새로 시작할 수 있게 말이에요. 부모가 살해당한 사건이 그때 언론에 크게 보도됐거든요."

두 사람은 한네로레 파힝거에게 감사 인사를 하고 출발하려고 했다.

"아, 잠깐만 기다리세요." 노인은 부엌으로 가더니 커다란 양철통 두 개를 들고 와 씁쓸한 미소를 지으며 피아에게 건넸다. "이건 내가 늘 오스터만 씨를 비롯해서 여러분 모두를 위해 굽던 거랍니다. 카트린이 이제 더는 여러분에게 가져다줄 수 없군요."

* * *

피아는 볼보를 차고에 세우고 자동문을 내렸다. 벡스가 하품을 하며 터덜터덜 걸어 나와 잠에 취한 채 인사하고는 복도에 있는 자기 바구니로 곧장 다시 돌아갔다. 피아는 위층에서 나는 소리에 귀를 기울였다. 크리스토프가 깨어 있길 기대했지만 코고는 소리가 들려오자 실망해서 마음이 살짝 아팠다. 오늘 무슨 사건이 벌어졌는지 알면서! 그런데도 태평하게 자러 갔구나. 그에게 화가 나려다가 기다리지 말라고 했던 자기 말이 다시 떠올랐다.

부엌에 갔더니 냉장고 옆에 쪽지가 있었다.

'주세페의 24번 메뉴와 피노 누아 로제' 크리스토프가 써두었다. '말하고 싶으면 날 깨워.' 그 옆에 하트가 그려져 있었다.

피아가 미소를 지었다. 크리스토프는 피아가 자주 가는 이탈리아 음식점에서 그녀가 제일 좋아하는 메뉴, 세이지와 라코타를 채운 토르텔로니를 주문해뒀다. 마치 오늘 피아가 아무것도 먹지 못했다는 사실을 알기라도 했다는 듯이. 머리는 무거웠지만 몸은 완전히 깨어 있었고 배도 꼬르륵거렸다. 폴커 마자넥의 개들 털 샘플을 채취하려고 헤닝과 함께 림부르크로 간 게 정말 겨우 열네 시간 전이었던가? 다른 생에서 일어난 일처럼 생각됐다. 머릿속에서 사건들의 순서가 흐려졌다. 카트린의 집, 하벨카 판사의 집, 카트린 할머니 집에 있는 카트린의 방이 뒤섞였다. 피아는 냉장고를 열어 음식과 따둔 포도주 병을 꺼낸 다음, 깊이 잠든 크리스토프를 깨울까 잠깐 고민하다가 그러지 않기로 했다. 토르텔로니를 데우고 포도주를 한 잔 따라서 식탁에 앉았다. 어쩌면 헤닝은 아직 안 잘지도 몰라. 오늘 여러 번 부재중 전화를 했잖아. 늦은 시각이었지만 피아가 회신 통화 버튼을 누르자 헤닝은 바로 받았다.

"너무 늦게 전화 걸어 미안해." 피아가 말했다. "이제야 퇴근했어."

"괜찮아. 난 아직 감정서를 작성하는 중이야." 헤닝이 대답했다. "오늘 당신 팀원들 모두 끔찍한 날이었을 거야. 당신은 어때?"

"모르겠어." 피아는 포도주를 한 모금 마셨는데, 너무 차가워서 아무 맛도 느끼지 못했다. "무슨 일이 벌어졌는지 내가 아직 제대로 모르는 것 같아."

"카트린 일은 정말 너무나 안타깝다."

"응, 소름끼치지. 하지만 오늘 카트린이 한 번도 말하지 않았던 일을 아주 많이 알게 되어 제대로 슬퍼할 수가 없어."

"예를 들면 어떤 일?"

"카트린이 열세 살 때 부모님이 그녀 눈앞에서 총에 맞아 사망했다는 것, 2012년에 알프스에서 하이킹을 하다가 실종된 오빠가 있다는 것을 아는 사람은 우리 중에 아무도 없었어. 늘 가져왔던 크리스마스 쿠키조차 카트린이 직접 구운 게 아니었다고!"

기이하게도 쿠키에 대한 거짓말이 피아에게 가장 큰 실망을 안겼다. 카트린은 어제도 자기는 토요일마다 몇 시간씩 쿠키를 구울 수 없다며 타리크를 구박하지 않았던가?

"올리버는 어때?" 헤닝이 물었다.

"뭐라 말하기 어려워." 피아는 한숨을 내쉬었다. "아까 사무실에서 우리더러 과보호하지 말라고 부탁했어. 하지만 내 생각에는 심리치료 받으러 보내질 것 같아."

"그런 사건을 겪은 뒤에 심리치료는 부끄러운 일이 아니야. 보스니아 내전 당시 스레브레니차 집단 학살과 카오락 쓰나미를 겪은 후에 많은 동료들이 심리치료를 받았어. 심리치료는 그들이 보고 겪은 일을 정리하는 데 도움이 됐지."

피아는 헤닝이 자기 일, 게다가 감정에 대해서는 더욱 말하기 싫어한다는 걸 알았지만 그럼에도 물었다. "당신, 법정에 갔었 잖아. 거기 어땠어?"

"아주 안 좋았지." 그가 인정했다. "폭탄은 밀폐된 공간에서 엄청난 파괴력을 드러냈어. 압력파가 출입문을 복도로 20미터 나 날려버렸지. 이 폭탄에서 특히 더 사악한 점은 벨트에 폭발 물뿐 아니라 금속 부품과 못이 포함되어 있었다는 거야. 폭발로 피고인석에 앉아 있던 네 명의 상체가 탁자 상판 높이에서 잘 렸어. 하벨카에게 남은 거라고는 당신 동료를 쏘았던 글록을 여 전히 쥐고 있는 손 하나와 머리뿐이었지. 머리는 자살 테러에서 늘 그래. 폭발이……."

"헤닝, 제발. 그만해도 돼!" 피아는 속이 메슥거렸다.

"미안해. 당신, 하벨카를 알았어?"

"아니, 아닐걸. 당신은?"

"알던 사람이야. 최근 몇 년 동안 그의 재판에서 감정인으로 자주 진술했거든. 그는 훌륭한 판사였어. 신중하고 차분했지. 그 가 그런 일을 벌이리라고는 상상도 못 했어."

"그런 사람은 폭탄 조끼를 어디서 구할까?"

"어디에서 찾아야 하는지만 알면 인터넷에서 폭탄 제조하 는 방법을 얻을 수 있어." 헤닝이 대답했다. "전문가들은 그가 TATP, 그러니까 트라이아세톤 트라이페록사이드를 사용했다 고 추측해. 시중에 유통되는 가정용 세제로 조합할 수 있으니 까."

피아는 헤닝이 말을 퍼뜨리지 않으리라는 것을 알았으므로 그에게 하벨카의 집을 조사해서 알게 된 세부사항에 대해 이야기했다.

"그거 알아? 하벨카가 세탁실에서 폭탄 벨트를 조립했더라. 장에 두 변호사의 사진이 붙어 있었어! 집은 가구 몇 개만 빼고 완전히 텅 빈 상태였고. 섬뜩했지."

"내가 하벨카의 두개골을 살펴볼 거야." 헤닝이 말했다. "전전 두엽 피질에서 변화를 발견한다고 해도 이상한 일은 아니야."

피아는 텅 빈 다락방에 있던 아이의 그림을 떠올렸다.

"내 생각에는 발견할 게 없을 것 같아. 그는 사이코패스가 아니었어. 그저 사랑하던 모든 것을 잃고, 삶의 의미를 더는 찾지 못했을 뿐이야. 그러다가 폭발하게 만드는 최후의 결정타가 왔을 뿐이지."

피아는 마지막 남은 맛있는 토르텔로니를 입에 밀어 넣고 포도주와 함께 삼켰다.

"아참, 아까 내가 전화를 한 이유는 말이야." 다시 생각난 듯 전남편이 말했다. "당신 팀에게 중요한 일이라는 걸 알기 때문에, 그리고 다음 며칠은 법정 시신들로 할 일이 엄청나게 많기 때문에 다니엘 라들로프 시신을 내일 아침 7시에 부검하려고 해."

"뭐? 정말 고마워!" 피아는 저절로 미소가 지어졌다. 헤닝은 여전히 일벌레였다. "하지만 내가 그렇게 일찍 갈 수 있을지 모르겠네."

"안 와도 괜찮아. 부검 보고서를 당신에게 최대한 빨리 보낼게. 조금 자도록 해봐. 잘 자!"

"잘 자!" 피아가 대답했지만 그는 이미 전화를 끊은 후였다.

피아는 베란다 어두운 유리에 비친 자기 모습을 빤히 바라봤다. 혼란과 실망이 마음속에서 들끓었다. 카트린 파힝거가 죽었다. 피아는 그녀를 위해 울고 싶었지만 그러지 못했다.

* * *

사라는 아이팟을 귀에 꽂고 침대에 누워 아이패드로 〈그레이 아나토미〉를 보는 중이었다. 지난겨울에 리시와 사라는 시즌1부터 시즌15까지 이 시리즈를 문자 그대로 정신없이 검색했다. 둘은 병원이라는 우주에 완전히 빠져들었고, 대학입학 자격시험에서 성적 '수'를 받고 의학을 전공하기 위해 무진장 열심히 공부하기로 결심했다. 한동안 둘은 외과의사가 되기를 꿈꾸었다.

사라는 눈이 감겼다. 귀에 익은 의사들의 목소리를 들으며 점차 잠에 빠져들었다. 지난겨울에는 인생이 전혀 복잡하지 않았다. 그때는 아직 데이먼이 없었다.

그레이 슬론 메모리얼 병원 예전 외과 과장의 우렁우렁한 목소리가 사라의 잠재의식을 파고들었다. '우리는 모두 죽을 것이다. 언제, 어떻게 죽을지에는 영향을 미칠 수 없다. 그러나 어떻게 살고 싶은지 결정할 자유의지가 있다. 그러니 그렇게 하라! 결정을 내리라! 이것이 당신이 살고 싶은 삶인가? 이것이 당신이 할 수 있는 최선인가? 더 강해질 수 없나? 결정을 내리라!'

사라는 깜짝 놀라 잠에서 깼다.

"이게 내가 할 수 있는 최선인가?" 사라가 어둠에 대고 속삭였다.

"아니야." 그리고 스스로에게 대답했다. "그렇지 않아."

협탁에 놓인 스마트폰을 들고 잠깐 고민했다. 그러다가 친구들 채팅방에 들어갔다.

'너희에게 할 말이 있어'라고 썼다. '너희 조언이 필요해. 리시에 관한 일이야.' 네 명 모두 바로 답장을 보냈다.

'좋아.'

'그래.'

다음 날 아침 8시에 보기로 약속했다. 그 시간은 쉬는 시간이었다.

(2권에 계속)

옮긴이 전은경

한국에서 역사를, 독일에서 고대 역사와 고전문헌학을 공부했다. 출판사와 박물관 직원을 거쳐 지금은 독일어 번역가로 일한다. 《영원한 우정으로》, 《폭풍의 시간》, 《리스본행 야간열차》, 《언어의 무게》, 《프랭키》 등을 우리말로 옮겼다.

몬스터 1

초판 1쇄 발행 2024년 10월 11일
초판 2쇄 발행 2024년 10월 30일

지은이 넬레 노이하우스
옮긴이 전은경
펴낸이 신경렬

상무 강용구
기획편집부 이다희 신유미
마케팅 최성은
디자인 박현경 신나은
경영지원 김정숙 김윤하

편집 박은경

펴낸곳 ㈜더난콘텐츠그룹
출판등록 2011년 6월 2일 제2011-000158호
주소 04043 서울시 마포구 양화로 12길 16, 7층(서교동, 더난빌딩)
전화 (02)325-2525 ㅣ **팩스** (02)325-9007
이메일 book@thenanbiz.com ㅣ **홈페이지** www.thenanbiz.com

ISBN 979-11-5879-223-7 04850
ISBN 979-11-5879-222-0 (전2권 세트)